LES DRAMES
DES
CATACOMBES

PAR PIERRE ZACCONE

Prix : 1 fr. 20

PARIS
BALLAY AINÉ, LIBRAIRE-ÉDITEUR
9, RUE MAZARINE, 9

LES DRAMES DES CATACOMBES

Par PIERRE ZACCONE

Prix : 1 fr. 20

PARIS
BALLAY AINÉ, LIBRAIRE-ÉDITEUR
9, RUE MAZARINE, 9

Une fois arrivé au bout de la corde, il lâcha résolûment prise.

LES DRAMES DES CATACOMBES

PAR

PIERRE ZACCONE

I

LE BAGNE DE BREST

On était à la fin du mois d'août de l'année 1840.

Le ciel était couvert; six heures venaient de sonner, on sentait que la nuit allait venir.

Les forçats passaient par escouades le long des quais du port militaire de Brest et regagnaient lentement le bagne, sous la conduite de quelques gardes-chiourme.

C'est l'heure où l'aspect du port est le plus animé.

Les employés quittent leur bureau, les ouvriers sortent de leurs ateliers, les visiteurs et les curieux reprennent le chemin de la ville, c'est un va-et-vient qui dure environ une demi-heure, après laquelle tout retombe bientôt dans un silence lugubre, qu'interrompt seul le pas monotone et régulier des sentinelles placées de distance en distance.

Le jour où commence ce récit, un petit groupe de visiteurs attardés stationne encore, malgré l'heure avancée, en face des bureaux de l'état-major de la marine, et s'amuse à voir défiler cette foule disparate qui se dirige vers la grille du port ou vers la grille du bagne.

Le groupe se compose de trois femmes et d'un homme.

Des trois femmes, l'une est toute jeune et d'une beauté remarquable; l'autre est vieille déjà, et, à l'extravagance de sa toilette, trop excentrique pour son âge, on devine bien vite qu'elle a engagé une lutte énergique contre la vieillesse qui la menace, et qu'elle persiste dans des prétentions que les restes d'une beauté passée depuis longtemps ne suffisent plus à justifier. La troisième femme peut avoir une cinquantaine d'années; elle s'appelle Jeanne, et c'est tout simplement une domestique.

Quant à l'homme, il n'a pas précisément de physionomie propre; il est gros, court, replet, et c'est avec une curiosité mêlée peut-être d'une secrète appréhension, qu'il regarde passer devant lui ces casaques rouges, dont la vue lui inspire un trouble qu'il a beaucoup de peine à dissimuler.

Deux ou trois fois déjà il s'est tourné vers la vieille femme, qu'il appelle du nom d'Aurore, et il l'a invitée à regagner la ville; mais mademoiselle Aurore a fait la sourde oreille, et c'est avec un enthousiasme dont nous n'avons pas besoin de faire ressortir le ridicule, qu'elle désigne à sa nièce, parmi les groupes de forçats, quelques-uns de ces héros du crime auxquels la nature donne parfois toutes les apparences d'une véritable supériorité.

— Quels types! s'écrie la vieille folle en levant les yeux au ciel, regarde donc, Marthe, et dis-moi si tu as vu souvent dans nos salons des fronts aussi intelligents, des yeux aussi vifs, et tant d'éclat, de force et de volonté chez nos maigres et ridicules dandys?

— C'est vrai, répond doucement Marthe, dont le regard semble frissonner au contact du regard effronté et cynique de ces hommes.

— Et j'ajoute que c'est fort heureux ! complète le père en haussant les épaules.

Mademoiselle Aurore lança à son frère un coup d'œil courroucé et fit quelques pas comme pour s'éloigner.

Mais à ce moment il se passa un fait étrange, ou pour mieux dire inexplicable, qui amena un incident dramatique auquel on était, certes, fort loin de s'attendre.

Pendant que mademoiselle Aurore se laissait absorber tout entière par le spectacle qu'elle avait sous les yeux, deux hommes qu'elle n'avait pas remarqués se levèrent tout à coup de derrière un monceau d'affûts empilés et se dirigèrent du côté du bagne.

C'étaient deux forçats, — casaques rouges et bonnets rouges ; — l'un, grand, robuste, bien découplé, accusant quarante ans à peine, et portant dans toute sa personne cette audace léonine que la tante de Marthe exaltait si fort tout à l'heure ; l'autre, petit, maigre, chétif, au front déprimé, aux regards obliques, quelque chose de venimeux comme une vipère ou de lâche comme une hyène, une vilaine bête enfin.

A leur vue, Jeanne, la troisième femme, réprima un mouvement de joie, et, après s'être assurée qu'on ne la voyait pas, elle montra furtivement à l'un des deux hommes un billet qu'elle venait de tirer de sa poche.

Ceux-ci échangèrent alors un coup d'œil rapide, et le plus grand s'adressant à son compagnon :

— C'est Jeanne ! dit-il vivement à voix basse.

— Je le vois bien, répondit l'autre.

— Elle a une lettre à me remettre.

— Eh bien?

— Eh bien, il me faut cette lettre.

— Qu'elle la mette à la poste, alors... A monsieur, monsieur Robert de Rochefort, présentement poste restante au bagne de Brest.

La main de Robert tomba lourdement sur l'épaule de son compagnon.

— Jacques, dit-il d'un ton incisif et impérieux, tu as trop d'esprit pour un homme seul... Mais Jeanne m'a fait signe, et il faut que je lui parle, entends-tu?

— J'entends bien, repartit Jacques, mais comment faire?

— Cela te regarde.

— Une conversation devant tout le monde?

— C'est impossible.

— Alors?...

— Alors, arrange-toi comme tu l'entendras... Tu as de l'imagination, invente un incident, une diversion, tout ce que tu voudras; seulement, il faut que je parle à Jeanne, et malheur à toi si je manque cette occasion !

En disant ces mots, l'œil de Robert avait lancé un regard sinistre. Le pauvre Jacques courba la tête comme terrifié, et s'avança vers le quai, sur le bord duquel tante Aurore venait de s'arrêter.

En même temps, Jeanne faisait quelques pas du côté de Robert, tandis que Marthe montrait à son père le bagne, qui dessinait au loin sa sombre et menaçante silhouette.

Tout à coup un cri retentit... Cri de détresse et de suprême angoisse, auquel se mêlèrent aussitôt ceux de Marthe et de son père, et qui attira en un instant autour d'eux un nombre considérable de curieux.

Tante Aurore venait de tomber dans le port, et elle courait en ce moment les plus grands dangers.

Dix marins se jetèrent immédiatement à l'eau; mais nous les laisserons se disputer l'honneur de sauver la vieille fille, qui en fut quitte pour la peur, et nous suivrons un instant ce Robert, pour lequel l'incident avait été imaginé par Jacques.

Dès le premier cri, Robert s'était élancé vers Jeanne, qui, elle-même, avait vivement marché à sa rencontre.

— En bien? dit Robert.

— Je vous écrivais ce billet, répondit Jeanne.

— Donne.

Et pendant qu'il le parcourait :

— Est-ce possible ! s'écria-t-il profondément troublé, Henri souffrant, malheureux !... Qui t'a dit cela?

— Je l'ai vu.

— Où?

— A Bagnères.

— Tu accompagnais cette vieille folle?

— Et sa nièce.

— Et pourquoi as-tu quitté Henri?

— Je voulais te prévenir.

— Mais où est-il?

— A Bagnères encore.

— Et il va retourner à Paris?

— Dans trois jours.

Robert pressa son front dans ses mains.

— Soit! dit-il presque aussitôt. Alors il faut que je quitte Brest, moi aussi... Je partirai ce soir.

— Ce soir ! fit Jeanne en le regardant avec étonnement.

— Oui, poursuivit Robert, ce soir, cette nuit... Écoute.

— Parlez.

— Tu m'es dévouée, toi, tu aimes Henri; et puis, j'ai un moyen de m'assurer ton obéissance. Tu n'as pas oublié, n'est-ce pas, que si tu me trahissais, ce serait fait de lui !

Jeanne remua tristement la tête.

— Vous ai-je trompé jusqu'à présent ? dit-elle avec une amère mélancolie.

— Non, non, c'est vrai continua Robert; mais j'ai maintenant plus que jamais besoin de ton dévouement... Ce soir, tu m'apporteras des vêtements que je puisse changer contre ceux-ci.

— En quel endroit?

— Près de la grille de l'hôpital.

— A quelle heure?

— A minuit.

— J'y serai.

— Bien. Une dernière question.

— Faites vite, on nous surveille peut-être.

— Tu as raison... Trouve-moi, d'ici ce soir, une maison, une chambre où je puisse passer un jour, le temps de dépister ceux qui me chercheront.

— Ce sera fait.

— A minuit donc.

— A minuit.

Robert disparut.

C'était précisément au moment où l'on venait de repêcher la tante Aurore, et nul ne s'aperçut de sa disparition. L'escouade dont il faisait partie stationnait à peu de distance; l'incident expliqua assez naturellement son retard, et il rentra au bagne sans avoir éveillé le moindre soupçon.

C'était important.

Le Bagne de Brest était, à cette époque, une espèce de forteresse où toutes les précautions semblaient avoir été prises, du moins à l'intérieur, pour rendre impossible l'évasion des misérables que le crime avait violemment séparés de la société.

Figurez-vous, au premier étage, deux immenses salles nues, ornées seulement de lits de camp, comme dans un corps de garde, où les hommes dormaient accouplés et enchaînés deux à deux. Un poste à l'entrée; de hautes fenêtres bardées de fer, élevées à quinze pieds du sol; des gardiens sans cesse éveillés, des sentinelles tout autour, et, au fond de chacune des salles, deux pièces de canon chargées à mitraille, toujours braquées et prêtes à réprimer la moindre révolte sérieuse.

C'est plus qu'il n'en fallait, et je n'ai pas entendu dire que les forçats aient jamais tenté de se révolter.

En revanche, et en dépit de ces précautions, les évasions étaient fréquentes.

Avant la translation à Cayenne de ces hôtes dangereux, il n'était pas rare d'entendre tout à coup dans le port retentir le canon d'alarme.

A Brest, on ne s'en inquiétait pas beaucoup; on savait bien que les forçats qui s'évadaient ne s'attardaient pas dans les rues, où ils eussent été facilement repris.

Mais dans la campagne c'était bien différent !

Le canon y éveillait un écho sinistre : une évasion était une menace pour tous, un danger en face duquel on pouvait se trouver à toute minute; chacun s'armait en silence, on surveillait tous les visages étrangers, et l'on établissait sur-le-champ une sorte de chasse à l'homme.

Chasse terrible, aveugle, sans pitié presque toujours.

Imaginez-vous un moment qu'une bête fauve s'échappe du Jardin des Plantes et s'élance à travers Paris...

Dans les environs de Brest, le forçat, c'était la bête fauve.

Quoi qu'il en soit, malgré l'étroite surveillance dont il était l'objet à l'intérieur du bagne, malgré les dangers qui l'attendaient une fois sorti, le forçat saisissait toujours avec avidité la première occasion qui se présentait à lui, et, nous le répétons, il ne se passait pas de semaine que le canon d'alarme ne retentit deux ou trois fois.

Cependant la nuit était venue.

Les forçats étaient rentrés depuis longtemps, et nul n'avait manqué à l'appel.

Robert occupait à l'extrémité de la salle un lit qu'il partageait d'ordinaire avec Jacques... mais, ce jour-là, il se trouvait seul... son compagnon, fortement soupçonné d'avoir jeté tante Aurore à l'eau, avait été mis au cachot.

Robert songeait.

Il avait donné rendez-vous à Jeanne à la grille de l'hôpital, et pour rien au monde il n'eût voulu manquer à ce rendez-vous.

Nous saurons plus tard quel intérêt il avait à être exact.

Il faisait une nuit sombre au dehors : des nuages noirs, pesamment chargés d'électricité, passaient lentement dans le ciel. De temps à autre, un éclair déchirait leurs flancs sonores et en illuminait les profondeurs.

Nuit propice pour une évasion!

Mais ce n'était point à cela que songeait Robert. Il possédait une véritable notoriété dans les fastes du crime, et, jusqu'alors il n'avait jamais séjourné longtemps dans les bagnes.

Paresseusement allongé sur son lit de camp, il mesurait de l'œil la distance qui le séparait de la fenêtre, — les barres de fer en avaient été sciées depuis deux jours par Jacques, — et il savait que cette fenêtre donnait sur un terrain vague où les rondes se hasardaient rarement.

Il attendait.

Les gardiens allaient et venaient... Deux ou trois réverbères fumeux jetaient alentour un jour douteux et sombre, et l'on n'entendait plus que le bruit des propos cyniques qu'échangeaient entre eux les forçats accouplés!

J'ai habité Brest quelques années, et j'ai visité le bagne bien des fois, je n'ai jamais rencontré un forçat qui se repentît ou qui eût honte... Le cynisme!... voilà leur dernier refuge, à ces hommes!

Vers onze heures, cependant, les conversations s'éteignirent peu à peu; on commença à entendre de loin en loin quelques ronflements sonores, et les rondes devinrent moins fréquentes.

Robert n'avait pas bougé.

Seulement, quand le dernier coup de onze heures sonna, il glissa doucement la main le long du lit sur lequel il était étendu, en souleva sans bruit une des planches et tira d'une cachette soigneusement dissimulée quelques objets qu'il fit aussitôt disparaître dans sa poche.

Ces objets se composaient d'une corde, d'une lime et d'un couteau catalan.

Tout cela s'était fait sans qu'aucun mouvement apparent eût donné l'éveil aux argus qui l'entouraient, et c'est ainsi qu'il put encore retirer ses souliers et enlever la chaîne rivée à sa jambe droite.

Ces apprêts terminés, le plus fort était fait.

Il ne s'agissait plus que d'épier le moment favorable, et notre forçat n'était pas homme à le laisser échapper.

Or, quelques minutes plus tard, et pendant que le gardien qui venait de passer disparaissait dans la pénombre de la salle, Robert descendit silencieusement à terre, rampa jusqu'au mur qui lui faisait face, et escalada les quinze pieds qui le séparaient de la fenêtre.

Ce fut l'histoire de quelques secondes à peine, et une couleuvre eût fait plus de bruit.

Une fois qu'il eut atteint la fenêtre, Robert jeta un prompt regard à l'extérieur, et, satisfait sans doute de l'état de l'atmosphère, il fit sauter un des barreaux descellés et passa au dehors.

La pluie tombait avec intensité, le vent soufflait par rafales violentes, et une obscurité des plus épaisses régnait autour de Robert.

Robert se prit à sourire.

Le hasard le servait à souhait.

Tout avait fui aux approches de l'orage; les sentinelles s'étaient réfugiées dans leur guérite; il n'y avait à craindre que les éclairs.

Robert ne perdit pas de temps en hésitations stériles; il attacha la corde solidement à l'un des barreaux, et, ayant jeté un dernier regard vers l'intérieur du bagne, il se laissa tomber le long du mur.

Cependant, cinquante pieds au moins le séparaient du sol, et la corde en avait à peine trente; mais, à cette heure, il n'y avait plus à reculer, et ce n'est pas l'audace qui manquait à notre homme.

Une fois arrivé au bout de la corde, il lâcha résolûment prise, et, sans même regarder au-dessous de lui, il se lança dans le vide.

Il y avait vingt pieds, — un autre se fût tué, — il se releva sans s'être fait la moindre égratignure.

Évidemment la chance était pour lui.

Rien n'avait bougé alentour, les sentinelles continuèrent leur faction dans leur guérite; l'immense cour était toujours déserte, et la pluie et le vent semblaient même redoubler de violence.

Robert rasa le bagne sur ses pieds nus et gagna le mur qui séparait le préau des rues de la ville.

C'était le moment le plus difficile et le plus dangereux de l'opération.

A dix pas, il y avait un poste et deux sentinelles; seulement, comme les évasions s'effectuaient rarement de ce côté du bagne, la surveillance s'y exerçait peut-être d'une manière moins active et moins permanente.

Notre forçat savait cela.

Toutefois, arrivé à l'angle du mur, il s'arrêta tout à coup, et, penché vers le sol, il retint sa respiration et prêta l'oreille.

Il avait cru entendre du bruit à quelques pas de lui.

A tout hasard il tira son couteau de sa poche et l'ouvrit.

Puis, l'œil fulgurant, la bouche béante comme une bête fauve qui a senti dans l'air quelques émanations de chair humaine, il attendit.

Ce ne fut pas long.

Un éclair sillonna le ciel en ce moment et illumina l'endroit où il se trouvait.

Robert venait d'apercevoir un homme en face de lui.

Un homme... un garde-chiourme... un ennemi...

Il bondit de sa place, et, le saisissant à la gorge :

— Tais-toi!... murmura-t-il d'une voix haletante et cassée; il ne peut y avoir ici ni pitié ni hésitation... il faut que je parte... et tu vas mourir!...

En parlant ainsi, il serra résolûment le manche de son couteau, et en plongea la lame tout entière dans la poitrine du garde-chiourme.

Le misérable avait sans doute l'habitude de ces sortes d'affaires, car sa main n'hésita pas une seconde, et il trouva du premier coup la place où il fallait frapper.

La victime tomba lourdement sur la terre détrempée, sans proférer un cri, sans pousser même un gémissement.

La mort avait été instantanée.

Robert se releva.

Il n'avait pas de temps à perdre; à chaque instant on pouvait s'apercevoir de sa disparition, et commencer la chasse... à tout prix, il fallait se dérober au plus tôt à toutes les recherches.

Il quitta donc à la hâte le théâtre de son crime, et s'élança vers l'angle du mur qu'il devait escalader.

Quelques minutes après, l'escalade était effectuée, et notre homme se précipitait avidement vers l'endroit qu'il avait, le matin, assigné comme rendez-vous à Jeanne.

Quand il arriva près de la grille de l'hôpital, minuit sonnait à l'horloge de la place Saint-Louis, et il aperçut à peu de distance une forme se mouvoir dans le renfoncement d'une porte cochère.

C'était Jeanne!...

Il y avait une heure qu'elle attendait sous la pluie; elle était littéralement trempée.

— Bien! bien! dit Robert en s'emparant aussitôt des vêtements qu'elle lui apportait; ton dévouement te sera compté... je t'en réponds... Continue à nous servir ainsi, et, avant peu, je te le promets... tu le reverras...

— Dites-vous vrai? fit Jeanne d'un ton suppliant et en joignant les mains.

Robert haussa les épaules.

— Allons! allons! répliqua-t-il brusquement, ce n'est pas le cas de nous attendrir... les moments sont précieux... une souris qui n'a qu'un trou est bientôt prise... il faut que tu me caches jusqu'au moment où j'aurai laissé repousser ma barbe... As-tu songé à cela!...

— J'y ai songé, dit Jeanne.

— Eh bien?

— Le père Yvon est prévenu.

— Yvon?

— A Saint-Marc.

— Diable! mais il y a deux lieues d'ici, et la nuit... il ne fait pas bon à s'aventurer dans la campagne...

Jeanne remua doucement la tête.

— C'est cependant le meilleur endroit que vous puissiez choisir, répondit-elle; Saint-Marc est sur le bord de la grève, loin de toute habitation... on n'ira pas vous y chercher...

— Tu as peut-être raison... fit Robert pensif.

— D'ailleurs, poursuivit Jeanne, ce n'est pas la première fois que le père Yvon vous offre un asile, et vous n'avez jamais eu à vous plaindre de lui.

— C'est vrai...

— La maison est sûre.

— Je le crois.

— Et vous en connaissez parfaitement la route.

Robert venait d'achever sa toilette.

— Va donc pour Saint-Marc, dit-il avec résolution, et, malgré l'affreux temps qu'il fait, je vais m'y rendre de ce pas... Jeanne, encore une fois merci, et je te répète, compte sur ma reconnaissance...

Il allait s'éloigner, mais une idée soudaine traversa son cerveau, et il s'arrêta.

— Un mot encore, dit-il à Jeanne.

— Parlez... répondit la femme.

— As-tu mis de l'argent dans la poche de mon paletot?

Jeanne baissa la tête.

— Hier, dit-elle, dans l'espoir que je vous rencontrerais sur le port et que je trouverais moyen de vous parler, j'avais pris deux pièces de vingt francs qui vous étaient destinées.

— Où sont-elles?

— Pendant l'événement, j'ai oublié de vous les remettre, si bien que lorsque je suis rentrée le soir, je ne les ai plus trouvées.

— On t'avait volée?

— Je le crois.

Robert se frappa le front.

— Pendant que nous causions, c'est cela, dit-il, comme se parlant à lui-même, on aura profité de la confusion, du désordre... Te rappelles-tu au moins que quelqu'un soit passé près de nous à ce moment?

— Une seule personne.

— Qui cela?

— Votre ami.

— Jacques?...

— Je ne l'affirmerais pas... et pourtant...

— Et pourtant, j'en suis sûr, s'écria Robert. C'est lui, c'est ce filou de Jacques... Ah! j'ai presque envie de retourner là-bas, pour lui faire rendre gorge...

Et comme Robert paraissait hésiter, Jeanne lui prit la main et y laissa tomber deux pièces de cinq francs.

— Acceptez toujours ceci, dit-elle d'une voix humble et tremblante, c'est tout ce qui me reste en ce moment; mais avant que vous ayez quitté Saint-Marc, je vous aurai fait remettre une somme suffisante pour votre voyage...

Robert serra la main de Jeanne et glissa les deux pièces dans le gousset de son gilet.

— Tout est donc pour le mieux, dit-il, et je ne demande plus rien... A bientôt, Jeanne, et je vais t'attendre chez le père Yvon... si tu as quelque chose à m'apprendre, c'est là que tu me trouveras.

Et sur ces mots il s'éloigna d'un pas rapide dans la direction des portes de la ville.

Depuis qu'il avait changé de costume, Robert était méconnaissable; il n'y avait plus rien du forçat en lui, et, en le voyant passer, on l'eût pris plutôt pour quelque honnête employé qui s'est attardé dans une soirée bourgeoise, et qui se hâte de rentrer chez lui.

Ainsi que nous l'avons dit, Robert était grand, bien pris dans sa taille, et d'une physionomie qui, pour être audacieuse, n'annonçait point cependant les instincts pervers qui l'avaient jeté dans la voie du crime. Son passé avait été donné tout entier au désordre le plus violent, mais il possédait à un tel degré l'art de la dissimulation et du mensonge, qu'il avait bien souvent trompé les regards les plus exercés, et qu'il pouvait toujours impunément recommencer la lutte qu'il avait engagée contre la société.

C'est la quatrième fois qu'il s'échappait du bagne. Il avait été successivement à Toulon, à Rochefort, à Cherbourg, à Brest, et c'est à peine s'il était resté quelques mois dans chacune de ces localités. Tout au plus le temps de connaître les lieux.

On eût dit que ces évasions n'étaient qu'un jeu pour lui, et il avait acquis une espèce de célébrité par ces sortes d'entreprises.

Seulement, celle qu'il venait de tenter avec tant de succès n'avait réussi qu'à l'aide d'un crime, et Robert connaissait trop bien le code du bagne pour ignorer qu'il s'était mis là dans un cas terrible.

Il y avait la peine de mort au bout de cette évasion, et cette perspective ne laissait pas que de le préoccuper un peu.

Il fallait donc se soustraire à tout prix aux premières recherches qui allaient être faites, et gagner la capitale au plus tôt.

Une fois à Paris, Robert se retrouvait dans son milieu, et, à tort ou à raison, il espérait y dépister facilement la police.

Mais Paris est à cent cinquante lieues de Brest, et, malgré toute son habileté, il ne pouvait franchir cette distance en une nuit.

Le conseil que Jeanne lui avait donné était donc bon à suivre, et c'est chez le père Yvon qu'il pouvait, avec le plus de sécurité, attendre les événements.

Il pressa le pas.

La nuit était toujours aussi sombre; le vent soufflait aux angles des rues; le tonnerre continuait de gronder et les éclairs déchiraient le ciel.

Bon temps pour une nuit de crime!

Aux portes de la ville, le concierge vint lui ouvrir le guichet en grommelant.

Robert était d'une politesse exquise; il s'excusa de déranger un si honorable citoyen; mais il lui expliqua en même temps qu'il avait été contraint de venir chercher à Brest un médecin pour sa femme qui venait d'être prise des premières douleurs de l'enfantement... il fit un tableau si poignant de ses inquiétudes, que le guichetier se radoucit comme par enchantement, et laissa même échapper quelques compliments de condoléance.

— C'est un dur moment à passer, dit-il de sa voix rude et paterne à la fois; un dur moment, monsieur... je sais ce que c'est.

— Ah! vous avez des enfants, mon ami? fit Robert pendant que son interlocuteur mettait la clef à la serrure.

— J'en ai quatre vivants, monsieur!

— Moi, c'est mon premier.

— Alors je comprends vos inquiétudes... quand vous en aurez eu huit, comme chez nous, vous commencerez à vous y faire.

— Oh! j'espère bien m'arrêter avant cela.

La porte était ouverte, Robert passa.

— Et le médecin? demanda le guichetier.

Robert haussa les épaules.

— Vous savez, mon ami, répondit-il, ces gens-là, ça n'est jamais prêt.

— A qui le dites-vous?

— Il viendra dans une demi-heure... j'ai pris les devants pour rassurer ma femme.

— C'est bien naturel... mais, soyez tranquille, je ne le ferai pas attendre et lui recommanderai de se presser.

— Mille grâces, alors.

— Votre serviteur, monsieur.

Robert était déjà loin.

Il traversa sans s'arrêter la *place de la Liberté*, prit la route de Paris, et, arrivé à la hauteur du télégraphe, il tourna brusquement à droite et s'engagea dans la campagne.

Le chemin lui était familier.

Une fois là, il commença à ralentir le pas... Il avait perdu l'habitude de la marche... il était harassé... et puis, si fort que l'on soit, on ne brave pas de pareilles émotions.

Seulement, notre forçat avait encore une autre raison pour ralentir sa marche... et celle-là lui communiqua un moment une sueur glacée qui inonda ses cheveux.

Depuis quelques secondes, un homme marchait derrière lui, suivant le même chemin, s'arrêtant quand il s'arrêtait, se remettant en marche dès qu'il reprenait sa course.

Il était suivi.

Qui cela pouvait-il être?

Tout, excepté un indifférent.

Il frissonna.

Mais la réflexion vint presque aussitôt corriger ce premier mouvement, et il se prit à sourire de sa propre frayeur.

L'homme qui le suivait était seul, et rien n'était facile comme de s'en débarrasser.

Cette pensée le rassura, et, en même temps qu'elle lui venait, il saisit dans sa poche son couteau, encore sanglant du premier meurtre.

Alors, s'étant arrêté tout d'un coup, il fit brusquement volte-face et se précipita le bras levé sur l'inconnu qui, déjà, n'était plus qu'à quelques pas de lui.

Mais ce dernier l'avait deviné; il exécuta rapidement un bond de côté pour éviter le coup qui lui était destiné, et, en voyant l'air décontenancé de Robert à la suite de son insuccès, il poussa un joyeux éclat de rire, que Robert imita d'ailleurs dès qu'il eut reconnu son adversaire.

— Jacques! s'écria-t-il stupéfait.

— Moi-même, mon bon, répondit son compagnon de chaîne.

— Mais comment te trouves-tu ici?

— Ah! cela t'étonne!... Eh bien, remettons-nous en marche,

s'il te plaît, car il ne fait pas bon ici, et en marchant je te donnerai toutes les explications que tu désireras.

Robert trouva l'avis excellent, et nos deux forçats reprirent leur route à travers champs.

II

LES DEUX FORÇATS

— Vois-tu, reprit Jacques, après un court moment de silence, je n'aurais pu me faire à l'idée de vivre là-bas sans toi; tu m'es aussi nécessaire que le pain que je mange et le vin que je bois; le jour où l'on te raccourcira, je ferai mon paquet et je ne serai pas long à aller te rejoindre.

— Mais tout cela ne me dit pas... interrompit Robert.

— J'avais été mis au cachot, poursuivit Jacques, à cause de la vieille, que l'on me soupçonnait, bien à tort, d'avoir jetée à l'eau; mais quand on eut reconnu mon innocence, car la vertu est toujours récompensée, on se repentit de m'avoir traité avec rigueur et l'on me renvoya à la salle, en s'excusant poliment de l'erreur qui avait été commise à mon préjudice... Moi, je ne regarde pas à la nourriture, mais je tiens particulièrement aux égards... Quand on a été notaire...

— C'est bon, c'est bon! interrompit encore Robert, ne vas-tu pas recommencer? tu as été notaire, c'est convenu, nous savons cela; mais encore une fois...

— J'y arrive.

— C'est heureux.

— Donc, quand je ne te retrouvai plus à notre place, je compris tout de suite de quoi il retournait; je sondai le lit de camp, et je vis que la corde et le couteau avaient disparu; c'était assez significatif. Alors le mal du pays me prit et mon plan fut vite organisé. Tu avais tracé le chemin, le temps était favorable, on ne connaissait pas encore ton évasion. Je filai par la fenêtre où tu avais laissé la corde, et en un tour de main l'oiseau était déniché. Seulement, il s'agissait de savoir quelle direction tu avais prise, et ça n'a pas été facile; mais j'ai le nez d'un chien et l'oreille d'un peau-rouge, et à force de m'orienter et de réfléchir, j'arrivai un quart d'heure après toi à la porte de la ville.

— Un quart d'heure, fit Robert; comment sais-tu cela?

Jacques se prit à rire.

— Ah! c'est là qu'est le plus curieux de l'affaire, reprit-il après quelques secondes données à son hilarité; figure-toi que j'ai trouvé là une espèce de bouledogue mal léché, qui s'est mis à grogner parce que je le dérangeais; moi, je le laissais grogner, puisqu'il n'y avait pas moyen de faire autrement. Alors, mon animal me regarda des pieds à la tête, et me demanda si je n'étais pas le médecin. — Quel médecin? — J'ai cru qu'il se moquait de moi, mais il y tenait; il me dit que l'on m'attendait, que le père venait de passer, qu'il avait l'air d'un bien brave homme; que lui, il avait huit enfants, dont quatre vivants, etc., etc. Je te reconnus à l'histoire qu'il me raconta et au portrait qu'il me fit. C'est tout ce que je voulais... D'ailleurs, il venait d'ouvrir la porte et c'était là l'important. Nous nous quittâmes les meilleurs amis du monde, et, sûr de te rencontrer, je hâtai le pas plus encore que je ne l'avais fait... Voilà, mon bon, comment je me trouve ici, libre et décidé à ne te quitter qu'à la mort.

Robert ne répondit pas tout de suite; il réfléchissait, tout en continuant de marcher.

L'orage paraissait vouloir s'apaiser, la pluie avait cessé de tomber; le vent soufflait bien encore avec un reste de violence, mais de temps à autre la lune se montrait furtivement entre deux nuages.

Tout à coup Robert se retourna vers son compagnon et lui lança un regard irrité.

— Nous verrons plus tard le parti que nous aurons à prendre au sujet de l'avenir, dit-il d'un ton ferme et impérieux; mais, pour le moment, j'ai une autre question à t'adresser.

— A moi? fit Jacques.

— A toi.

— De quoi s'agit-il?

— Il s'agit d'un vol qui a été commis hier sur le port, pendant que tu t'approchais de la vieille.

— Un vol?... dit Jacques en feignant de chercher à rappeler ses souvenirs.

— Ne cherche pas, poursuivit Robert.

— Cependant...

— Tu sais ce dont je veux parler.

— Je te jure...

— Jeanne avait deux pièces d'or sur elle, ces deux pièces d'or m'étaient destinées, et tu t'es approprié le bien d'autrui!

— Si on peut dire!...

— Ne nie pas!

— C'est Jeanne qui te l'a dit?

Robert s'arrêta un moment et s'empara du bras de Jacques, qu'il serra énergiquement dans sa main comme dans un étau.

— Qu'as-tu fait des deux pièces d'or? dit-il d'un ton où grondait une colère mal contenue.

— Mais... je ne sais... balbutia le misérable forçat; tu me prends là au dépourvu... tu me parles d'un ton... j'ai peine à rassembler mes souvenirs...

— Réponds!

— Il me semble, en effet, qu'en passant près de Jeanne, j'ai eu une distraction.

— Où sont les deux pièces d'or?

— Je ne les ai plus.

— Ah! et qu'en as-tu fait?

— Eh bien...

— Parle!

— Je les ai déposées à la caisse d'épargne.

La main de Robert s'appesantit sur l'épaule de Jacques, qui trembla sur ses genoux.

— Tu ajoutes la raillerie au crime! dit-il d'une voix menaçante.

— Mon bon ami...

— Il n'y a pas d'ami quand il s'agit d'argent.

— Mais cet argent, je le conservais pour notre voyage.

— Eh bien, c'est dans ce but que je le réclame moi-même... Où est-il?

— Tu le veux?

— Donne.

Jacques tira péniblement de sa poche les deux pièces d'or réclamées et les présenta à son compagnon. Celui-ci s'en empara vivement.

— C'est bien, dit-il avec une certaine emphase, qui sentait son prudhomme de bien près; ton repentir te sera compté, et je n'oublierai pas *la facilité avec laquelle s'est faite la restitution*... Et, maintenant que nos comptes sont réglés, ne perdons plus de temps en des discours inutiles, et hâtons-nous de rallier la cabane du père Yvon.

Le père Yvon demeurait au fond de la rade de Brest, à quelques pas du village de Saint-Marc, et dans une petite crique enserrée entre deux rochers qui cachaient sa cabane à tous les yeux.

Il y avait trente ans qu'il vivait là des produits d'un méchant cabaret, où ne s'attablaient guère que quelques ouvriers de la plus dangereuse compagnie, ou quelques paysans de la pire espèce.

Son établissement avait un mauvais air et une plus mauvaise réputation; mais le père Yvon se moquait du *qu'en dira-t-on*, et l'on prétendait dans le pays qu'il était fort riche, et qu'il devait y avoir bien des écus de six livres enfouis dans sa cave.

Il était environ trois heures du matin, quand nos deux évadés arrivèrent à la cabane du père Yvon.

La cabane était hermétiquement fermée, et à voir l'aspect délabré de l'extérieur, on pouvait croire qu'elle était inhabitée.

Robert frappa avec force à la porte, mais le silence le plus complet lui répondit seul.

Jacques hocha la tête.

— Hum!... grogna-t-il de mauvaise humeur, cette masure m'a bien l'air d'une souricière.

— Tais-toi! fit Robert qui écoutait l'oreille collée contre la fenêtre.

— Es-tu sûr de Jeanne, au moins?

— Tu sais bien qu'elle a trop peur pour nous tromper.

Robert frappa de nouveau, et avec plus d'autorité encore que la première fois.

— Tu ferais aussi bien de démolir la maison tout de suite, fit remarquer Jacques.

Mais il se tut presque aussitôt et prêta l'oreille; il venait d'entendre remuer à l'intérieur.

— Il paraît que notre homme a le sommeil dur, dit Robert.

— Tu fais un bruit à réveiller un pendu.

— Il y a vingt ans que celui-ci devrait l'être.

Ils n'ajoutèrent pas un mot. Une faible lumière filtrait à travers les vitres. Ils entendirent remuer quelques meubles... on se rapprochait de la porte.

— Qui est là? cria peu après une voix haute et sonore.

— Un ami qui vous est annoncé, répondit Robert.

Il y eut un silence, puis la voix reprit :

— Mais, je n'attendais qu'un voyageur, et vous êtes deux.

— Bah! quand il y en a pour un, il y en a pour deux, repartit vivement Jacques.

— Et vous venez tous deux de là-bas?

— Tous deux.

La porte s'ouvrit :

— Entrez donc, dit le père Yvon en paraissant sur le seuil; mais souvenez-vous que si vous êtes pris chez moi, je serai le premier à déclarer que vous avez forcé ma cabane.

— C'est entendu, répondit Robert.

— Hâtez-vous alors, ajouta le père Yvon, et descendez à la cave, où vous trouverez tout ce dont vous aurez besoin. N'y mettez pas de discrétion, c'est Jeanne qui paye, et elle paye bien.

Robert et Jacques entrèrent et descendirent immédiatement, ainsi que les y engageait leur hôte, dans une cave assez vaste, éclairée par un maigre suif, où ils trouvèrent, selon l'expression de Jacques, une nourriture saine et abondante.

La course avait aiguisé leur appétit : ils burent et mangèrent sans discrétion. Puis, quand ils eurent fumé et devisé un peu de l'avenir, ils s'étendirent côte à côte sur une botte de paille et ronflèrent bientôt à ébranler la chétive demeure du père Yvon.

Deux jours se passèrent sans qu'aucun incident vînt les troubler dans leur retraite, Jacques commençait à s'ennuyer de sa captivité, et Robert, qui ne savait à quoi attribuer le silence de Jeanne, se sentait envahir par de vagues inquiétudes.

Ils ne pouvaient rester éternellement dans cette cave, et mieux eût valu pour eux être restés au bagne, que de vivre ainsi enfermés dans un trou infect, où ils se trouvaient à toute heure à la discrétion d'un hôte qu'en définitive ils ne connaissaient pas.

Jacques, surtout, était tourmenté des plus vives inquiétudes. Son évasion ne s'était pas effectuée dans les mêmes conditions que celle de son compagnon; il n'avait tué personne, lui, et, par conséquent, il n'avait pas les mêmes motifs de crainte que Robert.

Il rêvait... Puis... il voulait jouir de sa liberté, et vingt fois il fut sur le point de s'échapper. Mais Robert exerçait sur lui une autorité sans partage, et il put lui faire comprendre la folie de ses projets et le retenir auprès de lui.

Jacques resta donc.

Le troisième jour, quand on vint leur apporter la nourriture de la journée, et comme Robert demandait si aucune nouvelle n'était venue de Brest, le père Yvon se prit à sourire d'un air d'intelligence.

— On est venu, répondit-il à voix basse.

— Jeanne? fit vivement Robert.

— Non, pas Jeanne... mais un paysan des environs qu'elle connaît et qu'elle a chargé de cette lettre pour vous.

Robert saisit avidement la lettre que le père Yvon lui tendait et l'ouvrit.

Voici ce que Jeanne lui disait :

« Depuis deux jours j'épie le moment de vous aller voir, mais il paraît que votre évasion a fait du bruit; on a mis beaucoup de monde en campagne, et je ne sais pas si je ne suis pas moi-même surveillée. On m'a vue peut-être causer avec vous sur le port, et depuis deux jours, il me semble voir rôder autour de la maison bien des visages curieux. Je n'irai donc pas vous trouver dans la crainte de vous trahir sans le vouloir. Cependant, je vous envoie quelque argent, et j'espère qu'il vous aidera à vous tirer d'affaire.

» Je vous annoncerai en même temps que mon maître part ce soir. J'ignore quelles nouvelles il a reçues de Paris, mais son départ a été commandé très-précipitamment... Ce soir, vers dix heures, une voiture de poste viendra nous prendre, et nous serons à Paris dans deux jours. Si vous êtes assez heureux pour gagner la capitale, et que vous y ayez besoin de moi, vous savez où me trouver.

» A tantôt donc, monsieur Robert, je regrette de ne pas avoir pu vous être plus utile; mais croyez à toute ma bonne volonté. Vous savez d'ailleurs quel motif me fait agir, et j'espère que je le reverrai... Vous me l'avez promis, n'est-ce pas? C'est là le seul espoir qui m'ait soutenu jusqu'à présent et qui me fasse vivre encore. »

A cette lettre était joint un billet de banque de deux cents francs.

— Eh bien, dit Jacques qui regardait le billet de banque d'un œil et Robert de l'autre.

Robert était resté pensif après la lecture de cette lettre. Quand il releva la tête, un éclat inaccoutumé brillait dans son regard.

— Eh bien, dit-il, nous allons partir.

— Quand cela?

— Cette nuit.

— Mais, d'après ce que dit Jeanne, ne crains-tu pas que nous soyons pincés?

— As-tu peur?

— Dame!

— Ne viens pas, alors.

— Mais je ne dis pas cela.

— Et puis, dit Robert en posant le doigt sur son front, j'ai une idée.

— Dis-la-moi.

— Plus tard.

— Pourquoi pas tout de suite.

— Est-ce que tu n'as pas confiance en moi?

— Où tu iras j'irai, répondit Jacques.

— D'ailleurs je joue plus gros jeu que toi, objecta Robert.

— C'est vrai.

— Le départ du maître de Jeanne nous offre une occasion unique, et je ne veux pas la laisser échapper... Nous partirons ce soir... seulement, il faut que d'ici à ce soir, nous soyons armés.

— Le père Yvon a peut-être des pistolets?

— Nous les lui achèterons.

— Les lui acheter? répéta Jacques comme s'il eût mal entendu.

— Sans doute, dit Robert.

— N'y a-t-il pas un autre moyen plus simple et moins coûteux?

Robert haussa les épaules.

— Tu seras toujours le même, lui dit-il avec ironie; tu ne comprends pas que nous sommes ici à la discrétion de ce vieil aubergiste, que nous ne pouvons rien prendre chez lui sans le payer, et qu'à moins de le tuer...

— Dame! ce serait une économie, grommela Jacques.

Robert ne répondit pas, le père Yvon venait d'entrer avec leur déjeuner... Il lui fit part de ses projets de départ et lui demanda de lui vendre les objets dont il avait besoin.

Le père Yvon tenait tous les articles utiles à son genre d'exploitation, et l'affaire fut conclue plus facilement et à meilleur compte que l'on ne devait l'espérer.

Le soir donc, après un repas où ils avaient fait d'abondantes libations d'eau-de-vie, nos deux forçats quittèrent la grève vers minuit et s'acheminèrent, par un chemin de traverse, vers la petite ville de Landerneau.

A une demi-lieue de la ville ils s'arrêtèrent.

Robert avait expliqué son plan à son ami, et ce dernier venait de lui indiquer un endroit favorable à la réussite de leurs projets.

C'était un lieu désert, éloigné de toute habitation, près d'un brusque tournant que fait la route, à la pente extrême d'une colline rapide.

A gauche, a poussé un petit bois de chênes et d'arbustes rabougris; à droite, s'étend une lande silencieuse et morne; à quelques pas coule un ruisseau de trois pieds de profondeur, qui s'en va au loin alimenter deux ou trois filatures qui font la richesse du pays.

Jacques connaissait les lieux; ce n'était pas la première fois qu'il allait au bagne, ce n'était pas la première fois non plus qu'il s'en échappait.

Robert trouva la position excellente... Le ciel était chargé de nuages épais et lourds... La nuit était profonde et noire... Ils ne pouvaient rien désirer de mieux.

Ils se couchèrent dans le fossé qui bordait la route et attendirent.

En ce moment, minuit sonna à l'horloge de Landerneau, et ils entendirent peu à peu les clochers des villages éloignés se renvoyer l'heure sur un ton monotone et lent.

— Minuit! fit Jacques en se tournant vers Robert; tu es bien sûr, au moins, qu'il vont venir?

— Très-sûr, répondit Robert.

— A moins qu'il n'y ait eu contre-ordre.

— Comme tu dis.

— Il faut deux heures et demie pour venir de Brest à Landerneau?

— A peu près.

— Et ils sont partis à dix heures?

— De sorte qu'ils doivent être ici dans un quart d'heure.

Jacques se retourna avec impatience et appliqua son oreille contre le sol.

— Je n'entends rien, dit-il avec dépit.

— Ah! tu es trop pressé aussi, repartit Robert.

— J'ai peur des autres.

— Les gendarmes?

Il y eut un silence... Jacques avait frissonné. Il n'aimait pas entendre parler de gendarmes après minuit.

Cependant l'appât que lui avait montré Robert était trop tentant pour qu'il gardât longtemps le silence. Sa cupidité, un moment étouffée par la peur, se réveilla bientôt plus vive que jamais.

— Et tu dis que le vieux aura des petits *garat?* murmura-t-il à voix basse et rapide.

— Des flottes de garat, répondit Robert en souriant.

— Quelle chance tout de même, poursuivit Jacques, que l'on n'ait pas encore eu l'idée de faire passer le chemin de fer par ici.

— C'est vrai... mais cela viendra.

— Tu crois?

— Et ils rendront ainsi notre industrie impossible.

— Les lâches!

Ils se turent de nouveau... Jacques venait d'appliquer une seconde fois son oreille sur le sol, et il se releva presque aussitôt avec un frémissement.

— Qu'y a-t-il? demanda vivement Robert.

— Ce sont eux.

— Écoute encore... et parle... qu'entends-tu?

Jacques reprit sa position.

— Une voiture de poste, répondit-il en interrogeant le sol, et deux chevaux lancés au galop.

— Est-elle loin?

— A une demi-lieue environ.

— Hâtons-nous donc alors, car nous n'avons que le temps.

Les deux forçats quittèrent leur poste d'observation et allèrent prendre position au tournant même du chemin; ils tenaient chacun un pistolet chargé dans une main, et, dans cette attitude, ils attendirent les voyageurs.

Malheureusement pour ceux-ci, la route étant, en cet endroit, plus étroite et plus difficile en raison du brusque détour qu'elle effectuait, toute voiture devait forcément ralentir sa course, et prendre pour ainsi dire le pas, sous peine d'aller verser dans le fossé.

Jacques savait cela, et il avait compté sur cette particularité.

Les deux forçats étaient devenus silencieux et sombres.

Quoiqu'ils ne jouassent pas leur vie dans cette attaque nocturne, cependant la partie n'était pas sans danger.

Il ne devait se trouver dans la voiture qu'ils allaient arrêter que trois femmes et un homme; mais ils pouvaient avoir affaire à un postillon courageux et disposé à vendre chèrement sa vie, et c'est là qu'était le point capital de l'entreprise.

Robert le sentait, mais il était décidé à tout. Il avait pris son parti avec cette résolution énergique qui était le fond de son caractère, et plutôt que de manquer cette occasion, il eût assassiné le postillon, si celui-ci tentait de quelque résistance.

Du reste, il n'y avait plus à réfléchir à cette heure. On entendait maintenant distinctement le bruit de la voiture; elle venait d'atteindre le point élevé de la colline, et elle en descendait la pente rapide qui devait la conduire à l'endroit où elle était attendue.

Ainsi que s'y attendait Jacques, les chevaux ralentirent le pas en arrivant au bas de la côte, et quand il la vit sur le point de dépasser le pont, il s'élança vigoureusement à la tête des chevaux et les força de s'arrêter.

Si petit et si chétif qu'il parût, Jacques avait, dans ces moments, une force herculéenne.

En même temps, Robert saisissait le postillon d'une main, et de l'autre lui présentait la gueule de son pistolet.

— Si tu fais un geste, tu es un homme mort, lui dit-il prêt à lâcher la détente.

Le postillon ne répondit pas; il n'avait pour toute arme que son fouet, la lutte eût été insensée.

— Descends! commenda encore Robert.

Et le postillon sauta à terre.

Cependant des cris perçants s'échappaient de l'intérieur de la voiture, et, tandis que Jacques continuait de maintenir les chevaux sans perdre le postillon du regard, Robert s'avança vers la portière qu'il ouvrit.

A sa vue il y eut un redoublement de cris, de pleurs et de sanglots. Robert s'inclina avec toute l'aisance d'un gentilhomme... de grand chemin.

— Ne craignez rien, mesdames, dit-il avec une urbanité qui était une ironie dans la situation, nous ne voulons vous faire aucun mal; seulement, nous avons besoin de votre chaise de poste et nous vous l'empruntons pour quelques jours.

— Mais il n'y a donc pas de gendarmes dans ce pays-ci? cria une voix qu'on s'efforçait de rendre redoutable.

— Voilà une réflexion qui est oiseuse en ce moment, repartit Robert; vous comprenez que nous n'avons pas le temps de discuter à cette heure et en cet endroit. Le mieux pour vous est encore de descendre promptement de la voiture, si vous ne voulez pas que mes camarades emploient la force pour vous y contraindre.

Les voyageurs descendirent.

Ce fut d'abord Jeanne, qui avait déjà reconnu Robert; ce fut ensuite Marthe, qui lui prit le bras avec un abandon qui témoignait de toute l'amitié qu'elle avait pour elle; ce fut encore M. de Ferbach, rouge de colère et de peur; ce fut enfin la tante Aurore, poussant des cris de paon, et demandant quel était ce pays sauvage où l'on pouvait ainsi attaquer impunément de faibles femmes.

Robert s'approcha d'elle aussitôt.

— Madame, lui dit-il d'un ton qui lui glaça le sang jusqu'au plus profond de ses veines, il ne s'agit point ici de crier, mais de se taire; nous n'avons pas le temps de vous écouter, et nul ne peut vous entendre. Laissez-nous donc faire notre besogne, vous en serez quitte pour aller jusqu'à Landerneau à pied, et estimez-vous heureuse que l'on vous lâche à si bon compte.

Puis, il marcha vers M. de Ferbach.

— Et maintenant, ajouta-t-il du même ton plein d'autorité et de menace, votre bourse, monsieur!

— Ma bourse! essaya de balbutier le malheureux père.

— Et votre passe-port!

— Mais...

— Dépêchons!

— C'est infâme!

— Pas de mots.

Robert lui présenta son pistolet et l'argument porta; on lui donna tout ce qu'il demandait.

— C'est bien! dit Robert.

Et marchant vers Jacques qui attendait toujours:

— A nous deux! ajouta-t-il en se penchant vers lui; je crois qu'il ne fait pas bon ici. Tu vas monter sur le siége.

— Moi! voulut se récrier Jacques.

— Tu vas monter sur le siége, animal; tu brûleras les premières postes, comme si les gendarmes étaient à nos trousses, et tu ne t'arrêteras que lorsque je te le dirai.

Jacques hésitait, Robert lui saisit le poignet à le lui briser.

— N'as-tu pas entendu? lui dit-il les dents serrées.

— Parfaitement, répondit Jacques.

— Qu'attends-tu, alors?

— C'est que je n'ai jamais fait ce métier.

— C'est donc difficile sur une grande route?

— Je ne dis pas, mais ça n'en est pas moins humiliant, et quand on a été notaire...

Robert le poussa vers la voiture et l'aida brusquement à monter sur le siége.

Jacques prit en grondant les guides des chevaux, sa mauvaise humeur était évidente; mais il comprenait qu'il était de son intérêt de ne plus perdre de temps, et il était bien près déjà de prendre son parti de l'humiliation que les circonstances lui imposaient.

— Où faut-il vous conduire, bourgeois? dit-il d'un ton goguenard à Robert, pendant que ce dernier se précipitait dans l'intérieur.

— A Paris! répondit son compagnon en fermant la portière et se laissant tomber sur les coussins.

Jacques donna un rude coup de fouet aux chevaux et la voiture partit au galop.

Le coup était fait, sans avoir tiré un coup de pistolet et sans qu'il eût été nécessaire de faire à personne la moindre égratignure.

Nous ne suivrons pas nos deux forçats à travers les mille péripéties du voyage qu'ils allaient entreprendre; il suffira au lecteur de savoir qu'ils atteignirent Paris sans encombre, et que deux jours après l'incident que nous venons de raconter, une chaise de poste entrait, le soir, avec le fracas qui convient aux grands seigneurs, dans la cour de l'*Hôtel des Princes*.

Cette chaise de poste amenait à Paris maître Robert et son fidèle acolyte, l'ex-notaire Jacques ***.

De nombreux domestiques se précipitèrent à l'envi autour des voyageurs dès qu'ils furent descendus de voiture, et un appartement des plus confortables leur fut préparé à l'instant même.

Mais Robert ne comptait pas séjourner longtemps dans un hôtel où la police ne devait pas tarder à le rechercher; aussi, après avoir pris avec son ami une légère collation, ils sortirent pour faire un tour de boulevard, et s'enfoncèrent immédiatement dans les quartiers les plus populeux.

— A Paris! nous voici à Paris! dit Robert avec une douce expansion. Ah! j'ai bien cru un instant que je ne le reverrais plus!

— Ils seront bien fins s'ils nous repincent ici, objecta Jacques.

— N'importe, il faut être prudent.

— Les autres vont être bien étonnés de nous revoir.

— S'ils ne nous ont pas oubliés.

— Eux! oublier des amis, allons donc! D'ailleurs, tu étais leur chef; avec toi ils n'ont jamais fait que de bonnes affaires; ton arrestation les a ruinés presque tous; ils vont pousser des hourras en te revoyant.

— Je n'irai pas aujourd'hui, cependant.

— Pourquoi donc?

— J'ai une affaire plus importante en ce moment.

— Henri?

— Henri, oui; il faut que j'aie de ses nouvelles!

— Mais il est à Baréges, Jeanne te l'a dit.

— Jeanne est une brave femme; elle aime Henri et Henri l'aime; mais il est un surveillant qui vaut mieux que Jeanne, et c'est elle que je veux voir.

— De qui donc veux-tu parler?

— De Mousseline.

— Elle est à Paris?

— Je le saurai ce soir.

— Alors nous allons nous quitter?

— Si tu le veux bien.

— Je vais être, sans toi, comme un corps sans âme.

— Quelle amitié!

— Et puis, je suis sans argent.

— Ah! j'aime mieux cette raison.

Robert mit, en souriant, quelques louis dans la main de Jacques.

— Quand te reverrai-je? dit ce dernier d'un ton mélancolique.

— Demain, répondit Robert.

— A quelle heure?

La victime tomba lourdement sur la terre détrempée.

— Vers minuit.

— En quel endroit?

— Aux catacombes!

— Aux catacombes, soit. A demain donc.

— A demain.

Les deux amis se serrèrent la main avec effusion et ils se séparèrent, chacun tirant de son côté.

III

MOUSSELINE

En quittant Jacques, Robert arrêta un coupé et donna au cocher l'ordre de le conduire rapidement rue Blanche, n° 96.

Le coupé brûla le pavé, et, en moins d'une demi-heure, il arrivait à la porte de la maison indiquée.

Robert descendit, paya la course et entra.

— Mademoiselle Mousseline? demanda-t-il au concierge, en portant la main au bord de son chapeau.

Le concierge leva la tête et examina son interlocuteur avec attention.

— Mademoiselle Mousseline est de retour depuis ce matin, répondit-il, satisfait sans doute du résultat de son examen.

Robert monta deux étages et sonna.

La bonne qui vint ouvrir jeta un cri de surprise en l'apercevant.

— Ah! ah! tu me reconnais, mon enfant, dit Robert en souriant, c'est bien, cela; j'aime qu'on se souvienne de moi.

— Comment, c'est vous, monsieur Robert! fit la bonne ébahie.

— Tu ne m'attendais pas?

— Dame! il y a si longtemps qu'on ne vous avait vu.

— J'ai fait un voyage.

— Mais on écrit, au moins; mademoiselle a été fort inquiète de vous.

— Excellente fille! Et elle est bien, ta maîtresse?

— Oh! elle va être si heureuse de vous voir.

La bonne fit quelques pas vers la porte du salon, puis elle s'arrêta tout à coup, comme frappée d'une idée subite.

— Au fait, dit-elle en réfléchissant et comme si elle se fût parlé à elle-même, je ne sais pas trop si je dois vous annoncer.

— Pourquoi donc? fit Robert.

— Ah! c'est que mademoiselle a bien changé depuis quelques jours.

— Elle serait souffrante?

— Non; c'est de son caractère que je parle.

— Explique-toi!

— Elle est méconnaissable; elle qui était si gaie, si douce, si bonne enfant, elle est devenue tout d'un coup impérieuse, triste, concentrée... Je crois quelquefois que ce sont les eaux de Baréges qui lui ont fait cet effet-là.

— Les eaux de Baréges! quelle calomnie... Mais va, Claire, va, mon enfant; dis à Mousseline que c'est moi, son ami, qui demande à la revoir, après un long voyage, et je suis certain qu'elle me recevra.

— Oh! j'en suis certaine aussi, dit Claire en disparaissant, après avoir introduit Robert au salon.

Il n'y attendit pas longtemps.

Dix secondes s'étaient à peine écoulées, que Mousseline accourait au-devant de lui et se jetait à son cou, avec une joie qui pouvait être sincère, mais dans laquelle, en ce moment du moins, il semblait entrer plus de fièvre nerveuse que de véritable affection.

Elle avait vingt ans; elle était blonde comme les blés, avec deux yeux bleus comme deux saphirs.

C'était, sans contredit, la plus jolie créature que la Providence ait jamais envoyée au demi-monde parisien.

Nulle n'avait comme elle la taille élégante et souple; son pied était si mignon, qu'il eût chaussé sans peine le soulier d'un enfant; et elle portait avec tant de grâce les flots de gaze et de dentelles qui faisaient comme un voile diaphane à son corps, que ses amis enthousiastes lui avaient donné un nom qui rappelait heureusement le charme vaporeux et presque idéal de la beauté.

Par divertissement ou par flatterie, on l'avait un jour appelée *Mousseline*, et le nom lui en était resté.

Mousseline entraîna Robert dans son boudoir, le fit asseoir auprès d'elle sur un divan et lui prit les deux mains.

— Comme je vous sais gré de m'être venu voir, dit-elle avec un complet abandon... Vous étiez parti, je n'avais plus entendu parler de vous; j'ai cru un instant que vous étiez mort.

— Je voyageais, répondit Robert.

— Et vous êtes allé loin?

— En Amérique.

— C'est que voilà un an que je ne vous avais vu.

— En effet.

Là seulement Georges trouva une lanterne sourde, avec laquelle il poursuivit sa marche d'un pas assuré.

— Eh bien, vous n'avez pas changé.

— Tu trouves?

— Non, je crois même que vous avez pris de l'embonpoint.

— C'est l'ennui.

— Oh! l'ennui n'engraisse que les sots.

Robert sourit.

— Mais toi, ma charmante Mousseline, dit-il après un court silence, tu es plus jolie encore qu'au moment de mon départ, si c'est possible... J'espère que tu auras bien des aventures à me raconter, et que nous passerons ensemble quelques bonnes soirées... Tu sais, je ne suis qu'un ami, moi, et à un ami, on peut tout dire, sans compter que je suis homme de bon conseil.

— Et je me suis toujours bien trouvée d'avoir suivi les vôtres, répondit Mousseline.

— Alors tu es heureuse?

— C'est selon.

— Comment cela?

— Ah! il y a du nouveau.

— Vraiment!

— Depuis huit jours.

— Mais, tu es arrivée seulement ce matin.

— C'est vrai.

— Tu viens de Baréges?

— Et c'est à Baréges, mon ami, que je l'ai rencontré.

Robert prit une main de Mousseline dans les siennes.

— Et il est jeune? dit-il avec un sourire bienveillant.

— Vingt-deux ans, répondit Mousseline, dont le regard avait des effluves étranges, depuis qu'elle venait d'aborder cette question.

— Et beau?

— Je ne sais pas, je ne l'ai bien vu que la première fois; depuis, quand je le rencontrais, je me sentais tellement émue, que je rougissais; mon cœur se prenait à battre, ma vue se troublait, si bien que je n'oserais affirmer s'il est brun ou blond.

— Diable! mais c'est tout à fait grave, alors, dit Robert avec une pointe d'ironie.

— Oh! tout à fait grave, répondit Mousseline avec une mélancolie qui n'était pas sans charme.

— Mais ce sont tous les symptômes d'un véritable amour.

— J'en ai peur.

Robert considéra un moment Mousseline avec attention, et son visage prit une expression sérieuse.

— Voyons, reprit-il aussitôt, tout ceci me semble au moins singulier et a besoin d'explication; quand une fille, jolie comme toi, se mêle de devenir amoureuse, je ne vois pas trop ce qui pourrait lui être un obstacle.

— Cela devrait être, fit Mousseline avec une rougeur de dépit.

— Il est impossible que l'on vive un mois à Baréges sans se rencontrer.

— Sans doute.

— Il a dû te voir, te trouver belle; les occasions ne manquent pas pour nouer des relations, et l'intimité naît vite dans une petite ville, où l'on doit fort s'ennuyer quand on se porte bien.

Mousseline fit un signe négatif.

— Vous avez raison, mon ami, dit-elle, et c'est bien là ce qui me dépite... J'ai passé un mois à Baréges, je l'ai vu souvent, je le rencontrais presque tous les jours; j'ai fait naître mille occasions d'attirer son attention et ses regards, et, après un mois de cette comédie, dans laquelle je jouais un rôle qui m'a fait tant souffrir, je ne suis pas plus avancée que le premier jour.

— Eh bien, je déclare que ce garçon doit être fou, à moins qu'il ne soit amoureux.

Mousseline ne répondit pas, mais elle devint pâle et sa main trembla dans celle de Robert.

— Il est amoureux, n'est-ce pas? insista ce dernier.

— On me l'a dit... balbutia la jeune femme.

— Cela doit être.

— Vous le croyez aussi?

— Et tu en es sûre toi-même; d'ailleurs, cela était facile à vérifier... Il y avait là, sans doute, une famille qu'il fréquentait plus assidûment que les autres, une jeune fille auprès de laquelle il était plus empressé?

— Oui, oui, une jeune fille... que l'on appelait Marthe, que tout le monde trouvait jolie...

— Et qui ne l'était pas?...

— Qui l'était, au contraire... mais qu'importe... ne le suis-je pas, moi aussi, autant et plus qu'elle peut-être... mais elle est riche, elle est de son monde à lui, elle est sage surtout... Oh! sage!...

Mousseline tordait ses mains avec violence; ses yeux avaient des éclairs fauves, ses dents mordaient ses lèvres avec énergie...

Robert haussa les épaules.

— Le dépit t'enlève toute présence d'esprit, lui dit-il d'un ton de doux reproche, et j'ai vraiment peine à te reconnaître.

— C'est que je suis malheureuse, répondit Mousseline en fondant en larmes.

— Tout n'est pas désespéré, cependant.

— Et que voulez-vous que je devienne si je ne le revois pas?

— Habite-t-il Paris?

— On me l'a assuré.

— A-t-il de la fortune?

— Il vivait modestement, mais on le disait fort riche.

— Et sa famille?

— Je ne la connais pas.

— Mais comment se nomme-t-il?

— Je ne sais que son petit nom.

— Et quel est-il?

— Henri.

Robert poussa un cri, et Mousseline releva la tête.

— Henri!... répéta Robert avec vivacité. Il s'appelle Henri, tu en es sûre?

— Il le demande!... fit la jeune femme en joignant les mains.

— Oui, tu dois le savoir... tu as raison... et tu me dis qu'il a vingt-cinq ans?

— Vingt-deux.

— Vingt-deux... c'est bien cela...

— Vous le connaissez?

— C'est lui.

— Qui donc?

Robert allait poursuivre, mais son regard vint à rencontrer le regard avide, inquiet, ardent de la jeune femme, et il se contint.

— Rien, dit-il avec un peu d'embarras; un jeune homme que j'ai connu, il y a quelque temps, et auquel je m'intéresse.

— Ah! vous le connaissez! s'écria Mousseline toute joyeuse.

— Beaucoup.

— Parlez-moi de lui alors... dites-moi qui il est, ce qu'il fait à Paris, dans quel monde il vit...

Robert fit un signe négatif.

— Rien de tout cela, mon enfant, répondit-il doucement. Une autrefois, je te dirai tout ce que tu voudras, mais aujourd'hui c'est à toi à me répondre, car il est des choses qui m'intéressent au plus haut point.

— Que voulez-vous donc que je vous dise... fit Mousseline en commençant une moue charmante.

— Tu m'as parlé d'une jeune fille qu'il aime, dit-on, poursuivit Robert; eh bien, je désire savoir si cette jeune fille l'aime aussi.

— Qui ne l'aimerait pas?

— Et elle s'appelle Marthe?

— Et son père est un monsieur de Ferbach.

— Alors, si les jeunes gens s'aiment, ils vont vraisemblablement se marier.

Le regard de Mousseline s'éclaira d'une joie amère à cette question.

— Oh! se marier! répondit-elle avec un mouvement de tête plein de défi, cela n'est pas aussi facile qu'ils le croient.

— Cependant...

— Cependant, mon ami, il y a un rival.

— Ah!

— Georges Brown, un Américain, dont le père de Marthe est littéralement amoureux, et qu'il forcera bien sa fille à épouser...

— Tu crois?...

— Je l'espère...

Le front de Robert se rembrunit.

Mousseline ne le quittait pas des yeux.

— Georges Brown, reprit-il après un court silence, est-ce un jeune homme?

— L'âge d'Henri.

— Et il est bien?

— Caractère froid, concentré, tournure distinguée, beaucoup d'audace dans le regard... un véritable gentilhomme...

— Et il aime Marthe?...

Mousseline commença un étrange sourire.

— Quant à cela, dit-elle avec finesse, j'en doute.

— Comment?

— A moins qu'il ne soit possible à un homme d'aimer deux femmes à la fois.

— Est-il dans ce cas?

Mousseline prit une lettre décachetée, placée à côté d'elle sur un guéridon, et la tendit à Robert.

— Lisez! dit-elle nonchalamment.

Il n'y avait que quelques mots dans cette lettre, mais ils étaient significatifs.

« Chère Mousseline,

» Je serai à Paris vers cinq heures, et à votre porte à neuf; y serez-vous aussi cruelle qu'à Baréges?

» Georges. »

— C'est parfait! dit Robert en rendant la lettre; ainsi, il va venir?

— Et vous devez savoir déjà que j'avais fait défendre ma porte.

— Tu veux être impitoyable?

— Je le hais, celui-là.

— Pourquoi?

— Je ne sais.

Robert réfléchit un instant.

— Eh bien, lui dit-il presque aussitôt, veux-tu me rendre un service?

— Vous le demandez, cher ami?

— Cela te contrariera peut-être?

— De quoi s'agit-il?

— Ce Georges Brown va venir dans quelques minutes.

— Eh bien?

— Eh bien, je désire que tu le reçoives.

— Mais quel intérêt?...

— Je t'expliquerai cela plus tard.

— Alors, vous y tenez?

— J'y tiens beaucoup.

Mousseline tendit la main à Robert.

— Qu'il soit donc fait comme vous le désirez... répondit-elle, je recevrai M. Georges Brown et, s'il le faut même, je me montrerai fort aimable avec lui... cela le changera un peu.

La jeune femme achevait à peine ces paroles, que le timbre retentissait dans l'antichambre, et que Claire se présentait sur le seuil du boudoir.

— M. Georges Brown, dit-elle à sa maîtresse.

Mousseline échangea un dernier regard avec Robert, et se tournant vers la caméristo :

— Eh bien, Claire, répondit-elle, dites que je ne suis pas seule, mais qu'on peut entrer.

Quelques secondes après, M. Georges Brown pénétrait dans le boudoir de Mousseline.

IV

GEORGES BROWN

C'était un beau et élégant jeune homme. Il n'avait que vingt ans, il en portait vingt-cinq.

Il était grand, élancé, *distingué*: nous reproduisons le mot de Mousseline, parce que ce mot a une signification toute particulière dans le monde galant.

Ses beaux cheveux noirs faisaient admirablement ressortir la pâleur de son visage, il avait deux yeux noirs et profonds, où brillaient une intelligence et une audace peu communes, une moustache brune et fine estompait légèrement sa lèvre supérieure, et son aisance, qui n'avait rien d'affecté, accusait une grande habitude du monde.

Il s'avança vers Mousseline sans faire attention à Robert qui l'observait, et, ayant pris la main de la belle pécheresse, il la baisa longuement.

— Combien je vous remercie de cet accueil, dit-il d'une voix pénétrante et douce; vous ne m'aviez pas habitué à tant de bontés, et croyez que j'en sens tout le prix.

— Oh! vous l'exagérez beaucoup, interrompit Mousseline avec enjouement; mais je ne pouvais moins faire pour un homme qui, arrivé à Paris à cinq heures, demande à être reçu chez moi à neuf.

Puis se tournant vers Robert, auquel elle présenta Georges :

— Monsieur Brown, dit elle en souriant.

Et désignant à son tour Robert à Georges :

— Monsieur de Kersaint, ajouta-t-elle sur le même ton, un de mes meilleurs amis.

Les deux hommes se saluèrent avec politesse.

La présentation était faite, mais la glace n'était pas rompue.

Insensiblement cependant, et grâce à l'enjouement de la jeune femme, comme aussi au tact parfait du jeune homme, on causa théâtres, bals, voyages avec un entrain tout parisien.

— Vous avez beaucoup voyagé? dit enfin Robert en s'adressant directement à Georges.

— Beaucoup, oui, répondit ce dernier; c'est la seule ressource de distraction qu'offre le pays où je suis né.

— Vous êtes Américain?

— Américain du nord.

— Et vous n'êtes en Europe que depuis peu de temps?

— Depuis quelques mois seulement.

— Et à Paris?

— Depuis ce matin.

Mousseline jeta un éclat de rire, qui lui permit de montrer les plus belles dents du monde.

— Vraiment, dit-elle avec vivacité à Robert, vous me faites l'effet en ce moment d'un juge d'instruction.

— Comment cela? fit ce dernier.

— Vous interrogez monsieur avec la même insistance que si vous aviez devant vous un homme atteint et convaincu de quelque grand crime.

Robert sourit.

— Pardonnez-moi, monsieur, dit-il aussitôt à Georges, il y a, en effet, un peu d'indiscrétion dans les paroles que je vous adressais, mais je m'intéresse vivement à tout ce qui vient de loin. Jeune, j'avais la passion des voyages, et même à cette heure, malgré les cheveux gris qui se glissent déjà traîtreusement parmi mes cheveux noirs, je me sens parfois bien sollicité de partir, d'aller vers d'autres latitudes, loin de toute civilisation, et d'y planter ma tente pour y finir mes jours.

— Je comprends cet intérêt, monsieur, répondit Georges avec une bonhomie charmante, car j'ai les mêmes goûts et les mêmes aspirations que vous... J'ai quitté l'Amérique de bonne heure... La fortune de mon père m'a permis, sous ce rapport, les fantaisies les plus folles, et, jusqu'à présent, je ne vois qu'un sentiment qui puisse m'arrêter longtemps, si même, il ne peut me fixer tout à fait.

— Quel sentiment? fit Mousseline.

— L'amour.

— Et vous êtes amoureux?

— Vous le savez bien, méchante.

— Oh! je ne crois pas que j'aie jamais tant de pouvoir.

— Essayez.

Mousseline se tourna vers Robert... Au fond, elle était flattée d'être ainsi ouvertement recherchée par un élégant jeune homme, à qui la fortune de son père permettait les fantaisies les plus folles.

Robert fit un signe d'assentiment.

— Monsieur vous dit tout ce qu'il peut vous dire, poursuivit-il, et à cela, en qualité d'ami, je n'ai qu'une objection à faire.

— Laquelle? fit Georges.

— Mousseline a peut-être quelque raison, je dirai même quelque droit, de douter de la sincérité de votre amour.

— Pourquoi donc?

Robert se tut un moment, puis il reprit un instant après :

— Tenez, dit-il en enveloppant son interlocuteur d'un regard profond, nous parlions de vous tout à l'heure.

— Vraiment! fit Georges en cherchant dans les yeux de Mousseline la confirmation des paroles de Robert.

— Oh! indirectement, interrompit la jeune femme.

— Indirectement sans doute, continua Robert; mais, enfin, votre nom avait été prononcé parmi ceux des baigneurs de Baréges, et Mousseline m'assurait qu'il était question pour vous d'un brillant mariage.

— En effet, répondit Georges.

— Voilà mon objection.

— Comment l'entendez-vous?

— Vous me permettez de vous interroger?

— Je vous en prie.

— Et vous ne trouverez pas que j'aie l'air d'un juge d'instruction?

— Parlez! parlez, monsieur!

— Eh bien, s'il est vrai que vous aimiez Mousseline, comment expliquez-vous que vous recherchiez mademoiselle Marthe de Ferbach en mariage.

Georges fit un geste insouciant à cette question.

— L'objection est bonne, dit-il, seulement j'ai une réponse victorieuse à y faire.

— Faites-la à Mousseline.

— Mais je n'ai pas demandé de réponse, se récria cette dernière.

— Et cependant vous seriez bien aise de la connaître, insista Robert.

— M. de Ferbach, dit Georges, est un ami de ma famille; il a, je crois, d'immenses intérêts engagés en Amérique, et c'est pour obéir à mon père que je fais la cour à mademoiselle Marthe; mais de cette situation à un mariage, il y a encore loin, et je ne connais en ce monde aucune volonté qui puisse engager la mienne.

Cette réponse avait été faite d'un ton ferme et résolu. Robert ne trouva rien à y répondre et il se leva.

La pendule marquait en ce moment onze heures.

Il prit son chapeau et revint près de Mousseline.

— Vous partez? dit la jeune femme.

— Je vous laisse, répondit Robert.

— Mais je vous reverrai bientôt?

— Dans quelques jours.

— Pourquoi pas demain?

— Je vais peut-être m'absenter.

— Encore?

— Il le faut.

Robert baisa la main de la jeune femme, et, se tournant vers Georges, qui, comme lui, se disposait à prendre congé de Mousseline :

— Vous ne m'en voulez pas, je l'espère? dit-il avec enjouement.

— Vous en vouloir! repartit Georges, et pourquoi donc?

— Je vous ai tenu un peu sur la sellette.

— Vous m'avez rendu service, au contraire, et je m'estimerai heureux s'il m'est donné de vous revoir.

Robert s'inclina.

— Au surplus, ajouta Georges, j'ai mon coupé en bas, et, si vous le voulez bien, je me ferai un véritable plaisir de vous remettre chez vous.

Robert réfléchit un moment.

— Au fait, ce n'est pas de refus, dit-il.

Les deux hommes saluèrent de nouveau Mousseline et gagnèrent la rue tout en conversant.

Georges avait tiré un étui de la poche de son paletot; il le tendit courtoisement à Robert.

— Fumez-vous? demanda-t-il négligemment.

— Quelquefois, répondit son interlocuteur.

— Ces cigares sont de purs *régalia*, et je vous les donne comme les meilleurs que l'on ait fabriqués à la Havane.

Robert alluma son cigare à celui de son compagnon.

Une fois dans la rue, un laquais en livrée vint ouvrir la portière du coupé, et, sur l'invitation de Georges, Robert y monta le premier.

— Où faut-il vous conduire? demanda-t-il avant de monter lui-même.

— A l'*hôtel des Princes*.

— A l'*hôtel des Princes*, répéta Georges au laquais, qui referma aussitôt la portière.

Le coupé partit au galop des deux chevaux de race dont il était attelé, et, en dix minutes, il atteignit la rue Richelieu.

Robert sauta à terre.

— Mille grâces, monsieur, dit-il alors à Georges, vous savez où je demeure, et s'il vous plaît de m'y venir visiter, croyez que vous y serez le bienvenu.

Georges tendit sa carte à Robert.

— A charge de revanche, répondit-il vivement, et j'espère que je ne serai pas longtemps sans vous revoir.

Les deux hommes se saluèrent avec la plus exquise urbanité, et le coupé repartit aussitôt dans la direction des Champs-Élysées.

Robert jeta alors un rapide regard sur la carte que l'on venait de lui donner, et il lut :

Georges Brown, 9, *avenue Marbeuf*.

Puis, ayant avisé un remise qui stationnait à quelques pas, il fit signe au cocher d'avancer.

— Barrière d'Enfer, dit-il en montant lestement dans la voiture.

Et, s'allongeant nonchalamment sur les coussins tout en savourant le délicieux régalia qu'il devait à la politesse de Georges, il réfléchit à la soirée qu'il venait de passer et au parti qu'il devait tirer de ce qu'il y avait appris.

Quand il atteignit la barrière, il était près d'une heure du matin.

Le chemin de ronde était désert, les allées extérieures étaient sombres et solitaires; le cocher remua la tête et regarda son voyageur, qui venait de descendre et s'apprêtait à le payer.

— Est-ce que vous irez bien par là, bourgeois? lui demanda-t-il en faisant un geste auquel tout autre que Robert se serait arrêté.

— Vous avez donc peur des voleurs? repartit ce dernier en riant.

— Dame! il me semble qu'à votre place je ne serais pas trop rassuré.

Robert haussa les épaules.

— Bah! répondit-il, on n'est pas né d'hier, et je plaindrais celui qui serait tenté de m'arrêter ce soir.

Et il s'éloigna, tandis que le cocher, grassement payé, fouettait ses chevaux et se hâtait de rentrer dans Paris.

Robert fit quelques pas sur le chemin de ronde comme un homme qui cherche à s'orienter; puis, ayant sans doute trouvé son point de repère, il prit tout à coup la direction de la rue de la Tombe-Issoire.

Arrivé à la maison qui porte le numéro 46, il s'arrêta, tira une clef de sa poche et l'introduisit dans la serrure.

Puis, ayant jeté un regard furtif à droite et à gauche, et satisfait sans doute du résultat de son examen, il poussa vivement la porte et entra.

L'allée sur laquelle ouvrait cette porte était plongée dans l'obscurité la plus profonde; mais les lieux paraissaient familiers à Robert, car il marcha sans hésiter jusqu'à un endroit où l'allée décrivait un coude, éleva la main à la hauteur de deux mètres environ, et trouva dans une niche profonde une lanterne sourde, près de laquelle étaient placées quelques allumettes.

Il alluma la lanterne, examina avec soin l'endroit où il venait de s'arrêter et pressa un bouton dissimulé dans la boiserie qui fermait l'allée.

Une nouvelle porte s'ouvrit alors, qui donnait accès sur un escalier tournant et roide.

Il descendit soixante-dix-sept marches, et arriva enfin dans un couloir qui, après des détours sans nombre, où tout autre à sa place se fût perdu vingt fois, le conduisit à une sorte de salle circulaire, dont il ferma soigneusement l'entrée dès qu'il en eut passé le seuil.

Il était là à l'une des extrémités des catacombes.

Nous n'avons pas l'intention de donner ici une description détaillée des étranges curiosités de ce Paris souterrain; nous y reviendrons dans le courant de cet ouvrage; d'ailleurs, les événements de ce récit nous pressent trop en ce moment, et nous ne pouvons qu'ajourner les détails pittoresques qui en découlent et qui y trouveront plus tard leur place naturelle et marquée d'avance.

A peine Robert fut-il entré, qu'il fit jouer un timbre placé au point de jonction de deux pierres de taille, et qu'à cet appel une tête parut tout à coup à l'autre bout de la salle.

C'était la tête de Jacques.

— Est-ce toi? dit-il à Robert.

— Entre toujours, répondit ce dernier.

Jacques se glissa comme un lézard entre deux pierres sèches et sauta dans la salle.

— J'ai peu de temps à moi, fit Robert de ce ton impérieux et bref qu'il prenait souvent avec son ami, il faut donc que tu me comprennes vite et que tu exécutes plus vite encore les ordres que j'ai à te donner.

— Parle donc, dit Jacques en s'asseyant.

— Et d'abord, continua Robert, demain soir, il faut que tu m'apportes ici les empreintes de toutes les portes d'un appartement que M. de Ferbach occupe en ce moment à l'hôtel de Lille et d'Albion.

— Ça ne sera pas difficile.

— Ensuite, demain, je veux avoir, à minuit, à la porte de l'Opéra-Comique, un remise élégant, et pouvant contenir quatre personnes au moins.

— Après?

— Tu te lieras d'ici là avec le cocher de M. de Ferbach, et je te charge de le griser suffisamment pour qu'il puisse prendre le Panthéon pour l'hôtel de Lille et d'Albion.

— Tiens, ce sera drôle, ça, fit Jacques, et je vais m'amuser.

— Enfin, ajouta Robert, voici une carte et une adresse. Avant deux jours, je veux savoir ce que c'est que M. Georges Brown, quel train il mène et ce qu'il y aurait à faire avenue Marbeuf, 9.

Jacques s'inclina.

— Est-ce tout? demanda-t-il.

— C'est tout, répondit Robert.

— Alors je puis aller me recoucher.

— Va te coucher si tu veux... Quant à moi, je vais m'allonger ici sur ces bottes de paille fraîche et tâcher de prendre un peu de repos.

Or, pendant que ces faits se passaient de ce côté, le lecteur ne sera peut-être pas fâché de savoir ce que faisait l'homme dont Robert s'occupait avec tant d'intérêt.

Après avoir quitté l'ami de Mousseline, nous savons que Georges avait regagné la charmante maison qu'il occupait avenue Marbeuf, n° 9.

Seulement, à peine rentré, il envoya chercher un coupé de remise et changea complétement de vêtement; puis un quart d'heure après, il descendit, vêtu d'un costume des plus modestes, et monta dans le coupé en fumant dans une pipe grossière.

— Où allons-nous, bourgeois? fit le cocher en se penchant sur son siége.

— Barrière d'Enfer, répondit Georges en se rejetant au fond de la voiture.

Le cocher grommela bien un peu à cette réponse, mais il fallait faire contre mauvaise fortune bon cœur; il fouetta ses chevaux avec humeur, et partit au galop.

Il y avait une heure environ que Robert avait quitté la barrière quand Georges y arriva.

Le boulevard était désert et sombre. Le cocher regarda avec appréhension autour de lui :

— Drôle d'idée tout de même de venir par ici à une pareille heure, murmura-t-il entre ses dents.

Puis se retournant vers Georges, qui, pour le payer, cherchait une pièce de monnaie dans sa main pleine d'or :

— Est-ce que vous demeurez de ce côté, bourgeois? ajouta-t-il avec intérêt.

Georges lui porta un regard ferme et sec.

— Oh! ça me connaît, répondit-il d'une voix sonore et en laissant voir un revolver qu'il tira de sa poche.

— Alors bonne chance, bourgeois.

— Et au revoir, l'ami.

Georges se mit à longer le chemin de ronde jusqu'à ce qu'il eut atteint la rue de la Santé.

Une fois là, il tourna à gauche, doubla le pas et ne s'arrêta enfin qu'en face la maison qui porte le numéro 53.

Après avoir jeté un regard furtif à droite et à gauche, il poussa la porte, qui fermait à l'aide d'un secret connu de lui, et s'engagea résolûment dans une allée étroite et obscure.

Au bout de l'allée commençait un escalier tournant, dont il descendit sans le secours d'aucune lumière les soixante-dix-sept marches. C'était le côté des catacombes opposé à celui par lequel Robert était entré quelque temps auparavant.

Là seulement Georges trouva une lanterne sourde qu'il alluma et avec laquelle il poursuivit sa marche d'un pas assuré à travers les méandres infinis que décrivait le couloir dans lequel il était engagé.

Cela dura dix minutes à peine.

Ce temps écoulé, il se trouva en face d'une porte bardée de fer, à laquelle il frappa trois coups à intervalles égaux.

La porte s'ouvrit aussitôt à ce signal, et un nègre vint recevoir le visiteur nocturne.

Georges fut alors introduit dans une sorte de salon, meublé avec un grand luxe, et sur lequel une lampe carcel répandait une douce lumière.

— Est-ce que tu m'attendais, Bob? dit Georges à celui qui venait de le recevoir.

— J'espérais du moins que vous viendriez.

— Y a-t-il du nouveau?

— Non... mais je pensais que vous pourriez avoir quelques ordres à me donner.

— C'est en effet ce qui m'oblige à venir.

En parlant ainsi Georges s'assit sur un divan, déboucha un flacon de cristal et se versa un grand verre de rhum qu'il avala d'un trait.

— Bob, dit-il aussitôt après, tu connais l'hôtel de Lille et d'Albion, puisque tu m'y accompagnes chaque fois que je me rends chez M. de Ferbach; eh bien, il faut que demain tu m'apportes les empreintes d'un appartement occupé dans cet hôtel par un M. Henri, qui arrive de Baréges.

— Ce sera fait, répondit Bob.

— Puis, tu t'informeras à l'hôtel des Princes d'un certain gentilhomme breton du nom de Kersaint.

— C'est facile.

— Il y a peut-être là quelque chose à faire; tu me le diras demain, et nous verrons avec les autres le parti que nous en pourrons tirer.

— J'y enverrai le *furet*.

— C'est bien.

— Est-ce tout, maître?

Georges réfléchit un moment, puis se frappant le front avec vivacité :

— Demain matin, ajouta-t-il, tu iras prendre chez Provost un de ses plus beaux et de ses plus rares bouquets.

— J'irai, dit Bob.

— Ce sera une occasion pour toi de voir Claire.

— Et je n'y manquerai pas.

— Tu l'aimes donc toujours?

— Comme mon maître aime Mousseline.

Georges fit un mouvement plein d'ironique dépit.

— Eh bien, dit-il, je te souhaite d'être plus heureux que ton maître. Mais va, Bob, va, j'ai besoin de repos, et la nuit est déjà avancée.

Bob salua son maître, qui s'allongeait sur le divan le plus commodément possible, et disparut aussitôt en fermant soigneusement la porte derrière lui.

V

LE BAL DE L'OPÉRA-COMIQUE

Une des fêtes les plus curieuses que la capitale offre l'hiver aux étrangers qui la viennent visiter est, sans contredit, le bal annuel donné à l'Opéra-Comique au profit de la Caisse des associations dramatiques.

Tout ce que Paris compte d'illustrations dans toutes les branches de l'art, tout ce qu'il renferme de riches oisifs ou d'étrangers curieux s'y donne habituellement rendez-vous, et il est impossible d'imaginer un monde plus mêlé, une réunion plus disparate sous l'uniformité d'élégance, de luxe, d'excentricité prodigue qui la distingue.

Aussi comprend-on facilement l'empressement avec lequel le public accueille d'ordinaire cette fête de charité et l'espèce de faveur dont elle jouit entre tous les plaisirs de la capitale.

Les dames patronesses, choisies parmi les célébrités artistiques de l'époque, sont littéralement assiégées durant un mois, et les billets s'enlèvent avec une rapidité inouïe, et font prime au bout de huit jours.

M. de Ferbach n'était pas précisément avide de ces exhibitions; il ne demandait guère à la fortune qu'il avait acquise autre chose que le confort et la liberté; mais il y avait à côté de lui une personne qui n'entendait pas facilement raison sur le chapitre de ses goûts et de ses plaisirs, et cette personne exerçait sur son esprit une influence des moins contestables. C'était la tante Aurore.

La vieille fille possédait une fortune considérable qui devait revenir tout entière à Marthe. Le frère le savait, et bien qu'il fût souvent tenté d'envoyer au diable sa sœur et ses ridicules, il savait cependant se contenir, et acceptait, en vue de l'héritage, des ennuis qu'il n'eût jamais supportés dans toute autre condition.

Or, la tante Aurore avait déclaré, vert et sec, qu'elle comptait aller passer une heure au bal de l'Opéra-Comique, et il avait bien fallu que le frère se soumît.

Ce n'était peut-être pas un spectacle bien convenable pour une jeune fille comme Marthe, mais la tante Aurore ne se croyait pas déjà si vieille, et elle pensait que Marthe ne serait jamais déplacée dans un lieu où elle-même trouvait bon de se rendre.

Il fut donc décidé que les trois membres de la famille iraient à l'Opéra-Comique, et tout fut commandé pour que rien ne manquât à la fête.

Tante Aurore ne se possédait pas de joie à l'idée qu'elle allait voir de près toutes les célébrités qu'elle avait applaudies sur les différentes scènes de la capitale.

Quant à Marthe, elle se laissait conduire sans volonté, et si son cœur battait un peu plus vite depuis le matin, c'était surtout à la pensée qu'elle rencontrerait peut-être là un jeune homme qu'elle avait à peine entrevu depuis son retour de Barèges, et auquel elle pensait plus qu'il n'était sans doute convenable à une jeune fille.

Henri, lui, était à peu près dans le même état que la tante Aurore.

Il avait appris par Jeanne la résolution de la famille Ferbach, et pour rien au monde il n'eût manqué au rendez-vous que le hasard lui offrait. Le pauvre garçon aimait Marthe avec toute l'ardeur, tout l'abandon de son âme. A certains regards de la jeune fille, il avait pu quelquefois espérer que son amour n'était pas tout à fait dédaigné, et quand il songeait qu'il allait passer quelques heures auprès de celle qu'il aimait, qu'il pourrait lui parler même au milieu du désordre ordinaire de ces sortes de réunions, tout son sang refluait avec force vers son cœur, et il lui semblait que l'heure du rendez-vous ne sonnerait jamais ce jour-là.

Aussi, il était à peine dix heures quand il franchit le péristyle de l'Opéra-Comique et monta les degrés qui conduisent au foyer.

Il y avait encore peu de monde.

Henri jeta un regard distrait sur quelques rares groupes de dominos qui se promenaient dans les couloirs, et alla prendre place sur un divan du foyer, non loin de la porte d'entrée.

De là, il pouvait épier à son aise l'arrivée de Marthe, la seule personne pour laquelle il était venu.

Une heure se passa de la sorte. — Marthe ne venait pas.

Il était onze heures.

La salle de bal commençait à s'emplir, une foule plus compacte circulait dans les couloirs; les conversations s'animaient et devenaient plus bruyantes, et d'élégants dominos envahissaient le foyer.

L'impatience, la crainte, le dépit gagnaient insensiblement notre jeune homme, et il allait se décider à quitter sa place pour aller au-devant de celle qu'il attendait, quand il sentit tout à coup une petite main s'appuyer sur son épaule et une voix de femme prononcer doucement son nom à son oreille.

Il se retourna vivement et aperçut à ses côtés un charmant domino rose, ruisselant de dentelles du plus haut prix, et qui, en lui souriant, laissait voir une double rangée de dents éblouissantes.

Henri était peu au courant des mœurs et des usages du demi-monde; c'était avant tout un homme bien élevé, et dans le premier moment il ne crut qu'à une erreur ou à une mystification.

— Pardon, madame, dit-il aussitôt en se levant et en saluant avec politesse; mais je m'aperçois que vous vous trompez, et je ne veux pas profiter d'une erreur, si agréable qu'elle puisse être.

Le domino fit entendre un petit rire ironique.

— Oh! je ne me trompe pas, répondit-il avec un mouvement de dépit; seulement, j'arrive mal à propos, car ce n'est pas moi que tu attends.

— Que voulez-vous dire? fit Henri étonné.

— Tu vois bien que je sais à qui je m'adresse, insista la jeune femme.

— Mais qui peut vous faire supposer...

Le beau domino s'assit familièrement à ses côtés et se pencha à son oreille.

— Écoute, ajouta-t-elle en baissant la voix, je te connais, et depuis longtemps déjà je t'observe et sais qui tu es... Tu es amoureux...

— Moi! se récria Henri.

— Tu es amoureux, poursuivit la jeune femme d'un accent profond, et cet amour te rend malheureux... Tu as un rival, un rival préféré.

— C'est faux.

— Ne m'interromps pas... Je connais Marthe aussi... peut-être t'aime-t-elle... mais son père ne consentira jamais à votre union, et vous vous préparez pour l'avenir bien des déceptions et bien du désespoir.

Henri ne répondit pas; il regardait le domino et cherchait à deviner, à travers son loup de velours, à quel sentiment elle obéissait en lui tenant un pareil langage... Puis l'inquiétude s'ajoutait encore à son tourment; Marthe ne venait pas, et il craignait que quelque obstacle imprévu ne l'empêchât de se rendre à cette fête, où il l'attendait.

La jeune femme suivait du regard avec un intérêt étrange tous les sentiments qui venaient se refléter sur son visage, et elle ne put réprimer un sourire plein d'amertume en voyant Henri se tourner à plusieurs reprises vers la porte d'entrée.

— Marthe viendra, reprit-elle après un moment de silence, et ne crains rien, quand elle entrera par cette porte j'aurai disparu.

— Mais qui a pu vous dire... dit Henri.

— Je le sais.

— Vous avez en ceci un intérêt que j'ai peine à comprendre.

— Tant pis... mais cet intérêt est réel, et je ne veux ce soir te dire qu'un seul mot.

— Dites.

— Si tu es malheureux un jour, et que cette courte conversation ait laissé quelques traces dans ton esprit, souviens-toi de moi et viens me trouver, j'aurai peut-être bien des secrets à te confier.

Comme elle achevait ces mots, un homme de haute taille, et qui l'observait depuis quelque temps, s'approcha d'elle et lui prit le bras.

— Ils viennent, lui dit-il à voix rapide, éloignons-nous.

Cet homme n'était autre que Robert; le lecteur a déjà deviné que le domino était Mousseline.

La jeune femme se leva vivement et tendit la main à Henri.

— La voici, dit-elle d'une voix oppressée; je pars.

— Adieu! fit Henri partagé entre l'étonnement et un certain attendrissement dont il n'était pas le maître.

— Non, au revoir! dit encore Mousseline.

Et elle disparut en s'appuyant au bras de Robert.

Au même instant, M. de Ferbach entrait dans le foyer donnant le bras à Marthe; derrière eux venaient la tante Aurore et Georges Brown.

La tante avait l'air radieux... elle regardait tout avec une curiosité avide et naïve, dont Georges paraissait jouir à son aise. Quant à Marthe, elle était soucieuse et triste, et son regard ne s'éclaira que lorsqu'elle aperçut Henri qui s'approchait pour les saluer.

Mais, avant qu'il les eût rejoints, Robert avait déjà conduit Mousseline dans une loge, où il devait aller la reprendre, et il était revenu près de Georges, devant lequel il s'arrêta en manifestant un étonnement parfaitement joué.

— Monsieur Georges Brown? dit-il avec un point d'interrogation et comme s'il eût hésité à le reconnaître.

— Monsieur de Kersaint! répondit Georges en souriant.

M. de Ferbach venait de prendre place sur un divan placé à l'une des extrémités du foyer; il avait fait asseoir Marthe auprès de lui, et la tante Aurore prit bientôt place à leurs côtés.

— Mousseline est ici, fit Robert à voix basse et en se penchant à l'oreille de Georges.

— Vraiment? fit ce dernier en réprimant mal sa joie.

— Je viens de la laisser dans la loge numéro 27.

— Et serait-il indiscret d'aller la saluer?

—Ce serait fort adroit, au contraire, attendu qu'elle y est seule et qu'elle doit s'ennuyer beaucoup.

Georges allait s'éloigner après avoir pris un prétexte auprès de M. de Ferbach; mais Robert le retint une minute encore.

— Pardon, lui dit-il vivement, j'ai à vous demander un léger service.

— Parlez.

— Vous êtes au mieux avec M. de Ferbach?

— Sans doute.

— Eh bien, avant de vous éloigner, obligez-moi de me présenter à lui.

— Comment donc! mais avec un véritable plaisir.

Une fois la présentation faite, Robert s'assit à côté de la tante Aurore, et commença une conversation, dans laquelle il sut à la fois intéresser M. de Ferbach et toucher le côté sensible et enthousiaste de la vieille fille.

Il en résulta que Marthe se trouva tout à coup presque isolée sur le divan où elle était placée, et que, lorsque Henri vint s'asseoir à côté d'elle, nul, pour ainsi dire, ne prit garde à eux ni aux paroles qu'ils échangeaient.

Tout cela avait été fait de la meilleure grâce du monde, et il était impossible de suspecter les intentions de Robert.

— J'ai craint un moment que vous ne vinssiez pas, dit Henri à Marthe, qui n'osait lever les yeux sur lui et dont la poitrine se soulevait avec force. Voilà deux heures à peu près que je vous attends, les yeux fixés sur cette porte; et si vous saviez toutes les pensées qui me sont venues, et combien j'ai été malheureux en vous attendant...

— Mais qui donc vous avait dit que je viendrais? interrompit Marthe en arrêtant une seconde son regard sur le front d'Henri.

— Une femme qui sait que je vous aime, Marthe, et qui a pitié de moi.

— Pitié de vous?...

— Ah! depuis mon retour de Baréges, vous ne savez pas combien j'ai souffert!

— Que dites-vous, monsieur?

— Tenez, Marthe, quand je songe qu'un jour, tantôt peut-être, il faudra que je renonce à vous voir... que je serai séparé de vous pour toujours, et que vous appartiendrez à un autre... Ah! il y a des instants où ma raison m'abandonne et où j'appelle la mort de toutes les forces de mon âme!

— Mais c'est insensé, monsieur Henri! repartit vivement Marthe, et vous n'avez pas le droit d'avoir de pareilles idées.

— Pourquoi donc?

— Et votre mère, malheureux!

— Je ne l'ai jamais connue!

— Mais vos amis, alors, ceux qui vous aiment!

Henri remua lentement la tête.

—Non, Marthe, personne ne m'aime, moi! répondit-il avec amertume, et ma vie doit s'écouler solitaire et sans joie!... A Baréges, j'ai connu un jeune homme de mon âge, il y avait entre nous une grande conformité de sentiments, et nous nous étions liés; il habite avec moi en ce moment, et nous nous quittons rarement; eh bien, il va partir, retourner dans son pays, traverser l'Océan pour aller retrouver une famille... Dans quelques jours nous serons séparés, et je resterai seul, avec le regret de l'avoir connu... A Baréges encore, un autre espoir était entré dans mon cœur; je vous avais vu, Marthe, et, pardonnez-moi si mes paroles vous offensent, mais j'avais cru lire quelquefois dans vos yeux une douce pitié, qui aurait pu se changer en un sentiment plus tendre!... Eh bien, vous allez, dit-on, vous marier, avant quelques mois peut-être, vous appartiendrez à un autre homme, et tout ce que j'avais espéré de bonheur, mes rêves, mes illusions, tout cela ne me laissera qu'un souvenir amer et cruel... Tel est mon avenir, Marthe, telle sera ma vie!... Et vous croyez que la mort ne serait pas cent fois préférable à cette existence et que je n'aurais pas lieu de bénir la main qui m'enverrait une balle, dussé-je la recevoir de ce Georges Brown, que je hais de tout l'amour que vous lui portez!

— Mais je ne l'aime pas! s'écria Marthe effrayée, en tendant à Henri une main tremblante, que celui-ci garda.

— Vous ne l'aimez pas, Marthe! et cependant vous consentez à l'épouser, reprit-il après un moment de silence.

— Mais que voulez-vous donc que je fasse?

— Rien, Marthe, rien qui puisse troubler votre repos ou vous coûter une larme!... M. Georges Brown est jeune, il est riche, et fera pour votre bonheur plus que je n'aurais fait moi-même... Et qu'importe, après tout, que je souffre!... je suis seul au monde!... qu'importe que je meure!... personne ne me regrettera!... Oh! vous avez raison, Marthe, obéissez à votre père, épousez l'homme qu'il vous destine et vous serez heureuse, puisque vous aurez choisi votre bonheur!

La main de Marthe serra silencieusement la main du jeune homme, et un moment celui-ci vit briller une larme au bord de sa paupière.

— Que vous êtes cruel, dit-elle d'une voix oppressée, et combien c'est mal d'abuser ainsi de la sympathie que vous m'avez inspirée!

— Marthe! balbutia Henri.

— Croyez-vous donc, poursuivit la jeune fille, que je n'ai pas souffert, moi aussi, depuis mon retour de Baréges?... Tenez, vous êtes bien injuste, et si vous n'étiez pas aussi malheureux que vous le dites, j'aurais beau jeu à vous punir... mais je veux être meilleure que vous, et si jamais, ce que je ne crois pas, ce mariage que vous redoutez tant s'effectuait, vous saurez au moins ce qu'il m'aura coûté de larmes, et que j'aurai tout fait pour l'empêcher.

— Marthe! Marthe! s'écria Henri, vous me pardonnez, n'est-ce pas?

— Il le faut bien; mais soyez prudent, et n'éveillez pas les soupçons de mon père.

— Il cause en ce moment et ne songe pas à nous.

— Quel est cet étranger que M. Brown lui a présenté?

— Je ne le connais pas.

— Il n'était pas à Baréges?

— C'est quelque compatriote de M. Brown.

Les deux jeunes gens se turent un moment et écoutèrent.

Robert parlait.

Après avoir fait un rapide tableau de l'Amérique, où M. de Ferbach avait fait sa fortune, et dont il gardait un souvenir toujours vivant, il avait parlé des Indes, de l'Océanie de l'Afrique, et venait d'aborder en Italie après un voyage de trois ans, raconté de la façon la plus pittoresque.

— Vous avez beaucoup voyagé, dit la tante Aurore qui écoutait ravie et comme suspendue aux lèvres de son étrange interlocuteur.

— Et beaucoup observé, ajouta M. de Ferbach.

Robert secoua la tête avec un geste plein de jeunesse et d'allure.

— Ah! les voyages! s'écria-t-il d'une voix enthousiaste; mais c'est la vie... Qu'est-ce donc que l'Europe auprès des latitudes privilégiées où règne un printemps éternel, où la nature donne sans marchander tout ce qu'elle a de bon et de beau, où l'activité humaine trouve un champ toujours vaste et fécond... L'Inde, madame, est le seul pays où l'on sache vivre, aimer et jouir... et où l'on puisse sans se damner cueillir et savourer les plus beaux fruits du paradis terrestre.

— Ah! vous me donnez l'envie d'y aller! interrompit la tante.

M. de Ferbach se prit à rire.

— Eh! pourquoi faire, ma sœur? répondit-il brusquement.

— Madame a raison, repartit Robert avec un regard qui fit rougir la tante d'une vive émotion de plaisir; l'Inde est le berceau de la femme, et c'est là qu'il faut revenir pour retrouver sa jeunesse et sa beauté!...

Robert se leva sur ces mots. La nuit s'avançait. Georges n'était pas revenu, et M. de Ferbach venait de regarder sa montre et avait manifesté l'intention de se retirer.

Il était trois heures.

Robert s'inclina devant la tante Aurore.

— Madame, dit-il avec une grâce de bon aloi, je suis bien reconnaissant à M. Brown de l'heure charmante que je viens de passer...

— J'espère, monsieur, que nous nous reverrons, répondit la tante.

— Si M. de Ferbach veut bien m'y autoriser...

— Avec plaisir, monsieur de Kersaint; nous parlerons de l'Amérique.

— A bientôt donc, monsieur.

— A bientôt...

Robert allait s'éloigner, mais il parut se raviser.

— Pardon, monsieur, dit-il à M. de Ferbach, mais si vous voulez bien me le permettre, en l'absence de mon ami, je serais heureux d'être le cavalier de madame, et de lui offrir mon bras jusqu'à sa voiture.

VI

L'OSSUAIRE

La proposition était trop naturelle pour qu'on la repoussât, aussi fut-elle acceptée avec empressement.

M. de Ferbach prit donc le bras de sa fille, Robert celui de la tante, et on gagna de la sorte le péristyle du théâtre.

Un domestique devait attendre là, mais un quart d'heure se passa sans que rien parût.

M. de Ferbach commençait à s'impatienter : il faisait un froid très-vif, et une plus longue attente pouvait être dangereuse pour la santé de ces dames.

— Je regrette bien vivement, dit alors Robert, de n'avoir amené que mon coupé, qui ne saurait contenir trois personnes... mais laissez-moi faire, mesdames, et dans un instant je vous aurai trouvé un remise.

M. de Ferbach voulut se récrier.

— Vraiment, nous abusons... minauda la tante.

Robert ne perdit pas de temps à faire de la galanterie, il franchit rapidement le péristyle, et cinq minutes à peine s'étaient écoulées depuis son départ, qu'il reparaissait triomphant. Il amenait le remise.

— Que de remercîments!... voulut commencer la vieille tante.

Mais M. de Ferbach entraînait déjà Marthe, et elle dut renoncer à son discours.

Arrivé à la portière, on insista poliment pour faire monter Robert, mais ce dernier s'en défendit, représentant qu'il avait son coupé, et que d'ailleurs quelques amis l'attendaient.

— Hôtel de Lille et d'Albion! ajouta-t-il en s'adressant au cocher.

Puis il salua et se retira.

Comme il disparaissait, le cocher, que nos lecteurs peuvent appeler *Jacques*, fouetta vigoureusement ses deux chevaux, et la voiture roula aussitôt avec une rapidité vertigineuse.

A peine le remise avait-il disparu au tournant de l'Opéra-Comique, que Robert regagna rapidement le péristyle, et remonta les degrés qui conduisaient à la salle.

Arrivé au foyer, il y jeta un regard vif et prompt, et aperçut Henri qui causait avec un jeune homme, — son ami, — celui-là même dont il avait parlé à Marthe quelques instants auparavant.

Robert marcha à lui, et lui toucha l'épaule.

Henri se retourna et leva un regard étonné sur Robert.

— Pardon, monsieur, dit ce dernier avec enjouement, si je me permets ainsi... mais j'ai deux mots à vous dire.

— A moi? fit Henri.

— A vous seul...

— Mais je n'ai pas l'honneur de vous connaître.

— Est-ce une raison pour me refuser?

— Non, sans doute.

Et comme Robert vit que le jeune homme hésitait, il se pencha à son oreille, et ajouta à voix basse :

— Il s'agit de Marthe.

— Que dites-vous?... s'écria Henri de plus en plus étonné.

— Chut!... fit Robert.

Machinalement, le jeune homme fit quelques pas, et gagna une des fenêtres du foyer.

— Nous sommes seuls, monsieur, dit-il alors à voix rapide, je vous écoute... parlez... parlez.

Robert parut se recueillir un moment; puis il reprit presque aussitôt :

— Vous venez de quitter mademoiselle Marthe de Ferbach? dit-il en baissant encore le ton.

— Sans doute.

— Eh bien, mademoiselle Marthe court en ce moment les plus grands dangers.

— Est-ce possible!...

— Voulez-vous la sauver?

— Ah! vous le demandez... mais que faut-il faire?...

Robert prit la main de Henri.

— Écoutez-moi, poursuivit-il avec un accent plein d'autorité, vous ne me connaissez pas, vous ne m'avez jamais vu, et je comprends que votre confiance hésite et que votre amour s'effraye... Il y a dans tout ceci un mystère qu'il m'est impossible de vous expliquer, et il faut cependant que vous m'obéissiez aveuglément, et que vous me suiviez sans même me demander où je vous conduirai...

— Cette proposition est au moins étrange...

— Je suis le premier à le reconnaître.

— Mais quel intérêt avez-vous donc dans cette affaire?

— Vous le saurez plus tard.

— Et qui m'assure que vous ne me trompez pas dans un but que je ne peux découvrir encore?

— Rien... que ma parole...

Henri hésitait toujours.

— Eh bien... dit Robert avec un mouvement d'impatience, vous refusez?...

— Je ne sais.

— Songez qu'il s'agit de Marthe, et que vous pouvez la perdre par une plus longue hésitation.

Henri mit résolûment sa main dans celle de son interlocuteur.

— Soit! dit-il d'une voix ferme, il y a dans tout ceci un mystère que je cherche vainement à comprendre; mais il ne sera pas dit que je serai resté insensible au malheur de Marthe, et pour elle, il n'y a pas de dangers que je ne sois disposé à affronter. Partons, monsieur.

— A la bonne heure! fit Robert.

— Hâtons-nous de prendre une voiture.

— La mienne attend sur le boulevard.

— Alors, le temps de serrer la main de mon ami, et je suis à vous.

Robert fit un geste d'assentiment, et marcha lentement vers l'escalier.

Ce colloque avait été échangé en beaucoup moins de temps qu'il n'en faut pour l'écrire, et quand Henri rejoignit Robert, ils montèrent tous deux dans le coupé de ce dernier.

Cependant la voiture qui emportait M. de Ferbach sillonnait les boulevards déserts, et pendant les premiers moments, on n'entendit à l'intérieur que la voix de la tante Aurore qui chantait les louanges de cet étranger que leur avait présenté M. Georges Brown.

Il s'appelait de Kersaint, il était Breton, il avait beaucoup voyagé. Jamais encore ni M. de Ferbach ni sa sœur n'avaient rencontré un cavalier aussi accompli : c'était un type d'élégance, de bon ton, d'obligeance chevaleresque, et les heures passées dans sa compagnie avaient paru courtes comme des secondes.

La vieille fille se sentait particulièrement flattée; car, en réalité, c'était à elle surtout que s'adressaient les attentions de cet étranger. Il y avait longtemps qu'elle ne s'était trouvée à pareille fête, et certainement on reverrait M. de Kersaint, et l'on prierait M. Brown de le ramener.

M. de Ferbach se déclarait lui-même séduit au plus haut degré, et bien qu'il ne partageât pas les extravagances de sa sœur, il ne pouvait qu'applaudir à son enthousiasme, qui trouvait sa justification dans les qualités réelles dont Robert avait fait preuve.

La voiture roulait toujours avec une rapidité qui frisait le fantastique.

Elle avait parcouru les boulevards Montmartre et Bonne-Nouvelle, avait descendu la rue Saint-Denis, et après avoir traversé les ponts, elle allait s'engager dans la rue Saint-Jacques, quand, pour la première fois, M. de Ferbach s'avisa de trouver que le cocher mettait bien du temps pour aller de l'Opéra-Comique à la rue Saint-Honoré. Il mit alors la tête à la portière, et aperçut l'eau de la Seine qui coulait morne et silencieuse.

A cette vue, il poussa une exclamation de stupéfaction :

— Ce cocher est fou! dit-il avec colère.

— Ses chevaux se sont emportés, repartit la tante Aurore, qui rêvait toujours événements ou aventures.

Tu as remarqué où sont placés les meubles, tu sais où se trouve le lit... demain matin il faut que tout soit fini.

— Cocher! cocher! cria M. de Ferbach en se penchant furieux en dehors.

La voiture continuait de brûler le pavé. Jacques entendit bien les cris de l'intérieur, mais pour toute réponse il se contenta de fouetter ses chevaux à tour de bras.

— Qu'est-ce que cela signifie? balbutia M. de Ferbach en retombant sur les coussins.

— Il faut lui dire de s'arrêter, ordonna la tante.

— Il ne m'entend seulement pas.

— Eh bien, criez alors! appelez au secours. C'est peut-être un guet-apens : cet homme veut nous assassiner. Nous voici à notre dernier jour.

En voyant l'exaltation de sa tante, Marthe s'était cramponnée, pâle et mourante d'effroi, aux bras de M. de Ferbach, et le malheureux père commençait à se sentir envahir par une vague et pressante terreur.

Il n'était pas éloigné de partager les craintes de sa sœur; après tout, il n'y avait rien d'extraordinaire à penser qu'ils pouvaient être victimes d'un guet-apens : une fois déjà, et tout récemment, ils avaient été audacieusement arrêtés sur la route de Brest, et, certes, les bandits de la capitale étaient tout aussi entreprenants, tout aussi audacieux que ceux de Bretagne.

La voiture continuait son train d'enfer. Les quartiers qu'elle traversait maintenant étaient déserts et sombres; on n'y rencontrait ni patrouilles ni sergents de ville.

La situation devenait réellement critique.

Que faire cependant? M. de Ferbach n'était pas armé.

Peut-être après tout, les chevaux n'étaient-ils qu'emportés, et le cocher n'était-il qu'ivre... C'était une dernière chance, et malgré l'improbabilité d'une pareille supposition, M. de Ferbach cherchait à s'y rattacher avec toute l'énergie d'un homme pour lequel, au moment de se noyer, toute branche devient un moyen de salut.

Enfin, la voiture s'arrêta, et le cocher vint ouvrir la portière et saluer M. de Ferbach.

— Ah! vous vous décidez donc à m'écouter! s'écria M. de Ferbach, qui voulut se précipiter hors de la voiture. Vous êtes un misérable, entendez-vous? vous ignorez à qui vous vous attaquez; mais je saurai faire mon rapport, et demain vous entendrez parler de moi.

Jacques partit d'un éclat de rire qui glaça Marthe d'épouvante.

— Allons! allons! un peu plus de calme, bourgeois, répondit-il d'un ton goguenard. Que diable! nous ne sommes pas si méchant que nous en avons l'air, et vous n'en serez quitte que pour la peur. Mais il faut être gentil, voyez-vous, et taire un petit peu son bec, sans cela je ne répondrais de rien.

— Comment! il n'y a donc plus de police? gloussa la tante Aurore en essayant de se trouver mal.

— Vous, la vieille, repartit Jacques, tâchons de nous tenir tranquille. Nous connaissons les règles de la civilité puérile et honnête. Mais je vous engage à ne pas nous érailler le tympan, car la chose pourrait plus mal tourner, et voilà des gaillards qui n'ont pas l'air d'y aller par quatre chemins.

En parlant ainsi, Jacques désigna à M. de Ferbach trois hommes à mine grossière et brutale qui se tenaient debout à deux pas, et semblaient n'attendre qu'un geste pour agir.

— O mon Dieu! murmura Marthe à demi morte.

— Nous sommes perdus! marmotta la tante.

— Il n'y aura rien de perdu ici, continua Jacques; seulement, je vous le répète, soyez gentils, pas bavards, et faites sans répliquer tout ce que l'on vous commandera de faire... à cette condition tout ira bien, et demain matin vous vous retrouverez sains et saufs à l'*hôtel de Lille et d'Albion*.

— Oh! ne résistons pas, mon père! dit Marthe en saisissant les mains de M. de Ferbach.

— Et comment résisterions-nous, d'ailleurs, répliqua celui-ci, nous sommes seuls, sans armes, dans un quartier perdu... Le mieux est évidemment de se soumettre et d'obéir.

Puis, se tournant vers Jacques :

— Voyons, ajouta-t-il d'une voix brusque, nous voilà à votre merci; si c'est de l'argent qu'il vous faut, dites-nous tout de suite quelle somme vous voulez, et, sur ma parole d'honneur, vous serez satisfaits avant une heure.

— Descendez, dit Jacques pour toute réponse; il ne fait pas bon s'attarder ici, et, pour le moment, vous n'avez rien autre chose à faire qu'à me suivre.

M. de Ferbach descendit le premier, puis Marthe et la tante Aurore.

Jacques donna le signal du départ, et l'on se mit en marche.

Au bout de quelques minutes, on s'arrêta de nouveau. Jacques

Jacques donna un rude coup de fouet aux chevaux, et sa voiture partit au galop.

ouvrit alors la porte d'une maison d'assez mauvaise apparence, y fit entrer son monde, et, ayant allumé une lanterne sourde, il indiqua à M. de Ferbach l'escalier par lequel nous avons vu descendre Robert au chapitre précédent.

— Il y a soixante-dix-sept marches, dit-il d'un ton enjoué; mais, une fois arrivé, on jouit d'un coup d'œil magnifique.

M. de Ferbach ne répondit pas : il était résigné à tout, et, bien qu'il commençât à se familiariser avec sa position et qu'il espérât vaguement sortir sain et sauf de cette cruelle épreuve, il comprenait cependant que, dans l'intérêt des deux femmes dont il était le seul protecteur, il importait de ne pas appeler de nouveaux dangers par une résistance inutile à tous les points de vue.

On eût dit que ces considérations avaient touché également les deux femmes, car, dès quelles se furent engagées dans l'escalier étroit et sombre qui conduisait aux catacombes, elles cessèrent toute observation et toute plainte, et descendirent les soixante-dix-sept marches au milieu du plus profond silence.

C'est ainsi que l'on arriva à une salle de forme circulaire, éclairée seulement par deux torches de résine, et fermée à ses deux extrémités opposées par deux portes bardées de fer.

Dans le premier moment, ni M. de Ferbach, ni sa fille, ni même la tante Aurore, ne prirent garde au lieu dans lequel on les conduisait; ils s'assirent silencieux sur un banc de pierre, le cœur oppressé, l'esprit soucieux, et attendirent, avec une morne anxiété, le dénoûment de cette étrange aventure.

Mais quand Jacques se fut retiré en fermant la porte derrière lui, quand ils se trouvèrent seuls tous trois, et, qu'après quelques moments d'attente, ils se prirent à examiner l'endroit dans lequel on les abandonnait, une épouvante sans nom s'empara tout à coup des deux femmes, et M. de Ferbach lui-même sentit son front se mouiller d'une sueur glacée.

Le spectacle qu'ils avaient sous les yeux était bien fait pour effrayer, et il en eût terrifié de plus braves.

Imaginez-vous une vaste salle dont la voûte n'a pas plus de deux mètres d'élévation et qu'éclaire la lumière tremblotante de deux torches fumeuses, dont les reflets semblent évoquer mille apparitions fantastiques; puis, tout autour de cette salle, un parement régulier fait d'ossements humains, sur lequel se dessinent trois cordons horizontaux de crânes avec leurs dents déchaussées et les trous béants de leurs yeux. Au fond, une sorte d'autel de stuc, et, de tous côtés, des inscriptions sinistres, empruntées aux littératures profane et sacrée.

Ils étaient au milieu de l'ossuaire.

La tante Aurore se voila les yeux avec un cri d'horreur, et Marthe se serra contre son père.

Ce dernier lui-même était loin d'être rassuré.

— C'est affreux! s'écria la tante en se rejetant en arrière.

— Où sommes-nous donc, mon Dieu? balbutia Marthe.

— Voyons, voyons, mes enfants, dit M. de Ferbach, tâchons d'être calmes et de ne pas nous épouvanter ainsi les uns les autres... Certes, tout ceci est plus qu'étrange, et je me demande dans quelles mains nous sommes tombés... Mais vos cris et vos terreurs ne feront qu'aggraver notre position, et il faut s'efforcer de conserver le sang-froid qui seul peut nous sauver.

— Mais quels sont ces hommes? dit la tante Aurore.

— Des voleurs, sans doute.

— Et que veulent-ils de nous?

— Notre argent, probablement.

— Et nul ne peut venir à notre aide, nul ne peut nous entendre; nous sommes ici à cent pieds sous terre, loin de toute communication avec des êtres humains, et c'est pour nous effrayer qu'ils nous ont conduits dans cet horrible ossuaire.

— Peut-être.

— Que faire, que devenir, mon Dieu!

Et Aurore se leva.

— Où allez-vous? dit M. de Ferbach.

— Je veux fuir, répondit-elle.

— Mais c'est impossible!

— N'importe! l'incertitude dans laquelle ils nous tiennent est plus cruelle cent fois que la mort même... je veux fuir.

Et sans écouter les observations de son frère, elle marcha à pas rapides vers l'une des portes qui fermaient la salle.

Mais avant qu'elle l'eût atteinte, elle vit tout à coup une ombre se dresser devant elle derrière l'autel.

Elle poussa un cri et s'arrêta.

Mais la vieille fille était brave: une exaltation inouïe emportait d'ailleurs sa pensée; à force d'énergie elle s'était élevée à la hauteur de la situation, et elle osa regarder l'ombre en face.

C'était un affreux bandit et de la pire espèce.

Front fuyant, œil faux, cheveux ras et roux; tout cela égayé d'un rictus sensuel et grossier.

Tante Aurore pâlit.

— De quoi! de quoi! dit l'homme d'un accent qui rappelait les plus ignobles bouges de la banlieue; on veut donc faire des misères, la vieille?

— Laissez-moi partir! cria la pauvre femme en faisant mine de vouloir passer.

Mais l'homme lui saisit brutalement le bras d'une main, tandis que de l'autre il tirait un couteau de sa poche.

— Allons, la paix! ajouta-t-il avec un regard sinistre.

— Au secours!

— Prenez garde, ou je vous...

— A moi! à l'aide! on m'assassine!

La pauvre tante était folle de peur et de colère. M. de Ferbach s'était rapproché d'elle, et Marthe l'avait suivi; pâle, tremblante, effarée.

— La peste soit des vieilles femmes! grommela le bandit; ça crie toujours, comme les vieilles portes mal graissées! Puis il ajouta, mais cette fois d'un ton résolu:

— Çà, voulez-vous faire la morte, oui ou non?

— Ma sœur! commença M. de Ferbach.

— Ma tante! supplia Marthe.

Aurore s'arracha de leurs étreintes.

— Non, laissez-moi! s'écria-t-elle éperdue. Vous voyez bien qu'ils ont peur... ils n'osent frapper!... Il suffit d'un peu de courage pour effrayer ces lâches!... Ah! si j'étais homme!... Mais elle n'acheva pas.

L'homme au couteau venait de faire un geste terrible; d'un brusque mouvement il avait secoué énergiquement la pauvre vieille fille, qui était tombée lourdement à genoux sur le sol, et, de sa main armée, il menaçait sa poitrine.

Marthe se sentit mourir à cette vue et jeta un cri dans lequel elle dut mettre toutes les forces défaillantes de son cœur.

A cet appel suprême poussé par la jeune fille, les deux portes de l'ossuaire s'ouvrirent en même temps, et deux acclamations partirent aussitôt, l'une poussée par Marthe, et l'autre par M. de Ferbach.

— Henri! s'écria Marthe en se précipitant vers le jeune homme qui accourait à sa rencontre et en s'oubliant jusqu'à se jeter dans ses bras.

— Georges! dit M. de Ferbach en allant à la rencontre de l'Américain, dont l'intervention arrivait si à propos.

— Ah! c'est le Ciel qui vous envoie! ajouta Marthe en se dégageant promptement des bras de Henri et en reculant, partagée entre la joie et la pudeur.

— Sans vous nous étions perdus! dit de son côté M. de Ferbach, et vraiment il y a de la Providence dans tout ceci.

Henri fit une réponse évasive à Marthe, qui n'en demandait pas tant. Quant à Georges, il sourit à M. de Ferbach et serra les mains qu'il lui abandonnait.

— S'il n'y a pas de Providence, dit-il avec une modestie de bon goût, il y a au moins un hasard que je ne saurais trop bénir.

— Mais comment avez-vous découvert notre trace? interrogea M. de Ferbach.

— Mon Dieu, de la façon la plus simple, répondit Georges Brown. Après vous avoir présenté M. de Kersaint, j'appris qu'un de mes amis se trouvait hier soir à l'Opéra-Comique et qu'il devait repartir ce matin pour un long voyage. Il y avait longtemps que je ne l'avais vu; je pouvais craindre de ne plus le revoir, et je n'ai pu résister au désir d'aller lui serrer la main. Vous savez comment on se laisse entraîner par les souvenirs d'enfance; j'oubliai près de lui que l'heure fuyait avec rapidité, et quand je revins vers vous, vous veniez de partir... et j'avais tellement à cœur mon oubli, qui pouvait être taxé d'impolitesse, que j'ai donné à mon cocher l'ordre de vous suivre. Votre voiture fuyait avec rapidité, mais j'ai deux bons chevaux, et j'arrivai presque en même temps que vous à l'endroit où vous vous êtes arrêtés. Déjà, d'ailleurs, je me doutais que vous étiez victime d'un guet-apens, et, comme je ne marche jamais sans être armé, j'ai pu atteindre les misérables qui voulaient vous faire un mauvais parti. Vous savez le reste, et, je vous le répète, je ne puis que bénir le hasard qui m'a permis de vous arracher à temps aux mains de ces misérables.

— Et j'espère que demain la police sera sur leurs traces, ajouta la tante Aurore, dont la colère n'était pas encore calmée.

Georges Brown sourit.

— Mademoiselle, dit-il d'un ton enjoué, si vous m'en croyez, nous reparlerons de cela, mais dans un autre lieu et quand nous serons loin d'ici... Jusque-là, si vous m'en croyez, nous ferons bien de couper court à toute récrimination et nous nous hâterons de sortir d'ici.

— Il a raison, conclut M. de Ferbach.

— Oui, partons! partons! ajouta Marthe.

Georges Brown prit une des torches pour éclairer la voie, Henri prit l'autre et ferma la marche.

Un quart d'heure plus tard, ils avaient regagné le boulevard.

Le coupé de Georges attendait son maître; le jeune homme l'offrit obligeamment à M. de Ferbach.

— Mais vous-même? dit ce dernier après avoir fait monter les deux femmes?

— Oh! ne vous inquiétez pas de moi, répondit Georges, le jour ne peut tarder maintenant, et il n'y a plus de danger.

— Et monsieur Henri? ajouta Marthe.

— Je retournerai à l'hôtel à pied, répondit ce dernier.

— Qu'il soit donc fait comme vous le désirez, messieurs, dit M. de Ferbach, nous allons nous séparer... mais j'espère que demain vous voudrez bien nous venir voir, et que vous m'offrirez l'occasion de vous remercier de votre dévouement.

— A demain! dirent les deux jeunes gens.

— A demain! répéta M. de Ferbach; puis il ferma la portière, et le coupé disparut, emporté par les deux chevaux de Georges Brown.

Cependant, Henri était resté sur le boulevard assez embarrassé de sa contenance et ne sachant trop à quel parti s'arrêter.

Georges l'examinait avec une attention dans laquelle il entrait un profond étonnement.

Il se rapprocha de lui, et l'enveloppa d'un regard qui semblait chercher à deviner sa pensée jusqu'au fond de son cœur.

— Pardon, monsieur, lui dit-il d'un ton vif et ferme; mais serait-il indiscret de vous demander si vous comprenez quelque chose à l'aventure dont M. de Ferbach et sa famille viennent d'être victimes?

— A vrai dire, monsieur, répondit Henri, je cherche vainement le mot de cette énigme.

— Mais comment avez-vous appris que mademoiselle Marthe courait quelque danger?

— Je m'en suis douté en suivant la voiture.

— Comme moi, alors?

— Absolument.

Georges se mordit les lèvres.

— Vous aimez donc aussi mademoiselle Marthe? reprit-il presque aussitôt.

— Je l'aime, oui, monsieur, répondit Henri.

— Vous savez cependant que je dois l'épouser?

— Je le sais, monsieur.

— Et cela ne vous arrête pas?

— Il y a tant d'obstacles imprévus qui peuvent faire manquer un mariage sur lequel on compte le plus.

— Et vous mettez votre espoir dans un de ces obstacles?

— Peut-être bien.

— Vous pourriez vous tromper.

— Qui sait?

— D'ailleurs, il pourrait me déplaire de vous avoir pour rival.

— Qu'importe?

— Est-ce donc sur ce ton que vous voulez le prendre?

— Je le prendrai sur le ton qui vous conviendra.

Georges réprima un geste violent.

— Soit! dit-il avec ironie, nous pourrons causer de cela demain si vous le voulez bien. Quant à présent, je n'ai qu'un mot à vous dire.

— Voyons, j'attends.

— Il y a dans l'aventure de ce soir un mystère dont moi aussi, monsieur, je cherche l'explication depuis un quart d'heure sans pouvoir la trouver. Cette explication, j'espère que vous voudrez bien la donner demain à M. de Ferbach, qui a bien le droit de l'exiger d'un homme qui ne s'est jamais appelé que M. Henri, et rien de plus.

Puis Georges Brown salua froidement son rival, et s'éloigna sans même prendre garde à la stupéfaction du malheureux jeune homme.

VII

PRÉPARATIFS

Quand Georges rentra dans sa petite maison de la rue Marbeuf, le jour commençait à poindre.

Il pouvait être sept heures du matin.

Son coupé était rentré depuis longtemps déjà; Georges était revenu à pied en fumant, et pendant le long trajet qui sépare la barrière d'Enfer des Champs-Élysées, il avait bien réfléchi à ce qui s'était passé.

Mais il avait eu beau se mettre l'esprit à la torture, il n'était pas parvenu encore à une solution qui donnât satisfaction à ses doutes ou qui fixât ses irrésolutions.

Quel pouvait être cet Henri qu'il avait trouvé si inopinément dans les *catacombes?* comment y était-il venu, qui l'y avait conduit? par quel instinct avait-il pu se guider au milieu des complications de cet inextricable réseau?

Il ne pouvait supposer que Henri fût autre chose qu'un jeune homme élégant, naïf, honnête. Il portait la loyauté et la franchise écrites sur ses traits, et jamais visage plus ouvert n'avait reflété de plus chevaleresques sentiments.

Et cependant!...

Il ne connaissait ce jeune homme que sous le nom de Henri; nul ne savait à quelle famille il appartenait, ni d'où lui venait la fortune dont il jouissait. De plus, il venait de le rencontrer dans un endroit mystérieux où lui seul, Brown, croyait avoir eu accès jusque-là.

On pouvait être intrigué à moins, et Georges avait hâte d'avoir le mot de toutes ces énigmes.

En arrivant rue Marbeuf, il trouva Bob qui l'attendait.

Bob était un être singulier. Son maître ne l'avait jamais surpris dans son sommeil, et il eût été fort embarrassé de dire à quelle heure du jour ou de la nuit il prenait le repos dont il avait cependant besoin.

— Ah! c'est toi, Bob! dit Georges; précisément j'ai à te parler.

— Qu'y a-t-il donc? fit Bob en prenant la canne et le chapeau des mains de son maître.

— Des choses graves, mon ami, des choses très-graves; mais nous y viendrons tout à l'heure. Procédons par ordre, et voyons d'abord si tu t'es acquitté de la mission que je t'avais confiée.

Georges s'était assis, Bob vint se placer debout à quelques pas de lui.

— Et d'abord, dit Georges, t'es-tu rendu ce soir à l'hôtel de Lille et d'Albion?

— J'y suis allé.

— Il n'y avait personne à l'appartement que je t'ai indiqué?

— Personne.

— Et tu as pris les empreintes?

Bob sourit.

— J'ai fait mieux que cela, répondit-il. J'ai les clefs.

— Vraiment!

— Oh! nous avons à Paris des ouvriers qui travaillent vite et bien.

— Voyons ces clefs.

— Les voici.

Georges les examina avec soin, les retourna en tous sens, et les lui rendit enfin avec un geste de satisfaction.

— C'est bien, dit-il. Cette nuit, tu t'introduiras dans cet appartement vers une heure environ. Tu as remarqué où sont placés les meubles, tu sais où se trouve le lit... Demain matin, il faut que tout soit fini.

— C'est comme si c'était fait, répondit Bob. Cette nuit, il n'y aura plus de Henri.

Georges parut réfléchir un moment; puis passant rapidement sa main sur son front :

— Et maintenant, poursuivit-il en fronçant les sourcils, parlons d'affaires plus importantes, desquelles dépend peut-être notre existence même.

— Est-ce possible?

— Écoute-moi, Bob.

— Je vous écoute, maître.

— Cette nuit, poursuivit Georges, M. de Ferbach a été enlevé avec sa sœur et sa fille; et sais-tu, Bob, en quel endroit les misérables qui ont fait le coup ont eu l'idée de les conduire?...

— Dites, maître.

— Aux catacombes.

— Quelle plaisanterie!

— Je ne plaisante pas, Bob... nous ne sommes plus seuls à connaître et à fréquenter le Paris souterrain, et ceci est grave, car nous pouvons, d'un instant à l'autre, nous trouver compromis par quelque maladresse que nous n'aurions pas commise.

— Mais qui cela peut-il être?

— Je l'ignore.

— N'avez-vous au moins aucune donnée?

— Non, aucune.

Bob demeura un moment pensif et recueilli; puis son regard se releva tout à coup vif et perçant sur Georges.

— As-tu quelque soupçon, toi-même? demanda ce dernier.

— Peut-être, répondit Bob.

— Tu connaîtrais les nouveaux hôtes des catacombes?

— Oh! c'est une idée.

— Voyons, parle.

— Elle est absurbe... et il faudrait pour cela que *Rochefort* se fût évadé du bagne de Brest.

— Rochefort?

— Ah! vous arrivez de New-York, maître, et vous ne pouvez connaître encore celui dont je parle.

— Mais quel est-il?

— Le seul homme vraiment habile et redoutable après vous.

— Et tu le nommes Rochefort?

— Qu'importe le nom... hier c'était Robert, aujourd'hui c'est Rochefort, demain ce sera qui vous voudrez... seulement, l'homme est digne de la réputation qu'il a acquise, et s'il s'est vraiment échappé de Brest, on le saura bientôt à ses œuvres.

Georges passa sa main sur son front.

— Quel âge a donc cet homme? demanda-t-il à voix haute et comme s'il eût cherché à fixer un souvenir qui le fuyait.

— Quarante-cinq ans, répondit Bob.

— Il est grand?

— En effet.

— Et il porte une barbe noire?

— Quand il en porte une.

— Ce serait en effet singulier si cela était, fit Georges comme se parlant à lui-même.

Bob se rapprocha de son maître.

— L'auriez-vous rencontré à Paris? demanda-t-il en baissant instinctivement la voix.

— Je ne sais, répondit Georges; mais, l'autre soir, chez Mousseline, j'ai passé une heure avec un homme dont les allures m'ont paru étranges.

— Comment s'appelle-t-il?

— De Kersaint.

— Et il ressemble à mon signalement?

— Beaucoup.

— C'est peut-être lui.

— Il faut s'en assurer.

— Et comment faire pour cela?

— J'y réfléchirai... Tout est important dans notre position, Bob, et, à aucun prix, je ne saurais souffrir de rivalité; Paris n'est ni trop grand ni trop riche pour une association comme la nôtre...

et s'il était vrai que ce Rochefort fût dans la capitale, il faudrait songer au moyen de s'en débarrasser... Tu le connais?

— Comme je vous connais.

— C'est bien, avant peu, nous saurons à quoi nous en tenir à ce sujet, et nous agirons en conséquence... Mais d'ici là n'oublie pas mes recommandations, et, quoi qu'il arrive, il importe que demain cet Henri n'existe plus.

— J'ai dit que ce serait fait.

— Marthe l'aime, et l'on ne sait où peut l'entraîner cet amour. Or, l'affaire est importante; il y a là une dot considérable à toucher, et malheur à celui qui tenterait de me faire obstacle... Va donc, Bob, j'ai besoin de repos... et dis à John de me laisser dormir jusqu'à midi...

Bob se retira aussitôt, laissant son maître, qui ne tarda pas à se mettre au lit.

Si le lecteur veut bien nous suivre, nous quitterons le quartier aristocratique des Champs-Élysées, et nous nous transporterons pour quelques moments au numéro 13 de la rue Zacharie, dans un méchant hôtel garni, où nous devons retrouver Robert.

La chambre qu'occupe notre homme est presque nue, — un mauvais lit de bois blanc, au fond d'une alcôve sombre, deux chaises boiteuses, une armoire effondrée, sont les seuls meubles qui ornent ce triste réduit. — Nous sommes au troisième étage; une fenêtre étroite et basse, qui prend son jour sur une cour en forme d'entonnoir, y jette avec peine une lumière douteuse, et le regard n'y rencontre pour tout horizon qu'un mur décrépit, profondément lézardé et percé, çà et là, de jours de souffrance.

Tout cela a l'aspect froid et repoussant d'une prison.

Mais ces considérations importent peu à Robert; il n'a pas qu'un seul gîte à Paris, et il change fréquemment d'horizon. — L'homme qui s'engage aussi avant dans la voie du crime ne peut plus s'arrêter nulle part; il est contraint de marcher toujours... sous peine d'être saisi au passage par le châtiment qui le poursuit et le guette... — Ces vols qu'il commet, cet or taché de sang qui tombe dans sa main criminelle, il ne peut pas même en jouir. — Souvent la peur vient le surprendre au milieu de son audace, et alors il ne trouve pas de réduit assez sombre, de souterrain assez profond, pour le soustraire aux limiers qui le traquent...

Robert n'en était sans doute pas là en ce moment, mais il ne se sentait plus jeune déjà, et ses quarante-cinq années avaient plus d'une fois pesé de tout leur poids sur ses résolutions.

A cette heure, et sous l'influence de certains sentiments dont nous connaîtrons bientôt l'objet, peut-être cet homme eût-il voulu s'arrêter... Mais il était trop tard.

La voie du sang était tracée, et il fallait qu'il la parcourût jusqu'au bout... Ce devait être là son châtiment!...

Robert venait de rentrer; il avait quitté Henri au moment où ce dernier se précipitait au secours de la tante Aurore, et il était revenu en toute hâte à son logis sans attendre la suite de l'aventure, dont le dénoûment l'eût bien surpris.

Il y avait une demi-heure à peine qu'il se trouvait rue Zacharie, et il venait de se jeter tout habillé sur son grabat, quand des pas précipités se firent entendre dans l'escalier qui conduisait à sa chambre.

Il se redressa et prêta l'oreille. On continuait de monter.

Robert éteignit vivement sa chandelle, et se glissa hors du lit jusqu'à la fenêtre. Il avait déjà examiné les lieux, et il savait quel chemin, en cas d'alerte, il pourrait prendre sur les toits.

Il ouvrit la fenêtre sans bruit. Les pas venaient de s'arrêter; on entendait maintenant une main se promener sur la porte, et une poitrine haletante souffler bruyamment derrière.

Robert écouta avec plus d'attention. Il avait cru reconnaître la voix. — Il repoussa doucement la fenêtre, et revint pieds nus vers son lit.

En ce moment trois coups frappés à intervalles égaux retentissaient contre la porte.

— Entrez! dit Robert tout à fait rassuré.

Et en parlant ainsi, il donna un tour de clef à la serrure, et retourna tranquillement se jeter sur son lit.

La tête hideuse et plate de Jacques parut alors à la porte, et il entra à tâtons dans la chambre, où Robert ne tarda pas à rallumer la chandelle qui fumait encore.

— C'est toi! dit Robert.

— Tu ne dormais pas au moins? fit Jacques avec un sourire plein d'ironique finesse.

— Je venais de me coucher.

— C'est que je t'ai entendu marcher pieds nus.

— Tu as l'oreille fine.

— Je t'ai fait peur, peut-être.

— Allons donc!

— La fenêtre est encore ouverte.

Robert avait son amour-propre; il ne voulait pas que son compagnon pût croire à un sentiment de crainte. Il haussa les épaules.

— Voyons! dit-il brusquement et en fronçant le sourcil, parlons d'autre chose.

— Comme tu voudras.

— As-tu fait ce que je t'avais demandé?

— Ponctuellement.

— Tu t'es rendu à l'hôtel de Lille et d'Albion?

— Pendant que M. de Ferbach était à l'Opéra.

— Et tu as les empreintes?

— J'ai mieux que cela.

Et Jacques tendit à Robert une clef que celui-ci saisit avidement.

— Bien! bien! mon vieux, dit-il avec un éclair dans le regard, on a toujours raison de compter sur ton intelligence et ton activité.

— Cet éloge me touche.

— Mais ce n'est pas tout.

— En effet.

Et Robert prit des mains de Jacques une lettre que celui-ci lui offrait.

Il y avait deux lignes sur cette lettre.

« Henri, si vous m'aimez, venez ce soir... Mon père sera absent, et il faut que je vous parle.

» Marthe. »

— Pas mal... fit Robert après avoir lu. C'est bien le style d'une jeune fille qui hésite et rougit... et l'écriture! c'est merveilleux d'imitation.

— Oh! quand on a été notaire... repartit Jacques avec une humilité comique.

Robert glissa la clef et la lettre dans sa poche, et se retourna vers Jacques.

— Et rue Marbeuf? ajouta-t-il presque aussitôt et sur un ton nonchalant.

— J'y suis allé hier soir, répondit Jacques.

— Eh bien?

— Eh bien... c'est fort cossu... il y a des chevaux à l'écurie, un nègre qui sert de groom... des meubles de Boule, des tapis d'Aubusson, des cristaux de Bohême, enfin tout ce qui constitue un vrai luxe.

— Ce Georges Brown est donc riche?

— Je le crois.

— Sérieusement?

— Sérieusement.

Puis il y eut un moment de silence.

— Alors il y aura quelque chose à faire de ce côté, continua Robert bientôt après.

— Quand on voudra.

— Je ne l'aurais pas cru.

Jacques regarda son interlocuteur avec un commencement d'étonnement.

— Voilà une réflexion qui me surprend, dit-il en branlant le chef.

— Pourquoi?

— Tu es lié avec ce Georges Brown?

— Un peu.

— Et tu ne le connais pas?

— En aucune façon... c'est Mousseline qui me l'a présenté le jour même de notre arrivée... et je ne l'ai revu qu'hier au bal de l'Opéra-Comique.

— Dis-tu vrai?

— Est-ce que j'ai l'habitude de mentir?...

Jacques était évidemment fort intrigué; il regardait son compagnon, cherchait à deviner ce qu'il voulait lui cacher, et rien, dans l'attitude de Robert, ne donnait lieu de penser à une dissimulation quelconque.

— Je donne ma langue aux chiens, dit-il sur un ton où vibrait encore un reste de défiance.

— Que veux-tu dire?

— Mais ce Georges Brown était ce soir aux catacombes...

— Lui!... fit Robert avec un cri. Mais comment y est-il allé?

— Je l'ignore.

— Qui l'y a conduit?

— Je n'en sais rien.

— Il était aux catacombes... dis-tu... mais alors... il connaît notre secret... nous sommes entre ses mains, et à cette heure, peut-être, il nous a déjà signalés à la justice...

Robert s'était levé sur son séant. Il avait pris le bras de Jacques, et le secouait rudement.

Jacques se contenta de remuer la tête en signe de négation.

— Ce n'est pas cela... répondit-il lentement et dans l'attitude d'un homme qui réfléchit.

— Qu'est-ce donc?... insista Robert.

— Laisse-moi chercher.

— Mais ce Georges est capable de tout.

— Je le crois...

— Il ne veut épouser la fille de M. de Ferbach que pour toucher sa dot, qui est considérable.

— J'en suis sûr.

— C'est un misérable...

— C'est mieux que cela...

Le regard de Robert rencontra celui de Jacques, et il s'arrêta court, comme s'il y eût lu tout à coup une révélation.

— Ah! si tu avais été moins préoccupé de ton Henri, poursuivit Jacques, ta pénétration habituelle ne se serait pas laissé mettre si facilement en défaut, et tu aurais déjà soupçonné le secret de ce Georges Brown.

— Tu sais donc quelque chose? dit Robert avec impatience.

— Je ne sais rien, mais je devine.

— Parle alors... car tu vois que je suis sur des charbons ardents.

— Eh bien, si mon instinct ne me trompe pas, et si je sais déduire une conséquence probable d'un certain groupe de faits, comme ils disent à la cour d'assises, voici quel est mon raisonnement : il y a, rue Marbeuf, un nègre qui s'appelle Bob, un valet de chambre qui s'appelle John, un cocher qui s'appelle Walker, tout cela arrive de New-York, en droite ligne, ainsi que le maître, qui s'appelle Georges Brown. Or, depuis huit jours, je n'entends parler ici que de vols à l'américaine, et Dieu sait que nous en sommes parfaitement innocents... De plus, ce Brown paraît être au courant de nos petites affaires, comme s'il travaillait dans la même partie; enfin, ce qui est capital, il entre aux catacombes, et il en sort comme si l'endroit lui était familier... Si tout cela ne constitue pas un faisceau de preuves, je veux l'aller dire à Brest, et tu sais si j'en ai la moindre envie.

— Mais que conclure de ces preuves? insista Robert.

Jacques sourit avec une sorte de compassion moqueuse.

— Ah! je te le disais bien, mon bon, répondit-il, tu baisses énormément depuis quelques semaines, et il est temps que je mette ordre à tout cela...

— Tu veux railler...

— Je n'ai jamais été si sérieux, même quand j'étais notaire.

— Mais où veux-tu en venir?

— Écoute... il y a de par le monde un être qui nous perdra tous, si tu n'y prends garde, ou plutôt si je n'y prends pas garde pour toi... et celui-là, c'est Henri.

— Mais tu ne sais donc pas qui il est?

— Eh! c'est ton fils, parbleu, tu le crois du moins, ce qui revient au même, pour le quart d'heure.

— Tu es cynique, maître notaire.

— Je te conseille de faire des manières.

— Allons, trêve sur ce sujet!...

Jacques lança un regard oblique à Robert, — un regard dans lequel il y avait autant de haine peut-être que de soumission lâche et rampante.

— Non, poursuivit-il, non, point de trêve, mon bon, jusqu'à ce que nous nous soyons bien entendus à ce sujet... Le petit est intéressant, je ne dis pas... mais, dans ce moment, il ne s'agit pas de s'embarrasser les jambes dans des affaires de sentiment... quelles sont tes intentions?

— Mais je veux qu'il épouse Marthe, puisqu'il l'aime.

— Et après?

— Après?

— Oui, après.

— Eh bien, je ne demande qu'une chose, c'est qu'il soit heureux...

— Et qu'il ait beaucoup d'enfants... comme dans les contes de fées... Tiens, tu me fais mal!

— Jacques, tu...

— Oh! pas d'emportement... cela trouble les idées, et j'ai besoin des miennes, car tu me parais en train de faire des sottises... mais procédons par ordre de faits, comme ils disent encore là-bas : d'abord, le mariage, n'est-ce pas :

— Sans doute.

— Eh bien, le meilleur moyen est encore de démasquer l'autre et d'envoyer sa photographie à ses amis et connaissances.

— Mais comment peux-tu?...

— On se mettra en campagne, on tirera à clair l'histoire de cette nuit, on retournera rue Marbeuf, et ce sera bien le diable si l'Américain ne chante pas...

— Alors, tu t'en charges? dit Robert.

— Il le faut bien.

— Et je te verrai ce soir?

— Ce soir, à l'hôtel de Lille et d'Albion... je saurai déjà quelque chose de Brown, et, quant à Henri, nous rechercherons jusqu'à quel point il t'est permis de t'en dire le père.

— Encore!

— Toujours, mon bon.

— Va-t'en au diable.

— Impossible pour le moment... c'est un dernier voyage que nous devons faire ensemble... mais le plus tard possible.

Et Jacques partit sur ce bon mot, pendant que Robert soufflait sa chandelle, et demandait au sommeil un repos dont il avait grand besoin.

VIII

COMPLICATION

Il y a quelquefois dans la vie humaine des coïncidences inouïes, que l'on croirait inventées à plaisir par un habile romancier, et qui ne sont cependant que le simple effet du hasard.

Ce que nous avons à raconter au lecteur en est une nouvelle preuve, et nous aimons à penser qu'il ne taxera pas d'invraisemblance l'incident dont il s'agit.

M. de Ferbach, échappé des catacombes, était rentré chez lui littéralement enthousiasmé du courage et du dévouement qu'avait déployés Georges Brown.

Jamais il ne l'avait tant aimé, jamais il ne s'était réjoui avec autant de sincérité de voir entrer dans sa famille un jeune homme aussi généreusement doué.

Pendant tout le trajet, il ne songea qu'à lui, il ne parla que de lui. Il voulait abréger les formalités, hâter les préparatifs et conclure au plus tôt un hymen qui devait assurer le bonheur de son enfant.

Marthe pensait, à la vérité, que son père était bien un peu injuste à l'égard de Henri, qui avait certes montré au moins autant de courage que Georges; elle trouvait qu'on oubliait trop vite le dévouement dont il avait fait preuve, et elle eût voulu pouvoir plaider en sa faveur.

Mais M. de Ferbach était exclusif dans sa volonté, elle savait qu'il eût fort mal reçu une observation, et elle jugea prudent de se contenir et de faire taire son cœur.

On arriva à l'hôtel à une heure fort avancée. Chacun était fatigué des émotions de la nuit, et l'on se sépara pour gagner son lit au plus vite.

M. de Ferbach dormit du plus profond sommeil jusqu'à midi.

Quand il se réveilla on frappait à sa porte.

— Entrez! cria-t-il.

Un domestique parut.

— Pardon, dit ce dernier, si je trouble le sommeil de monsieur, mais il y a une personne qui est déjà venue trois fois et qui insiste pour entrer.

— Quelle est cette personne?

— Je l'ignore.

— Et elle est venue plusieurs fois?

— Oui, monsieur.

— Au moins vous a-t-elle remis sa carte?

— La voici.

M. de Ferbach crut un moment que cette visite se liait aux événements de la nuit, et ce fut avec un certain frémissement qu'il jeta les yeux sur la carte que le domestique lui tendait.

Voici ce qu'il lut :

« *Blondelet,*

» *Caissier de la maison Blanchard, au Havre.* »

M. Blanchard du Havre était le correspondant de la maison Brown et compagnie de New-York.

— Blondelet! s'écria M. de Ferbach, mais c'est un ami d'enfance, nous avons commencé ensemble... il est un peu resté en route, lui; mais, n'importe, qu'il entre! qu'il entre! je le recevrai au lit.

Le domestique sortit, et, un instant après, M. Blondelet, caissier de M. Blanchard, faisait son entrée dans la chambre à coucher de M. de Ferbach.

L'ami Blondelet était un homme d'une cinquantaine d'années au moins, grand, sec, maigre, d'une figure impassible et froide, avec des favoris taillés en côtelettes, en cravate blanche et en par-dessus brun.

Un type de plumitif de grande maison, dont le visage avait pâli sur le grand livre, dont les doigts s'étaient allongés dans la pratique de la balance et du compte courant, dont toute la personne, enfin, respirait un air de dignité commerciale.

Il salua M. de Ferbach comme il eût salué son patron.

— Bonjour, Blondelet, bonjour, mon ami, dit M. de Ferbach avec vivacité et lui offrant la main comme eût pu le faire Louis XIV à Versailles.

Le caissier prit humblement la main de son interlocuteur et la serra mollement dans les siennes. Malgré les trente années passées au service de la maison Blanchard, et l'intimité qui l'avait uni à son patron aussi bien qu'à M. de Ferbach, l'honnête homme, parqué dans son humble condition, n'avait jamais eu la franchise de son amitié, et n'osait plus regarder ses amis comme ses égaux.

— Voyons! voyons! prends une chaise, continua de Ferbach après les premiers moments d'effusion, assieds-toi là, à mes côtés, et dis-moi quel bon vent t'amène à Paris pendant que j'y suis... Et d'abord... je te garde à dîner aujourd'hui, et je te mène à l'Opéra... Tu n'es jamais venu à Paris, tu... tu ne connais peut-être même pas l'Opéra... eh bien, nous irons ensemble, et aux meilleures places!... Ah! cela me fera plaisir de te montrer les merveilles de la capitale!... Hein, qu'en dis-tu?

Pour toute réponse, Blondelet remua doucement la tête.

— Je vous remercie bien, dit-il peu après, et vous êtes mille fois trop bon; mais je doute que je puisse rester un jour à Paris.

— Et pourquoi donc? fit M. de Ferbach.

— L'affaire pour laquelle je viens est très-importante.

— Quelle affaire?

— Et je crois que vous-même vous jugerez convenable de venir dès ce soir même au Havre.

— Au Havre... ce soir... moi?... Quelle folie!

— J'apporte de mauvaises nouvelles.

— Hein! de mauvaises nouvelles!... Mais il y a longtemps que je n'ai plus d'intérêt chez les Brown... Blanchard n'a qu'une centaine de mille francs à moi... et...

— Aussi ne s'agit-il pas d'argent, mais c'est peut-être plus grave.

— Explique-toi donc, mon ami, explique-toi, car tu finis par m'intriguer beaucoup avec tes airs mystérieux et tes paroles à double entente... Voyons, parle, parle.

M. Blondelet prit une attitude sérieuse et ébaucha un geste confidentiel.

— Par votre honorée du 16 novembre dernier, dit-il sur le ton d'un homme qui s'écoute parler, vous avez annoncé à M. Blanchard que vous voyiez assez souvent le fils de la maison Brown et compagnie, et, dans votre désir exprimé d'avoir des renseignements exacts et précis sur l'état des affaires de ladite maison, le patron a cru deviner un projet d'alliance entre votre famille et celle de New-York.

— Où serait le mal? fit M. de Ferbach qui commençait à prendre intérêt aux paroles de son interlocuteur.

— A la réception de votre honorée, poursuivit Blondelet sur le même ton, nous avons fait prompte diligence, nous en avons référé à MM. Steimbach et compagnie, nos meilleurs correspondants sur la place de New-York, et, au reçu de la nôtre, ils nous ont fourni tous les documents que nous pouvions désirer.

— Eh bien? fit M. de Ferbach.

— Eh bien, ce sont ces documents que je vous apporte.

— La maison Brown et compagnie aurait-elle suspendu ses payements?

— Non, pas que je sache, car fin novembre dernier ils payaient exactement toutes les traites qui leur étaient présentées.

— Alors, c'est le fils Brown...?

— Par dépêche télégraphique, parvenue hier à M. Blanchard, il nous est donné avis d'avoir à nous défier d'un certain Georges Brown, qui se fait passer pour le fils de la maison Brown et compagnie de New-York, et qui ne serait, dit-on, qu'un aventurier.

— Est-ce possible?

— M. Blanchard vous donnera à ce sujet des détails précis, qui doivent lui être parvenus à l'heure où je vous parle; mais, dès à présent, je puis vous dire que le jeune homme qui se fait passer pour Georges Brown a vingt-deux ans, qu'il est brun et d'une tournure distinguée... C'est, assure-t-on, le fils illégitime d'un Français fixé depuis quinze années à Saint-Louis, et qui y exerçait le commerce des vins et eaux-de-vie en gros sous le nom de Philippe Chartier.

— Philippe Chartier! répéta M. de Ferbach en faisant un bond sur son lit.

— Vous le connaissez?

— Mais c'est un cousin à moi!

— Et il avait un fils?

— Je l'ignore... Il a quitté la France, il y a environ dix-huit ou dix-neuf ans, à la suite d'un amour contrarié... Il avait des relations avec une jeune fille de son pays; son père n'a pas voulu consentir à leur union, et il s'est expatrié... Et ce Philippe Chartier...?

— Il est mort.

— Et tu dis que son fils...?

— Son fils serait cet aventurier qui a pris le nom de Georges Brown.

M. de Ferbach passa son pantalon à la hâte.

— Sais-tu, mon ami, dit-il tout en s'habillant, que tout ce que tu me dis là est bien invraisemblable et me fait l'effet d'un roman.

— Nous ne lisons guère de romans au Havre, répondit Blondelet.

— Sans doute, et vous avez bien raison... Mais, n'importe, tout cela frise le merveilleux, et l'on me persuadera difficilement que j'ai eu affaire à un aventurier. Toutefois, la situation est grave, tu dis vrai, et je remercierai Blanchard de m'avoir prévenu à temps... Nous partirons ce soir pour le Havre.

— Quand vous voudrez.

— Un mot encore.

— Dites.

— Et le vrai Brown?

— On ne sait ce qu'il est devenu, et c'est précisément parce qu'on ne recevait plus de ses nouvelles que l'on s'est inquiété et que l'on a fait des recherches.

— Mais, au moins, a-t-on quelque idée de ce qu'il a pu devenir.

Blondelet promena un instant son regard autour de lui comme pour s'assurer qu'il ne pouvait être entendu que de M. de Ferbach.

— On pense, dit-il alors à voix basse, que Philippe Chartier fils, qui avait pris passage sur le même steamer que Georges Brown, se sera lié avec lui pendant la traversée, qu'ils seront venus ensemble à Paris, et que là il l'aura assassiné pour prendre ses papiers et ses lettres de crédit, qu'il a toutes épuisées à l'heure qu'il est.

— Voilà un audacieux coquin! fit M. de Ferbach avec un frisson.

— Ah! ce n'est pas le premier crime de ce genre qui aurait été commis, objecta Blondelet.

— Tu as raison, il faut s'éclairer au plus tôt. Ce soir, ma sœur et ma fille resteront seules tandis que nous partirons pour le Havre... Demain, je reviendrai avec les renseignements de Blanchard, et, dès mon arrivée, je réponds que la police sera instruite de tout ce qui se passe. Jusque-là cependant, n'effrayons personne, et gardons-nous surtout de donner l'éveil à ma sœur, qui ne sait jamais tenir sa langue... Nous allons déjeuner ensemble, et, en attendant, nous chercherons tous les deux un prétexte à mon départ.

Laissons nos deux personnages s'occuper de leurs préparatifs, et revenons à celui pour lequel Robert s'apprête à engager une lutte terrible avec un adversaire qui semble digne de lui.

En revenant des catacombes, Henri s'était jeté sur son lit; mais c'est en vain qu'il avait cherché le sommeil. Trop d'émotions l'avaient visité durant cette nuit aventureuse; on eût dit qu'il ne pouvait plus rentrer en possession de lui-même.

Il songeait à Robert, il songeait à Georges Brown, et à Marthe surtout.

Henri occupait une position bizarre, sur laquelle il avait souvent bien sérieusement réfléchi, sans pouvoir jamais y faire la lumière.

Il était seul au monde; il n'avait jamais connu ni son père ni sa mère, et nul, excepté Jeanne, ne lui avait parlé de ses parents.

Fruit dédaigné de quelque amour illégitime, on lui avait fait donner une éducation des plus distinguées dans la meilleure maison de la capitale, et, après avoir passé une dizaine d'années sur les bancs du collége, où il avait toujours tenu le premier rang, il en était sorti un jour mystérieusement, riche d'une fortune dont il n'eût pu dire quelle était la source. Il avait vécu modestement.

Quoique bien jeune encore, il comprenait que sa position lui interdisait de prendre, ainsi que les autres convives, sa part des jouissances de la vie. Le secret de sa naissance pesait sur son esprit comme un remords, et chaque fois qu'il se sentait sollicité par les vives aspirations de son tempérament ou de sa jeunesse, une certaine pudeur l'arrêtait tout à coup, et il retombait, triste et chagrin, au milieu de son cruel isolement.

C'est alors qu'il avait rencontré Marthe.

La femme a des instincts sublimes. Marthe avait-elle deviné ce qui se passait dans le cœur de Henri? s'était-elle laissé toucher seulement par les souffrances que cachait mal la pâleur de son visage? Nous ne saurions le dire. Toujours est-il que, dès l'instant où elle avait rencontré le mystérieux jeune homme, son regard et son cœur étaient allés vers lui, et que, depuis ce jour, sa vie semblait être indissolublement liée à la sienne.

Bien que jusqu'alors Marthe n'eût rien avoué de son amour, Henri se sentait aimé. Il n'était plus seul au monde; quelqu'un s'intéressait à lui, une femme, une femme aimée l'avait pris en pitié et acceptait le rôle de le consoler et de le rendre heureux.

Il y avait là de quoi le réconcilier avec la vie, et certes il n'eût pas marchandé sa reconnaissance si, au moment même où le bonheur venait à lui pour la première fois, il n'avait appris qu'il fallait renoncer à tout espoir.

Il avait un rival, et un rival autorisé par M. de Ferbach lui-même.

Henri n'était pas fait pour la lutte; les obstacles devaient abattre plutôt qu'irriter son amour, et vingt fois déjà il avait été sur le point de déserter le combat. Comment, en effet, pourrait-il justifier ses prétentions à la main de Marthe, lui qui n'avait pas même un nom à lui offrir? Il ne se sentait ni la force ni le courage de lui faire un pareil aveu, et cependant, il ne pouvait se résoudre à abandonner cet espoir, dans lequel il avait placé le seul bonheur qu'il eût encore rêvé en ce monde.

A ces préoccupations étaient venues s'en joindre d'autres non moins graves, et qui avaient fait sur son esprit une singulière impression.

Depuis quelques jours, il se trouvait mêlé à des événements étranges, qui l'avaient entraîné sans qu'il eût pu se défendre. Quel était ce domino qui lui avait parlé durant la dernière nuit? quel était cet homme qui l'avait pris au sortir du bal pour le jeter sur les pas de Marthe? Il ne connaissait ni l'un ni l'autre, et, malgré l'intérêt qu'on paraissait lui porter, Henri se demandait, avec un certain malaise, pourquoi son cœur répondait si peu à cet intérêt, pourquoi aussi il semblait craindre de s'engager davantage dans cette voie.

Ces réflexions le tinrent longtemps éveillé, et ce ne fut que lorsque le jour fut tout à fait venu qu'il put enfin goûter un peu de repos.

Quand il se réveilla, un homme était dans sa chambre, assis auprès de son lit, et lisant tranquillement un journal.

Henri se dressa surpris sur son séant, et examina ce singulier visiteur.

C'était Robert, qui se prit à sourire.

— Ah! vous ne m'attendiez pas de si bonne heure, dit ce dernier en repliant le journal et le posant sur le pied du lit, mais j'ai été plus matinal que vous, et je tenais à vous voir le plus tôt possible.

Henri fit mine de vouloir se lever, mais Robert le retint du geste.

— Ne vous dérangez pas, ajouta-t-il, vous devez avoir besoin de repos, et nous pouvons d'ailleurs parfaitement causer ainsi.

— Cependant... fit Henri.

— Oh! je comprends! repartit Robert, vous avez mille objections à me faire, et vous vous demandez quel intérêt me pousse à venir vous trouver ainsi, moi que vous ne connaissez pas, et que vous avez vu hier pour la première fois... Eh bien, pensez ce que vous voudrez, mon cher ami, mais je viens encore pour vous rendre service.

— A moi, monsieur?

— A vous-même.

— Mais, vous l'avez dit, je ne vous connais pas, et l'aventure de la nuit dernière a même laissé en moi une impression...

— Mauvaise, n'est-ce pas?

— Je ne dis pas cela.

— Mais vous le pensez.

— Mettez-vous à ma place.

Robert haussa les épaules.

— A votre place, mon cher ami, répondit-il nonchalamment, je n'y regarderais pas de si près, et je saurais quelque gré à l'homme qui viendrait m'offrir le bonheur.

— Que dites-vous?

— Voyons... aimez-vous mademoiselle Marthe?

— Mais, cette question...

— L'aimez-vous?

— Quand cela serait?

— Où serait le mal... je suis parfaitement de votre avis... Mais si vous l'aimez véritablement, vous ne pouvez vouloir qu'elle soit à un autre... Eh bien, c'est là cependant ce à quoi vous devez vous attendre si vous perdez en hésitations et en objections un temps que les autres emploient mieux que vous.

— Expliquez-vous... Que se passe-t-il donc?

— Une chose fort naturelle et facile à prévoir... M. Georges Brown, qui sait parfaitement qu'on ne l'aime pas, et qui ne veut pas lâcher une dot qui le tente et une jeune fille qui lui plaît, M. Georges Brown presse M. de Ferbach de toute son influence, et avant quinze jours peut-être il sera l'époux de Marthe.

— Est-ce possible, mon Dieu?

— C'est probable.

— Ah! que faire?

Robert sourit avec compassion.

— Tenez, dit-il, il y a quelqu'un qui a plus d'imagination, sinon plus d'amour que vous.

— Qui cela?

— Mademoiselle de Ferbach a compris que l'heure était critique; que, dans ces situations extrêmes, il ne fallait pas trop s'arrêter à la loyauté vulgaire, qu'enfin la sainteté du but excusait quelquefois l'indignité des moyens.

— Marthe a dit cela? s'écria Henri avec vivacité.

— Elle a fait mieux, elle l'a écrit.

En parlant ainsi, Robert tira de sa poche la lettre que Jacques lui avait remise et l'offrit à Henri, qui s'en saisit avidement.

Dès qu'il y eut jeté les yeux, le malheureux jeune homme devint fort pâle et reporta son regard soupçonneux sur Robert.

— Marthe! dit-il en comprimant son cœur de ses deux mains, une lettre d'elle!... Marthe!

— Me croyez-vous, maintenant? fit Robert après un moment de silence, pendant lequel il soutint hardiment l'investigation de son interlocuteur.

Henri était vivement ému. Jamais, dans ses rêves les plus ambitieux, il n'eût osé demander ce que la réalité venait lui offrir. Il était aimé, et Marthe l'appelait près d'elle!... Tout concourait donc pour le rendre le plus heureux des hommes, et cependant... un soupçon cruel venait encore empoisonner sa joie. Il ne s'expliquait pas comment la pure et virginale jeune fille avait pu confier son amour à un homme qu'elle connaissait à peine, et il se sentait pris d'une secrète épouvante quand il venait à penser que son honneur allait se trouver désormais entre les mains de cet homme.

Henri devint tout à coup grave et sérieux, et, ayant replié la lettre qu'on venait de lui remettre, il se tourna vers Robert.

— Pardon, monsieur, lui dit-il d'un ton froid et concentré, si je n'accueille pas votre message comme vous vous y attendiez peut-être, comme mademoiselle de Ferbach surtout avait le droit de s'y attendre; mais, sans chercher à dissimuler la joie que j'éprouve de cette marque de confiance, je ne puis m'empêcher de m'étonner que mademoiselle Marthe ait jugé à propos de confier à un inconnu une lettre qu'elle aurait pu remettre à Jeanne.

— Encore faudrait-il savoir si elle l'aurait pu, objecta Robert.

— Je le veux bien, mais cette objection n'est pas la seule que j'ai à faire.

— Vraiment?

— Certes, je me rendrai à l'appel de Marthe, parce que toute occasion qui me sera offerte de la voir et de lui parler sera toujours saisie par moi avec empressement; mais, puisque vous vous êtes fait le complaisant intermédiaire de cette correspondance, vous me permettrez bien de vous demander...?

— Toujours la même question.

— C'est mon droit, monsieur.

— Comme le mien serait de ne pas répondre.

— Dites-vous ce que vous pensez?

— Voyons, ne nous fâchons pas, jeune homme, dit Robert avec une bonhomie toute paternelle, je ne suis, vous l'avez compris, qu'un simple intermédiaire en ceci, et je n'ai pas d'autre rôle à jouer.

— Mais qui êtes-vous, enfin... et quel intérêt...?

Robert haussa les épaules.

— Qui je suis? répondit-il; ce serait fort long à vous raconter, et ce n'est ni le lieu ni le moment de vous faire une pareille confidence... Je ne nie pas, cependant, que vous n'ayez le droit de me le demander, et soyez convaincu que vous serez satisfait avant qu'il soit longtemps... Vous comprendrez alors quel intérêt est le mien, et comment mon bonheur peut être étroitement lié au vôtre.

— Est-ce là tout ce que vous voulez dire? dit Henri.

— C'est là tout ce qu'il m'est possible de vous confier.

— Et si je refusais d'aller à ce rendez-vous?

— Vous auriez tort... et vous manqueriez peut-être une des rares occasions qui vous seront données de voir Marthe seule, et de savoir jusqu'à quel point elle vous aime et ce que vous devez attendre de son amour.

Henri réfléchit un moment, puis il fit un geste résolu.

— Soit donc, dit-il d'une voix ferme; j'irai à ce rendez-vous, et ce soir Marthe ne refusera pas de me dire ce que vous voulez me cacher.

Ils en étaient là de leur conversation, et Robert allait se retirer, quand un jeune homme entra.

C'était l'ami de Henri, celui avec lequel nous l'avons déjà vu à l'Opéra-Comique.

Il s'approcha de lui et ils se serrèrent la main; puis, craignant sans doute d'être indiscret, il salua Robert et s'éloigna.

— Quel est ce jeune homme? demanda ce dernier avec intérêt.

— Un ami.

— Il habite avec vous?

— La chambre contiguë à la mienne, et nous avons un salon commun... C'est un jeune homme que j'ai rencontré à Baréges... le seul homme qui m'ait témoigné quelque sympathie... Malheureusement, il retourne dans sa famille, et part demain matin.

— Malgré le mystère dont je m'enveloppe, dit Robert en souriant, j'espère que nous allons nous quitter bons amis?

— A une condition, répondit Henri.

— Laquelle?

— C'est que vous me jurez de répondre bientôt aux objections que je vous faisais tout à l'heure.

— Je le jure!... Êtes-vous satisfait?

— Voici ma main.

Je ne me trompe pas, seulement j'arrive mal à propos, car ce n'est pas moi que tu attends

Robert pressa dans les siennes la main que lui tendait le jeune homme, et se retira en lui promettant de revenir.

Il était midi.

Henri sortit, et, pendant tout le reste de la journée, il erra dans Paris en attendant avec impatience le soir. En rentrant, vers neuf heures, à l'hôtel, il trouva son ami occupé à faire ses préparatifs de départ.

— Ah! je vais être bien seul quand vous serez parti! lui dit Henri avec une amère tristesse.

— Bah! dit le jeune homme avec enjouement, l'amour vous donnera plus que l'amitié n'aurait tenu peut-être! D'ailleurs, vous aimez ardemment.

— Et depuis ce matin, je suis certain d'être aimé.

— Et malgré cela vous êtes triste?

Henri remua doucement la tête.

— Oui, répondit-il à voix lente; n'avez-vous donc jamais rien éprouvé de semblable?

— La mélancolie du bonheur!

— C'est cela.

— Vous avez un rendez-vous, et les heures vous semblent lentes à s'écouler?

— D'où le savez-vous?

— Je le devine.

— Eh bien, vous avez deviné juste... Oui, on m'attend, mon ami, dans une heure, je serai près d'elle; j'aurai ses mains dans les miennes, et je ne pourrai plus douter de mon bonheur!... Mais, hélas! il y a toujours eu de l'amertume au fond de mes meilleures joies, et, cette fois encore, je ne puis me défendre d'un cruel sentiment quand je pense que demain peut-être il ne restera rien de ce bonheur que je me promets.

— Mademoiselle de Ferbach doit-elle donc toujours épouser ce M. Georges Brown?

— Dans quelques jours peut-être elle sera sa femme.

— Je ne connais pas cet homme, mais il m'a toujours souverainement déplu.

— Moi, je le hais.

— Ce serait un bien grand malheur que ce mariage!... Ce Georges n'était-il pas amoureux de Mousseline?

— On le disait à Baréges.

— Cette fille aurait pu vous rendre un vrai service... Si je ne partais pas, je serais allé la trouver.

Henri se prit à sourire.

— Allons, dit-il, votre amitié va trop loin; je ne veux plus penser à ce Georges Brown, non plus qu'à Mousseline... je ne veux m'occuper que de Marthe... Qui sait, d'ailleurs, si elle n'aura pas elle-même quelque moyen de briser les obstacles dont on nous menace.

— Les femmes qui aiment sont très-ingénieuses.

— Dieu veuille donc qu'elle m'aime assez pour le devenir !

Les deux jeunes gens devisèrent encore pendant quelque temps de la sorte, puis Henri alla procéder à sa toilette, et, quand onze heures sonnèrent, il s'apprêta à sortir.

— Dieu vous protége ! lui dit son ami en souriant.

— A bientôt ! répondit Henri ; quand je rentrerai, il sera peut-être trop tard et vous dormirez !... à demain donc.

— A demain.

Henri avait appris dans la journée que le père de Marthe devait partir le soir même pour le Havre. Ce départ venait expliquer le rendez-vous donné par la jeune fille, et il gagna l'appartement de M. de Ferbach, bien assuré qu'on l'attendait.

Toutes les apparences devaient d'ailleurs justifier ses illusions à ce sujet.

Arrivé à la porte, il sonna avec le plus de discrétion possible, et, comme si l'on eût compris et voulu imiter cette discrétion, la porte s'ouvrit doucement, et un domestique le reçut sur le seuil de l'antichambre.

— Mademoiselle attend monsieur, dit ce dernier à voix basse, et si monsieur veut me suivre, je vais le conduire.

L'antichambre était plongée dans l'obscurité ; Henri n'avait aucune objection à faire, et, bien que tout cela lui parût singulier, il se laissa guider par son interlocuteur à travers un couloir sombre qui faisait le tour de l'appartement occupé par la famille Ferbach, et atteignit ainsi la chambre de Marthe.

Son cœur battait violemment ; il avait des bourdonnements dans les oreilles ; en dépit de l'appel qu'on lui avait adressé, il lui semblait qu'il commettait là un acte déloyal.

— C'est ici, dit le domestique sur un ton encore plus bas.

Puis il ajouta en le poussant doucement :

— Entrez.

Et il referma la porte et donna un tour de clef à la serrure.

Henri avait à peine fait deux pas dans la chambre qu'il s'arrêta

Mousseline ne sourit pas ; son œil, vivement allumé, semblait lancer des éclairs.

muet de surprise, pâle, indécis, et comme frappé d'un vague soupçon.

La chambre dans laquelle il venait de pénétrer n'était éclairée que par les rayons douteux d'une lampe au globe d'opale, et ce ne fut qu'après quelques secondes d'attente qu'il finit par apercevoir Marthe, vêtue d'un long peignoir blanc, agenouillée, les cheveux dénoués et priant Dieu avec une ferveur qui l'avait empêchée d'entendre le bruit de la porte.

Ce déshabillé, cette attitude pieuse et recueillie, ces cheveux dénoués tombant en désordre sur ses épaules, tout cela disait assez que la pure jeune fille n'attendait pas Henri ; que celui-ci avait été trompé ; qu'on l'avait entraîné dans une sorte de guet-apens.

Un frisson courut sous ses cheveux, et il voulut gagner la porte pour fuir.

Mais cette fois Marthe entendit le bruit de ses pas, et, se retournant vivement, elle poussa un cri de terreur et appela à son secours.

Puis, s'arrêtant tout à coup dans son épouvante, elle pâlit affreusement, cacha sa tête dans ses mains et se mit à pleurer à chaudes larmes. Elle venait de reconnaître le jeune homme.

— Vous ! vous ! s'écria-t-elle d'une voix où vibraient mille sentiments contraires, vous, Henri !... mais qu'êtes-vous venu faire, dites ?... quelle pensée a été la vôtre, répondez ?... Oh ! par pitié pour vous, répondez !

Henri avait fait quelques pas vers la jeune fille, et, pour toute réponse, il lui remit la lettre de Robert.

Marthe la parcourut rapidement.

— Et vous avez cru que je vous donnais un rendez-vous ? dit-elle moins irritée, mais toujours aussi émue... Vous avez pensé qu'en l'absence de mon père j'oserais vous appeler ici, dans ma chambre ?... O mon Dieu ! mais quelle idée avez-vous donc de moi ?

— Pardon ! pardon ! dit le pauvre jeune homme en se jetant aux genoux de la jeune fille et en mêlant ses larmes aux siennes, on croit si facilement au bonheur !... Je n'ai réfléchi à rien ; j'étais si malheureux, Marthe, que, pour passer une heure près de vous, j'aurais donné ma vie tout entière... Si vous saviez, Marthe, comme je vous aime ! si vous saviez quelle douleur est la mienne quand je songe que tantôt peut-être vous serez la femme d'un autre !... Ah ! il faut me pardonner, voyez-vous !

— Mais qui donc vous a remis cette lettre ?

— Un de vos amis.

— Son nom ?

— Le comte de Kersaint.

— Un ami, dites-vous ? Mais je l'ai vu hier pour la première fois.

— Est-ce possible?

— Quel intérêt peut donc avoir cet homme à me perdre?

— Ah! c'est ce que je saurai demain, dit Henri d'un ton énergique.

Marthe frémit.

— Fou que vous êtes! dit-elle aussitôt; je vous le défends, entendez-vous?... Je ne connais pas cet homme, mais je saurai, moi, quelle pensée coupable l'a poussé... C'est un ami de M. Georges Brown; peut-être s'entendent-ils tous les deux, et c'est ce que je veux apprendre... Mais vous, Henri, laissez-moi faire; vous entendez? je le veux, et vous me devez bien cette obéissance pour l'imprudence que vous avez commise cette nuit.

— Oh! vous avez raison, toujours! répondit Henri en baisant vivement ses mains.

Marthe se dégagea doucement de l'étreinte du jeune homme, et, l'entraînant avec elle :

— Maintenant, dit-elle, partez, mon ami, ne restez pas une seconde de plus ici... Retournez dans votre appartement, et attendez pour revenir que Jeanne vous aille prévenir de ma part.

En parlant ainsi, la jeune fille tourna doucement le bouton et voulut ouvrir la porte.

Mais la porte ne s'ouvrit pas; elle était fermée en dehors.

Marthe pâlit et enveloppa Henri d'un regard où l'amour semblait s'être éteint tout à coup, et où brillait maintenant un étrange sentiment où l'interrogation se mêlait au soupçon.

— Henri, dit-elle d'une voix que l'émotion faisait vibrer, est-ce vous qui avez fermé cette porte?

— Moi? fit le jeune homme éperdu à cette question; mais vous voyez bien qu'elle est fermée en dehors!

— Alors, c'est votre complice... Répondez.

— Ah! vous m'aimez bien peu, Marthe, si vous me croyez capable d'une telle infamie!

— Et que voulez-vous que je croie, répliqua la jeune fille, devant quel soupçon voulez-vous que je m'arrête après votre étrange conduite?... Et puis, tenez, vous me forcez à me rappeler ce que j'avais déjà oublié, l'aventure de cette nuit; tout cela est inexplicable, vous en conviendrez vous-même... Comment se fait-il que vous vous soyez trouvé si à point pour nous sauver?... Quels sont ces hommes qui vous ont secondé?... Par quel moyen, enfin, vous êtes-vous introduit ici, à l'insu de tout le monde, sans que ma tante ou Jeanne vous aient vu?... Ah? n'est-ce pas que vous ne savez que répondre? Vous voilà interdit et confondu!... Mon Dieu! mais que faut-il donc que je pense de vous?

Pendant que Marthe parlait, le jeune homme, avait à plusieurs reprises passé sa main sur son front. Cette accusation le frappait d'une manière si inattendue, il y était si peu préparé, que toute sa présence d'esprit l'abandonna un moment, et qu'il ne sut en effet que répondre aux questions de la jeune fille.

Mais il ne pouvait se laisser ainsi soupçonner d'une action infâme sans protester énergiquement; son honneur et sa loyauté se révoltaient à la seule idée qu'il allait devenir odieux à la seule femme qu'il eût encore aimée, et il se sentait prêt à tout plutôt que de permettre à un pareil sentiment de pousser ses racines dans le cœur de Marthe.

Il releva le front et osa regarder la jeune fille en face.

— Marthe, lui dit-il d'un accent brisé mais ferme encore, les apparences sont contre moi, j'en conviens, et je comprends que votre premier mouvement ait été de me soupçonner, quoique peut-être j'eusse le droit d'attendre plus de bienveillance de votre part... Mais il est impossible que je reste sous le coup d'un semblable soupçon, et je vous prouverai, dussé-je y trouver la mort, que vous avez été cruellement injuste... Cette porte est fermée, Marthe, et je jure Dieu que j'ignore par quelle main elle l'a été. Mais puisqu'il n'y a pas d'autre issue possible, et que j'ai autant que vous à cœur de sauver votre honneur, je sortirai d'ici, et, dans une seconde, vous n'aurez plus rien à craindre de moi... Adieu donc!

En parlant ainsi, il marcha vers la fenêtre, qu'il ouvrit d'un geste violent et rapide, et sur l'appui de laquelle il posa résolûment le pied.

Mais Marthe avait deviné son intention et elle s'était précipitée vers lui.

— Henri, s'écria-t-elle à demi morte d'effroi; qu'allez-vous faire, malheureux?

— Je veux partir! répondit le jeune homme.

— Mais vous voulez donc vous tuer?

— Et que m'importe la vie si je perds votre amour!

— Écoutez-moi, je vous en prie.

— Vous ne m'aimez plus!

— Oh! je vous aimerai... je vous aime, Henri! ne m'effrayez plus ainsi!... voyez... je vais mourir!... Oh! par pitié!... ne me repoussez plus, je ne vous dirai plus rien!... Henri, vous savez bien que je vous aime, n'est-ce pas?... Eh bien, ne partez pas... restez... c'est moi maintenant qui vous en supplie!... Nous sommes entourés d'ennemis contre lesquels nous aurons à lutter; mais que faut-il faire, parlez? demanda Marthe encore toute tremblante.

— Je ne le sais pas moi-même, répondit le jeune homme; mais Jeanne n'était-elle point ici?

Marthe sonna vivement, et ils prêtèrent l'oreille. Rien ne bougea.

— Jeanne est aussi avec eux, dit la jeune fille avec dépit.

— Ne nous hâtons pas de l'accuser, fit Henri.

— Vous avez raison.

— Qui sait? les hommes qui m'ont trompé ont des desseins mystérieux, et ils paraissent puissants... mais, quels qu'ils soient, et en quelque lieu qu'ils se cachent, je vous promets de les démasquer demain.

— Oh! prenez garde au moins, mon ami!

— Et que voulez-vous que je craigne, maintenant que je suis sûr de vous? quelle vengeance pourrait m'atteindre, maintenant que vous avez dit que vous m'aimiez... car vous l'avez dit, n'est-ce pas?

— Oui, oui, Henri!

— Vous m'aimez?

— Je vous aime!

— Oh! merci, Marthe, merci!... car cet aveu, c'est ma vie, c'est mon bonheur... et ce sera ma force!

— Mais promettez-moi d'être prudent.

— Je vous le promets.

— Et vous m'aimerez aussi... toujours?

— Oh! moi, Marthe, je n'ai pas d'autre raison d'être en ce monde; je vis parce que vous m'aimez, et le jour où vous ne m'aimerez plus, je mourrai.

Henri s'assit à côté de la jeune fille, et tous les deux, la main dans la main, les yeux dans les yeux, ils continuèrent de deviser ainsi une partie de la nuit, jusqu'à l'heure où Jeanne put enfin venir les délivrer.

Le lecteur l'a probablement déjà compris, la porte de la chambre de Marthe avait été fermée par Jacques, pendant que Robert, introduit dans l'appartement, était allé trouver Jeanne pour lui expliquer ses projets.

Seulement, il se passa alors un incident qui n'était pas dans le programme de Jacques, et qu'il est utile de mentionner ici pour l'intelligence de ce qui va suivre.

Au moment où l'ex-notaire venait de fermer la porte et s'éloignait avec Robert à travers les corridors sombres dans le but de gagner l'escalier, il arriva que les deux amis s'égarèrent pendant quelques secondes, et qu'ils pénétrèrent inopinément dans la chambre à coucher de la tante Aurore.

La tante Aurore se trouvait dans un négligé des plus coquets; l'heure était avancée, elle se disposait à prendre du repos.

Au bruit que firent les deux amis, elle se retourna vivement et voulut fuir.

Robert craignait sans doute que la vieille fille ne donnât l'éveil dans la maison, et, pour éviter les inconvénients qui eussent pu en résulter, il s'avança vers la tante et la prit énergiquement dans ses bras, tandis que Jacques se rejetait dans un coin.

— M. de Kersaint! fit Aurore en reconnaissant Robert.

— Silence, de grâce! murmura ce dernier d'une voix émue et tendre, ne me perdez pas et pardonnez-moi!

La vieille folle se trompa facilement à l'accent dont cette prière était prononcée; tout son sang reflua vers son cœur, un trouble infini s'empara de tous ses sens, et elle tomba évanouie dans les bras de son ravisseur.

Robert haussa les épaules à cette vue, déposa son précieux fardeau sur un divan et s'éloigna en toute hâte.

Quant à Jacques, en se voyant seul dans cette chambre avec une femme évanouie, il sembla un moment se consulter.

Puis, prenant un parti énergique, il fit lestement tourner le bouton de la lampe et gagna la porte à tâtons.

Seulement, au lieu de la porte, ce fut le divan contre lequel il alla se heurter.

Cependant, Henri avait quitté Marthe, et il se hâtait de rentrer chez lui.

Jamais encore il n'avait été si heureux!

Il était aimé... Marthe le lui avait dit; elle le lui avait répété en rougissant. — Que lui fallait-il de plus?

Il monta rapidement ses deux étages; et, en cherchant à introduire la clef dans la serrure de la porte, il s'aperçut avec étonnement que cette porte était ouverte. Il la poussa.

Une bougie brûlait sur la cheminée, et un air de désordre inouï régnait dans la chambre.

Henri en fut frappé... et comme un vague soupçon traversa son esprit.

Pourquoi ne l'eût-on pas attiré chez Marthe et enfermé chez elle dans le but de le dévaliser pendant son absence?... mais son ami était là... et le coup avait dû évidemment échouer.

Tout en se livrant à ces réflexions, il avait gagné la chambre où son ami devait reposer; il y entra avec une certaine vivacité, et se dirigea aussitôt vers le lit.

Mais arrivé là, il resta comme pétrifié d'horreur, et poussa un cri qui dut retentir dans toute la maison.

Devant lui, sur le lit, son ami était étendu la tête et les bras pendants, la poitrine ouverte par une horrible blessure, d'où s'échappaient encore des flots de sang.

— Assassiné! ils l'ont assassiné!... s'écria-t-il hors de lui; mais quels sont donc ces misérables?... qui me dira où les trouver, où les frapper?...

Au cri qu'il avait poussé, un nombre considérable de curieux étaient accourus et se pressaient autour de lui en l'accablant de questions. Bientôt même le commissaire de police du quartier arriva avec deux sergents de ville, et commença un interrogatoire en règle.

Mais que pouvait répondre le jeune homme? Rien, sinon qu'il avait, en rentrant, trouvé son ami assassiné... Le magistrat ne trouva pas que c'était suffisant.

— Vous êtes donc rentré fort tard? dit le commissaire sur un ton austère.

— Vers quatre heures, répondit Henri.

— D'où venez-vous?

— Qu'importe.

— Mais il importe beaucoup, monsieur, car enfin la victime était votre ami... Et vous l'avez quitté hier soir, à onze heures. On ne sort guère à cette heure.

— Comment, monsieur?...

— Enfin, vous pouviez avoir vos raisons pour sortir... mais alors il faut les dire.

— Cela m'est cependant impossible.

Le commissaire considéra un moment Henri d'un air grave, où commençait à percer une menace de soupçon.

— Comment vous nommez-vous? demanda-t-il tout à coup sans cesser d'observer le jeune homme.

— Henri.

— Mais ce n'est pas un nom, cela.

— C'est le mien, pourtant.

— C'est possible... poursuivons... Quelle est votre profession?

— Je n'en ai pas.

— Quel âge avez-vous?

— Vingt-deux ans.

— Et où êtes-vous né?

— Je n'en sais rien.

Le commissaire de police se tourna vers les deux sergents de ville et leur fit un signe, qui voulait dire : est-ce clair?

— Bien, monsieur, poursuivit-il, bien... je ne puis vous faire dire ce que vous voulez cacher... mais je ne puis vous cacher que vos réticences n'amélioreront pas votre position, et je vous engage à être plus explicite devant la justice.

— La justice! fit Henri avec un frisson.

— Vous allez nous suivre, monsieur!...

Et pendant que Henri reculait épouvanté, et les tempes baignées d'une sueur froide, les deux agents s'emparaient de lui et le forçaient à descendre l'escalier avec eux.

IX

LES SUITES D'UN COUP DE POIGNARD MALADROIT

Le lendemain matin, dès l'aube, Bob entra dans la chambre de son maître, qui avait couché rue Marbeuf.

Bob avait l'air un peu effaré, et une certaine inquiétude se lisait dans son regard.

Georges le considéra avec attention.

— Eh bien, Bob, qu'y a-t-il donc de nouveau que tu m'arrives avec ce visage bouleversé?

Bob remua la tête en fronçant les sourcils.

— Cela va mal, répondit-il en approchant du lit de son maître.

— Viens-tu des catacombes?

— Non, je viens de l'hôtel de Lille et d'Albion.

— Et Henri?

— Il vit, maître.

— On l'a manqué!...

— Celui que j'avais chargé de l'affaire, répondit Bob, est un gaillard qui ne manque pas souvent son homme... Seulement, Henri habite avec un de ses amis.

— Et c'est cet ami qui a été assassiné?

— Lui-même.

Georges commença un sourire.

— Alors, objecta-t-il, c'est partie remise... et dans quelques jours il recommencera. Cette fois au moins Henri sera seul... et...

— Ce sera moins facile que cela, interrompit Bob.

— Comment?

— A moins que vous n'alliez l'assassiner en prison.

— En prison!...

— Ah! cela vous étonne, et en a surpris bien d'autres... mais Henri est pourtant bien en prison, à cette heure, comme prévenu d'avoir assassiné son ami...

— Est-ce possible?

— C'est du moins le bruit de l'hôtel.

— Après tout, fit Georges, c'est un dénoûment, cela, et nous en voilà débarrassés aussi bien que si on l'avait tué... Un assassin cesse d'être un rival dangereux, et la justice avancera mes affaires sans que je m'en occupe... Dans ce cas, parlons donc d'autre chose... Es-tu allé voir Mousseline, hier soir, et lui as-tu demandé si elle pouvait me recevoir ce matin?

— Non, maître, répondit Bob en baissant instinctivement la voix.

— Qu'est-ce à dire? fit impérieusement Georges.

— C'est-à-dire, poursuivit le domestique, que j'ai passé une partie de la journée, hier, dans la maison de M. de Ferbach.

— Mais M. de Ferbach est absent, et il ne revient que ce soir.

— Ce soir, à onze heures quarante-cinq minutes.

— Diable! l'arrivage des trains t'est familier...

— C'est heureux pour vous, maître.

— Hein!

— Parce que si M. de Ferbach était revenu du Havre aujourd'hui sans que nous en fussions prévenus, peut-être demain aurions-nous été rejoindre cet Henri, dont vous vouliez vous débarrasser.

Georges fit un mouvement rapide.

— Ah çà! s'écria-t-il en plongeant ses deux regards acérés sur Bob, il se passe donc quelque chose de grave?

— Quelque chose de très-grave, répondit Bob; hier un M. Blondelet est arrivé à Paris, envoyé à M. de Ferbach par la maison Blanchard du Havre.

— Blanchard, dis-tu, le correspondant de Brown et compagnie de New-York?

— C'est cela même.

— Et que voulait-on à M. de Ferbach?

— On venait lui apprendre qu'un certain Philippe Chartier, de Saint-Louis, après avoir assassiné son ami Georges Brown, et lui avoir soustrait les lettres de crédit dont il était porteur, menait à Paris un grand train, sous le nom de sa victime.

— Es-tu sûr de cela?

— Parfaitement sûr.

— Mais alors il n'y a pas de temps à perdre?

— Et pour cela il faut en gagner, du temps, objecta Bob.

Georges s'était levé, et il s'habillait à la hâte.

— Tu as raison, dit-il vivement. M. de Ferbach arrivera à Paris avec un plan arrêté... on lui aura monté la tête au Havre; c'est un homme facile à monter, et qui doit être furieux d'avoir été trompé par un aventurier... il serait capable de se faire conduire du débarcadère chez le procureur du roi; il faut prévenir tout cela.

— Sans doute, fit Bob, mais ce n'est pas facile.

— Je vais y réfléchir.

— Monsieur veut-il déjeuner?

— C'est inutile, je déjeunerai au cabaret... fais atteler.

— Où irons-nous?

— Au loin... cela m'ouvrira l'appétit, et avant que nous soyons arrivés au café Anglais, je veux avoir trouvé le moyen de sortir d'embarras.

Bob n'en entendit pas davantage, il courut faire exécuter les ordres de son maître, et un quart d'heure après ils s'éloignaient tous deux dans la direction du bois de Boulogne.

Seulement, au moment d'atteindre la grille, une *idée* subite traversa le cerveau de Georges.

— J'ai réfléchi, dit-il à Bob d'une voix rapide, nous allons rue Blanche.

— Chez mademoiselle Mousseline?

— Oui, chez Mousseline.

Dix heures sonnaient à peine quand ils s'arrêtèrent devant le numéro 96 de la rue Blanche, et il était à craindre que la jolie pécheresse ne voulût pas recevoir Georges.

Mais ce dernier avait un peu l'habitude du demi-monde, et, malgré les observations du concierge, qui crut devoir lui faire observer qu'il ignorait si mademoiselle était chez elle, il monta rapidement les deux étages et sonna.

Claire vint ouvrir.

— A cette heure! dit-elle étonnée en entre-bâillant la porte.

— Il faut que je parle à ta maîtresse... dit Geoges en forçant doucement l'entrée et en pénétrant doucement dans l'antichambre.

— Mais madame se lève.

— Dis-lui mon nom.

— Elle refusera.

— Eh bien, ajouta Georges en glissant une bourse pleine d'or dans la main de Claire, dis-lui tout ce que tu voudras, mais arrange-toi pour que je la voie, et sois certaine que tu n'auras pas obligé un ingrat.

La camériste sourit en recevant la bourse, et disparut aussitôt après avoir introduit Georges au salon.

Dix minutes s'écoulèrent sans qu'elle revînt.

La négociation était vraisemblablement difficile; Mousseline n'aimait pas Georges, et elle n'avait aucune bonne raison pour le recevoir; mais lorsque Claire lui eut montré la bourse qu'on venait de lui donner, elle comprit que ce n'était point là un amour ordinaire, et la curiosité fit ce que tout autre sentiment n'aurait pas fait.

Et puis nous ne voudrions pas calomnier la pécheresse de la rue Blanche; mais qui sait si, en voyant la générosité de cet Américain, elle n'avait pas instinctivement pensé aux étranges retours que nous réserve l'avenir.

Quoi qu'il en soit, et à quelque sentiment qu'elle obéît, curiosité ou calcul, toujours est-il qu'au bout d'un quart d'heure, Claire revenait vers Georges, le sourire aux lèvres et la joie dans les yeux, et introduisait le jeune homme dans le boudoir de sa maîtresse.

— Vous êtes mille fois bonne, ma chère Mousseline, dit Georges en entrant, et je ne sais comment vous remercier...

— Il était donc bien important que vous me vissiez ce matin? fit Mousseline nonchalamment allongée sur son divan, et en considérant le jeune homme avec plus d'attention peut-être qu'elle ne l'avait fait jusqu'alors.

Georges Brown était mis avec plus de recherche que de grâce; mais les femmes d'un certain monde prennent assez facilement des commis de nouveautés pour des princes, et Georges était certainement beaucoup mieux qu'un commis de nouveautés.

Mousseline parut satisfaite de son examen, et se mit à jouer avec une petite cassolette de parfum qui pendait à son bracelet du matin.

— J'avais le plus vif désir de vous voir aujourd'hui même, répondit Georges en prenant place à côté de la jeune femme, parce que j'attends des nouvelles fort importantes ce soir, et qu'il se peut faire que demain je sois forcé de retourner pour quelque temps à New-York.

— Vraiment!...

— Or, de tout ce qui peut séduire un étranger dans Paris, je ne regretterai qu'une chose.

— Quoi donc?

— Ne le devinez-vous pas?

— Expliquez-vous...

Georges prit une des mains de la jeune femme, qui le laissa faire.

— Mousseline, dit-il d'une voix où il y avait sinon beaucoup d'amour, du moins un très-vif et très-sincère désir, je suis très-riche et je pourrais faire un sort magnifique à la femme qui consentirait à me suivre...

— J'espère bien que ce n'est pas pour moi que vous dites ça, interrompit Mousseline avec un franc éclat de rire.

— Pourquoi donc?...

— Oh! pour deux motifs...

— Voyons le premier.

— Le premier, c'est que je ne veux pas quitter Paris en ce moment.

— Même au prix d'une fortune?

— Même à ce prix-là...

— Vous en êtes bien sûre?

— Oh! parfaitement...

— Alors voyons le second.

— Le second, c'est que, si je me décidais à abandonner mon boulevard, à m'exiler de Mabille et du Casino, il y aurait encore un empêchement à ce que je m'expatrie avec vous.

— Lequel?

— Je n'aime pas les hommes mariés.

— Mais je ne le suis pas...

— Sans doute, seulement vous allez l'être.

— Qui sait!

— N'épousez-vous pas mademoiselle de Ferbach?

— Si je pars dans quelques jours, c'est que mon mariage sera rompu.

— Mais il y a donc quelque chose de nouveau? insista la jeune femme avec un regard singulier.

Georges la considéra avec étonnement; il ne comprenait pas bien le sentiment auquel obéissait Mousseline, et cela l'intriguait.

— De quel intérêt, objecta-t-il, cela peut-il être pour vous, que je me marie ou que je ne me marie pas?

— Oh! d'un très-grand... repartit la lorette sans chercher à dissimuler le trouble qui était en elle, parce que si vous n'épousez pas mademoiselle Marthe, il est probable qu'un autre sera plus heureux.

— C'est le destin... mais je m'en consolerai.

— Vous avez un rival.

— Et qui donc est-il?

— Henri...

— Vous le connaissez donc? Et c'est lui, n'est-ce pas, c'est lui qui l'emporte?...

Mousseline ne souriait plus; elle n'était plus allongée nonchalante sur son divan; son œil, vivement allumé, semblait lancer des éclairs, et elle serrait vivement le bras de Georges.

Celui-ci commença à soupçonner la vérité.

— Diable! dit-il avec un peu de dépit, vous paraissez vous intéresser chaudement à cet Henri?

— Eh! que vous importe?...

— Mais il m'importe beaucoup, au contraire... car voilà un jeune homme qui, de quelque côté que je me tourne, semble disposé à me barrer le passage...

— Répondez au moins à ma question... dit la jeune fille impatientée.

— Avec d'autant plus de plaisir, repartit Georges, que mon rival se trouve en ce moment dans l'impossibilité absolue, non-seulement d'épouser mademoiselle de Ferbach, mais encore de me disputer votre possession.

— Que voulez-vous dire?...

— Depuis quelques heures l'intéressant jeune homme est en prison.

— Lui! fit Mousseline avec un cri.

— Lui-même... sous la prévention d'assassinat.

— Mais c'est une infamie... Henri... assassin!... oh! vous ne le croyez pas vous-même.

— On ne sait jamais ces choses-là, madame; les apparences sont si trompeuses.

— Lui!... mais c'est impossible, il doit y avoir là-dessous quelque infâme mystère... Demain, dans quelques heures, la vérité se fera jour, on reconnaîtra son innocence... on le mettra en liberté...

Georges remua lentement la tête et raconta ce qui s'était passé. Mousseline écoutait avidement; quand il eut fini, elle était fort pâle, mais son regard était énergique et sombre.

— Il a refusé de dire où il avait passé la nuit... balbutia-t-elle comme se parlant à elle-même.

— C'est du moins ce que m'a assuré mon nègre, répondit Georges.

La jeune femme tordit ses beaux bras par un geste violent et désespéré.

— Eh bien, je devine, moi!... répondit-elle d'un accent brisé.

— Quoi donc?

— Il y a une femme dans cette aventure, soyez-en sûr, et Henri aime mieux se laisser accuser que de forfaire à l'honneur.

— C'est invraisemblable.

— A vos yeux.

— Cet Henri ne connaît personne à Paris... il habite l'hôtel de Lille et d'Albion... et le concierge affirme ne l'avoir vu depuis hier soir ni sortir ni rentrer...

— Dites-vous vrai?... s'écria Mousseline avec un nouveau mouvement de fièvre ardente.

— C'est toujours le récit de Bob.

— Et M. de Ferbach habite le même hôtel?

— Certainement.

— Plus de doute, alors! et c'est ce que je veux éclaircir sans retard.

Mousseline s'était levée; elle sonna; la femme de chambre accourut.

— Claire! dit-elle aussitôt avec une agitation croissante, mon châle, mon chapeau et ma voilette.

— Madame sort?... fit Claire stupéfaite.

— Oui, je sors... et à l'instant... tu vas aller me chercher une voiture.

— Mais, madame, il est dix heures à peine...

Claire n'acheva pas; d'un geste, Mousseline lui avait indiqué la porte, et elle était allée elle-même prendre les objets de toilette dont elle avait besoin.

Quand elle revint vers Georges, elle était complétement habillée.

— Ainsi, c'est résolu, vous sortez... fit Georges.

— Claire n'est pas revenue avec la voiture? demanda-t-elle sans paraître avoir entendu les paroles de son interlocuteur.

— Mon coupé est à la porte, dit celui-ci, et s'il vous plaisait d'y prendre place...

Mousseline réfléchit un moment.

— Non, dit-elle presque aussitôt, cela ne serait convenable ni pour vous ni pour moi dans les circonstances présentes... seulement, cette fille me fait mourir avec sa lenteur... Si vous voulez nous irons au-devant d'elle. Et Mousseline marcha vers la porte, Georges la suivit.

— Et où allez-vous ainsi? demanda ce dernier, comme ils descendaient les premières marches de l'escalier.

— Je vais chez M. de Ferbach, répondit la jeune femme d'un ton ferme.

— Mais il est absent.

— Et sa fille?

— Vous voulez voir Marthe!

— Cela vous étonne?

— Vous ne la connaissez pas?

— Non, mais elle connaît Henri, elle, et cela me suffit.

A la porte de la rue ils trouvèrent Claire qui venait d'arriver avec la voiture. Mousseline quitta immédiatement Georges et y monta.

— Au moins je vous reverrai bientôt, dit Georges en fermant la portière.

— Hôtel de Lille et d'Albion, ordonna Mousseline sans écouter.

Et le remise se mit aussitôt à descendre rapidement la rue Blanche.

Georges réprima un geste de dépit.

— Décidément, dit-il sur un ton de rage concentrée, Bob a bien mal fait de ne pas me débarrasser de cet Henri... mais c'est une maladresse qu'il sera facile de réparer...

Et, remontant lui-même dans son coupé, il se fit aussi conduire à l'hôtel de Lille et d'Albion, afin de déposer sa carte chez les dames de Ferbach.

Si le lecteur le veut bien, nous précéderons Mousseline à l'hôtel où elle se rend, et nous dirons en quelques mots ce qui s'y est passé depuis le matin.

Dans un hôtel aussi aristocratiquement fréquenté, un crime pareil à celui dont Henri était accusé devait faire une sensation énorme, et, dès le matin, ce fut le sujet de toutes les conversations.

Marthe, ainsi que tante Aurore, ne tardèrent pas à en être instruites, et Marthe surtout en éprouva une commotion qui faillit mettre ses jours en danger, mais qui n'eut heureusement que Jeanne pour confidente.

Pendant plusieurs heures la pauvre jeune fille demeura en proie à une sorte de délire; elle appelait son père, sa tante, Henri... tantôt elle pleurait à chaudes larmes, le front dans les mains, les cheveux en désordre sur ses épaules... tantôt elle restait les bras pendants, l'œil fixe, immobile, insensible, comme si elle eût été tout à coup frappée de folie!

Jeanne ne savait plus que devenir.

Enfin, le calme lui revint un peu, et elle put envisager avec plus de sang-froid toute l'horreur de sa position.

— Que faire! que faire! dit-elle en prenant les deux mains de Jeanne, qu'elle serrait convulsivement dans les siennes. Pendant cette nuit fatale; Henri était près de moi... on avait fermé la porte de ma chambre... Ce sont sans doute les assassins qui avaient préparé cette trame infâme pour l'éloigner de son appartement, et n'avoir pas à craindre d'être troublés dans leur œuvre criminelle; mais je ne puis pas cependant le laisser accuser ainsi... Ces assassins, il doit les connaître, il faut qu'il les désigne... Pauvre Henri! il préfère se laisser condamner que de me perdre... Oh! que faire! parle... dis-moi...

Jeanne remua tristement la tête.

La malheureuse femme avait un secret, elle aussi, et elle n'osait le confier à personne; elle l'avait enseveli dans son cœur comme dans une tombe!...

Elle savait aussi que Henri était le fils de Robert, — elle le croyait du moins, — et elle ne pouvait conseiller au fils d'accuser son père. Car les circonstances étaient telles, qu'elle était autorisée à croire que Robert était seul coupable du crime dont Henri était accusé! — A tout hasard, elle avait fait prévenir Robert...

Elle baisa longuement les mains de Marthe.

— Pauvre mademoiselle, dit-elle en contenant ses propres appréhensions, vous êtes malheureuse, et je ne puis que pleurer avec vous... mais n'écoutez cependant pas trop votre amour Dieu ne l'a pas béni, et vous voyez tous les chagrins qu'il vous prépare... Qui sait... cet Henri n'en était peut-être pas digne.

— Lui! fit Marthe en se redressant frémissante.

— Nous ne le connaissons que depuis quelques mois... nous ignorons qui il est....

— Tu oses l'accuser, toi, Jeanne?...

— Vous a-t-il jamais parlé de sa famille?

— Mais je l'aime!...

Jeanne étouffa un soupir.

— Sans doute, mon enfant, répondit-elle avec douceur, et moi-même j'éprouve pour lui un de ces sentiments indéfinissables, auxquels il est difficile de donner un nom.

— Tu le vois bien! s'écria Marthe triomphante.

— Mais est-ce une raison pour oublier toute prudence? repartit Jeanne; si Henri n'est pas coupable, — et je le crois, — son innocence sera bien vite reconnue, et on le rendra à la liberté... si, au contraire...

— Mais c'est impossible.

— Voyons... revenez au calme, ma pauvre Marthe, essuyez vos yeux qui ont trop pleuré... songez que votre père revient aujourd'hui... et allons auprès de votre tante, qui aura peut-être un bon conseil dans la circonstance présente.

Marthe était trop accablée pour avoir l'énergie d'une volonté quelconque... elle essuya lentement les larmes qui inondaient ses joues, comprima sa poitrine gonflée de soupirs, et suivit Jeanne, qui la conduisit près de sa tante.

Mademoiselle Aurore venait d'apprendre l'événement.

Elle était mélancoliquement allongée sur une causeuse auprès du feu, ses yeux avaient une langueur vaporeuse qui ne leur était pas habituelle; elle était plus pâle, elle avait mis dans son négligé du matin plus de recherche encore que d'habitude.

Quand elle aperçut Marthe, elle rougit comme ferait une jeune femme le lendemain de son mariage.

— Bonjour, Marthe, bonjour, mon enfant, dit-elle d'une voix vaguement émue... Eh bien, tu as appris aussi l'affreuse nouvelle, n'est-ce pas!... qui aurait cru cela... un jeune homme si distingué, et qui paraissait si doux!...

— Mais il n'est pas coupable! s'écria Marthe dont les yeux s'emplirent de larmes.

— Peut-être... fit la tante, les hommes sont si perfides!... quand tu auras vécu un peu, comme moi, tu sauras ce qu'il faut en penser, et quelle confiance on doit accorder à leurs paroles... Ah! c'est parce que je les connaissais bien que je n'ai jamais voulu me marier...

— Comment, ma tante?... fit Marthe étonnée.

Tante Aurore minauda avec une grâce sexagénaire.

— Oh! je sais ce que tu vas me répondre, poursuivit-elle, il y a des exceptions, sans doute, et cela console le cœur d'y croire... mais il faut les trouver... et il est si cruel de s'y tromper!... Pour moi, j'avoue que si jamais l'idée me venait d'unir ma vie à celle d'un homme qui aurait su toucher mon cœur, il faudrait que je fusse bien sûre de sa sincérité, et que son amour ne pût être suspecté d'intérêt...

Marthe échangea un regard furtif avec Jeanne. C'était la première fois qu'elle entendait sa tante parler de la sorte, et bien qu'elle fût un peu accoutumée de sa part à quelques extravagances de langage, elle ne l'avait jamais encore surprise dans de semblables dispositions.

En toute autre circonstance, elle n'aurait peut-être pu réprimer un sourire, mais elle avait à cette heure le cœur trop triste et la pensée trop pleine d'Henri.

— A propos, dit tout à coup tante Aurore en se tournant vers Jeanne, il n'est venu personne me demander ce matin?

— Non, mademoiselle, répondit Jeanne.

— Et l'on n'a point de lettres de mon frère?

— Aucune.

— Allons, il faudra attendre jusqu'à ce soir... Nous vivons depuis quelques jours dans une atmosphère de mystères et de drames dont j'ai hâte de sortir... Aussi je ne veux plus entendre parler de l'horrible crime qui s'est accompli cette nuit à l'hôtel; et, après déjeuner, nous irons faire un tour au bois.

— Au Bois! fit Marthe sur un ton de reproche, nous promener, nous distraire!...

Et elle ajouta mentalement :

— Quand il est en prison, quand tout l'abandonne et que tout l'accuse...

— Cela me fera du bien, et à toi aussi, mon enfant... fit observer tante Aurore; ainsi, c'est convenu, parlons d'autres choses, et que Jeanne aille commander la voiture.

Jeanne allait se retirer pour exécuter l'ordre de tante Aurore, mais elle s'arrêta tout à coup et regarda Marthe.

Le timbre de l'appartement venait de sonner.

— Qui peut venir à cette heure? demanda la tante.

— Faut-il ouvrir? dit Jeanne.

— Si c'était encore quelques-uns de ces bandits...

— Oh! ils n'oseraient pas...

— N'importe... avant d'ouvrir, demandez qui est là...

Jeanne sortit.

Marthe était vivement émue. Pour la situation d'esprit où elle se trouvait, tout incident lui paraissait devoir se rapporter à Henri, et son cœur frémit d'impatience jusqu'au moment où Jeanne vint annoncer qu'une femme demandait à parler à mademoiselle Marthe.

— A ma nièce? fit la tante.

— Une femme? ajouta Marthe.

— Et quelle est-elle?

— Je ne sais... répondit Jeanne.

— Mais son nom?

— Mousseline.

Tante Aurore réfléchit un moment; puis, relevant tout à coup son front :

— Faites entrer, dit-elle, nous allons la recevoir, et je saurai bien ce que veut cette demoiselle Mousseline.

Un instant après, Jeanne introduisait la charmante pécheresse.

Mousseline était sous l'empire d'une fièvre ardente; elle obéissait à un de ces mouvements irréfléchis contre lesquels il est souvent impossible de lutter; elle avait appris que Henri était malheureux; elle croyait que Marthe pouvait le sauver, et elle venait trouver Marthe.

Quant à l'étrangeté de cette visite, aux difficultés qui devaient l'accueillir, à la délicatesse de l'aveu qu'elle avait à faire, elle n'y avait pas songé un seul instant.

Pour elle, le but c'était Henri, et elle n'avait rien vu autre chose.

Mais quand elle atteignit la porte de l'hôtel, qu'elle monta les escaliers qui conduisaient à l'appartement occupé par M. de Ferbach, quand enfin sa main se posa sur le bouton du timbre, une hésitation inouïe s'empara d'elle, elle comprit tout ce que sa démarche avait de singulier, et c'est à peine si elle se rappela ce qu'elle avait à dire et ce qu'elle venait faire.

Cependant elle était trop avancée pour reculer. C'était peut-être la seule chance de salut qui s'offrît pour Henri, et elle ne voulait pas la laisser échapper. Les femmes d'ailleurs se connaissent en amour, et elle espérait que celui de Marthe lui aplanirait les difficultés qui pourraient se présenter.

Quand elle entra dans la chambre de tante Aurore, une partie de ses irrésolutions s'étaient donc dissipées, mais en apercevant Marthe encore pâle des émotions de la matinée, en la voyant surtout si chaste et si timide, elle se troubla de nouveau et se demanda avec inquiétude s'il était possible que Henri eût passé la nuit dernière auprès d'une enfant aussi réellement pure.

— Vous avez désiré parler à ma nièce, dit aussitôt tante Aurore en toisant la visiteuse des pieds à la tête; peut-on savoir, mademoiselle, le motif de votre visite?

L'examen dont elle était l'objet de la part de la vieille femme déplut souverainement à Mousseline, et elle ne fut pas maîtresse d'un premier mouvement d'impatience. Elle se trouvait là dans un monde qu'elle ne connaissait pas, mais il n'était pas facile de l'intimider, et malgré la gravité de la situation, elle écouta plus sa vanité que son cœur.

— Pardon, madame, répondit-elle sur un ton sec et qui frisait légèrement l'impertinence, c'est mademoiselle Marthe de Ferbach et non sa tante que je désire entretenir, et vous me permettrez bien, je l'espère, de lui dire quelques mots en particulier.

Tante Aurore vibra la tête avec roideur; elle n'était pas habituée à s'entendre parler de la sorte, et elle en éprouva un vif mécontentement.

D'ailleurs Mousseline était jolie et jeune, et c'étaient deux motifs de plus pour qu'elle lui déplût.

— J'en suis fâchée, mademoiselle, répondit-elle aigrement, mais on ne dit rien à ma nièce que je ne puisse entendre, et vous lui parlerez devant moi, ou vous ne lui direz rien du tout.

— Est-ce aussi votre avis, mademoiselle? dit alors Mousseline sans se déconcerter et en s'adressant à Marthe.

Marthe baissa les yeux avec un soupir.

— Je n'ai pas d'autre volonté que celle de ma tante, balbutia-t-elle en rougissant.

— Tant pis, repartit Mousseline, je vous croyais plus de fermeté et plus d'indépendance... mais après tout, je suis venue avec l'intention bien arrêtée de vous parler, et fût-ce devant votre trisaïeul, je vous dirai ce que j'ai à vous dire...

Et comme Marthe la regardait émue et troublée :

— Cette nuit, poursuivit la jeune femme, un crime a été commis dans cet hôtel, et on accuse de ce crime un jeune homme du nom de Henri...

— Henri! répondit machinalement Marthe en croisant ses deux bras sur sa poitrine.

— Vous le connaissez, mademoiselle? fit ironiquement tante Aurore.

— Je l'ai vu quelquefois.

— Et il vous intéresse?

— Beaucoup.

— Son amant, sans doute! murmura la vieille fille.

Si bas que ces paroles eussent été prononcées, elles eurent un douloureux écho dans le cœur de Marthe, et firent tressaillir celui de Mousseline.

Cette dernière frémit comme si elle eût été piquée par une vipère, et un éclair audacieux traversa son regard.

— J'ai fait tout ce que j'ai pu pour cela, madame, répondit-elle d'une voix vibrante et accentuée. M. Henri est resté pour moi un étranger, et ce n'est que plus tard que j'ai su que son cœur ne lui appartenait plus... mais ceci est indifférent à la question qui m'occupe, et vous me permettrez bien de revenir à l'objet de ma visite...

Puis, se tournant vers Marthe :

— Mademoiselle, continua-t-elle d'un accent ferme et décidé, M. Henri est arrêté, et savez-vous la charge la plus terrible que l'on élève contre lui?

— Je l'ignore... balbutia Marthe.

— Eh bien, le concierge de l'hôtel a déclaré ne l'avoir vu ni rentrer ni sortir. Il n'a donc pas quitté l'hôtel, et il est impossible, entendez-vous, il est impossible qu'il ait passé cette nuit dans sa chambre...

Et comme, en parlant de la sorte, Mousseline plongeait son regard investigateur sur Marthe, et que la pauvre enfant balbutiait en rougissant quelques mots inintelligibles et sans suite, tante Aurore, qui suivait cette scène sans la comprendre, se leva enfin, irritée et hautaine, et fit quelques pas vers la jeune pécheresse :

— Mademoiselle, dit-elle d'un accent plein de menaces, j'ignore dans quel but secret vous êtes venue ici; votre visite est au moins étrange, pour ne pas dire inexplicable; vous connaissez cet Henri, aujourd'hui accusé de meurtre, et qu'il ait été votre amant ou non, peu m'importe; mais je ne vous cacherai pas que tout cela me semble trop mystérieux pour être bien honnête, et je vous déclare que si vous ne retournez à l'instant même au quartier d'où vous êtes venue, je prendrai des mesures énergiques et vous remettrai entre les mains de gens qui n'auront peut-être pas pour vous les ménagements que je veux bien encore garder.

— Qu'est-ce à dire? fit Mousseline interdite.

— Ma tante!... voulut intercéder Marthe.

— Laissez-moi, continua la vieille fille qui se grisait à son propre courroux; est-ce que nous connaissons mademoiselle Mousseline ici; est-ce que nous savons les liens qui l'attachent à cette bande de voleurs et d'assassins dont nous sommes entourés depuis quelque temps?...

— Eh quoi! vous supposez?...

— Je fais mieux que supposer, j'affirme...

— Mais vous êtes une vieille folle... interrompit Mousseline en haussant les épaules.

— Hein!... fit Aurore.

— Et j'estime qu'il y a longtemps que l'on aurait dû vous enfermer.

Mousseline se leva sur ces mots, car elle craignait un moment que tante Aurore ne lui sautât aux yeux.

Son exaspération avait en effet atteint son paroxysme; elle était devenue cramoisie; elle courut à la sonnette qu'elle agita avec une violence désordonnée.

— Jeanne! Jeanne! dit-elle à demi suffoquée, pourquoi avez-vous laissé entrer cette femme?... elle me fera mourir... Ah! je suis une vieille folle! ah! l'on devrait m'enfermer... Jeanne, appelez un homme, et qu'on la conduise chez le commissaire...

Dieu sait où se serait arrêtée sa colère et son extravagance si à ce moment même on n'eût sonné à la porte de l'appartement.

— Quelqu'un! fit la tante en s'arrêtant court.

Jeanne était allée ouvrir; elle revint presque aussitôt.

— Eh bien? demanda Marthe.

— M. de Kersaint! répondit Jeanne.

— Lui!... balbutia la tante.

Puis, courant précipitamment à Jeanne:

— Par ici! par ici! ajouta-t-elle avec une grâce pleine de pudeur, je vais le recevoir... priez-le d'entrer au salon... je suis à lui dans une seconde...

— Tiens! tiens! tiens! murmura Mousseline en aparté.

Et se penchant vers la tante:

— M. de Kersaint a donc à vous dire des choses qu'il n'est pas bon que votre nièce entende?... dit-elle d'une voix mordante et en comprimant mal un sourire ironique.

Tante Aurore lui lança pour toute réponse un regard chargé de haine et de mépris, et gagna la porte du salon tout en donnant un dernier coup d'œil aux flots de dentelle dont elle était couverte.

Mais elle avait à peine fait quelques pas, que la porte du salon s'ouvrit d'elle-même et que Robert entra.

X

ROBERT ET GEORGES

Quand Robert apprit l'arrestation de Henri, il se trouvait avec Jacques, avec lequel il avait passé la nuit. Il fut atterré de cette nouvelle, qui bouleversa un moment toutes ses idées, et lui enleva sa présence d'esprit.

— Arrêté! lui!... dit-il en se tournant vers son compagnon, mais c'est impossible!

— Tout est possible! répondit sentencieusement Jacques.

— Mais ils l'accusent d'assassinat...

— Où est le mal?

— Et il n'est pas coupable.

— Eh bien, il s'en tirera...

— Et tu crois que je le laisserai en prison... avec des gredins de ton espèce, souffrant du froid, de la faim, lui qui n'a jamais connu la misère?

— Que veux-tu donc faire?

— Le sauver, pardieu!... le faire évader... j'irai le trouver en prison.

— Je te le conseille, cher ami.

— Je ne puis cependant pas le laisser là.

Jacques haussa les épaules.

— C'est encore ce qu'il y aurait de mieux à faire, cependant, répondit-il brusquement; puisqu'il n'est pas coupable, on reconnaîtra la vérité, et dans quelques jours il sera relâché... Si nous nous en mêlons, au contraire, il pourrait fort bien nous en cuire, car nous ne manquerions pas de donner l'éveil à la justice, qui ne demande qu'à mettre le nez dans nos petites affaires.

— Mais que faire, alors?... fit Robert impatienté.

— Écoute, reprit Jacques après quelques instants donnés à la réflexion, un crime a été commis cette nuit dans l'hôtel de Lille et d'Albion, et ce crime n'est imputable à personne de chez nous... mais la police est déjà sur pied à l'heure qu'il est; on sait que tu t'es échappé de Brest, et l'on peut mettre cela sur ton compte... Où est donc le mal de les dérouter pendant quelques heures... ils ont pris Henri qui est innocent, tant mieux; cela les empêchera de songer à toi, et nous permettra de nous mettre à l'ombre... si, au contraire, tu veux t'en mêler, je ne réponds de rien... d'autant plus que l'on a pu nous voir à l'hôtel cette nuit.

— Je crois bien, fit Robert, tu es resté assez de temps au salon.

— Que veux-tu? l'occasion... l'herbe tendre.

— Mais la vieille folle était là?

— Eh! eh! pas déjà si vieille... fit Jacques sur un ton de fatuité impossible à rendre.

Robert saisit énergiquement le bras de son compagnon et le regarda dans les yeux.

— Tu as fait quelque sottise, c'est sûr, dit-il sourdement irrité, on ne peut jamais te conduire dans le monde sans que tu fasses des tiennes... mais, je te le répète, Henri est en prison, et je ne veux pas qu'il y reste.

— Eh bien, fais-le sortir... dit Jacques en se dégageant de l'étreinte de Robert.

— Oui, mais comment?

— Il y a un moyen.

— Lequel? parle vite.

— Que fait-on en pareil cas quand on est accusé... on prouve l'alibi... que Henri prouve le sien.

— Mais tu vois qu'il ne le veut pas.

— Alors que la petite se sacrifie.

— Jamais!... elle aime Henri, son amour le protégera.

Jacques fit un geste de pitié.

— Tu me fais l'effet d'un prud'homme manqué, dit-il avec ironie, ces phrases-là, ça ne fait pas mal dans le paysage, mais ça ne prouve rien... j'aimerais mieux autre chose.

— Cherche, au moins...

Jacques prit sa tête dans ses deux mains, et resta quelques secondes comme absorbé dans ses réflexions.

Puis, tout à coup il releva le front avec une exclamation:

— J'y suis! s'écria-t-il.

— Tu as trouvé? interrogea Robert.

— Je tiens mon moyen.

— Voyons-le.

— C'est la vieille qui le sauvera.

— Tante Aurore?

— Elle-même.

— Mais elle ignore que Henri était auprès de Marthe.

— Sans doute, répondit Jacques, mais il ne dépend que de toi de l'amener à toutes les déclarations qu'il te plaira de lui imposer.

— Comment cela? fit Robert.

— En lui rappelant l'heure où la lampe s'est éteinte et où elle s'est trouvée seule, plongée dans l'obscurité la plus profonde.

A cette révélation, Robert partit d'un long éclat de rire, et son visage s'illumina d'une satisfaction des plus vives.

— Pas mal! pas mal!... dit-il en frappant sur l'épaule de son compagnon. Voilà une action qui mérite sa récompense, et je réponds de te la donner.

— Alors tu as compris?

— Parfaitement.

— Et tu te rends chez la tante?

— A l'instant même.

— Va donc, mon ami, termina Jacques avec emphase, et porte à Amaryllis les hommages respectueux de son fidèle Timante!

Robert écouta à peine les dernières paroles de son ami, il avait hâte d'arriver à l'hôtel de Lille et d'Albion, et il ne voulait pas perdre une minute.

Cependant l'indiscrétion de Jacques ne manquait pas de gaieté, et, pendant le trajet, sa lèvre s'effleura plus d'une fois d'un sourire du meilleur aloi.

Son plan était tout tracé, et il était certain du succès.

Aussi, quand il entra dans la chambre de tante Aurore, et qu'il aperçut la vieille fille accourir évaporée au-devant de lui, il se contint de son mieux pour ne pas lui éclater de rire au nez, lui prit les mains qu'il baisa galamment afin de lui donner le change, et se tournant avec étonnement vers Mousseline:

— Toi! ici!... lui dit-il à voix rapide et basse.

— Je voulais le sauver... répondit Mousseline sur le même ton.

Robert la remercia du regard.

— Bien! ajouta-t-il, bien, mon enfant, mais sois sans crainte je veille sur lui, moi aussi, et dans quelques heures il sera libre.

— Dites-vous vrai?...

— Toujours, quand je parle de lui.

— Alors je n'ai plus rien à faire ici.

— Va... ne crains rien... et compte sur moi!...

Et Mousseline se retira pendant que Robert conduisait tante Aurore vers une bergère dans laquelle il la faisait asseoir.

— Je vous demande pardon, dit-il aussitôt, de me présenter à cette heure chez vous, mesdames; mais la rumeur publique m'a apporté la nouvelle d'un événement tragique qui se serait accompli cette nuit dans votre hôtel, et je n'ai pas voulu passer devant votre porte sans venir m'informer de vos santés.

Tante Aurore fit un mouvement de tête radieux:

— Vous êtes mille fois aimable, répondit-elle en coquettant, cet événement nous a fort effrayées en effet, et ma nièce n'est pas même encore tout à fait remise...

— C'était la nuit aux aventures... objecta Robert avec un regard sous l'expression duquel tante Aurore devint rouge comme une cerise.

Il y eut un silence.

— Ah! je ne sais ce qui se passe autour de nous, reprit bientôt après la vieille fille, mais nous sommes depuis quelque temps le point de mire des assassins et des voleurs... A peine sortis de

Brest, nous sommes arrêtés sur la grand'route et dévalisés par d'audacieux coquins.

— Vraiment? interrompit Robert.

— Avant hier, au sortir de l'Opéra-Comique, nous sommes enlevées mystérieusement, conduites dans d'affreux souterrains dont le souvenir seul me donne le frisson, et où nous serions restées sans doute sans le généreux dévouement de M. Brown.

— Et de M. Henri, ajouta Marthe.

— C'est vrai, confirma la tante, ce jeune homme s'est courageusement dévoué cette nuit-là, et c'est à confondre la raison de penser que c'est lui peut-être...

— Oh! ma tante!...

— Cependant toutes les apparences sont contre ce jeune homme et l'accusent.

— Mais il n'est pas coupable! insista Marthe.

— Qu'en sais-tu?... tu le défends avec une chaleur...

— C'est que...

— C'est que... c'est que... il n'est pas convenable qu'une jeune fille s'exprime aussi vivement sur le compte d'un jeune homme qu'après tout nous ne connaissons que légèrement...

Robert avait écouté jusque-là sans interrompre. Il lui plaisait d'entendre Marthe parler de Henri, et il oubliait en l'écoutant le but de sa visite. Le ton aigre des paroles de tante Aurore le rappela à la vérité de la situation.

— Mon Dieu, dit-il tout à coup, je crois qu'il ne faut pas trop se hâter de juger sur les apparences, mademoiselle, les sympathies d'ailleurs ne s'expliquent pas toujours facilement, et moi qui vous parle, j'éprouve pour ce jeune homme une amitié que rien ne justifie, et dont j'ai beaucoup de peine à comprendre la cause.

— Vous le connaissez? fit tante Aurore.

— Fort peu... mais il m'intéresse à tel point, que je serais heureux de le voir rendu à la liberté...

— Vous croyez alors qu'il n'est pas coupable? objecta la vieille fille.

— J'en suis sûr... repartit Robert.

Un crime a été commis dans cet hôtel, et on accuse de ce crime un jeune homme du nom de Henri.

— Cependant il ne veut pas dire où il a passé la nuit dernière.

Robert regarda d'abord Marthe qui pâlit, puis se tourna vers tante Aurore, qui attendait une réponse à son objection.

— Tenez, dit-il d'un ton insinuant et avec un regard profond, les hommes d'honneur peuvent quelquefois se trouver dans d'étranges et cruelles positions. Supposez par exemple, mademoiselle, que ce soit moi qui habite l'appartement occupé par Henri, supposez encore qu'une femme ait bien voulu me traiter avec quelque bonté, et que j'aie passé près d'elle des heures fortunées qui m'ont paru trop courtes... je rentre à une heure avancée, je trouve un ami assassiné dans ma chambre; on m'entoure, on m'interroge; toute la justice est sur pied, et finalement on me demande d'expliquer l'emploi de mon temps...

— Mais c'est horrible! s'écria la tante.

— Oh! oui, bien horrible... balbutia Marthe.

— Eh bien! que voulez-vous que je fasse dans cette situation, poursuivit Robert, que j'aille livrer le nom de la femme aimée en pâture à la calomnie; que je la compromette; que je la déshonore... Ah! plutôt la honte pour moi, n'est-ce pas... vous comprenez cela... c'est le rôle d'un galant homme et d'un homme d'honneur.

— Et vous croyez que c'est le cas de M. Henri? fit la tante un peu radoucie.

— J'en suis convaincu.

— Pauvre jeune homme!

— Vous le plaignez?

— Oui, certes; mais j'espère que son innocence sera reconnue, on trouvera les vrais assassins, et...

— Sans doute... seulement ici les apparences sont contre l'accusé, et tout prouve que les assassins sont d'adroits criminels; dans cette situation, Henri sera infailliblement perdu si quelqu'un ne vient à son secours.

— Je ne comprends pas.

— Alors suivez mon raisonnement, dit Robert d'un accent qui devint tout à coup plus ferme et plus résolu; nous avons dit d'une part que Henri ne peut que garder le silence et refuser toute explication; nous ajoutons d'autre part que la pauvre femme compromise ne saurait aller se jeter aux pieds des juges et faire le sacrifice de son honneur... Nous concluons enfin de tout ceci que le jeune homme est perdu, et qu'il sera la victime innocente du préjugé des apparences. Mais, continua Robert, quoique le concierge de l'hôtel prétende n'avoir vu ni entrer ni sortir Henri, qui donc empêcherait qu'il eût passé une partie de la nuit chez vous?

— Ici? s'écria tante Aurore.

— Où serait le mal?

— Mais ce n'est pas vrai.

— Mademoiselle Marthe vous appuierait au besoin.

— Oh! certainement, dit la jeune fille en joignant les mains.

— Mais c'est un mensonge, un faux témoignage!

— Qui sait! fit Robert.

La tante le regarda effaré pendant que Marthe, profondément émue, se laissait tomber sur une chaise, où elle allait cacher sa confusion.

Robert la rassura du regard.

— Que prétendez-vous dire? insista tante Aurore, qui, instinctivement, avait deviné un danger dans les paroles de son interlocuteur.

— Une chose fort simple... répondit Robert en se penchant à son oreille, c'est qu'il serait bien difficile à mademoiselle Aurore de Ferbach de nier que Henri a passé la nuit dans la chambre de sa nièce...

— Oh! taisez-vous, monsieur.

— Et pourquoi donc?

— Vous me faites mourir de honte.

— A quoi bon?...

— Après avoir profité de mon évanouissement.

— Moi?...

— Vous nieriez en vain.

— Mais je n'ai profité de rien du tout.

— Ah! malheureux!...

Tante Aurore était sur le point de se trouver mal; Robert lui prit violemment la main qu'il serra dans la sienne comme dans un étau.

— Ah! vous me faites mal! balbutia la malheureuse fille.

— Consentez-vous à sauver Henri? demanda Robert.

— Je consens à tout.

— Vous direz qu'il a passé la nuit chez vous?

— Je le dirai.

— Avec votre nièce?

— Avec Marthe.

— Bien! et si vous faites cela, chère mademoiselle, ajouta Robert en reprenant le ton ordinaire de la conversation, vous trouverez toujours en moi le chevalier le plus soumis et le plus dévoué.

Au revoir, Jeanne!... sois sans crainte, il y a là-haut un Dieu pour les mères.

En parlant ainsi, il baisa de nouveau la main de tante Aurore, qui, troublée et confuse, ne savait plus ce qu'il lui fallait craindre ou espérer de cet homme singulier.

Robert n'avait plus rien à faire chez mademoiselle de Ferbach, et sa mission était remplie.

Avant de partir toutefois, il revint encore vers la tante, — il avait réfléchi, pendant la conversation, au conseil que lui avait donné Jacques; et il le trouvait bon, — puisque la justice s'égarait dans ses recherches, il n'était pas prudent de lui signaler trop tôt son erreur. Ses hésitations et ses tâtonnements donnaient à Robert un répit dont il pouvait utilement profiter.

— Demain matin, dit-il, si vous voulez bien m'y autoriser, je vous accompagnerai chez le juge d'instruction.

— Vous, monsieur le comte? fit timidement la tante.

— Moi-même, mademoiselle; je connais un peu ce monde-là; j'ai quelque habitude de ces affaires, et je me ferai un véritable plaisir de vous protéger dans cette circonstance délicate.

— A demain donc, monsieur le comte, dit la vieille fille avec un soupir.

— A demain, répondit Robert.

Puis il salua et se retira.

En passant dans l'antichambre, il rencontra Jeanne, qui l'attendait fort inquiète et fort soucieuse.

— Eh bien?... demanda la pauvre femme avec des larmes dans la voix.

— Nous le sauverons, dit Robert.

— Ah! Dieu soit loué... car il est innocent, cet enfant, et je frémis quand je songe à ce qu'il a dû souffrir.

— Tu l'aimes comme s'il était à toi, et je t'en récompenserai avant peu.

— Vous me l'avez promis.

Robert garda un moment le silence, puis, baissant tout à coup la voix :

— Écoute, ajouta-t-il, ce soir M. de Ferbach revient du Havre, où l'a appelé une affaire importante; dès qu'il sera de retour, tu t'arrangeras de façon à savoir le résultat de ce voyage... et quel qu'il soit, tu me le feras connaître.

— Vous saurez tout, cette nuit même... répondit Jeanne.

— Il ne s'agit plus que d'avoir encore un peu de courage et de patience, et aussi vrai que je veux rendre Henri à la liberté, dans quelques jours je t'indiquerai l'homme qui peut te dire ce que ton fils est devenu...

Jeanne s'empara vivement des mains de Robert, et les baisa

avec transport, avant que celui-ci eût eu temps de les retirer.

— Merci ! merci !... s'écria-t-elle avec effusion.

— Je compte sur toi... fit Robert.

— Ah ! demandez mon sang, ma vie, et si vous me rendez mon enfant, je n'aurai jamais assez fait pour reconnaître un tel bienfait...

Robert se dégagea doucement de l'étreinte de la malheureuse, et se hâta de s'éloigner pour se soustraire à cette scène, qui ne l'attendrissait pas et qui lui faisait perdre du temps.

Une fois dans la rue, et comme il cherchait sa voiture du regard, il aperçut Georges Brown qui arrivait.

Les deux hommes se saluèrent.

— Vous venez de voir ces dames, monsieur le comte? fit Georges avec un geste courtois.

— A l'instant, répondit Robert.

— J'ai appris l'événement il y a une heure.

— Ces dames en sont encore tout effrayées.

— Je me contenterai de déposer ma carte.

— Au revoir, monsieur.

— Votre serviteur, monsieur le comte.

Quand Robert fut parti, Georges se tourna vivement vers Bob.

— Qu'en dis-tu? fit-il d'une voix importante.

— Je dis que c'est lui! répondit Bob avec beaucoup de sang-froid.

— Rochefort?

— Lui-même...

Georges passa ses mains sur son front.

— C'est un homme habile! murmura-t-il comme se parlant à lui-même.

— Quand je vous le disais !...

— Mais cet Henri... cet Henri qu'il protége... quel est-il?

— Le juge d'instruction ne tardera pas à nous le dire.

— Oui, mais en attendant Robert fera tout pour le sauver, et, s'il le faut, il nous perdra nous-mêmes.

— C'est ce qu'il faut prévoir.

— Tu as raison.

— Mais comment?

— J'y aviserai... Tant que cet Henri est en prison, tant qu'il est soupçonné, nous n'avons rien à craindre, puisque les investigations de la justice se présenteront de ce côté... Mais si la position venait à s'aggraver par le fait de Robert, je jure qu'il aurait bien vite de mes nouvelles... En attendant, il faudra le suivre et savoir quels sont ses domiciles...

— Ce soir nous saurons tout cela... répondit Bob.

— Alors conduis-moi au café Anglais, et fais du reste de la journée ce que bon te semblera...

Le soir, vers onze heures, Georges gagna la gare du Havre, où il devait attendre l'arrivée de M. de Ferbach.

Il avait bien mûrement songé à la position que les événements récents lui faisaient, et tout en savourant un excellent londrès, il descendait lentement la ligne des boulevards.

La découverte qu'il avait faite du secret de Robert le rassurait sur sa propre situation. Son plan était d'ailleurs bien tracé, et il espérait tirer même un bon parti des nouvelles que M. de Ferbach apporterait du Havre.

Pour cela il fallait brusquer un peu le dénoûment; persuader à M. de Ferbach qu'il était bien Georges Brown, lui inspirer le désir de réparer le tort qu'avait pu lui causer un soupçon injurieux, quelque involontaire qu'il fût, et l'amener au mariage par le plus court chemin.

Ce n'est pas que Georges tînt beaucoup à épouser mademoiselle Marthe de Ferbach; il ne pouvait plus s'arrêter dans la voie où il s'était jeté, et il lui était interdit de rentrer jamais dans la société... mais la main de Marthe renfermait cinq cent mille francs de dot, et cette main valait bien la peine qu'on la recherchât au prix de quelque danger.

Vers minuit le train arriva, et M. de Ferbach fut une des premières personnes que Georges aperçut au débarcadère.

Il alla à lui et n'attendit pas qu'il lui tendit la main; il la lui prit presque de force et la serra avec effusion.

M. de Ferbach avait fait, en voyant Georges venir à sa rencontre, un mouvement de recul qui n'avait pas échappé à ce dernier, mais c'était avant tout un être essentiellement passif, et quand il se vit accaparé de la sorte, il n'eut pas l'énergie de résister, et se laissa faire.

— J'avais bien hâte de vous voir, cher monsieur, dit Georges avec vivacité, car il s'est passé, depuis votre départ, des choses bien graves à l'hôtel.

— Comment cela! fit M. de Ferbach avec inquiétude.

— Oh! rassurez-vous... mademoiselle Aurore et mademoiselle Marthe sont en excellente santé, quoiqu'elles aient passé une journée bien agitée.

— Mais qu'y a-t-il?

— Un jeune-homme qui a été assassiné la nuit dernière...

— Mais quel est l'assassin?

Georges raconta succinctement l'affaire pendant que M. de Ferbach interrompait son récit d'exclamations et d'interjections.

— Du reste, continua Georges, l'affaire suit en ce moment son cours naturel; la justice s'en est saisie, et nous saurons bientôt la vérité... mais ce n'est pas de cela que je veux vous parler, et si je viens vous recevoir à votre arrivée, c'est que j'avais à vous entretenir de choses plus importantes.

— Ah! fit M. de Ferbach en redevenant soucieux, et de quoi s'agit-il donc?

Le brave homme croyait être très-fin en ce moment, il se doutait bien de ce que son interlocuteur avait à lui dire, mais il voulait le voir venir.

Malheureusement il avait affaire à forte partie, et devait en être pour ses frais de finesse, car Georges le pénétra d'un regard.

— Figurez-vous, reprit-il après quelques secondes, que l'on m'a appris hier une chose qui m'a confondu de surprise.

— Vraiment ! fit M. de Ferbach.

— On m'a dit, et j'ai peine encore à y croire, qu'un aventurier avait pris mon nom et ma qualité, et qu'à l'aide de cet odieux subterfuge, il avait fait à Paris et en province de nombreuses dupes, et même quelques victimes.

— Voilà un audacieux coquin! s'écria M. de Ferbach à qui aucun de ces détails n'était étranger, mais qui tenait à jouer l'ignorant.

— Heureusement, dit Georges, que j'ai été prévenu à temps, et qu'aujourd'hui même j'ai pu prendre des dispositions en conséquence.

— Quelles mesures? demanda M. de Ferbach avec intérêt.

— Les plus simples... j'ai déféré l'affaire à M. le procureur du roi.

— Vous?

— Moi-même, il y a quelques heures.

M. de Ferbach s'arrêta.

Certes, il n'avait jamais pensé que l'homme qu'il avait reçu chez lui, auquel il avait presque fiancé sa fille, pût être pris un jour pour un voleur ou un assassin... Il se croyait trop de pénétration pour cela, et c'est ce qu'il avait fait entendre le matin même à son ami Blanchard; mais l'affirmation si nette et si péremptoire de Georges venait lui donner raison si à point, qu'il en resta un moment interdit et stupéfait, et il regarda son interlocuteur avec un profond étonnement.

— Ainsi, lui dit-il, vous avez fait cela?

— N'auriez-vous pas agi de même à ma place? objecta Georges.

— Si, pardieu, et je ne puis que vous approuver.

— Qu'ai-je à craindre, d'ailleurs... un coup de poignard de mon audacieux homonyme!... Qu'y gagnerait-il? Rien... Ces gens-là sont plus logiques qu'on ne le pense, et ils ne tuent pas pour le plaisir de tuer... Il faudrait qu'il eut un intérêt à cela et il n'en a pas.

— C'est ce que j'ai dit.

— On vous en a donc parlé? dit vivement Georges.

— C'est-à-dire... balbutia M. de Ferbach.

— Oh! dites, dites, cher monsieur; je ne m'offenserai jamais d'une susceptibilité qui vous honore.

— Et vous ferez bien, mon ami, car j'ai gagné à tout ceci de vous connaître tout à fait, et c'est un service dont je saurai gré à vos ennemis.

Georges s'inclina et serra affectueusement les mains de M. de Ferbach dans les siennes.

— On vous a donc parlé de moi? demanda-t-il avec une certaine avidité.

— On ne m'a parlé que de vous, répondit M. de Ferbach.

— Et l'on vous en a dit du mal?

— Beaucoup.

— Racontez-moi cela.

— Y pensez-vous?

— J'y tiens.

— Eh bien, plus tard... dans quelques jours... quand on se sera emparé de votre homonyme, comme vous l'appelez.

— Mais cela peut durer longtemps.

— Qu'importe!

Georges prit une attitude où il y avait une certaine nuance de mélancolie.

— Il m'importe beaucoup, dit-il d'un accent presque ému, car il est possible que je ne reste pas longtemps à Paris.

— Comment cela?

— Mes affaires me rappelleront peut-être à New-York.

— Vous partiriez?

— Ce serait bien à regret.

— Mais nos projets?

— Ah! il ne dépendrait pas de moi d'y donner la suite que j'avais rêvée.

— Et qui l'empêcherait?

— Je ne sais.

— Auriez-vous changé d'idées?

— Je n'osais pas vous faire la même question.

— Moi? s'écria M. de Ferbach touché au cœur par cet excès de délicatesse; moi, mon ami? mais je n'ai pas d'autre ambition, et ce projet d'union se réalisera maintenant quand vous le voudrez.

— Dites-vous vrai? fit Georges.

— Je n'ai jamais parlé plus sérieusement.

— Ah! dans ce cas, je n'ai plus aucun motif de vous quitter... et je reste.

Tout en causant ainsi, ils étaient arrivés à l'hôtel. M. de Ferbach s'empressa de sonner, et, quand la porte fut ouverte :

— Monsieur Brown, dit-il au jeune homme; je voulais vous cacher ce que l'on dit de vous; mais il peut être très-intéressant pour vous de le savoir, et je ne veux pas vous laisser ignorer les bruits qui circulent, afin que, pour ce qui vous concerne, vous preniez des mesures qui les fassent taire... quoiqu'il soit tard... Voulez-vous monter dans ma chambre, où nous pourrons causer à notre aise?

— Ah! vous me comblez! s'écria Georges.

— Venez, venez, mon ami, vous me remercierez plus tard.

M. de Ferbach était attendu par sa sœur et par sa fille; mais l'entrevue fut courte.

M. de Ferbach et Georges allèrent presque aussitôt s'enfermer, et jusqu'à deux heures du matin ils restèrent en tête-à-tête.

Mais si le lecteur veut bien nous suivre, il apprendra peut-être une partie des choses qui l'intéressent.

Vers deux heures et demie, — une demi-heure après que Georges fut parti, — Jeanne sortit mystérieusement de l'hôtel, et, malgré l'obscurité qui régnait et le froid très-vif qui soufflait aux angles des rues, elle s'achemina d'un pas rapide dans la direction du pont Neuf.

Il était environ trois heures quand elle atteignit la rue Zacharie.

Robert ne dormait pas; il l'attendait.

— C'est donc toi, dit-il à la pauvre femme qui entrait tout essoufflée de la fatigue et de l'émotion; M. de Ferbach est-il de retour?

— Il est arrivé à minuit, répondit Jeanne.

— Et tu m'apportes des nouvelles?

— Des nouvelles très-graves.

— Qui me concernent?

— Qui concernent le rival de Henri.

Et Jeanne prit une chaise et alla s'asseoir près du lit de Robert.

— Voyons, voyons, dit celui-ci avec impatience, des nouvelles qui concernent Georges Brown; cela doit-être intéressant à connaître... Parle, parle, ne perds pas de temps.

— Voici donc ce qui s'est passé, poursuivit Jeanne. Il paraît que M. de Ferbach avait été prévenu qu'un certain aventurier, arrivant d'Amérique, aurait volé au fils de la maison Brown et compagnie de New-York ses papiers et ses billets de crédit, et que depuis trois mois il parcourait la France, ou séjournait à Paris sous le nom de sa victime. Ce qui fait que notre Georges Brown n'est qu'un adroit filou.

Robert pressa son front dans ses deux mains.

— Oui, oui, continua-t-il, cela doit être... Il a éteint son homme, s'en est débarrassé comme il a pu, mais adroitement en tout cas, et depuis il joue le rôle du fils de la maison Brown et compagnie. Voilà un gaillard dangereux.

— Que comptez-vous faire maintenant?

— Tout, s'il tente de mettre obstacle à mes projets.

— Mais cet homme est capable de tout.

— C'est probable.

— Et s'il vous dénonçait?

— Je ne lui en laisserai pas le temps.

— Ah! je frémis aux dangers que vous allez courir.

Robert prit les mains de la pauvre femme.

— Jeanne, lui dit-il avec une énergie sourde et concentrée, tu l'as deviné, toi, cet homme est de trop... Il y aura une lutte, lutte terrible, dans laquelle il faudra que l'un ou l'autre de nous deux succombe.

Jeanne joignit les mains et pria.

— Mais, si je dois mourir, continua Robert, je ne veux pas partir sans te prouver que je sais reconnaître les nombreux services que tu m'as rendus. Je ne puis te rendre ton fils, car, moi, je ne sais pas ce qu'il est devenu... Mais il y a à Paris un homme qui peut te donner sur son compte tous les renseignements que tu désireras.

— Et cet homme...? fit Jeanne avec anxiété.

— Il s'appelle Jean Reynaut, répondit Robert.

— Et que fait-il?

— C'est un ancien recéleur à nous... un homme sûr autrefois, qui a gagné une belle fortune dans le recel.

— Mais où demeure-t-il?

— Rue Neuve-d'Orléans, 38.

— Et vous croyez qu'il me dira...?

— Robert commença un fin sourire.

— Ah! ceci est différent, interrompit-il avec ironie; on prétend qu'il est devenu honnête; on va même jusqu'à dire qu'il fréquente les églises et qu'il fait d'abondantes aumônes... Il ne doit pas aimer qu'on lui rappelle le passé.

— S'il allait refuser de parler?

— C'est possible.

— Je serais perdue!

— Dame! tu es femme, tu es mère, il faut être adroite, et, au besoin, ne pas hésiter à l'effrayer en le menaçant.

— Je n'oserai jamais.

— C'est ton affaire... Je ne puis t'en dire davantage... mais cela me semble facile.

Jeanne remua la tête avec tristesse. Deux larmes coulaient le long de ses joues creuses et hâves.

— J'irai, dit-elle avec douceur, j'irai; pour retrouver celui que j'ai perdu, je ferai tout ce qui me sera humainement possible de faire, et, s'il le faut, eh bien, je le menacerai.

— C'est cela, Jeanne.

— Adieu donc, monsieur Robert, et fasse le Ciel que vous reveniez à de meilleurs sentiments.

Robert fit un geste insouciant.

— Bah! répondit-il légèrement, on ne raccourcit pas facilement des hommes comme moi, et il y a encore de l'huile dans la lampe pour longtemps.

XI

UNE VISITE AU PALAIS DE JUSTICE

Le matin, vers dix heures, Robert, tout habillé de noir, se présentait chez M. de Ferbach et faisait demander à mademoiselle Aurore si elle pouvait le recevoir.

Il fut introduit immédiatement.

Aurore était resplendissante de toilette : robe de moire antique, manteau de velours fourré de martre, chapeau à plumes; elle avait mis dehors toutes les splendeurs de sa garde-robe. Elle n'avait vraiment pas trop mauvais air sous l'éclat emprunté de ce luxe hors de saison.

Marthe était assise près d'elle, et sa toilette contrastait heureusement avec celle de sa tante par son élégance à la fois simple et riche.

— Merci, mesdames, dit Robert en entrant, merci mille fois de votre exactitude. Croyez que si je n'étais pas aussi sérieusement convaincu de l'innocence du jeune homme que vous voulez sauver, je ne vous entraînerais pas dans une pareille démarche.

— Croyez aussi, monsieur le comte, répondit tante Aurore, que si nous n'avions une confiance absolue en votre caractère et en votre honorabilité, aucune influence n'aurait pu nous arracher d'ici.

— Je le pense ainsi, mademoiselle... Mais ne perdons pas un temps précieux, et si vous êtes prêtes, ma voiture est dans la rue, nous pourrons partir quand vous voudrez.

— Partons tout de suite, dit tante Aurore. Et, en descendant, la vieille fille se rapprocha de Robert et lui dit à voix basse :

— Je veux que mon frère ignore la pression sous laquelle je fais cette démarche.

— Il l'ignorera, mademoiselle, répondit Robert.

— Mauvais sujet! balbutia tante Aurore.

Robert la regarda avec étonnement et réprima un geste d'impatience.

— Décidément, pensa-t-il, la vieille folle me prend pour Jacques, à moins que ce ne soit Jacques qu'elle ait pris pour moi.

Ils étaient montés en voiture; on partit pour le quai de l'Horloge.

C'est toujours une chose grave que de mettre le pied dans ce palais où siége la justice, et l'on comprendra facilement que Robert éprouvât une certaine appréhension quand il monta les degrés qui conduisaient au cabinet de M. le juge d'instruction.

Toutefois, au moment où il descendait de voiture, il avait d'un regard rapide exploré les abords du Palais de Justice, et un sourire de satisfaction avait effleuré ses lèvres.

Jacques était là, dans un cabriolet de régie, surveillant tout avec une attention inquiète et se tenant prêt à tout événement.

En cas d'alerte, Robert devait trouver un refuge dans ce cabriolet, qui lui assurerait une prompte fuite.

Le Palais de Justice a eu de tout temps, il a à toute heure un aspect singulier, ou, pour mieux dire, *sui generis*.

On rencontre là des figures qu'on n'a pas souvent occasion de voir ailleurs... un monde à part, aux allures particulières, à la physionomie bien accusée.

Des magistrats austères, des avocats loquaces, ceux-ci affairés, ceux-là préoccupés; des hommes qui passent près de vous d'un pas rapide, des femmes du peuple qui parlent très-haut ou d'autres qui pleurent tout bas, — un spectacle qui vous attriste sans motif apparent; — on se sent mal à l'aise dans ces grands couloirs; l'air qu'on y respire semble délétère et malsain.

On ne sait à quelle heure le soleil pénètre par ces hautes fenêtres, qui ne sont évidemment pas faites pour que l'on regarde dans la rue; l'aspect de ces escaliers fermés de loin en loin par des grilles solides donne le frisson. Tout cela manque essentiellement de gaieté. Jamais le plus petit éclat de rire n'a troublé le silence sonore de ces voûtes. On comprend bien que c'est là une espèce d'antichambre de la Conciergerie.

Robert donnait le bras à tante Aurore, qui, tout en marchant, l'accablait de questions et de remarques.

Robert connaissait son Palais de Justice comme s'il y eût reçu le jour, et il expliquait, avec un grâce charmante tout ce qui paraissait inexplicable à la vieille fille.

Au bout d'un quart d'heure, ils arrivèrent à l'antichambre du juge d'instruction, où la toilette quelque peu excentrique de tante Aurore ne manqua pas de produire son effet.

Robert la fit asseoir sur un banc et la pria de prendre patience pendant que lui-même allait trouver l'huissier du juge.

— Monsieur, lui dit-il avec une exquise politesse et après avoir écrit quelques mots au crayon sur sa carte, voudriez-vous me rendre le service de faire passer mon nom à M. le juge d'instruction et lui demander s'il ne pourrait nous accorder quelques minutes d'audience. Vous pouvez ajouter qu'il s'agit d'une révélation importante, qui a rapport à l'assassinat commis l'avant-dernière nuit à l'hôtel de Lille et d'Albion.

L'huissier s'était levé, il prit la carte des mains de Robert y jeta un coup d'œil rapide et disparut.

Quelques secondes après, il venait annoncer que M. le juge d'instruction priait M. le comte de Kersaint et mesdemoiselles de Ferbach de passer dans son cabinet.

C'était le moment critique. Robert éprouva comme une agitation involontaire, une ombre furtive passa sur son front et une imperceptible rougeur colora ses joues.

Mais ce ne fut qu'un éclair. Il redevint presque aussitôt maître de lui-même, reprit le bras de tante Aurore et pénétra ainsi chez le juge d'instruction.

C'était un homme de cinquante ans environ, grand et sec, un peu roide peut-être, mais d'une physionomie qui accusait une grande rigidité de principes et cette inflexible sévérité que donne le contact presque permanent de natures criminelles ou perverses.

Il était cravaté de blanc, portait un habit et un gilet noirs, et dissimulait son regard froid et perçant sous une paire de lunettes à verres bleus.

Il salua les dames de Ferbach, leur offrit un siége et invita Robert à s'asseoir.

— Vous avez désiré me parler, mesdames, dit alors le juge d'instruction en s'adressant à tante Aurore, et vous avez, m'a-t-on dit, d'importantes révélations à me faire touchant l'assassinat de l'hôtel de Lille et d'Albion?... Je serais heureux que vous pussiez jeter quelque lumière sur ce mystérieux événement.

Tante Aurore s'inclina en rougissant. Elle était interdite et balbutia timidement une réponse inintelligible.

— Monsieur, dit alors Robert, nous sommes venus moins pour éclairer la justice sur le crime dont elle recherche les auteurs que pour prévenir une erreur cruelle.

Le juge regarda Robert par-dessus ses lunettes.

— Pardon, monsieur, dit-il d'une voix sèche quoique polie, vous êtes, je crois, monsieur le comte de Kersaint?

— Oui, monsieur, répondit Robert.

— A quel titre accompagnez-vous mesdames de Ferbach?

— Mais, à titre d'ami.

— M. de Ferbach n'est-il donc pas de retour?

— Il n'est revenu que cette nuit.

— On me l'a fait savoir ce matin.

Robert sourit.

— Je vois qu'il est peu de choses qu'on puisse apprendre à la justice, dit-il avec un enjouement du meilleur ton; mais M. de Ferbach était fatigué d'un voyage qui s'est effectué dans des conditions de rapidité particulière, et il m'a prié...

— C'est fort bien... je comprends cela... Veuillez continuer.

Et le juge d'instruction prit quelques notes tout en continuant d'écouter.

— Le jour même de l'assassinat, reprit Robert, un jeune homme a été arrêté et conduit en prison, parce que des charges accablantes s'élevaient contre lui et semblaient le désigner comme coupable du crime qui venait d'être commis.

— En effet.

— Eh bien, c'est l'intérêt que ces dames prennent à ce jeune homme qui les a décidées à la démarche qu'elles font en ce moment.

— Ces dames le connaissent donc?

— Beaucoup.

— Mais, je ne vois pas...

— Pardon, monsieur, mais ces dames ont à vous déclarer que M. Henri était chez elles au moment de la perpétration du crime.

Le juge fit un mouvement et regarda tante Aurore et Marthe.

— Comment, mesdames, dit-il avec un certain étonnement, en l'absence de M. de Ferbach vous avez gardé chez vous, jusqu'à trois heures du matin, un jeune homme qui s'appelle Henri... sans autre nom de famille?

— Nous avons eu tort, sans doute, balbutia tante Aurore; mais...

— C'est au moins singulier.

— Qu'importe! fit Robert, si c'est vrai.

— Encore, faudrait-il le prouver, repartit le juge.

— Vous aurez l'attestation de deux personnes, et, si vous le désirez, celle de la domestique.

— Une nommée Jeanne, n'est-ce pas?

— Je crois, en effet, que c'est ainsi qu'elle s'appelle.

Le juge fronça le sourcil et se tourna vers tante Aurore.

— Ainsi, dit-il d'une voix qui prenait d'instant en instant un accent plus sévère, vous affirmez que M. Henri a passé chez vous l'avant-dernière nuit?

— Oui, monsieur, répondit la vieille fille tremblante.

— Et qu'il en est sorti à trois heures du matin?

— Oui, monsieur, répondit à son tour Marthe, mais d'un accent ferme et résolu.

— Soit... Nous prenons acte de vos déclarations; elles seront examinées avec intérêt et prises en considération.

— Mais Henri? insista étourdiment Marthe.

— M. Henri, mon enfant, répondit le juge en souriant avec bonté, ne peut être rendu encore à la liberté... mais soyez tranquille, et si ce jeune homme est innocent, il sortira sain et sauf de cette rude épreuve... Est-ce tout ce que vous aviez à me dire?

— Oui, monsieur, dit tante Aurore.

Le juge fit mine de vouloir sonner l'huissier, mais Robert l'arrêta du geste.

— Un mot encore, dit-il avec vivacité.

— Parlez, monsieur, fit le juge.

— Est-il indiscret de vous demander si l'instruction est bien avancée?

— Cette affaire paraît vous intéresser beaucoup?

— En effet, et si je me trouvais seul avec monsieur le juge d'instruction, peut-être me serait-il plus facile de lui expliquer le genre d'intérêt que m'inspire le prévenu.

— Comment cela?

— Mais, à cette heure, il y a d'autres révélations plus importantes et de nature à mieux éclairer la justice.

— Qu'est-ce donc?

Robert prit une attitude grave.

— Seulement, dit-il d'un ton de dignité qui ne messayait pas à sa physionomie, je vous prie de considérer que je ne suis ici qu'un officieux agent, et que mon seul but est de servir un jeune homme que je crois innocent et dont je suis l'ami.

— Tout citoyen doit ses révélations à la justice, repartit le juge avec autorité, de quelque nature qu'elles soient et quelque personne qu'elles doivent atteindre.

— C'est aussi mon avis, dit Robert.

— Parlez donc, monsieur le comte, ajouta le juge, parlez en toute assurance et dites sans crainte tout ce que votre conscience d'honnête homme vous oblige à révéler.

Robert s'inclina et parut réfléchir un moment à ce qu'il allait dire. Marthe et tante Aurore le regardaient avec intérêt, tandis que le magistrat attendait qu'il poursuivît avec une impatience dont nul des trois personnes n'eût pu soupçonner la cause mystérieuse.

A tort ou à raison, le juge d'instruction avait pressenti quelque chose d'anormal dans la position de Robert. Pour lui, qui était du monde, ce gentilhomme lui produisait un singulier effet, et sans qu'il se rendît un compte bien net de son impression, il est certain qu'il n'eût pas donné une obole des parchemins de ce comte de Kersaint.

Enfin, Robert releva la tête et osa regarder en face son interlocuteur.

— Monsieur le juge, dit-il alors, l'instruction s'est-elle préoccupée d'un certain Américain qui est à Paris depuis quelque temps?

— Vous voulez parler de Georges Brown? fit le magistrat avec un singulier regard.

— Précisément.

— Avez-vous quelques renseignements à fournir sur son compte?

— Je vois déjà que vous le connaissez... Quant à moi, je ne puis rapporter que ce que l'on m'en a dit hier.

— Expliquez-vous plus clairement.

— Ce Georges Brown est presque fiancé de mademoiselle Marthe.

— Je le sais.

— Or, peut-être ce jeune homme s'est-il aperçu que mademoiselle de Ferbach ne répondait pas avec assez d'empressement à l'amour qu'il avait conçu pour elle; avec un peu de pénétration, il a pu se convaincre même qu'il avait un rival...

— Mais que concluez-vous de lui? dit le magistrat.

— Je vous laisse à vous-même, monsieur, à tirer toutes les conclusions vraisemblables... mais je suppose que le rival soit cet Henri, aujourd'hui en prison; que l'on ait craint un instant de trouver en lui un obstacle insurmontable, et que l'on ait voulu s'en débarrasser...

— Alors vous pensez que Georges Brown pourrait être l'assassin que nous cherchons?...

A ces paroles, tante Aurore ne put réprimer un cri d'horreur, tandis que Marthe arrêtait son regard épouvanté sur Robert.

— Mon Dieu! tout est possible... poursuivit ce dernier, et l'on a vu des choses plus extraordinaires.

— M. le comte a raison, approuva le magistrat à voix basse, mais pour croire ce Georges Brown coupable d'un acte criminel, il faut que vous ayez sur cet homme des soupçons dont vous ne nous avez pas encore fait part.

— Des soupçons bien vagues... répondit Robert, mais que la police changerait bientôt en certitudes...

— Vous croyez?

— J'en suis sûr.

— Ainsi vous affirmez?...

— Oh! je n'affirme rien, monsieur; mais, si j'en crois les bruits dont on s'est fait l'écho auprès de moi, le fils de M. Brown de New-York aurait disparu depuis quelque temps, et celui auquel nous avons affaire ne serait qu'un audacieux aventurier. Que la justice tire de ce bruit tout le parti qu'elle pourra, qu'elle arrive ainsi plus vite à la découverte de la vérité, et je serai heureux d'avoir concouru, pour ma part, à ce résultat si désirable...

Le juge s'était levé. Tante Aurore et Marthe en avaient fait autant: Robert saluait et gagnait déjà la porte, quand l'huissier entra et vint remettre un pli au magistrat.

Celui-ci en lut rapidement la suscription et déchira l'enveloppe.

Puis il parcourut la lettre.

Cet incident n'avait rien que de très-ordinaire, mais Robert était toujours sur ses gardes, et il en fut particulièrement frappé. Il arrêta son regard ardent sur le juge pendant la lecture, et il remarqua avec un frisson qu'à mesure qu'il lisait certains mouvements nerveux contractaient son visage.

Quand il eut achevé sa lecture, le magistrat rejeta la lettre sur son bureau et se disposa à accompagner les dames de Ferbach jusqu'à la porte.

Mais arrivé là, il s'arrêta, remercia les visiteuses avec politesse, et se tournant vers Robert qui avait déjà un pied hors de la porte.

— Monsieur le comte, lui dit-il, voudriez-vous me faire l'honneur d'un entretien particulier?

Robert sentit à ces paroles un frisson courir sur toute sa peau.

— Je suis à vos ordres, monsieur, s'empressa-t-il néanmoins de répondre; mais, si vous voulez le permettre, je vais mettre ces dames dans leur voiture, et je reviens à l'instant.

— C'est que l'affaire dont j'ai à vous entretenir ne peut souffrir aucun retard, insista le magistrat.

— Doit-elle passer avant un devoir de politesse?

— Oui, monsieur le comte.

Robert jeta un coup d'œil dans l'antichambre.

Il y avait là une dizaine de personnes, deux gendarmes, deux gardiens de bureau.

Il était impossible de fuir.

Il se retourna en souriant vers le magistrat:

— Comme vous voudrez, monsieur, répondit-il avec résignation, ces dames voudront bien m'excuser... si je ne leur offre pas mon bras... et...

— Oh! à votre aise, monsieur le comte, interrompit tante Aurore, heureuse d'être débarrassée de cette démarche qui lui pesait; nous regagnerons l'hôtel sans vous, et vous vous expliquerez mieux tout seul avec M. le juge d'instruction.

Robert aurait volontiers donné la vieille fille au diable; mais il n'y avait pas moyen de reculer, et il fallait faire contre fortune bon cœur.

Tante Aurore gagna avec Marthe la porte du corridor, accompagnée du juge, qui, d'un geste, avait indiqué son cabinet à Robert, comme pour l'inviter à y rentrer.

Robert y rentra en effet.

Mais il ne pouvait se tromper à ces indices, et, depuis quelques minutes, il était persuadé que le juge d'instruction venait de recevoir une lettre dans laquelle on le dénonçait à la justice.

En rentrant, il poussa vivement la porte derrière lui, après avoir eu soin d'en retirer adroitement la clef.

Puis il se précipita sur le bureau, y prit la lettre qu'y avait jetée le magistrat, et, gagnant une petite sortie, il s'engagea dans un couloir obscur, prit un escalier dérobé, bouscula deux ou trois personnes qu'il rencontra dans l'obscurité, et arriva ainsi sans chapeau, les vêtements en désordre, non loin de l'endroit où stationnait le cabriolet de Jacques.

En un bond il se trouva emballé auprès de son compagnon.

— Chemin de fer de Sceaux! cria vivement Jacques dès qu'il aperçut l'état de Robert.

— Et vingt francs de pourboire! ajouta ce dernier, si tu y arrives en dix minutes, sans écraser personne...

Le cocher ne répondit pas, mais il fouetta son cheval avec une vigueur qui témoignait surabondamment du désir qu'il avait de gagner la récompense promise.

Pendant que le cabriolet filait ainsi, au risque de se briser en se heurtant contre les voitures à travers lesquelles il passait, Jacques se pencha vers son ami.

— Il y a donc eu de l'oignon? demanda-t-il à voix rapide et basse.

— Je suis dénoncé, répondit Robert avec une rage concentrée.

— On a voulu faire de la peine à papa?

— Oh! je me vengerai!

— Tu connais donc l'oiseau?

— Non, mais je vais le connaître.

— Comment cela?

— Regarde...

Et Robert mit sous les yeux de Jacques la lettre qu'il avait enlevée en passant sur le bureau du magistrat.

Cette lettre était ainsi conçue:

« Monsieur,

» Il y a quelques jours, un forçat s'échappait du bagne de Brest, en assassinant, dit-on, un malheureux garde-chiourme, qui voulait s'opposer à son évasion. Or, ce forçat est en ce moment à Paris, où il se fait appeler le comte de Kersaint, et il y a tout lieu de supposer qu'il n'est pas étranger au crime commis à l'hôtel de Lille et d'Albion.

« GEORGES BROWN. »

— Brown! encore ce Brown!... dit Robert en serrant les poings.

— Je lui en promets un peu de la mienne à celui-là, ajouta Jacques.

— Il ne mourra que de ma main.

— Mais où le pincer?

Robert fit un geste de menace.

— A l'heure qu'il est, répondit-il, on doit être rue Marbeuf...

— La police?

— Comme tu dis.

— Tu as donc jasé?

— De deux choses l'une, ou le Brown sera ramassé avant ce soir, ou il n'aura d'autre refuge que les catacombes.

— Et là il est à nous.

— As-tu fait les recherches dont je t'ai parlé?

— Avec un plein succès.

— Il demeure bien aux catacombes?

— Et il est dans ses meubles.

— Le misérable! gronda Robert.

Jacques haussa les épaules.

— Allons! du calme, mon ami, dit-il avec un air de faux bonhomme, la colère est mauvaise conseillère, et si tu me promets de me laisser faire, je prends l'engagement de livrer ce soir le Brown à ta merci.

— Dis-tu vrai?

— Je le jure!...

Le cabriolet était arrivé. Robert jeta un louis au cocher, et les deux amis gagnèrent la rue de la Tombe-Issoire, par laquelle ils disparurent.

Le soir, Jeanne quitta vers dix heures la rue Saint-Honoré, et s'achemina rapidement vers la rue Neuve-d'Orléans.

La pauvre femme était fort agitée en s'éloignant de l'hôtel, l'homme qu'elle allait voir devait lui donner d'importants renseignements; tout l'intérêt de sa vie dépendait du résultat de cette visite, et elle avait hâte d'arriver au terme de sa course.

Le trajet est long, mais l'émotion poignante qui s'était emparée d'elle, lui faisait presser le pas, et tout en marchant elle repassait dans son esprit les moyens que depuis le matin elle avait imaginés pour obtenir ce qu'elle désirait si ardemment de ce Jean Reynaut qu'elle ne connaissait pas.

Ce Jean Reynaut est un ancien recéleur, avait dit Robert; il a fait une grande fortune dans son métier; il répand aujourd'hui d'abondantes aumônes, et fréquente les églises. Au besoin, menace-le, s'il ne veut pas parler.

Quelles menaces pouvait faire une pauvre femme comme Jeanne; était-il vraisemblable que cet homme se laisserait toucher; qu'il aurait peur!...

Il était bien près de onze heures quand Jeanne s'arrêta devant le numéro 38 de la rue Neuve-d'Orléans. Le temps était sombre, la rue déserte; et son cœur battait avec violence, beaucoup moins de fatigue que d'émotion. La porte devant laquelle elle venait de s'arrêter était bardée de fer, comme une porte de prison; on y avait pratiqué une espèce de judas à hauteur de l'œil, et toutes les fenêtres de la maison étaient hermétiquement fermées.

Au moment de soulever le marteau, Jeanne hésita. Elle venait d'entendre à l'intérieur comme le bruit d'une discussion, à travers lequel perçaient de temps en temps des cris qui n'avaient rien d'humain.

Malgré elle, Jeanne se sentit saisie d'une terreur presque superstitieuse, et instinctivement elle appliqua son oreille contre le judas.

Elle écoutait.

— Va-t'en! va-t'en! disait une rude voix d'homme, si tu ne descends pas à ton trou, je t'y ferai bien rentrer de force... va-t'en! va-t'en!

— Je veux sortir!... criait une voix de femme avec un accent guttural qui faisait mal à entendre. Il est ici... je veux le voir...

— Tu radotes, il est mort.

— Non... il est ici... je l'ai vu... je veux sortir!...

Jeanne frissonna...

Plusieurs coups de fouet venaient de retentir, accompagnés de jurements et d'imprécations; elle avait encore entendu quelques cris plaintifs et quelques grognements douloureux, puis tout était retombé dans un silence profond; la femme avait disparu... l'homme seul restait, allant et venant à travers la chambre, dont il paraissait réparer le désordre.

Jeanne ne savait plus que faire... Elle se demandait avec anxiété si Robert ne s'était pas trompé, et si c'était bien là que demeurait ce Jean Reynaut qu'il lui avait désigné.

Mais elle était poussée en ce moment par un sentiment bien autrement puissant que toutes les considérations; elle avait un but sacré à atteindre, et il n'était pas facile de l'en détourner.

Elle chassa donc une bonne fois toutes ses appréhensions, et saisissant le marteau de fer, elle frappa deux ou trois coups d'une main ferme et assurée.

— Qui est là?... cria la voix qu'elle avait déjà entendue, pendant que le vasistas s'ouvrait doucement à l'intérieur.

— M. Jean Reynaut? demanda Jeanne.

— Que lui voulez-vous?

— Je désire lui parler.

— Il est trop tard.

— C'est que je viens de loin.

— Qu'est-ce que cela me fait.

— Monsieur, il ne serait pas charitable de me laisser partir ainsi.

— Charitable! charitable!... grommela Jean Reynaut qui changea de ton à ce mot... Y a-t-il longtemps que vous êtes là?

— J'arrive.

— Mais ce n'est pas une heure convenable pour venir solliciter la charité des gens, objecta Reynaut.

— Aussi ne viens-je pas implorer la vôtre, repartit Jeanne, et si vous voulez bien m'écouter, j'aurai peut-être d'importantes aumônes à vous confier.

— Des aumônes... fit Reynaut... des aumônes importantes...

Et il entr'ouvrit la porte.

— S'il en est ainsi, ajouta-t-il avec empressement, entrez, ma bonne dame, et le ciel vous bénisse de vos bonnes intentions.

La salle dans laquelle Jeanne venait de pénétrer était grande et spacieuse; au fond s'élevait un bahut, au-dessus duquel on avait placé un christ colossal; quelques tableaux de sainteté ornaient les murs nus; une table en bois blanc et quelques chaises en mauvais état en étaient les seuls meubles.

Jeanne aperçut sur la table un grand fouet de chasse, et pendant que Jean Reynaut allait lui prendre une chaise elle remarqua, à l'extrémité du fouet, quelques gouttes d'un sang frais et noir...

Cette vue glaça ses veines; mais elle n'avait pas le loisir de s'attendrir en ce moment, et elle eut assez de force sur elle-même pour dissimuler ses impressions.

Jean Reynaut était d'ailleurs devant elle et l'invitait à s'asseoir.

Cet homme avait une physionomie d'un type particulier, dont la plume ne saurait donner qu'une idée imparfaite; il faudrait l'habile crayon de Daumier pour tracer ces traits repoussants, où tous les instincts vicieux des natures basses et perverses se trouvaient profondément empreints... Il y avait du satyre et du chasse-gueux; c'était comme un mélange hybride de l'homme qui s'est usé les genoux sur les dalles des églises, et du malfaiteur qui a traîné ses coudes sur toutes les tables des plus ignobles bouges de la banlieue... Il participait en même temps de l'hyène et du chat... Son front fuyant, ses joues glabres et trouées de petite-vérole, sa bouche lippue, tout annonçait chez lui la prédominance des appétits sensuels; mais ce qu'il y avait de plus significatif encore, ce qui donnait à sa physionomie un caractère plus accusé, c'était ses deux petits yeux gris qui brillaient, sous ses sourcils touffus, d'un éclat sinistre et fauve.

— Voyons, ma bonne dame, dit-il après quelques moments de silence, pendant lesquels il avait lui-même soumis Jeanne à un examen attentif, il est déjà onze heures et je ne voudrais pas, en vous retenant longtemps, vous exposer à traverser nos quartiers déserts à une heure trop avancée... et vous avez à me parler d'aumônes.

Jeanne fit un triste sourire et remua doucement la tête :

— Il s'agit d'une récompense pécuniaire importante, dit-elle, en échange d'un service que je suis chargé de vous demander.

— Un service... fit Reynaut étonné et en fronçant involontairement les sourcils.

— Oui, monsieur; et j'ajouterai que si vous le voulez, vous pouvez rendre le bonheur à une pauvre mère bien malheureuse.

— Moi, madame?

— Vous-même, monsieur.

— Et comment est-ce possible!... se récria Reynaut avec humilité, je ne suis qu'un pauvre diable assez malheureux moi-même... Je ne connais personne... je vis très-retiré... et les seuls endroits que je hante sont les églises où je vais déposer, pour les pauvres, le fruit de mes modestes épargnes...

En parlant ainsi, l'ex-recéleur levait hypocritement les yeux au ciel et joignait les mains.

Jeanne soupira :

— Aussi n'est-ce pas un service d'une nature ordinaire que je viens vous demander, dit-elle, et je répète qu'il sera bien payé, si vous consentez à le rendre.

— Voyons! voyons!... dit Reynaut en croisant les mains.

— Il y a vingt-deux ans environ, commença Jeanne...

— Vingt-deux ans!... interrompit vivement son interlocuteur, qui tressaillit sur sa chaise.

— Deux enfants du sexe masculin furent confiés à votre charité...

— Deux enfants... à moi!...

Jean Reynaut s'était dressé avec le mouvement d'un homme qui aurait mis le pied sur un nid de vipères.

— Vous avez tant de fois obligé vos semblables, poursuivit Jeanne sans se déconcerter, que vous oubliez vite les services que vous rendez... C'est le fait d'une âme généreuse, et l'on ne peut que vous en louer; mais une mère n'oublie pas, et elle s'est souvenue que vous pouviez lui rendre la vie, en lui donnant sur son enfant les renseignements de nature à le lui faire retrouver.

Jean Reynaut était devenu très-pâle; ses lèvres pendantes remuaient sous l'effet d'une contraction involontaire... Son regard oblique et faux allait à droite et à gauche, n'osant se fixer sur celle qui lui parlait... Enfin, il parut faire un effort sur lui-même et commença un sourire de compassion.

— Ma pauvre dame, dit-il avec componction, on a abusé de votre crédulité en vous faisant ce conte de grand'mère... Je n'ai jamais eu d'enfants, on ne m'en a jamais remis à garder, et je ne sais vraiment ce que vous voulez dire.

Jeanne s'attendait à cette négation, et pourtant elle en éprouva un amer désappointement... Elle espérait que les choses iraient plus facilement, et qu'elle ne serait pas obligée d'en venir à des menaces dont l'emploi lui répugnait.

— Je m'attendais à cette réponse, dit-elle alors, et l'on m'avait prévenue que vous chercheriez à nier ce dépôt.

— Et pourquoi donc? fit Reynaut étonné autant qu'indécis.

— Parce qu'il remonte à une époque de votre vie que vous n'aimez pas à vous rappeler.

— Qui a dit cela?

— Une personne qui vous connaît.

— Une femme?

— Un homme.

— Mais son nom?

— Tenez-vous à ce que je vous le dise?

— Dites! dites!

— Eh bien, il s'appelle Robert.

— Robert... fit Reynaut en cherchant à se rappeler.

— Ou Rochefort, si vous aimez mieux, ajouta Jeanne.

— Rochefort!... balbutia l'ex-recéleur.

Et il se mit à parcourir la chambre à grands pas, il pressentait un danger terrible dans cette visite inattendue et il n'osait l'affronter; il allait et venait, sourdement tourmenté, cherchant un moyen d'échapper à la menace qu'il voyait suspendue sur sa tête.

Jeanne n'avait pas bougé; impassible et froide en apparence, elle suivait d'un regard ému les évolutions de son interlocuteur, et cette vue la raffermissait de plus en plus dans sa volonté de rester ferme.

Enfin Reynaut se rapprocha d'elle.

— Rochefort!... répéta-t-il avec inquiétude; il me semble, en effet, me rappeler ce nom, mais l'homme auquel il appartient...

— C'est un forçat!... dit Jeanne d'une voix sonore.

— Hein! un forçat!... interrompit le misérable recéleur. Mais parlez donc plus bas... Oui, je me rappelle... Ah! quel souvenir, mon Dieu!

— C'était votre ami, m'a-t-on assuré.

— Mon ami, lui!... Eh! qui donc a pu me calomnier ainsi?... Mais c'est odieux... Un voleur... un bandit!

— Un assassin... compléta Jeanne, impitoyable.

Reynaut poussa un soupir bruyant.

— Heureusement que l'on en a fait bonne justice, ajouta-t-il, et qu'il est allé au bagne expier à perpétuité ses forfaits et ses crimes...

En prononçant ces mots, l'ex-recéleur attachait son regard ardent sur Jeanne.

Celle-ci sourit.

— Seulement, dit-elle, Robert est adroit, et il sait les moyens de sortir du bagne.

— Est-ce qu'il se serait évadé?

— Depuis huit jours.

— Et vous savez où il est?

— Il est à Paris.

— Vous l'avez vu?

— Ce matin.

Reynaut jeta ses mains au ciel par un geste violent, et tourna un regard désespéré du côté du bahut.

— Je suis perdu! s'écria-t-il avec des larmes dans la voix, ils vont me piller, me dévaliser, m'assassiner peut-être... Ah! les misérables, les scélérats, les traîtres!... Que faire, que devenir!

Jeanne lui secoua la main pour le faire revenir à lui.

— Voyons, dit-elle avec une commisération jouée, il ne me semble pas que la situation soit si désespérée.

— Ah! vous ne les connaissez pas, interrompit l'ex-recéleur.

— Je connais beaucoup Robert, au contraire.

— Et c'est lui qui vous a donné mon adresse?

— Ce matin.

— Vous voyez bien... c'est horrible...

— Mais ce n'est pas de lui qu'il s'agit, monsieur Reynaut; vous m'obligez à vous le rappeler, c'est de moi; je suis venue vous demander un service, et j'attends encore que vous me le rendiez.

— Est-ce que j'ai la tête à moi... tout cela me bouleverse... ils me feront mourir avant l'âge... Ah! j'aurais dû quitter Paris... passer à l'étranger... aller vivre tranquille bien loin d'eux...

— Mais ces deux enfants? insista Jeanne d'un accent plein d'autorité.

— Ces enfants?... Oui, je vais vous dire... Il y a longtemps de cela, en effet; vingt ans... vingt-deux ans, je ne sais plus... C'était Jacques, une autre mauvaise canaille, qui me les avait apportés... Deux beaux enfants... ils étaient du même âge... un an, peut-être davantage... je ne me souviens pas bien... L'un était le fils de Robert... l'autre était fils de je sais qui... Mais vous pâlissez, ma bonne dame... Qu'avez-vous donc?

— Rien! rien!... répondit Jeanne; continuez, je vous écoute.

— Ces deux enfants se ressemblaient beaucoup... comme tous ceux de cet âge... et je me rappelle que pour les distinguer, j'avais fait à l'un d'eux une marque sur l'épaule droite.

— Et cette marque... cette marque?...

— C'était le fils de Robert, celui-là; je lui dessinai un poignard sur l'épaule, et, de cette manière, il ne me fut plus possible de les confondre...

— Et que devinrent-ils?

— Ce qu'ils devinrent?

— Oui! oui!...

— Mais je n'en sais rien.

— Comment?

— Sans doute... Deux ou trois ans plus tard, Rochefort fut arrêté, jugé, condamné aux galères, et il partit pour Toulon... Un soir, Jacques vint me trouver, me redemander les enfants, et je les lui rendis, comme je les avais reçus, sans observation.

— Au moins lui fîtes-vous connaître la marque que vous aviez faite au fils de Robert? demanda Jeanne dont le sang était en feu.

Reynaut branla la tête par un signe négatif.

— Jacques était poursuivi, répondit-il; il accomplissait un ordre de Rochefort, il entra et sortit, et resta le temps de prendre les enfants et de les emporter.

— Mais alors, il a pu les confondre.

— Rien n'était plus facile... ils étaient habillés de même.

Jeanne pressa son front, sur lequel perlait une sueur froide.

— Mon Dieu! dit-elle avec un frisson... mon Dieu! si c'est possible... ce serait trop de bonheur.

Et elle prit les mains de Reynaut et les baisa avec transport.

— Merci, merci, monsieur! lui dit-elle, ces renseignements sont des plus importants, et ils serviront à rendre un enfant à sa malheureuse mère... Merci, encore une fois.

En parlant ainsi, elle avait glissé quelques pièces d'or dans la main de l'ex-recéleur et se disposait à gagner la rue, quand une porte s'ouvrit tout à coup à ses côtés, et une vieille femme, les cheveux en désordre, à demi nue sous une chemise qui tombait en lambeaux, se précipita à sa rencontre, et vint se placer devant elle et lui prendre les mains.

— Encore! fit Reynaut avec colère.

— Je veux sortir avec toi! cria la femme d'une voix rauque et étranglée; je sais qu'il est ici... je l'ai vu... tu vas me conduire vers lui...

— Pauvre femme! murmura Jeanne attendrie.

— Elle est folle, dit Reynaut.

Et sans autre forme de sommation, il lui appliqua sur l'épaule un coup du fouet qu'il venait de prendre sur la table.

— Allons, rentrons au trou! ajouta-t-il d'une voix grossière et brutale.

La malheureuse avait sur l'épaule une plaie que les coups de fouet entretenaient et creusaient chaque jour davantage.

Jeanne fit un mouvement d'horreur.

— Ah! vous la martyrisez! dit-elle en tournant vers Reynaut un regard irrité.

L'ex-recéleur haussa les épaules.

— C'est le seul moyen de la dominer, répondit-il brusquement; voilà vingt ans que je la garde ainsi, et seul je pourrais dire tout ce qu'elle m'a fait souffrir.

— C'est donc votre femme? demanda Jeanne avec intérêt.

— C'est ma femme... oui... répondit Reynaut après une assez longue hésitation.

Cependant la folle avait fait quelques pas vers la porte par laquelle elle était entrée; quand elle en eut atteint le seuil, elle se retourna vers Jeanne, la considéra un moment avec deux regards pleins d'une tendresse ineffable, et finit par lui envoyer un baiser du bout de ses doigts décharnés.

— Oh! je te connais, lui dit-elle d'une voix douce et timide, je te connais et je t'aime!... Au revoir, Jeanne!... à bientôt, Jeanne!... Sois sans crainte, il y a là-haut un Dieu pour les mères!...

Et elle se retira lentement et à reculons, jusqu'à ce qu'enfin elle eût disparu derrière la porte, que Reynaut était allé fermer à clef.

Jeanne était restée pétrifiée, la tête dans les mains, l'esprit frappé d'une superstitieuse épouvante.

— C'est impossible!... murmura-t-elle en frémissant... Dieu ne nous envoie pas de pareilles épreuves... et les morts ne sortent pas ainsi de leur tombeau...

Et, sans savoir bien précisément où elle allait, elle gagna la porte, la tête courbée sous le poids de mystérieux et terribles souvenirs...

XII

LA FOLLE DES CATACOMBES

Le 9 novembre 1785, un arrêt du conseil ordonnait la suppression du cimetière des Innocents, où, suivant une supplique des habitants du quartier, le nombre des corps avait en dix siècles exhaussé le sol de plus de huit pieds au-dessus des terrains voisins, et l'inspection générale des carrières était chargée d'en recueillir les dépouilles au milieu des immenses souterrains qui règnent, au sud de Paris, sous la plaine de Montsouris, plaine aujourd'hui couverte par les rues et les maisons du Petit-Montrouge, mais qui n'offrait alors qu'une vaste solitude.

En quatre mois, l'inspection des carrières avait établi un escalier de soixante-dix-sept marches pour descendre dans les vides, muraillé un puits de dix-sept mètres pour jeter les ossements, consolidé les ciels de carrières par des piliers en maçon-

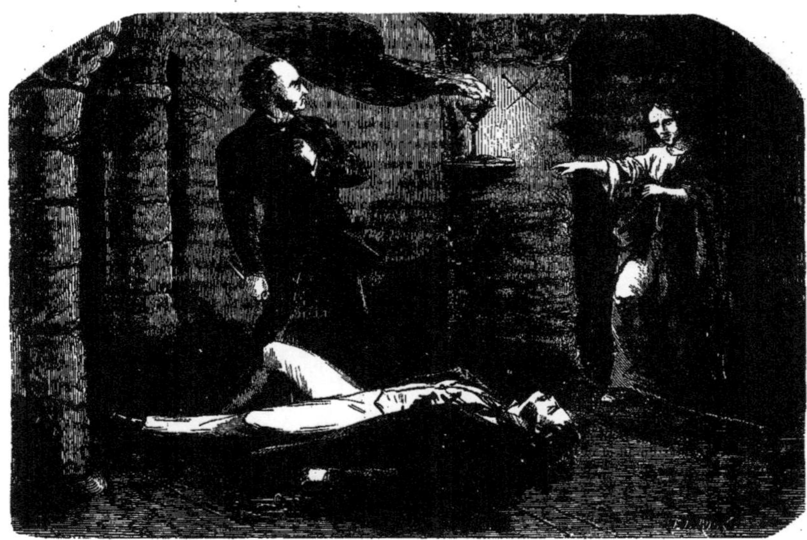

Il l'a tué! Il l'a tué!... répéta-t-elle, cela devait être...

nerie, mis en communication les deux étages d'exploitation et construit l'enceinte destinée à cerner le périmètre de l'ossuaire.

Le 7 avril 1786, le clergé consacrait les nouvelles catacombes, et l'on y installait la translation régulière des ossements. Passés à la claie sur le lieu même de l'exhumation, les débris humains étaient chargés dans des chars recouverts d'un drap mortuaire et conduits, vers le déclin du jour, à leur nouvelle demeure, suivis de prêtres en surplis qui chantaient l'office des morts. Cette lugubre opération fut terminée vers la fin de 1787.

De 1788 à 1792, les catacombes recevaient les victimes des journées révolutionnaires, et de 1792 à 1814, seize cimetières paroissiaux versaient successivement leur tribut dans la grande nécropole souterraine.

En 1810, M. Héricart de Thury, inspecteur général des carrières, agrandit et restaura les catacombes. Sous sa direction, les travaux de soutènement ont servi à la décoration même du lieu. Les ossements, soigneusement étiquetés, suivant leur origine et la date de leur translation, forment de chaque côté des galeries un parement régulier, sur lequel se dessinent, à leurs hauteurs différentes, trois cordons de têtes horizontaux. Dans l'ossuaire même, on avait formé deux collections de curiosités pathologiques et minéralogiques rencontrées pendant le cours des travaux. Un éboulement, survenu en 1837, a intercepté l'accès du premier de ces musées souterrains; l'autre, dévasté par les visiteurs, n'offre plus aucun intérêt.

Les galeries des catacombes forment un réseau des plus compliqués. Leur développement total atteint six cent cinquante mètres; leur hauteur moyenne est de deux mètres; leur largueur, de deux mètres trente.

L'ossuaire proprement dit, fermé de tous côtés par une épaisse muraille, occupe un espace de dix mille neuf cent trente-trois mètres carrés.

Enfin, on évalue à trois millions le nombre des corps dont les catacombes renferment la dépouille.

La partie que l'on permet à la curiosité publique de visiter n'offre qu'un développement peu considérable, et, ce qu'il y a de plus curieux dans les catacombes, c'est, sans contredit, ce que l'on ne voit pas, c'est-à-dire, les galeries qu'il serait peut-être dangereux de parcourir.

C'est cependant de ce côté que nous allons prier notre lecteur de nous suivre. C'est là d'ailleurs que nous devons retrouver nos principaux personnages.

Depuis qu'il s'était échappé du Palais de Justice, Robert et Jacques n'avaient pas bougé des catacombes. Il n'eût pas été prudent de se montrer au dehors après l'escapade de la matinée; tous les limiers de la police devaient être en chasse, et les deux bandits savaient par expérience qu'il n'était pas facile de les dépister. Le mieux était donc d'attendre qu'ils fussent un peu oubliés, et que les investigations eussent eu le temps de s'égarer.

Au surplus, Robert avait encore une autre raison de rester dans son repaire souterrain. On se souvient que le matin il avait dénoncé Georges Brown au juge d'instruction, et si Georges n'avait pas été arrêté, il devait, comme Robert, avoir cherché un refuge dans les catacombes.

Or, c'est là que ce dernier l'attendait, se fiant en cela à la promesse que Jacques lui avait faite de le lui livrer le soir même, s'il venait s'y cacher.

Jacques était depuis le matin d'une activité fébrile. Il allait et venait à travers les mille détours des catacombes, avec la même facilité d'orientation que s'il se fût trouvé en plein jour au milieu de Paris. Les dix ou douze bandits qui obéissaient à Robert étaient venus le rejoindre ; ils s'étaient installés, tant bien que mal, sur la paille humide, non loin de la salle que Robert occupait, et, dans cette situation, pouvant communiquer avec l'extérieur à l'aide de la maison de la rue de la Tombe-Issoire, ils devaient ne pas se trouver par trop malheureux.

En cet endroit, non-seulement ils étaient à l'abri des poursuites de la police, mais encore, si la police parvenait à les y découvrir, ils pouvaient s'y défendre avec succès.

Vers minuit, Robert se trouvait seul, quand Jacques entra brusquement dans la salle.

— Qu'y a-t-il? demanda vivement son compagnon.

— Il vient d'arriver, répondit Jacques.

— Georges Brown?

— Et maître Bob, le moricaud.

— Ils n'ont donc pas été pris?

— On les poursuit.

— Et sont-ils nombreux?

— Cinq.

— Alors la partie est bonne, et il faut...

Jacques fit un mouvement de tête plein d'importance.

— Oh! c'est déjà fait, répondit-il; toutes les mesures sont

J'ai faim! j'ai faim!... balbutia Thérèse.

prises... Georges Brown est seul chez lui, et les cinq hommes qui l'accompagnaient sont mis hors de combat.

— Mais c'est Georges que je veux voir, répliqua Robert, c'est le lui que je veux me venger... il a voulu faire assassiner Henri, et je n'entends pas qu'il le porte en enfer.

— Tu es bien décidé?

— Parfaitement.

— Alors, prends tes pistolets et suis-moi.

Robert s'arma à la hâte pendant que Jacques s'emparait d'une lanterne sourde, et ils s'engagèrent aussitôt dans le dédale inextricable des catacombes.

Les deux hommes ne suivirent pas, on le pense bien, la voie ordinaire, par laquelle on fait habituellement circuler la foule des visiteurs; celle-là est tracée par les ingénieurs, elle part d'un point connu et aboutit à un but déterminé. Elle appartient d'ailleurs aux ouvriers et aux gardiens, que l'on y peut rencontrer de loin en loin, et elle n'eût pas offert à nos bandits les garanties de sécurité qu'ils recherchaient.

Depuis longues années, Jacques avait fait une étude spéciale du réseau des catacombes; il en connaissait tous les détours, aucun passage n'avait de secret pour lui; il eût désigné par leurs numéros toutes les maisons qui y avaient accès. Il s'était, pour ainsi dire, pris d'une sorte de passion pour cette nécropole souterraine; il l'aimait comme d'autres aiment leur ville natale, comme certains Parisiens aiment leur quartier. C'était sa propriété. Souvent, la nuit, quand ses compagnons dormaient ou étaient occupés à *travailler* au dehors, il prenait une lanterne et une pioche, et, s'aventurant au loin, dans des endroits antérieurement explorés, au milieu du plus profond silence, enveloppé de l'ombre la plus épaisse, il creusait de nouveaux repaires, connus de lui seul, ouvrait de nouveaux passages, dont il dissimulait soigneusement l'entrée, et ne retournait vers ses amis que brisé de fatigue, les membres rompus et le corps inondé de sueur.

Grâce à lui, la bande Robert était, pour ainsi dire, assurée de l'impunité; mais Jacques, qui était un homme habile, n'avait dit son secret à personne, et il n'en avait jamais laissé voir que ce qu'il voulait bien que l'on connût.

Il marcha au moins pendant une demi-heure, guidant Robert dans des lieux qu'il parcourait pour la première fois, quelquefois rampant comme un reptile dans des passages étroits, tantôt traversant de petits lacs d'eau croupie qu'entretenait une infiltration incessante, plus souvent s'engageant dans de longs couloirs, où l'air manquait aux poumons et où la terre, détrempée, semblait se dérober à chaque pas sous les pieds.

Robert soufflait bruyamment et de grosses gouttes de sueur perlaient sur son front.

— Par quel diable de chemin me mènes-tu donc? demanda-t-il tout à coup à son compagnon.

— A pas peur! répondit Jacques, ça me connaît, ça... et avant dix minutes nous aurons atteint notre but.

Robert prêtait l'oreille.

— Mais il me semble que j'entends du bruit! dit-il aussitôt à voix basse.

Jacques s'était penché vers le sol.

Ils se trouvaient, en ce moment, à l'extrémité d'un long couloir et au point de jonction de deux lignes.

— En effet, reprit Jacques après un moment de silence.

— Serions-nous poursuivis?

— Je ne crois pas.

— Cependant...

— Tais-toi.

On entendait assez distinctement, à une distance peu éloignée, des pas venir de leur côté.

Jacques tourna rapidement sa lanterne; mais les pas cessèrent aussitôt de se faire entendre, un grognement plaintif parvint jusqu'à eux faiblement articulé.

— Entends-tu? fit Robert.

— J'entends très-bien, répondit Jacques, et j'ajouterai que je commence à comprendre.

— Mais quel est ce bruit?

— Je sais ce que c'est.

— Qu'est-ce donc?

— La folle des catacombes.

— Une folle... ici!

— Oui, mon ami... Tu ne la connais pas encore, toi, parce que jusqu'ici tu n'as pas séjourné dans les catacombes; mais, si nous devons y rester quelque temps, je te ferai faire sa connaissance.

— Enfin, quelle est cette femme? demanda Robert avec une singulière insistance.

— Je l'ignore, répondit Jacques.

— Et comment vit-elle?

— Je n'en sais rien... seulement, plus d'une fois, la nuit, je l'ai rencontrée debout au détour d'une allée ou accroupie au milieu d'un carrefour... La première fois que cela m'est arrivé, j'avoue qu'elle m'a fait une fière peur... Mais c'est une folle très-douce.

— C'est égal, voilà qui est étrange, tu l'avoueras.

— Je ne dis pas non; mais ce n'est pas une raison pour nous attarder ici... Elle est maintenant détournée de sa route; nous n'avons plus qu'à suivre la nôtre et à hâter le pas.

Robert secoua la tête comme pour chasser une idée importune, et il se remit à marcher dans le sillon lumineux que la lanterne de Jacques traçait au milieu de l'obscurité.

Cinq minutes s'écoulèrent dans le plus profond silence, et ils atteignirent ainsi un second carrefour, sans que les pas qui les suivaient se fussent entendre de nouveau.

Arrivé là cependant, Jacques parut hésiter sur la direction à prendre et éleva un moment sa lanterne à la hauteur d'un énorme bloc de pierre qui s'élevait jusqu'à la voûte.

Robert avait saisi ce mouvement, et il ne put retenir un cri de surprise.

— Qu'est-ce que cela signifie? dit-il en s'avançant précipitamment vers le mur.

Jacques sourit et haussa les épaules.

Il y avait là une innombrable quantité de poignards dessinés sur le bloc de pierre.

— Ça, dit-il, c'est l'ouvrage de la folle... Tous les murs sont pleins de petites illustrations semblables... Il paraît que c'est sa folie... elle rêve poignards, elle en voit partout, elle en dessine de tous côtés.

Robert ne répondit pas. Jacques avait continué sa marche et il se remit à le suivre.

Enfin, son guide s'arrêta... il y avait devant eux une porte bardée de fer. Il y donna deux coups de la crosse du pistolet dont il était armé.

— Nous sommes donc arrivés? dit Robert.

— C'est ici la demeure de Georges Brown, répondit Jacques.

— Et tu crois qu'il suffit d'y frapper pour que la porte s'ouvre?

— Regarde plutôt.

La porte s'ouvrit en effet, et la figure de Bob venait de se présenter sur le seuil.

— Qui est là? demanda le nègre, qui ne reconnaissait pas les visiteurs.

— Inconnus, répondit Jacques.

— Que demandez-vous?

— Ton maître.

— Il dort.

— Eh bien, va lui dire que le comte de Kersaint demande à lui parler.

Bob fit une grimace... il avait reconnu Robert, et il lui eût bien volontiers refermé la porte au nez; mais il n'y avait plus moyen de rentrer. Sous la pression de Jacques, la porte s'était ouverte tout à fait, et les deux visiteurs étaient entrés.

— Mais enfin, que voulez-vous? dit encore le nègre.

Pour toute réponse, Jacques lui sauta à la gorge, et lui posant la pointe de son poignard sur la poitrine :

— Si tu pousses un cri, j'enfonce! lui dit-il d'une voix énergique et résolue.

Bob ne professait pas les mêmes idées que le chevalier d'Assas sur le dévouement à la chose commune, aussi ne proféra-t-il aucune parole, et il indiqua même à Jacques la porte par laquelle on pénétrait chez son maître.

— Les chemins sont ouverts, dit alors l'ex-notaire en se tournant vers son compagnon, le reste te regarde...

— C'est bien! dit Robert... Et maintenant, à nous deux, maître Georges Brown!

Quelques instants avant l'arrivée de Robert, Georges Brown était étendu sur un divan et fumait nonchalamment un cigare.

Prévenu à temps par son nègre, il avait quitté précipitamment la rue Marbeuf, et était venu chercher un refuge dans les catacombes.

Il se croyait alors bien à l'abri de tout danger et de toute poursuite; il pouvait penser que Robert était en prison, et selon toute vraisemblance, les choses devaient s'arranger de façon à ce qu'il pût fuir sous peu en toute sécurité.

Toutefois, ce n'était pas sans un amer désappointement que Georges avait vu s'évanouir les rêves de fortune qu'il nourrissait depuis deux mois; jusqu'alors tout lui avait réussi à merveille; encore quelques semaines, et il allait mettre sa main dans celle de Marthe, qui lui apportait une si belle dot... Mais, en ce moment, il ne devait plus songer qu'aux moyens de se soustraire lui-même aux dangers dont il était menacé; tout au moins fallait-il laisser se calmer l'émotion qu'avait soulevée le crime commis rue Saint-Honoré.

Georges réfléchissait à tout cela, et les bouffées de fumée qu'il tirait de son cigare montaient en spirales bleues vers la voûte, lorsque les deux coups frappés à la porte par Jacques attirèrent son attention... Puis, le bruit d'une altercation parvint vaguement jusqu'à lui; puis enfin la porte s'ouvrit, et il vit entrer Robert. Instinctivement il porta la main sur l'un de ses pistolets et se dressa sur ses pieds.

— Ah! vous ne m'attendiez pas, fit Robert en fermant derrière lui la porte à double tour; et cependant, vous deviez bien penser que je vous devais une visite, après la lettre que vous avez écrite au juge d'instruction.

Et, en parlant ainsi, il la jeta à Georges.

— Ma lettre! s'écria Georges en pâlissant légèrement.

— Oui, mon ami, votre lettre, répondit Robert.

— Mais vous êtes donc le comte de Kersaint, puisque vous voilà libre?

— Appelez-moi Rochefort si vous voulez, ou Robert si vous aimez mieux; mais, Robert ou Rochefort, j'avais le plus vif désir de causer quelques instants avec vous.

Georges était tout à fait remis; il n'avait pas prévu cet incident, mais il était, après tout, dans les choses possibles, et il n'avait pas l'habitude de s'effrayer pour si peu.

— Enfin, que me voulez-vous? dit-il en se tenant toujours sur la défensive.

Robert s'inclina ironiquement; puis, en voyant son adversaire s'emparer d'un pistolet, il avait tiré le sien de sa poche et fait quelques pas vers lui.

— Pardon, monsieur, dit Georges en serrant son revolver, mais, si vous le voulez bien, nous causerons d'un peu moins près... deux hommes comme nous doivent savoir garder les distances.

Robert sourit et s'arrêta.

— Soit! dit-il. Je vois avec plaisir que nous ne manquons pas d'esprit, et c'est vraiment dommage que nous en fassions un si mauvais emploi!... Mais, qu'importe! je suis venu, et je ne m'en irai pas sans avoir obtenu de vous ce que je désire.

— Quoi donc?

Les deux ennemis étaient en ce moment à dix pas l'un de l'autre... Robert, debout, non loin de la porte d'entrée, Georges, adossé contre la muraille.

Après un moment de silence, Robert reprit :

— C'est bien vous, n'est-ce pas, dit-il d'une voix ferme, ou tout au moins, c'est bien par vos ordres que l'ami d'Henri a été assassiné?

— Oui, monsieur.

— De plus, vous ne nierez pas que ce soit Henri lui-même, et non son ami, que vous vouliez atteindre?

— Je l'avoue.

— Enfin, cette lettre de dénonciation, c'est bien votre main qui l'a écrite?

— Et signée, compléta Georges.

Robert arma son pistolet et fit deux pas en avant :

— C'est tout ce que je voulais savoir, dit-il avec une colère mal contenue.

— C'est fâcheux.

— Pourquoi donc?

— Parce que je commençais à prendre goût à l'interrogatoire, et que je suis vraiment contrarié de le voir cesser si vite.

— Vous raillez?

— Je n'aurais garde.

— C'est que vous seriez le premier homme que j'aurais vu railler au moment de mourir.

— Est-ce que vraiment vous seriez venu pour me tuer! s'écria Georges avec enjouement.

— Vous en doutez?

— Je fais mieux, je le prouve...

Et Georges abaissa en même temps son revolver jusqu'à la hauteur de son œil; une demi-seconde après le coup partait.

Georges était un des plus habiles tireurs des États-Unis, et cependant, quand la fumée qui l'enveloppait se fut dissipée, il aperçut son adversaire debout, impassible et souriant.

La balle avait passé à une ligne du front de son ennemi.

Georges étouffa un cri de rage et jeta son arme loin de lui.

— Maintenant, dit Robert en faisant encore quelques pas, votre vie est entre mes mains, et je pense que votre confiance doit être un peu ébranlée.

Georges haussa les épaules, tira un long poignard de son pantalon, et le corps penché, l'œil ardent, il se glissa comme une couleuvre vers son adversaire.

Ce dernier n'eut que le temps de décharger son arme; mais sa main avait tremblé probablement comme celle de Georges, et cette fois, avant que la fumée se fût évaporée, il vit se dresser devant lui un bras menaçant qui retomba lourdement sur son épaule.

Il avait pu faire un mouvement de recul, et la pointe du poignard n'avait qu'effleuré les chairs.

Toutefois, il était blessé, et ce fut à son tour à pousser un cri de redoutable colère.

La lutte allait être terrible : la haine qui les animait tous deux était aveugle et sauvage; c'était, d'ailleurs, deux robustes adversaires, et ils sentaient, chacun de son côté, à leur insu peut-être, qu'il fallait que l'un des deux succombât.

A la lueur de la pâle clarté de la lampe, placés à chaque extrémité du salon, la main armée d'un poignard, ils s'observaient de l'œil, comme deux tigres qui veulent se déchirer; et dans le silence qui avait succédé aux deux coups de feu, on n'entendait plus que le souffle haletant de leurs poitrines.

Dans cette lutte, d'ailleurs, les chances étaient à peu près égales de part et d'autre, et si Georges était plus vif, plus ardent, plus souple, Robert était, lui, plus prudent, plus robuste, et devait mieux tirer parti des divers incidents d'un pareil combat.

Une minute s'écoula dans cette attente anxieuse qui précède tout duel; puis, Georges poussa tout à coup un cri rauque comme celui d'une bête fauve, et sautant d'un bond par-dessus une table qui lui faisait obstacle, il alla se suspendre à la gorge de Robert.

Ce mouvement de gymnaste exercé s'était effectué en moins de temps qu'il n'en faut pour le dire, et Robert fut tout surpris de sentir une main nerveuse et forte le saisir énergiquement à la cravate.

Il s'empressa de passer le tranchant de son poignard sur les doigts obstinés qui l'étranglaient et leur fit une profonde entaille, qui obligea son adversaire à lâcher prise.

S'il avait tardé d'une seconde il étouffait.

Georges retira sa main sanglante avec un grondement de rage douloureuse.

— Ah dame!... ça pique... dit ironiquement Robert, et si vous m'aviez prévenu, ça ne serait pas arrivé...

— Oh! je te tuerai... grommela Georges, dont les yeux altérés commençaient à s'injecter de sang.

— Eh bien, c'est ce que nous allons voir!... ajouta Robert toujours sur le même ton.

C'était un moment de répit, mais il ne pouvait être de longue durée, et la lutte recommença presque aussitôt.

Seulement, cette fois, Georges souffrait horriblement de sa main blessée, d'où le sang s'échappait en abondance, et il ne pouvait se servir que de l'autre... Robert, au contraire, n'avait reçu encore qu'une légère égratignure à l'épaule, et la douleur qu'il en ressentait ne pouvait, si vive qu'elle fût, lui enlever l'usage de ses deux bras valides.

Ce fut donc à son tour de prendre l'offensive, et pendant que son adversaire rompait vers la porte, sans doute pour l'attirer de ce côté, où il espérait peut-être trouver du secours, Robert se mit à le suivre pas à pas, épiant avec avidité l'occasion de fondre sur lui et de l'assassiner.

Quelques minutes encore se passèrent de la sorte, puis un cri s'éleva, poussé par Robert; les deux hommes se prirent à bras-le-corps, en proférant les imprécations les plus sacrilèges, et roulèrent bientôt sur le sol étroitement embrassés, genoux contre genoux, poitrine contre poitrine, et se labourant l'un l'autre avec la lame acérée de leurs poignards.

Malheureusement pour Georges, le combat ainsi engagé ne pouvait avoir pour lui qu'une issue funeste; il était plus petit que Robert, moins fort que lui, et ses forces s'étaient déjà beaucoup épuisées par la perte de son sang.

A partir de ce moment son adversaire ne le laissa plus respirer.

Ivre de fureur, enivré par la vue du sang, surexcité par l'ardeur même de la résistance, il faisait des prodiges de force et de vigueur; une fois même, il faillit étouffer Georges rien qu'en le serrant dans ses bras contre sa poitrine... A ce moment, cependant, ce dernier conservait encore une partie de sa présence d'esprit; il comprenait bien qu'il était perdu, il avait fait déjà le sacrifice de sa vie, mais il voulait emporter celle de son adversaire... Il apportait maintenant, dans la lutte, une âpreté désespérée qui n'avait plus rien d'humain; il faisait usage de ses ongles, de ses dents, de son poignard avec une violence désordonnée, et les cris qui lui échappaient avaient des accents sauvages.

Ce n'était plus un homme, c'était une bête fauve...

Robert comprit le danger de sa situation et voulut y couper court au plus tôt.

Saisissant donc son homme entre ses deux mains vigoureuses, il le jeta rudement contre terre, et, lui appliquant un genou sur la gorge, il lui arracha le poignard dont il était menacé.

— Tu es à moi, maintenant, lui dit-il en se penchant sur lui, et ta vie est entre mes mains.

— Tue-moi donc! dit Georges d'une voix étranglée.

Robert ouvrit sa chemise et posa la pointe de son poignard sur sa poitrine nue.

— Tu veux me braver encore, ajouta-t-il, mais ta dernière heure est venue et tu vas mourir!

— Oh! me venger!... me venger!... murmura Brown, qui râlait déjà.

Et il voulut faire un mouvement pour se dégager; mais Robert l'observait, et d'une main ferme et implacable, il lui enfonça son poignard jusqu'au manche dans la poitrine.

Georges poussa un soupir, tenta de se soulever encore, dans un dernier et suprême effort, puis il retomba lourdement sur le sol.

Le poignard avait atteint le cœur, il était mort sur le coup.

Au moment où le malheureux assassin tombait mortellement frappé, et où Robert se relevait suant et effaré, un éclat de rire strident et moqueur s'éleva tout à coup du milieu du silence de ce moment solennel.

— Il l'a tué! il l'a tué!... disait une voix sur un ton enjoué et railleur.

Robert releva la tête presque épouvanté, et aperçut dans le cadre d'une porte qui conduisait à une chambre contiguë, la silhouette maigre et décharnée d'une femme qui, les vêtements en lambeaux, les cheveux en désordre, applaudissait de ses mains osseuses au meurtre qu'il venait de commettre.

C'était la folle des catacombes.

— Il l'a tué! il l'a tué!... répéta-t-elle avec une voix lugubre, pendant que Robert cherchait à se remettre; cela devait être... il y a là-haut un Dieu pour les mères... pour les mères!... pour... les...

La folle n'acheva pas. Son œil hagard et terne venait de se fixer sur le meurtrier qui se trouvait maintenant éclairé en plein corps par la lumière de la lampe, et un tressaillement convulsif agitait tous ses membres. Elle passa à plusieurs reprises ses doigts crispés sur son front comme pour y fixer une pensée qui s'obstinait à la fuir; puis, jetant enfin un cri lugubre, où se mêlait en même temps l'horreur et l'effroi, elle s'enfuit épouvantée vers une autre issue, par laquelle on communiquait également avec les catacombes.

— Lui! lui!... disait-elle en fuyant.

Et elle ne s'arrêta que lorsqu'elle eut mis une longue distance entre elle et Robert.

Ce dernier avait frémi jusqu'au plus profond de son cœur aux cris poussés par la folle. Il eût été cependant fort embarrassé de dire à quelle cause attribuer ce frémissement.

Il chassa donc vivement toute préoccupation, et revint vers le cadavre de Georges Brown, qui gisait étendu sur le sol.

Il toucha ses mains, elles étaient glacées.

Ses lèvres, elles n'avaient plus de souffle.

Son cœur, plus de battements.

Il était bien mort!

Robert s'assit pensif à côté du cadavre, et, quoi qu'il fît, une amertume sans nom vint emplir son cœur.

Sa vengeance était satisfaite, son ennemi était là, à ses pieds, sans mouvement, sans vie! que lui fallait-il de plus?

Qui pourrait expliquer ce qui se passait en lui à cette heure?

En considérant ce jeune homme, tout à l'heure si élégant, si plein de vie, en arrêtant son regard sur ses joues maintenant décolorées, sur ses yeux clos, sur sa blessure béante dont le sang coagulé fermait l'orifice, Robert sentait son cœur se serrer, et une sueur froide baigner ses tempes.

Quel était donc ce mystère?

Comme il en était là, Jacques entra dans la chambre.

— C'est toi, Jacques, dit-il sur un ton vague, eh bien, c'est fini...

— Tu l'as tué? fit Jacques en se précipitant vivement vers le cadavre.

Puis il s'agenouilla à ses côtés, déchira furtivement la chemise à l'endroit de l'épaule, et y jeta un regard rapide et prompt comme l'éclair.

Quand il eut vu, Jacques se redressa avec un cri qu'il ne put retenir.

Robert le regarda étonné.

— Qu'y a-t-il donc? dit-il avec un commencement d'inquiétude.

— Rien, rien, fit Jacques.

— Cependant tu as jeté un cri.

— Quand cela serait?...

Robert se leva, alla prendre les deux mains de Jacques dans les siennes et le regarda bien en face.

— Jacques! lui dit-il avec un accent d'autorité, il y a quelque malheur dans l'air.

— Peut-être bien, dit l'ex-notaire.

— Mon fils est condamné!

— Henri est en prison depuis ce matin; il est impossible qu'on le condamne ce soir... tu perds la tête.

— Tu as raison... mais qu'est-ce donc alors... parle! explique-toi... depuis quelques jours, vois-tu, je sens que rien ne va plus, et je m'attends à tout...

— Assieds-toi là, sur ce divan, à côté de moi, dit Jacques, et écoute ce que j'ai à te dire.

Robert se laissa conduire par son ami, prit place sur le divan et s'apprêta à l'écouter. Il était abattu, sans force, sans volonté.

— Parle! parle!... reprit-il cependant presque aussitôt.

— Eh bien, répondit Jacques, c'est Jeanne que je viens de voir.

— Jeanne!

— Elle est allée chez Jean Reynaut, elle lui a demandé des renseignements à l'aide desquels elle devait retrouver son enfant, et elle est venue me rapporter ce que Reynaut lui a dit.

— Mais quel rapport? fit Robert.

— Ça en a un direct, repartit Jacques. Reynaut avait deux enfants, le tien et celui de Jeanne; or, il paraît que les deux mioches se ressemblaient tellement, qu'il a cru devoir faire à l'un des deux une marque qui servît à les distinguer.

— Et auquel des deux a-t-il fait cette marque?

— Au tien.

— Et quelle est-elle?

— Un poignard sur l'épaule droite.

Robert haussa les épaules.

— Jusqu'à présent, je ne vois là qu'un moyen ingénieux imaginé par Jean Reynaut, et je cherche le malheur dont ta figure bouleversée paraissait me menacer tout à l'heure.

— C'est que ce n'est pas tout, objecta Jacques.

— Voyons donc la suite, ajouta Robert.

Jacques reprit:

— Jean Reynaut avait deux enfants, dit-il, et c'est une justice à lui rendre, qu'il les élevait avec toute la sollicitude d'un père de famille... Il y a des anomalies comme cela dans la nature, et le vieux gredin en est une; tout allait donc pour le mieux de ce côté, quand tu fus pris, condamné et dirigé sur Toulon.

— Eh bien, fit Robert, je le priai alors d'expédier l'un des enfants en Amérique, où son père, Philippe Chartier, s'était fixé, et de confier le mien à Jeanne, bien certain qu'elle en aurait soin, si on lui laissait ignorer le sort de son propre fils.

— C'est ce qui fut fait, dit Jacques lentement. Les enfants se ressemblaient.

— Qu'importe!

— Et Jean Reynaut ne nous avait pas mis dans la confidence du signe distinctif gravé sur l'épaule de l'un des deux... de sorte qu'une erreur a pu être commise... et...

— Achève...

— Qu'on a pu envoyer à Philippe Chartier le fils de Robert...

— Mais c'est facile à vérifier, et en s'introduisant dans la prison d'Henri...

— Oh! il n'y a pas besoin d'aller jusque-là pour procéder à cette vérification.

— Comment cela?

— Le fils de Philippe Chartier n'est pas si loin.

— Où est-il?

— Ne te l'ai-je pas dit?

— Je l'ai oublié... parle... explique-toi.

— Le fils Chartier aurait pris à Paris un nom qui n'était pas le sien; il se serait fait appeler Georges Brown.

— Que dis-tu?

— La vérité.

— Ainsi, ce misérable qui est là, étendu à nos pieds, c'est le fils Chartier?

— Du moins jusqu'à vérification.

— Mais c'est impossible... ce Jean Reynaut a voulu abuser de la crédulité de Jeanne... il n'a pu y avoir d'erreur... et je suis bien certain que Henri porte gravé sur l'épaule le poignard dont il a parlé...

En parlant ainsi, Robert regardait Jacques, qui baissa la tête et garda le silence.

Il sentit un frisson courir sur sa peau.

— Tu ne le crois donc pas, toi? dit-il d'une voix étouffée.

— A ta place je vérifierais.

— Quoi... que veux-tu faire?

— Le cadavre de Philippe est là.

— Tu as raison.

— Viens.

Robert se leva. Jacques l'avait pris par la main; il l'entraîna ainsi jusqu'auprès de Georges Brown. Puis il le fit s'agenouiller.

Robert était affreusement pâle; son œil grand ouvert regardait fixement sans voir, ses bras pendaient inertes le long de son corps, ses lèvres contractées laissaient passer une respiration oppressée et haletante.

Cet homme avait donc un cœur! Ce misérable, auquel tous les sentiments humains paraissaient étrangers, pouvait donc éprouver un mouvement de tendresse paternelle... il y avait donc un endroit par lequel il était vulnérable...

Ce qui fait la joie de la famille, ce qui donne un but à la vie, la paternité, devait être pour lui une source de tortures!

Cet amour qu'il éprouvait, Dieu l'avait condamné d'avance, et ce devait être le châtiment de cet homme!

Pendant quelques minutes il resta à genoux et sans mouvement. Il n'osait ni proférer une parole, ni faire un geste.

Enfin, cependant, son front s'abaissa; il se mit à découvrir violemment l'épaule du cadavre de Georges, et quand son regard vint à rencontrer le poignard rouge qui y était gravé, tout son être sembla se déchirer, et il prit follement sa tête dans ses deux mains.

— Mort! mort!... sanglota-t-il éperdu, tué par moi! le fils assassiné par le père!... Oh! il y a donc une justice divine!...

— Oui, un Dieu! un Dieu pour les mères!... ajouta lentement derrière lui une voix qui le fit frissonner. Il se retourna.

La folle des catacombes était là; elle ne riait plus, ne raillait plus; elle se tenait droite, impassible et rigide, une main sus l'épaule de Robert, et l'autre étendue vers Georges.

D'un geste elle écarta Jacques, et vint prendre sa place.

Puis elle souleva lentement le cadavre et déposa un long baiser sur le front; on eût dit que la folie l'avait quittée, et qu'elle avait conscience de ce qu'elle faisait.

Et en la voyant ainsi, Robert était tout à coup rentré dans un autre ordre d'idées. Il montra la folle à Jacques.

— Regarde! lui dit-il à voix basse, regarde cette femme...

— C'est une vieille folle... répondit Jacques en haussant les épaules.

— Folle! oui sans doute, poursuivit Robert, mais ne trouves-tu pas qu'elle ressemble...?

— A qui donc?

— Eh bien!

— C'est elle, te dis-je.

— Mais qui, elle?

— Thérésa!

— Tu es fou...

— Non, Jacques, non... car je l'ai vue frémir à ce nom... et voilà maintenant qu'elle se retourne et nous observe.

La folle s'était levée, en effet, et elle venait de jeter sur Robert et sur Jacques un long regard où la pensée semblait être revenue.

— Qui donc a parlé de Thérésa? dit-elle en s'adressant à Robert.

— Tu l'as connue? demanda ce dernier.

— Elle est morte! répondit la folle en souriant tristement.

La folie revenait. Ce n'avait été qu'un éclair. Elle fit quelques pas pour s'éloigner.

— C'est elle! dit Robert.

— Je le crois, répondit Jacques.

La pauvre folle était déjà loin; elle se retourna, montra le cadavre de Georges et fronça le sourcil, sous lequel son regard devint tout à coup menaçant et sombre.

— Souviens-toi de Thérésa! dit-elle d'une voix énergique.

Et elle s'éloigna lentement pour se perdre bientôt dans l'ombre des catacombes.

DEUXIÈME PARTIE

XIII

UN DRAME SOUTERRAIN

Vers l'année 1825, il se passa à Paris un événement mystérieux dont les causes sont restées longtemps cachées, et qui offrit pendant de longues années une ample matière aux suppositions les plus contradictoires.

Vers cette époque, il vint s'établir dans la capitale un célèbre banquier florentin du nom de Benvenuto Balbi, qui avait réalisé une immense fortune, et dont les salons devinrent en peu de temps le rendez-vous le plus fréquenté de toute l'aristocratie nobiliaire. Pendant tout un hiver on ne parla que des fêtes princières que le riche banquier donnait dans son hôtel, et c'était à qui s'y ferait inviter. Les jeunes gens de famille surtout s'y précipitaient à l'envi, et ce n'était pas précisément à cause de la splendeur des fêtes, non plus que des femmes charmantes du vrai monde que l'on y rencontrait, mais bien parce que Benvenuto Balbi était veuf, qu'il avait une fille unique, et que cette fille était la plus délicieuse créature que l'on eût vue encore sous le ciel parisien.

Thérésa Balbi avait seize ans. Elle était grande, élancée, avec de belles épaules brunies au soleil d'Italie, et deux yeux noirs pleins d'une ardente et voluptueuse expression... On la rencontrait partout où une femme peut se faire admirer : à l'Opéra, aux Italiens, au bois; les femmes la jalousaient; les hommes l'adoraient. Mais la charmante créature passait indifférente au milieu de toutes ces jalousies et de toutes ces adorations.

Si Thérésa aimait quelqu'un, elle avait caché son secret au plus profond de son cœur; mais ce qu'il y a de certain, c'est que jusqu'alors aucun des jeunes gens qui lui formaient une cour assidue, dans quelque lieu qu'elle se trouvât, n'avait obtenu d'elle la plus petite faveur, et ne pouvait se vanter d'une préférence.

Tout à coup, et au plus fort de toutes ces ivresses et de toutes ces fêtes, on apprit que Thérésa avait disparu...

Où était-elle allée? on n'en savait rien... Qu'était-elle devenue? nul n'eût pu le dire.

Une nuit, à la suite d'un bal de l'ambassade espagnole, Thérésa n'était pas rentrée chez son père... et, depuis, on n'en avait plus entendu parler.

Le malheureux banquier avait mis sur pied toute la police française; tout ce qui tenait de près ou de loin à la famille Balbi s'était mis en mouvement; on avait expédié des agents sur toutes les routes, dans tous les ports, auprès de tous les pays... On avait fouillé toutes les capitales, pendant une année entière on avait fait jouer tous les mobiles, tous les ressorts, rien n'avait fait... Thérésa n'avait pas reparu...

Benvenuto Balbi devint fou de douleur peu de temps après, et l'événement resta toujours inexplicable pour tous...

Nous n'avons, nous romancier, aucune raison pour tenir cachées les causes de cette singulière disparition, et nous pouvons mettre le lecteur dans la confidence de ce qui était arrivé.

Au nombre des prétendants qui se montraient les plus assidus auprès de la belle Thérésa Balbi, se faisait surtout remarquer un jeune homme appartenant, disait-on, à une riche et noble famille belge, et que l'on appelait du nom de Robert Verstraten.

C'était un jeune homme accompli, et qui possédait à un haut degré toutes les qualités que les femmes semblent plus particulièrement demander à notre sexe.

Il était grand, bien pris dans sa taille, avec un front élevé et pur, et deux yeux où l'audace n'excluait pas l'intelligence. Il comptait vingt-cinq ans à peine, mais il avait déjà obtenu dans le monde qu'il fréquentait des succès qui attestaient une maturité d'esprit et une expérience de cœur bien au-dessus de son âge. Il avait aimé Thérésa depuis le jour où il l'avait vue, et plus d'une fois il l'avait obsédée et poursuivie de ses hommages.

Thérésa aimait ailleurs.

Un jour elle avait rencontré dans le cabinet de son père un jeune homme doux et timide, qui s'était levé interdit et avait rougi à son aspect. Thérésa elle-même n'avait pu que balbutier une excuse et s'était sauvée... Plus tard, elle apprit que ce jeune homme allait partir pour l'Amérique, à la suite d'un amour contrarié, et qu'il venait solliciter quelques lettres de crédit du banquier florentin.

Il s'appelait Philippe Chartier; la jeune fille ne sut son nom que longtemps après; mais dès la première heure elle avait senti qu'elle l'aimait de cet amour absolu qui s'empare de tout notre être, et nous laisse une impression qui dure toute la vie.

Thérésa le vit à peine quatre ou cinq fois... C'était plus qu'il n'en fallait, et quand Robert lui parla de son amour, elle ne put que le repousser.

Robert se contint; il avait déjà appris l'art de la dissimulation; seulement, son amour contenu n'en couva que plus de ressentiment, et il jura de triompher, fût-ce par la force, des résistances qu'on lui opposait.

C'est alors que survint le bal de l'ambassade espagnole.

Thérésa s'y montra plus belle qu'elle ne l'avait jamais été, et quand Robert la revit à ce bal, il fut bien près d'en devenir fou d'amour et de désespoir!... L'éclat des bougies, le parfum des fleurs et des femmes, cette harmonie voluptueuse qui s'échappait à flots de toutes choses, tout cela ne contribua pas peu à l'enivrer, et quand il emporta la jeune fille dans ses bras aux accords d'une valse entraînante, il sentit son cœur brûler de toutes les ardeurs de la possession.

— Thérésa! Thérésa! dit-il éperdu à l'oreille de la jeune fille, pourquoi ne voulez-vous pas m'aimer?

— Laissez-moi, monsieur, répondit-elle, ou, si vous vous obstinez ainsi, vous m'obligerez à quitter le bal.

— Mais je t'aime à en perdre la raison!

— Encore un mot comme celui-ci, et je préviens mon père...

— Ah! vous me haïssez donc bien?...

Robert eut un éblouissement... Il reconduisit la jeune fille à sa place, et alla chercher l'air dans les bosquets. Il étouffait... L'air était vif... on se trouvait en plein hiver... Le sang qui brûlait ses veines se refroidit... son cœur se calma... Mais il était piqué au vif; il avait bu jusqu'à la lie la coupe amère de l'humiliation... il avait soif de vengeance... Mille projets insensés se disputèrent ses résolutions; il ne s'arrêta qu'à un seul... le plus simple!...

La nuit même Thérésa était enlevée... et nul n'eût pu dire vers quel repaire mystérieux elle avait été emportée.

Robert avait bien choisi l'antre où il allait assouvir sa passion... Il possédait, rue de la Tombe-Issoire, une maison qu'il avait achetée, avec la criminelle pensée d'en tirer ultérieurement parti... Il avait de bonne heure mis le pied dans la voie du crime, et il devait rapidement en parcourir les principales stations.

Cette demeure communiquait, au moyen d'un escalier souterrain, jusqu'au cœur même des catacombes. C'est là qu'il avait conduit, la nuit même, la belle Thérésa, encore dans son costume de bal... les épaules et les bras nus, avec des fleurs dans les cheveux...

Quand elle pénétra dans cet infâme repaire, qui contrastait si horriblement avec les splendeurs du bal qu'elle venait de quitter, et qu'elle sentit l'obscurité humide et malsaine glisser sur son col, elle se prit à frémir d'une terreur inouïe.

Robert était près d'elle à ce moment; elle se tourna vers lui :

— Que voulez-vous donc de moi?... s'écria-t-elle partagée entre la peur et la colère.

— Je t'aime!... répondit son ravisseur en posant deux lèvres de feu sur ses épaules.

La pauvre jeune fille recula, comme si on l'eût brûlée avec un fer rouge.

— Ah! vous êtes infâme!... dit-elle en essayant de fuir.

— Tu m'appartiens!...

— Jamais!

— Tu m'as repoussé, tu m'as humilié... et maintenant, tu ne sortiras plus d'ici... ou plutôt... tiens... vois à quel point je suis insensé... Si tu le veux... aime-moi une nuit... et demain je te rends à ton père, au monde qui t'adore, et je pars pour ne plus revenir...

Théréså fit un geste violent.

— Ah! vous avez cru m'effrayer par vos menaces, dit-elle d'une voix que la rage faisait trembler; mais vous vous serez trompé dans vos odieux calculs, car vous n'obtiendrez rien de moi.

— C'est donc ton dernier mot?

— Je vous méprise.

Robert sortit, laissant la malheureuse enfant seule, plongée dans l'obscurité la plus profonde, au milieu d'un étroit espace, fermé de tous côtés par un mur épais et solide... Il y avait de quoi mourir de frayeur ou devenir fou!

Quand il revint, quarante-huit heures s'étaient écoulées dans cette épouvantable solitude... Thérésa était abattue, sombre, frissonnante... Elle n'avait rien mangé depuis deux jours... Elle crut qu'on venait la chercher pour la rendre à la liberté; mais elle recula d'épouvante en reconnaissant Robert.

— Eh bien, dit ce dernier, as-tu réfléchi?

— Jamais!... jamais!... répondit la jeune fille avec un éclair d'énergie.

La porte se referma de nouveau, et l'obscurité recommença... C'était horrible, le misérable voulait la réduire par la famine... La pauvre fille sentait déjà ses forces l'abandonner... Et puis, elle avait des peurs glaciales, au milieu de cette nuit éternelle qui l'enveloppait; elle entendait parfois des bruits étranges... elle avait des moments d'hallucination; la faim qui affaiblissait son esprit, créait autour d'elle un monde fantastique qu'elle s'épuisait à chasser, sans pouvoir y parvenir... Elle avait affreusement maigri... Elle sanglotait, priait, appelait la mort de tous ses vœux.

Mais la mort ne vint pas.

Le quatrième jour, Robert reparut.

Deux valets apportaient une table abondamment servie des mets les plus savoureux et des fruits les plus exquis... Ils posèrent des candélabres sur la table et se retirèrent... La fumée des mets s'était déjà répandue dans la chambre, et la jeune fille s'était soulevée avec peine, en aspirant le parfum qui se mêlait à l'air.

Robert découpa délicatement un perdreau truffé et se versa un verre de bourgogne.

— J'ai faim!... j'ai faim!... balbutia Thérésa épuisée.

Le misérable se prit à sourire.

— Eh bien, dit-il, à toi ce perdreau et ce verre de vin, pour un baiser!...

— Oh! honte à moi!... murmura la pauvre enfant.

Et elle fit un pas vers la porte.

— Mon Dieu! mon Dieu! disait-elle, en contenant sa poitrine haletante de ses deux mains, j'ai faim, j'ai bien faim!

— Est-ce marché conclu? insista Robert.

— O mon père!... mon pauvre bon père!... soupira la jeune fille en se laissant tomber évanouie au milieu de la chambre...

Robert vint tous les jours voir Thérésa, pendant l'année qui suivit cette horrible scène... La malheureuse femme avait vingt fois formé le projet de se laisser mourir de faim, ou de se tuer en se brisant la tête contre le mur... Mais dans les premiers mois, elle espérait toujours pouvoir fuir et se venger; et plus tard, quand elle eut cessé d'espérer, une autre raison plus puissante vint l'arrêter dans ces fatales résolutions, et lui fit accepter avec résignation le sort cruel qui lui était imposé... Elle venait de comprendre qu'elle n'avait plus le droit de se tuer... elle n'était plus seule dans l'antre souterrain où on la retenait... Elle avait senti tressaillir dans son sein le fruit de cet épouvantable amour!...

Un an donc, jour pour jour, après la disparition de Thérésa Balbi, Robert se présentait à dix heures du soir à la porte d'une maison de la rue des Saints-Pères. Après avoir jeté un nom au concierge, il monta rapidement quatre étages et sonna à une porte où brillait un écusson de cuivre, sur lequel on lisait ces mots : *Curton, docteur médecin.*

— M. Curton? demanda-t-il à la servante qui vint lui ouvrir.

— Veuillez entrer, dit cette dernière.

Et on l'introduisit dans un cabinet, où un homme de trente ans environ, assis à une table couverte de livres, écrivait ou prenait des notes à la lueur d'une lampe coiffée de son abat-jour.

— Pardon, monsieur, dit Robert d'un ton vif et bref, mais je viens réclamer de vous un service important.

— Parlez, monsieur, répondit le jeune docteur, en jetant sa plume sur la table et en offrant un siége au visiteur.

— Docteur, poursuivit ce dernier, j'ai besoin de vos soins pour une jeune femme.

Le médecin s'était levé, Robert l'arrêta du geste.

— Un instant, monsieur, dit-il avec autorité, car je ne vous ai pas encore tout dit, et j'ai à vous poser certaines conditions auxquelles il faut que vous souscriviez avant que nous sortions de votre cabinet.

Le médecin regarda Robert avec attention, et son front s'assombrit.

— Parlez donc, monsieur, répondit-il avec fermeté; mais si vous devez me proposer quelque acte que réprouve ma conscience de médecin, vous pouvez, dès à présent, vous attendre à un refus absolu de ma part.

Robert fit un geste de dénégation.

— Voici mes conditions, dit-il aussitôt; au sortir de cette maison, et dès que vous serez monté dans la voiture qui m'a amené, vous vous laisserez bander les yeux.

— Soit! fit le jeune docteur.

— Vous ne connaissez pas la personne que vous allez voir et elle sera masquée; mais si plus tard, et par un de ces hasards qu'il est impossible de conjurer, vous veniez à la rencontrer et à la reconnaître dans le monde que vous fréquentez, vous me jurez, monsieur, que vous passerez près d'elle indifférent et impassible?

— Ceci ne serait que l'acte d'un honnête homme.

— Vous le jurez donc?

— Je le jure... Est-ce tout?

— C'est tout.

Le docteur descendit rapidement ses quatre étages, et quand il se fut laissé bander les yeux, la voiture partit, brûlant le pavé.

— La patiente est-elle jeune? demanda le médecin.

— Dix-sept ans.

— Et c'est son premier enfant?

— Son premier... oui.

Il y eut un moment de silence. Robert avait hâte d'arriver; mais il n'était pas fâché d'entretenir la conversation, ne fût-ce que pour détourner son compagnon de l'idée de chercher à se reconnaître.

— Vous exercez depuis quelques années déjà? reprit-il presque aussitôt.

— Depuis six ans, répondit le jeune homme.

— Et sans doute ce n'est pas la première fois que vous êtes appelé dans des conditions mystérieuses?

— Ces cas se présentent, en effet, de loin en loin... Mais j'ai eu moins souvent que d'autres l'occasion de me trouver dans ces conditions, car depuis longtemps mes études se sont portées vers un autre but.

— Ah! vraiment?...

— Je m'occupe beaucoup d'aliénation mentale.

— Vous croyez donc qu'il soit possible de rendre la raison à un homme atteint de folie?

— Je le crois.

— Dieu veuille que vous trouviez, alors, monsieur, car vous aurez rendu là un véritable service à la société.

La conversation ne pouvait que se traîner dans des lieux communs rebattus... La voiture roulait toujours avec rapidité, il y avait une demi-heure qu'ils étaient partis; enfin, ils arrivèrent rue de la Tombe-Issoire.

En peu d'instants ils atteignirent une antichambre, d'où l'on entendait ces cris : — Mon père!... mon père!...

Robert saisit vivement le bras de son compagnon :

— Monsieur Curton! lui dit-il avec énergie, il se pourrait que la jeune femme laissât échapper dans sa douleur quelque nom qui deviendrait plus tard un indice pour vous... vous me jurez d'oublier ce nom s'il venait à frapper votre oreille?

— Je vous l'ai déjà dit, répondit le médecin.

— Entrez donc, monsieur, et croyez que je ne marchanderai pas ma reconnaissance.

Thérésa était étendue sur un lit, le visage couvert d'un loup de velours, les épaules nues, les cheveux tombant à flots et roulant jusqu'à terre.

Le médecin s'arrêta comme frappé d'admiration.

Quoique la jeune femme eût bien souffert pendant cette année qu'elle avait passée dans les catacombes, elle était encore splendidement belle. Le jeune docteur n'avait jamais contemplé tant de beauté ni tant de jeunesse.

Le docteur entraîna rapidement Robert dans un coin de la chambre.

— Monsieur, lui demanda-t-il d'une voix profondément émue, où sommes-nous donc ici?

Robert fit un mouvement.

— C'est une des choses que vous devez ignorer, répondit-il froidement.

— Mais cette femme a beaucoup souffert, poursuivit le docteur, elle a eu faim, elle a pleuré, elle a manqué d'air et de soleil... elle se trouve aujourd'hui dans un déplorable état de santé.

— Est-ce qu'il y aurait danger pour sa vie?

— La délivrance se fera heureusement, je l'espère, mais ce sont les suites que je redoute.

— Que voulez-vous donc que nous fassions?

— Si vous tenez à la vie de cette femme, monsieur, répliqua M. Curton avec un accent d'autorité qui imposa à Robert, vous la ferez transporter loin d'ici dès qu'elle aura mis au jour l'enfant qu'elle porte.

— Mais c'est impossible!

— C'est donc une séquestration?

— Elle refusera elle-même.

— Eh bien, c'est malgré elle que vous devrez la sauver, reprit le docteur.

Et il courut reprendre son poste.

Ainsi qu'il l'avait annoncé, la délivrance se fit aussi heureusement qu'on pouvait l'espérer; et, sur ses conseils pleins d'autorité, la jeune mère fut aussitôt transportée dans un petit appartement de la maison de la rue de la Tombe-Issoire, et confiée aux soins d'une jeune fille du nom de Jeanne, qui était venue à Paris cacher le fruit d'une faute commise en province.

Jeanne eut pour Thérésa toutes les attentions qu'aurait eues une sœur, et le temps que cette dernière passa dans cette maison, fut relativement le plus heureux.

Toutefois, toutes ces scènes avaient fortement ébranlé son cerveau, et à diverses reprises elle effraya sa gardienne par l'incohérence de son langage.

Dès cette époque son esprit était atteint de folie, mais un incident qui survint quelque temps après son installation dans la maison de la rue de la Tombe-Issoire, acheva l'œuvre déjà bien avancée.

Les deux femmes vivaient là fort retirées; Thérésa, bien faible encore, Jeanne, plus vaillante et plus forte... Les deux enfants, à peu près du même âge, croissaient en santé et en gentillesse, et les malheureuses mères trouvaient dans le spectacle charmant de ces deux beaux petits anges qui se ressemblaient, le courage de supporter l'horrible chagrin de leur situation.

Robert n'aimait plus Thérésa; il avait obtenu d'elle ce qu'il désirait, et la possession avait tué l'amour; mais du moment où la femme cessait d'être un besoin pour lui, la mère pouvait devenir un danger.

La confidence du médecin était venue à propos lui ouvrir un horizon inattendu... La jeune mère mourant en mettant son enfant au monde, cela simplifiait de beaucoup la question, et dégageait son esprit de toute appréhension pour l'avenir.

Aussi, quand, après avoir espéré cette solution naturelle, Robert vit que la jeune femme revenait peu à peu à la vie, et que la joie d'être mère lui rendait insensiblement la santé, un mortel dépit s'empara de lui, et ses visites devinrent moins fréquentes.

Bientôt on ne le vit plus que de loin en loin, puis il cessa tout à fait de venir, se contentant de faire exercer une surveillance active autour des deux femmes, dans le but d'empêcher toute communication entre elles et l'extérieur.

Mais les deux mères n'avaient nulle envie de quitter leur retraite; on les avait menacées dans leur enfant, et cette menace avait suffi pour leur enlever toute velléité de fuite.

D'ailleurs, elles étaient relativement heureuses, et si Thérésa avait pu voir et embrasser son père, elle n'eût peut-être rien désiré de plus.

Un jour donc, les deux femmes étaient seules dans une chambre basse dont les fenêtres, ornées de barreaux de fer, donnaient sur un enclos où poussaient quelques arbres fruitiers.

On était au mois d'avril et c'était le matin.

Les rayons du soleil glissaient à travers les barreaux de la fenêtre, et venaient décrire de beaux losanges d'or sur le plancher de la chambre; les enfants reposaient, roses et frais, dans leur berceau d'osier, et les deux mères les regardaient dormir, naïvement heureuses de leur beauté saine et forte.

Un pâle sourire effleura les lèvres décolorées de Thérésa.

— Pauvres enfants! murmura-t-elle le sein gonflé et avec un douloureux sanglot, ils ne sauront jamais ce qu'ils ont coûté de larmes à leurs mères...

— Oh! ils nous aimeront bien!... ajouta Jeanne en croisant les bras sur sa poitrine qui battait avec force.

— Il y a, du reste, continua Thérésa en fronçant le sourcil, une chose singulière et qui m'a toujours bien profondément frappée.

— Quoi donc? fit Jeanne.

— N'as-tu pas remarqué, comme moi, qu'il existe entre ces deux enfants une ressemblance étrange; moi, j'en ai bien souvent cherché la cause mystérieuse...

— Le vôtre ne ressemble point à Robert.

Thérésa eut un frisson, et elle leva au ciel ses yeux pleins de larmes.

— Dieu m'a fait cette grâce, dit-elle, troublée jusqu'au fond des entrailles, car je l'aurais peut-être haï s'il lui avait ressemblé!... Toi, au moins, ajouta-t-elle avec une sorte d'amertume, toi, Jeanne, tu t'es donnée à l'homme que tu avais choisi; il t'aimait et tu l'aimais aussi; le monde condamne de pareilles unions, je le sais, mais Dieu, qui voit notre cœur, nous pardonne et les bénit... Et, quand le chagrin s'empare de ton esprit, quand le désespoir essaye d'ébranler ton courage, tu n'as qu'à regarder ton enfant pour retrouver l'image de celui pour qui tu as tout oublié... Alors, ton esprit se calme, n'est-ce pas, ton désespoir s'apaise, et tu ne sais plus même si tu as souffert et pleuré, tandis que moi...

Thérésa prit sa tête dans ses mains et étouffa un soupir.

— Tandis que moi, poursuivit-elle d'un souffle ardent et fiévreux, j'ai conçu et enfanté dans la honte et dans le désespoir... Un homme s'est emparé de moi violemment... et cet homme n'était pas celui que j'aimais.

— Vous aimiez donc quelqu'un? fit Jeanne avec intérêt.

— Oui, un beau et doux jeune homme, que j'avais rencontré trois ou quatre fois à peine... Il était pâle, il avait l'air malheureux; il allait partir, quitter l'Europe pour toujours... Jamais peut-être son regard n'a rencontré le mien; mais moi, je l'ai aimé dès le premier jour où je l'ai vu.

— Et qu'est-il devenu?

— Le sais-je.

— Vous ne l'avez pas revu?

— Il est parti pour l'Amérique... Un amour contrarié l'obligeait à s'expatrier.

— Mais vous savez son nom, au moins?

— Sans doute.

— Et il s'appelle?

— Philippe...

Jeanne comprima sa poitrine de ses deux bras... une émotion inouïe emplissait son cœur... elle étouffait...

— Philippe! reprit-elle bientôt après.

Et, poussée par une curiosité implacable :

— Mais c'est son petit nom, cela... et sa famille?

— Elle était d'Alsace, je crois.

— Mais comment s'appelait-elle?

— Chartier...

Jeanne poussa un cri et se laissa glisser à genoux devant la jeune femme, dont elle prit les mains qu'elle baisa longuement.

— Oh! Thérésa!... Thérésa!... balbutia-t-elle au comble de l'agitation.

Thérésa la regarda, indécise et tremblante.

— Qu'est-ce donc? dit-elle d'une voix étouffée.

— C'est lui! c'est lui!... murmura Jeanne.

— Philippe?...

— Ah! n'est-ce pas que mon enfant lui ressemble?

Thérésa ne répondit pas... Un nuage avait assombri son front, son œil s'était attaché avec une morne fixité au parquet.

Cette révélation avait produit sur son esprit une impression des plus douloureuses... Une amertume sans nom emplissait son cœur... elle semblait anéantie... Elle eût voulu pleurer, et ses yeux restaient secs... Elle fit un violent effort sur elle-même, serra les mains de Jeanne dans les siennes, et, l'attirant dans ses bras, oublia un moment ses lèvres sur son front.

— Voilà donc pourquoi nos deux enfants se ressemblent, dit-elle avec un sanglot.

Et elle allait poursuivre, quand tout à coup elle s'arrêta et prêta l'oreille.

Des cris venaient de s'élever de la rue qui longeait la maison; un homme venait de paraître sur le mur qui bornait l'enclos de ce côté, et, se sentant poursuivi sans doute, il avait sauté dans le verger.

Thérésa se retira vivement de la fenêtre, tandis que Jeanne continuait de regarder.

— Serions-nous menacées ? demanda la jeune femme avec exaltation.

— Nous sommes bien enfermées, répondit Jeanne.

— On vient peut-être nous enlever nos enfants !

Jeanne regardait toujours.

— Non... non... rassurez-vous, dit-elle, l'homme qui vient d'escalader le mur est un vieillard, il a la barbe et les cheveux gris; il ne sait pas même où il est, puisqu'il cherche partout une issue... Ah ! il se dirige de ce côté.

— Prends garde qu'il ne te voie.

— Craignez-vous qu'il passe à travers nos barreaux de fer?

— Je ne sais, mais j'ai peur.

— Ah !... il m'a vue...

— Tu le vois !... Viens... viens... ferme la fenêtre et hâtons-nous de nous retirer.

Thérésa achevait à peine ces paroles, qu'une sorte de grognement hideux se fit entendre, et qu'un instant après un homme sautait sur l'appui de la fenêtre, et se mettait à en secouer les barreaux avec une rage frénétique.

Jeanne n'eut que le temps de se retirer, pendant que Thérésa courait au berceau de son fils, prête à le défendre contre toute agression.

Cependant, l'homme avait plongé son regard dans la chambre, et il venait de rencontrer celui de Jeanne.

Il lui fit signe de s'approcher.

— Viens! viens! lui dit-il d'une voix insinuante et douce, et sur un ton presque suppliant, viens, c'est à toi que je veux parler...

Jeanne, rassurée autant par le ton dont cette invitation était prononcée que par les barreaux qui l'eussent, au besoin, défen-

Jeanne poussa un cri et se laissa glisser à genoux devant la jeune femme.

due contre son interlocuteur, avait fait quelques pas vers ce dernier.

— Que voulez-vous? dit-elle d'une voix ferme, et pourquoi vous permettez-vous d'entrer ainsi chez les gens?

Le vieillard regarda soupçonneusement à droite et à gauche, et mit son doigt sur ses lèvres.

— Chut! dit-il mystérieusement; il ne faut pas leur dire que je suis ici.

— Mais vous êtes donc poursuivi?

— Je me suis échappé.

— Vous êtes donc un malfaiteur?

— Ils m'ont battu.

— Qui cela?

— Les misérables qui sont là-bas.

— Mais qu'aviez-vous fait?

Le vieillard promena encore une fois son regard autour de lui, puis il le ramena vers Jeanne.

— Il ne faut pas leur dire, répéta-t-il d'un ton plus bas et avec un sanglot mal étouffé, je cherche ma fille...

— Votre fille?

— Ils me l'ont prise, enlevée, et maintenant ils veulent me tuer...

Jeanne frissonna. Évidemment le maleureureux qu'elle avait devant elle était un pauvre échappé de Bicêtre ou de Charenton.

Il était fou!

Cependant, depuis le commencement de ce colloque échangé à travers la fenêtre, quelque chose d'anormal se passait dans le cœur et dans l'esprit de Thérésa.

Dès les premiers mots elle avait tressailli et relevé la tête. Cette voix qu'elle entendait éveillait en elle un douloureux écho; elle l'avait déjà entendue souvent à une autre époque, et elle se sentait envahie, en l'écoutant, par une profonde épouvante.

Malheureusement le vieillard était placé à contre-jour, et dans le premier moment elle ne put distinguer ses traits.

Mais quand elle l'entendit parler de sa fille d'une voix sanglotante et brisée, elle ne tint plus en place; un élan instinctif l'emporta malgré elle, et, se précipitant vers le vieillard, elle écarta violemment Jeanne de son chemin, et alla se cramponner aux barreaux que secouait le malheureux.

— Regardez-moi! regardez-moi! s'écria-t-elle éperdue de douleur, en saisissant ses mains avec une sombre énergie.

— Quelle est cette femme? demanda le vieillard craintif et peureux.

— O mon Dieu! il ne me reconnaît pas...

— Lâchez-moi! ils vont venir...

— Mais il est fou!

— Je cherche ma fille...

— O mon père! mon père!... murmura Thérésa, qui tomba lourdement sur les dalles de la chambre.

Quelques heures plus tard, le banquier Balbi fut réintégré à Charenton, d'où il s'était échappé le matin même, et pendant plusieurs jours on désespéra de Thérésa.

Quand elle revint à la santé, elle avait presque complétement perdu la raison.

Elle appelait son père avec des cris déchirants, s'occupait à peine de son enfant, et elle chercha même plusieurs fois à s'enfuir.

Robert dut l'enfermer de nouveau dans les catacombes, et confier son enfant à Jeanne, jusqu'au moment où il jugea plus prudent encore d'en charger Jean Reynaut.

Quant aux relations qui s'établirent dans la suite entre ce dernier et celle que Jacques a désignée sous le nom de la *Folle des catacombes*, nous verrons dans quelques instants à quelle cause elles tinrent.

XIV

LA COUR D'ASSISES

Quelques mois après l'arrestation d'Henri, la cour d'assises du département de la Seine fut appelée à juger le crime dont il était accusé.

Ce crime avait, ainsi que nous l'avons dit, produit un grand retentissement dans toutes les classes de la société, et le mystère qui l'enveloppait, la physionomie intéressante que la rumeur publique avait attribuée à l'accusé, le rang et la fortune des personnes qui s'y trouvaient mêlées, tout cela et bien d'autres circonstances encore, avaient vivement surexcité la curiosité, et quand les assises s'ouvrirent, une foule nombreuse et élégante assiégea de bonne heure les portes du palais.

Nous n'avons pas l'intention de raconter en détail les scènes auxquelles l'affaire donna lieu; elles sont consignées dans les

Elle se trouva dans une salle où les compagnons de Robert s'étaient allongés en attendant le maître.

annales criminelles, où chacun pourra en prendre connaissance; nous tâcherons seulement d'esquisser rapidement la physionomie spéciale que prit chacun de nos personnages au moment des débats.

Au premier plan nous placerons d'abord l'accusé, dont le visage pâle, le regard doux et triste, l'attitude digne et modeste, lui attirèrent presque instantanément les sympathies de tous les spectateurs.

Quand le président se tourna de son côté, et qu'il l'eut invité à se lever, une légère rougeur colora ses joues, et il baissa timidement les yeux devant les regards curieux qui se dirigeaient vers lui de tous les points de l'auditoire.

— Quel âge avez-vous? avait demandé le président.

— Vingt-deux ans, répondit Henri.

— Où êtes-vous né?

— Je l'ignore.

— Vous n'avez pas de parents?

— Je ne les connais pas, monsieur le président, et c'est là le malheur de ma destinée.

Après quelques secondes de silence, le président reprit:

— Le jour où le crime a été commis, dit-il, vous prétendez n'être rentré chez vous qu'à trois heures du matin?

— Oui, monsieur.

— Toute la journée on vous a vu errer inquiet et agité dans différents quartiers de Paris?

— Je ne le nie pas.

— L'instruction l'a constaté, et elle a dû penser que votre inquiétude provenait de préoccupations criminelles.

— C'est une erreur, mes préoccupations étaient d'une autre nature.

— Expliquez-vous?

— Je ne le puis.

— Votre silence est cependant une charge accablante contre vous.

— Je le reconnais, monsieur le président, mais aucune considération ne me le fera rompre.

Le président poursuivit:

— Le concierge de l'hôtel prétend vous avoir vu rentrer dans la soirée du 21.

— Il a raison, répondit Henri.

— Il ajoute que vous n'avez pu sortir cette même nuit, d'où il faut conclure que vous l'auriez passée tout entière chez vous.

— Je ne suis rentré chez moi qu'à trois heures.

— En ce cas, comment expliquez-vous l'emploi de votre temps à partir du moment où l'on a constaté votre présence à l'hôtel jusqu'à celui où vous avouez vous-même avoir trouvé votre ami assassiné?

Henri fit un signe de refus.

— J'en demande pardon à la cour, monsieur le président, répondit-il, mais il m'est impossible de répondre à cette question.

— Vous refusez?

— Si vous pouviez connaître les motifs qui me font agir ainsi, vous m'approuveriez peut-être...

— Mais vous n'avez pas réfléchi aux terribles interprétations que doit faire naître votre obstination?

— Je suis résigné à subir toutes les conséquences de ma position...

— Soit! dit le président, ce système de réticences peut être habile et donner à penser que vos explications seraient de nature à compromettre l'honneur d'une personne que vous ne voulez pas nommer... mais la cour appréciera la moralité d'un tel système, et je vous surprendrai sans doute, tout le premier, vous, accusé, en vous faisant connaître que, le lendemain même du crime, les dames de Ferbach, accompagnées d'un certain comte de Kersaint, se sont présentées devant M. le juge d'instruction, et ont déclaré que vous aviez passé la nuit en leur compagnie... Ce n'était là qu'une manœuvre frauduleuse à laquelle on avait fait consentir les dames de Ferbach, en employant la menace... mais depuis, leurs rétractations complètes n'ont pas laissé le moindre doute à ce sujet; seulement, il vous restera à nous expliquer l'intérêt que vous a témoigné le comte de Kersaint, intérêt étrange, à coup sûr, aujourd'hui qu'il est établi que ce comte n'est rien autre chose qu'un forçat récemment évadé du bagne de Brest, et qui a échappé jusqu'ici aux poursuites les plus actives de la police.

Ces paroles révélaient un fait inattendu, ou tout au moins peu connu du public, et elles produisirent sur l'auditoire une impression des plus pénibles. On commençait à s'intéresser à Henri; on était tout disposé à le supposer innocent du crime qui lui était imputé, et voilà qu'on le trouvait lié avec un personnage de la pire espèce.

Un murmure significatif courut dans tous les rangs, et le silence ne se rétablit que lorsque l'accusé reprit la parole :

— Cet intérêt, dit-il sans laisser paraître le moindre embarras, est toujours resté pour moi à l'état d'énigme... je n'ai rencontré le comte de Kersaint que deux ou trois fois en ma vie, je ne le connais pas, et j'ignorais en tout cas qu'il eût eu des démêlés avec la justice.

— Est-ce tout ce que vous avez à dire?

— C'est tout.

— Vous pouvez vous asseoir.

On passa à l'audition des témoins.

La déposition de M. de Ferbach jeta peu de lumière sur l'affaire.

Il expliqua ses relations avec la maison Brown et compagnie de New-York, rappela l'avis qu'il avait reçu de la maison Blanchard, du Havre, par l'entremise de son ami Blondelet, raconta comment il avait été arrêté à quelques lieues de Brest, et enlevé au sortir de l'Opéra-Comique, et conclut en disant qu'il était évidemment le point de mire d'une bande de voleurs, sur laquelle il se félicitait de voir que la justice avait mis la main.

Après le frère, ce fut au tour de la sœur.

Mademoiselle Aurore de Ferbach mêla un peu de gaieté à ces graves débats.

L'horreur qu'elle témoigna quand on lui parla du comte de Kersaint, l'exagération qu'elle mit dans ses paroles, quand elle raconta l'attaque de sa chaise de poste, ou son enlèvement, enfin son attitude et sa mise, tout cela fit plus d'une fois courir un ironique sourire parmi les spectateurs.

Quant à Mousseline, elle vint aussi étaler sa toilette tapageuse au palais, mais elle n'eut pas précisément à se louer de la notoriété qu'elle y acquit.

Elle avait surtout à répondre de l'intimité de ses relations avec le comte de Kersaint, et la naïve pécheresse ne put jamais bien comprendre par quel excès de susceptibilité on songeait à les incriminer.

— J'ai rencontré le comte de Kersaint à Mabille, dit-elle, il y a de cela cinq ou six ans; et depuis, je le voyais de loin en loin.

— Toutes les fois qu'il s'échappait du bagne, dit le président.

— Mais j'ignorais que ce fût un repris de justice... repartit Mousseline.

— Sans doute, et c'est précisément la facilité de ces relations que nous trouvons répréhensible.

— On ne peut cependant pas demander son passe-port à chaque personne que l'on rencontre...

La réponse était sincère autant que naïve; et elle eut beaucoup de succès. Tous les petits journaux de l'époque s'en emparèrent, et elle fit le tour de la France en moins de huit jours.

Mais le témoin qui excita au plus haut point la curiosité de l'auditoire, la personne sur laquelle sembla se résumer bientôt tout l'intérêt que l'on attachait à ces débats, ce fut sans contredit mademoiselle Marthe de Ferbach.

A tort ou à raison, à travers les sombres voiles dont ce drame s'enveloppait, le peuple avait cru deviner un mystère d'amour. C'est en vain que les preuves s'accumulaient contre l'accusé, c'est en vain que ses réponses mêmes semblaient rendre sa culpabilité chaque jour plus évidente, la foi ne se laissait point abattre, et si l'on n'eût écouté que l'auditoire, Henri eût été absous à l'unanimité.

La jeune fille s'avança donc au milieu du plus profond silence, et il lui suffit de relever son voile et de montrer ainsi son doux et charmant visage pour gagner d'avance toutes les sympathies. Son trouble et son émotion étaient visibles; elle comprimait sa poitrine de ses deux mains, et quand elle s'arrêta sur l'invitation du président, elle fut obligée de se retenir à un fauteuil pour ne pas tomber en défaillance.

— Remettez-vous, mademoiselle, dit le président avec bonté, vous êtes ici sous l'égide de la justice, et vous n'avez rien à craindre... Voyons, répondez avec calme; réfléchissez bien à ce que vous allez dire, et n'oubliez pas que vous nous devez toute la vérité...

— Je suis prête à répondre, monsieur, répondit Marthe, qui fit un effort sur elle-même.

— Connaissez-vous l'accusé?

— Oui, monsieur.

— Et savez-vous quelques faits qui le concernent?

— Je n'ai jamais connu M. Henri que comme un jeune homme de la plus parfaite honorabilité.

— Ce n'est pas assez... le comte de Kersaint ne vous a-t-il pas engagée à faire avec mademoiselle votre tante, en faveur de l'accusé, une démarche auprès de M. le juge d'instruction?

— C'est vrai.

— Et c'est pour complaire à votre tante que vous avez fait cette démarche?

— Non, monsieur.

— Comment?

— J'obéissais, en la faisant, à un devoir impérieux.

— Expliquez-vous?

— Je ne voulais pas laisser condamner un innocent.

— Vous prétendez donc que l'accusé...?

— Eh bien, oui, la nuit du crime, M. Henri était chez moi.

— Cependant votre tante affirme...

— Ma tante l'ignorait... car c'est dans ma chambre même que j'ai reçu M. Henri...

— Quoi! vous avouez...

— J'ai promis de dire la vérité...

— Mais cette vérité est étrange, et nous avons peine à croire qu'une jeune fille bien élevée...

Marthe remua tristement la tête :

— Aussi, répondit-elle, il y a dans cette affaire bien des choses que je ne comprends pas moi-même, et auxquelles j'ai souvent réfléchi depuis... M. Henri était venu chez moi sur l'invitation d'une lettre que je ne lui avais pas écrite, et à laquelle cependant il avait cru, quoique rien dans ma conduite passée pût l'autoriser à ajouter foi à une pareille démarche de ma part, mais M. Henri m'aimait, et il n'avait pas hésité... Cependant, à peine était-il entré dans ma chambre, qu'il s'aperçut bien qu'il s'était trompé, et en voyant mon étonnement et ma douleur, il ne songea qu'à se retirer... seulement, quand il gagna la porte, il la trouva fermée... Je voulus appeler moi-même, au risque de mettre tout le monde dans la confidence de cette imprudente démarche, mais personne ne vint à notre aide, et ce ne fut que le matin, vers trois ou quatre heures, que nous fûmes délivrés.

— Mais qui accusez-vous de cette sorte de guet-apens?

— Je ne sais...

— Ne pensez-vous pas que l'accusé aurait pu avoir des complices et se préparer ainsi la possibilité d'un alibi?

— Je pense plutôt qu'il a été victime de l'habileté des assassins, que sa présence aurait gênés.

— Enfin, vous avez des raisons pour ne pas le croire coupable?

— Oui, monsieur le président.

— Et pouvez-vous nous les confier?

— Quoique cela ne soit pas le rôle d'une jeune fille, monsieur, je les dirai cependant, car je ne veux pas, par faiblesse ou par fausse honte, contribuer à perdre un innocent.

— Parlez, mademoiselle.

— Si M. Henri avait été capable d'une lâche action, je ne l'aurais pas aimé, monsieur le président, et je sens bien qu'il n'a pas commis le crime dont on l'accuse, puisque je l'aime encore.

Mais c'est surtout dans les catacombes que les débats de cette curieuse affaire étaient lus avec un intérêt des plus vifs.

Robert, qui ne s'était remis de la mort tragique de son fils, qu'en jurant de le venger bientôt, suivait avec anxiété tous les détails de cette affaire; il ne tenait pas à ce que Henri fût condamné; ce dénoûment l'eût trompé dans ses plus ardentes espérances: il lui fallait au contraire un verdict de non-culpabilité qui rendît Henri à ses habitudes, et le livrât tout entier à sa vengeance.

Un soir, Robert était seul.

Non loin de lui veillaient cinq ou six hommes, le reste de la bande, qui, sous le coup des poursuites actives qu'avait effectuées la police, s'étaient réfugiés dans les catacombes.

Il attendait Jacques, et ce dernier était en retard.

Robert commençait à être soucieux; il craignait que son ami n'eût donné dans quelque embûche, et une complication de cette nature eût pu faire échouer tous ses plans.

Enfin, Jacques arriva.

Il tenait à la main un numéro de la *Patrie;* l'affaire avait eu sa solution. Henri était acquitté!

— Ah! cela a été touchant, dit Jacques avec ironie, l'auditoire a battu des mains, l'accusé s'est précipité dans les bras de Marthe, le vieil imbécile de Ferbach pleurait; tante Aurore sanglotait, tous les spectateurs fondaient en eau.

Robert se prit à sourire, et un pli plein de haine froissa ses lèvres.

— Acquitté! dit-il, j'y comptais; mais il n'aura pas perdu pour attendre, et c'est ici que nous allons lui donner rendez-vous.

Jacques hocha la tête.

— Hum! dit-il, tu y tiens donc toujours?

— Je veux venger Georges, répliqua Robert.

— Nous allons jouer gros jeu?

— Qu'importe!

— Il m'importe beaucoup.

Robert fit un geste d'impatience.

— Voyons, dit-il avec autorité, t'es-tu occupé de l'affaire?

— Mon plan est arrêté.

— Il nous faut de l'argent d'abord.

— Nous en aurons.

— Quand cela?

— Lorsque tu voudras.

— Tout de suite, alors...

Robert se leva.

— Où allons-nous? dit-il vivement.

— Oh! tout près d'ici, répondit Jacques; suis-moi seulement, et dans cinq minutes nous y serons.

Jacques s'empara d'une lanterne sourde, prit les devants et Robert le suivit.

Au bout de cinq minutes, et comme ils allaient s'engager dans un long couloir, Jacques s'arrêta devant un escalier tortueux, dont les marches paraissaient détériorées par un fréquent usage.

— Qu'est cela... fit Robert étonné, je n'avais point encore remarqué ce passage.

— Ah! c'est que tu ne connais pas tes catacombes comme moi, repartit Jacques avec un sourire de vanité.

— Mais où conduit-il?

— Tu vas voir...

Après avoir gravi soixante-treize marches, ils trouvèrent une porte que Jacques ouvrit et poussa.

Ils pénétrèrent alors dans une sorte de cave, au bout de laquelle ils eurent encore à franchir quelques marches; puis ils s'arrêtèrent.

— Où sommes-nous ici? demanda Robert intrigué.

— Plus bas... plus bas... répondit Jacques en baissant la voix, le loup est dans la tanière, mais il ne faut pas qu'il soupçonne notre présence, car il nous échapperait.

— Mais qui est-ce donc?

— Tais-toi et regarde.

En parlant ainsi, Jacques fit tourner lentement sur elle-même une pierre qu'il avait descellée quelques jours auparavant, et un faible rayon de lumière pénétra dans le trou obscur où ils se trouvaient.

— Jean Reynaut! s'écria Robert dès qu'il eut jeté un regard par l'étroite ouverture.

— Lui-même... répondit Jacques.

— Mais il n'est pas seul...

— Quelque âme pieuse qui vient le charger de distribuer ses aumônes.

— Mais non!... tais-toi... je la reconnais... Ah! le misérable... écoutons... écoutons...

Les deux hommes prêtèrent l'oreille.

Grâce à l'ouverture pratiquée par Jacques, le bruit des voix venait très-distinct jusqu'à eux, et ils pouvaient saisir jusqu'aux moindres détails de ce qui se passait de l'autre côté du mur.

— Tu ne me reconnais donc pas? disait Jean Reynaut avec un sourire hideux sur ses lèvres épaisses, je suis Philippe cependant, Philippe que tu aimes...

— Philippe! murmurait une autre voix sur un ton défaillant; qui a prononcé ce nom?

— C'est moi...

— Je ne vous connais pas.

— Tu ne m'aimes donc plus, Thérésa?

La pauvre folle pressa sa tête dans ses mains; elle rougissait et frissonnait sous le regard lubrique dont l'enveloppait Jean Reynaut; sa poitrine battait avec force, et chaque fois que le nom de Philippe frappait son oreille, elle se prenait à trembler de tous ses membres, et fermait les yeux et joignait les mains.

Enfin, l'ex-recéleur l'attira vers lui.

— Thérésa, dit-il d'une voix haletante, tu sais bien que je t'aime, tu sais bien que je suis Philippe... Viens, écoute-moi, reconnais-moi...

Thérésa avait d'abord tenté de repousser son étreinte; mais, au nom de Philippe, toute son énergie semblait s'être évanouie, et elle s'était laissée aller dans les bras du chasse-gueux.

— Assez! assez! s'écria Robert, qui sentait perler de grosses gouttes de sueur sur son front, je veux tuer ce misérable!... Ouvre la porte, Jacques, ou je rejette cette pierre mobile dans la chambre.

Jacques arrêta vivement le bras de Robert.

— Tu le tueras après, si le cœur t'en dit, répondit-il d'un air goguenard; mais, auparavant, nous avons quelques renseignements à obtenir de lui.

— A quel propos? fit Robert.

— Mais, à-propos du trésor qu'il cache dans les catacombes.

— Hâtons-nous donc, ajouta Robert, car le sang me monte à la tête et je ne répondrais plus de moi.

Jacques n'hésita pas davantage, et presque aussitôt il gagna une porte voisine, par laquelle les deux amis firent irruption chez Jean Reynaut.

Robert se précipita aussitôt vers ce dernier, tandis que Jacques gagnait rapidement la porte, pour lui fermer toute issue.

La folle s'était jetée dans un coin, en dardant son regard sur Robert.

— L'assassin! l'assassin! murmura-t-elle avec un frisson.

Jean Reynaut, lui, s'était jeté à genoux; c'est à peine s'il avait reconnu ceux qui venaient d'entrer d'une façon si inattendue; il croyait sa dernière heure arrivée, il avait joint les mains et il priait.

— Misérable! cria Robert en appuyant la bouche glacée de son pistolet sur son front, si tu fais un mouvement, je te tue comme un chien.

— Mais que voulez-vous donc de moi? balbutia Reynaut.

Jacques venait de se rapprocher; il écarta doucement l'arme de Robert, et aida l'ex-recéleur à se relever.

— Ce que nous voulons, dit-il alors sur un ton ironique qui lui était familier, c'est facile à dire, mais ce sera moins facile à obtenir.

Reynaut avait relevé la tête au son de cette voix.

— Jacques! s'écria-t-il effaré.

— Eh oui, mon bon, répondit l'ex-notaire, et cela me fait plaisir que tu reconnaisses aussi volontiers d'anciennes connaissances.

— Mon Dieu! murmura Reynaut.

— Allons, il faut faire trêve aux syncopes et nous prêter toute ton attention, car il s'agit ici d'une affaire importante.

Jean Reynaut poussa un profond soupir.

— Que me voulez-vous? dit-il en faisant un effort sur lui-même.

— Voici la chose, poursuivit Jacques; nous sommes un peu traqués dans ce moment, depuis quelques mois nous sommes privés d'air et de soleil, et nous voulons revenir à la lumière; mais on ne vit pas de l'air du temps, à Paris moins qu'ailleurs, et nous avons pensé à toi pour négocier un petit emprunt.

— A moi!... un emprunt!... fit Reynaut avec un bond.

Jacques l'obligea à se rasseoir.

— Tu es le seul ami qui nous reste, continua-t-il d'un ton piteux qui ne manquait pas de comique, et j'aurais cru te faire injure si je m'étais adressé à d'autres.

— Mais je n'ai rien... je ne suis qu'un pauvre diable... je vis pour ainsi dire d'aumônes et de charités...

Jacques haussa les épaules.

— Je m'attendais à cette réponse, dit-il en fronçant le sourcil; mais tu sais bien, mon doux ami, que ce n'est pas à de vieux singes comme nous que l'on apprend à faire des grimaces... Donc, si tu ne veux pas t'exécuter de bonne grâce, nous aurons recours aux grands moyens.

— Vous voulez donc me tuer?

— Cela n'ira pas jusque-là, je l'espère.

— Hélas! toute ma fortune consiste dans quelques petites économies que je suis parvenu à amasser à grand'peine.

— Eh bien, nous n'en demandons pas davantage.

— Elles sont là.

— Voyons-les.

Jean Reynaut marcha vivement vers une armoire et en tira un sac, dans lequel il tenait cachés une centaine de francs en pièces de cinquante centimes et de un franc.

Jacques prit le sac et le vida dans sa poche.

— Cela peut servir, dit-il, mais c'est insuffisant.

— D'ici quelques jours j'en aurai peut-être autant.

Jacques regarda Jean Reynaut à ces paroles, et il poussa un éclat de rire en remarquant l'expression qui venait de briller dans les yeux de ce dernier.

— Oh! oh! dit-il avec gaieté, il paraît que nous voulons jouer au fin avec papa... Dans quelques jours?... Tu veux que nous te donnions quelques jours pour aller prévenir la police, n'est-ce pas, pour que l'on fasse ici une descente, pendant laquelle tu prendras le chemin de fer et te donneras de l'air; non pas, mon ami, nous sommes plus sérieux que tu ne le penses, et si je suis venu te trouver, c'est que je savais à quoi m'en tenir sur ton compte, et que je n'ignore pas que tu caches quelque part, ici ou dans les catacombes, un trésor que tu ne refuseras pas à de vieux amis.

En se voyant ainsi percé à jour, Jean Reynaut éprouva une irritation des plus vives... D'ailleurs, c'était plus que sa vie qu'on lui demandait là, c'était son argent, et Reynaut tenait à son argent.

Il chercha à se dégager de l'étreinte de Jacques, et soutint effrontément l'investigation de son regard.

— Je n'ai rien, répondit-il avec une fermeté inattendue; vous pouvez tout bouleverser ici, tout remuer en bas, vous ne trouverez pas un centime.

— Il paraît que nous voulons faire le discret, interrompit Jacques.

— Tuez-moi! insista Reynaut.

— Oh! nous avons d'autres ficelles, objecta Jacques, et quoique l'on ait renoncé à ces moyens qui répugnent à l'humanité d'un siècle éclairé, nous saurons employer la grande et la petite torture...

— La torture!... fit Reynaut.

— Cela nous procurera le plaisir de passer quelques jours en ta société.

— Mais c'est infâme!

— C'est toi qui l'auras voulu.

— Vous me ferez mourir sans profit.

— C'est ce que nous verrons.

— Eh bien, soit! grommela Reynaut avec énergie, soit! faites-vous bourreaux, d'assassins que vous êtes, mais je ne parlerai pas.

Pour toute réponse, Jacques garrotta solidement les mains du malheureux chasse-gueux, pendant que Robert lui attachait les pieds, et une fois cette opération terminée, Robert jeta l'ex-recéleur sur ses épaules, et son ami prit les devants avec la lanterne sourde.

Reynaut tenta bien de pousser quelques cris pour attirer l'attention des rares passants qui pouvaient, à cette heure, hanter la rue Neuve-d'Orléans; mais Robert lui fit bien vite passer cette fantaisie, en lui enfonçant profondément les dents dans la chair.

Reynaut se tordit sur lui-même avec un hurlement de douleur. Puis, les portes se refermèrent bientôt derrière eux, ils traversèrent de nouveau la cave qui communiquait avec les catacombes, et s'engagèrent finalement dans l'escalier aux soixante-treize marches.

La folle, qui n'avait rien dit jusqu'alors et qui avait assisté, impassible et muette au colloque engagé entre Jacques et Reynaut, s'était mise à les suivre dès qu'elle les avait vus s'éloigner, et maintenant elle descendait pas à pas le tortueux escalier, en proférant de temps à autre quelques paroles sans suite.

— Philippe va partir! disait-elle, il lui faut de l'or... beaucoup d'or!... Pauvre Jeanne... Ah! on va le tuer... le bourreau... déchirez-le sans pitié... Je veux qu'il crie... qu'il pleure...

Puis, elle jetait de loin en loin quelques éclats de rire secs et nerveux, qui sonnaient mal sous ces voûtes épaisses et sans air.

Enfin, ils atteignirent les catacombes; Jacques fit entendre plusieurs coups de sifflet à intervalles égaux, et peu d'instants après leurs camarades accouraient, armés jusqu'aux dents.

Reynaut avait été jeté à terre; Jacques le leur montra.

— A l'ouvrage, mes amis, leur dit-il d'une voix incisive et mordante; cet homme que je vous présente peut nous rendre la liberté s'il le veut.

— C'est faux! c'est faux! répondit Reynaut.

— Quand je dis qu'il peut nous rendre la liberté, poursuivit Jacques, je veux dire qu'il a en sa possession assez d'or pour nous permettre, une fois sortis d'ici, de gagner la frontière en trompant toute surveillance; il faut donc que maître Reynaut nous livre son secret, et c'est moi qui me charge de le faire parler... Que l'on aille donc, et au plus vite, me chercher les réchauds et les instruments.

Pendant que les hommes s'éloignaient en toute hâte sur ces paroles, Jacques s'était approché du patient.

— Eh bien, lui dit-il avec enjouement, avons-nous réfléchi?

— Je ne dirai rien, répondit Reynaut.

— C'est ta vie que tu joues à ce jeu-là.

— Je préfère mourir.

— Le magot est donc considérable?

— Je n'ai rien.

— C'est impossible.

— Je ne parlerai pas.

— Est-ce ton dernier mot?

— Jacques, tu es un assassin, et tu mourras sur l'échafaud!

Jacques haussa les épaules avec insouciance... Ses hommes venaient d'arriver, et il allait procéder aux préparatifs de l'exécution...

On alluma le réchaud, qui, grâce aux souffle puissant des bandits accroupis alentour prit rapidement feu, et devint en un clin d'œil un véritable brasier.

On y jeta alors des pinces et des tenailles, que Reynaut put voir rougir en quelques secondes.

On l'avait placé de manière à ce qu'il pût jouir commodément de ce spectacle, et Jacques, debout à ses côtés, suivait les impressions diverses qui se manifestaient sur ses traits.

Quand tout fut prêt, il le poussa rudement du pied.

— Persistes-tu? dit-il en se baissant vers lui.

— Tuez-moi! répondit Reynaut.

— Tu ne veux pas parler?

— Je n'ai rien... je ne puis rien dire.

— Toujours les mêmes litanies... Commençons!...

Il étendit la main vers le brasier et en retira une pince incandescente, qu'il promena légèrement sous la plante des pieds du patient.

Reynaut poussa un cri effaré, et les bandits se prirent à rire, tandis que la folle battait des mains.

Jacques avait rejeté la pince dans le feu, et il venait de prendre une tenaille qui projetait de rouges éclairs.

— Rien encore? dit-il aussitôt.

Et comme l'ex-recéleur ne répondait pas, il mordit ses jambes à l'aide de la tenaille.

Reynaut poussa un second cri et se tordit, en cherchant à rompre les liens qui retenaient ses pieds et ses mains.

— A moi!... au meurtre!... à l'assassin!... hurlait-il, avec une énergie que la douleur n'abattait pas encore.

Et les bandits continuaient de rire, dans l'ombre des catacombes, tandis que la malheureuse folle tournait autour du patient, les cheveux en désordre, les yeux hagards, et agitant ses bras décharnés au-dessus de sa tête.

Et, pendant dix minutes on n'entendit que les blasphèmes de la victime, mêlés aux ignobles quolibets des spectateurs; et, pendant dix minutes, Jacques, impassible et froid, continua son sinistre office de bourreau, sans qu'un sentiment de pitié s'élevât de son cœur, ou sans que sa main tremblât en brûlant ces chairs palpitantes...

Peu à peu, cependant, la voix de Reynaut s'était sensiblement affaiblie; il n'opposait aux questions de Jacques que des réponses balbutiées à grand'peine; son œil s'éteignait, sa tête pendait inerte sur ses épaules, on eût pu croire qu'il en était arrivé à un état d'insensibilité complète.

Cet homme souffrait cependant; de larges plaies s'ouvraient sur ses jambes; ses chairs, brûlées, crépitaient sous l'action du feu, une pâleur livide se répandait sur son visage.

Jacques eut peur un instant qu'il ne mourût sans lui livrer son secret.

Il s'arrêta.

— Voyons, dit-il alors, en replaçant les instruments de torture sur le brasier, es-tu plus traitable maintenant?

— Oh! je souffre!... je souffre!... dit Jean Reynaut.

— Et veux-tu parler?

— Je ne puis.

— Tu n'es donc pas plus sage?

— Mais je n'ai rien!

Jacques fit mine de vouloir reprendre ses pinces.

— Oh! grâce!... grâce!... murmura le malheureux, je crois que je vais mourir!

— Mourir?... Diable... et ton secret?

— J'ai si peu d'argent.

— Qu'importe, puisque je m'en contente.

— Eh bien, il n'est plus ici, dit Reynaut avec effort; quand j'ai su qu'on vous avait rencontré dans les catacombes, je l'ai retiré.

— Touchante confiance!... Mais où l'as-tu mis?

— O mon pauvre argent! que j'avais si péniblement amassé...

— Aimes-tu mieux mourir?

— Mourir, cela me serait égal; mais souffrir ainsi, c'est horrible!

— Eh bien, parle alors, si tu ne veux pas que je recommence.

— Tu es donc sans pitié?

Jacques fit un pas vers le brasier.

— Non! non! je vais parler! s'écria Reynaut épouvanté; l'argent est chez moi!

— Où cela?

— Dans la cave!

— En quel endroit?

— Au pied de l'escalier, à gauche; tu gratteras la terre, tu verras une trappe, et c'est là!

Jacques fit un signe à Robert, recommanda à ses hommes d'avoir soin du patient, et grimpa lestement jusqu'à la demeure de Reynaut.

Pour un homme aussi alerte, aussi expérimenté dans ces sortes d'affaires, ces renseignements suffisaient.

Quelques minutes plus tard la trappe était ouverte, et il se trouvait devant un monceau d'or et d'argent.

Un véritable trésor!

Il y avait longtemps que Jean Reynaut mettait là ses épargnes et le produit de ses vols.

C'était une fortune... Jacques en eut comme un éblouissement, et resta longtemps absorbé dans sa contemplation.

Quand il revint à lui, Robert était à ses côtés.

— Tu le vois, dit-il, il paraît que le métier de recéleur n'est pas mauvais; voilà de quoi remettre nos affaires.

Robert remua la tête.

— Jacques, répondit-il, je ne désire plus la fortune; je ne veux plus rentrer dans le monde, et je n'ai plus qu'un but désormais.

— Lequel?

— La vengeance!

— Eh bien, fit Jacques, voilà qui nous aidera à l'obtenir.

— Écoute, Jacques; tu vas faire de cet or trois parts: une pour nos hommes, une autre pour toi, la troisième pour moi-même; mais si mon lot te tente, je te l'abandonne à une condition.

— Parle.

— C'est qu'avant quelques jours, tu m'amèneras ici Marthe ou Henri.

— J'accepte! dit Jacques; et, avant deux jours, je veux avoir réussi ou j'y perdrai mon nom.

XV

UNE RUSE DE JACQUES

Les amours de Marthe et d'Henri avaient été merveilleusement servies par l'événement qui semblait devoir les compromettre à tout jamais.

L'aveu public que la jeune fille avait fait de l'état de son cœur avait rendu toute hésitation impossible de la part de M. de Ferbach; et, d'ailleurs, l'excellent père avait fort bien pris les choses et s'était exécuté de bonne grâce.

A partir de ce jour, Henri était donc devenu l'hôte de la maison, et l'on parlait déjà de l'union prochaine des deux amoureux.

Rien ne saurait rendre la joie du jeune homme; M. de Ferbach, touché de sa douceur et de sa soumission, lui avait confié qu'il s'était ouvert de ses projets à la maison Blanchard du Havre: depuis quelque temps il savait que le chef de cette importante maison voulait se retirer, et l'idée était venue à M. de Ferbach, que celui qu'il appellerait son gendre pourrait bien prendre la suite de ses affaires; c'était là une position exceptionnelle, où Henri trouverait aisément le moyen de faire une brillante fortune en peu d'années, et dans laquelle il serait aidé par l'expérience et le dévouement de l'ami Blondelet.

Henri n'avait aucune raison pour refuser de pareilles offres; il ne songeait qu'à l'amour de Marthe, et tout ce qui devait assurer leur avenir commun était accueilli par lui avec le plus vif enthousiasme.

Quant à Marthe, elle était si complétement heureuse, que par instants elle s'effrayait de l'excès même de son bonheur.

Voir Henri à toute heure du jour, faire avec lui les plus charmants projets, l'aimer enfin en toute liberté, sous les regards bienveillants de son père, c'était la réalisation du plus doux de ses rêves!

Singulière inconséquence du cœur humain!

Marthe était aussi heureuse qu'elle avait jamais désiré de l'être, et pourtant, au fond de son bonheur, il y avait une amère tristesse et une vague appréhension... Elle avait peur!

Sans savoir pourquoi, elle redoutait une catastrophe; tout ce qui s'était passé lui avait laissé une douloureuse impression; elle savait, d'ailleurs, que le comte de Kersaint n'avait pas encore été pris, et elle pouvait, à juste titre, craindre quelque nouvelle embûche.

Et puis, il faut tout dire... A travers les débats de la cour d'assises, une chose avait surtout frappé Marthe : c'était le rôle inexplicable que Mousseline avait joué dans cette affaire.

Marthe ne connaissait pas cette femme; dans sa pureté native, elle ne pouvait même pas comprendre les mystères obscènes de l'industrie qui la faisait vivre; mais un instinct jaloux lui avait fait deviner une partie de la vérité, et plus d'une fois elle s'était sentie tressaillir à l'idée que Henri avait été aimé de cette femme!

Qui sait même!...

Mousseline avait séjourné deux mois à Bagnères... Henri avait pu la rencontrer... la remarquer... qui sait!...

Certes, Marthe aimait avec toute la confiance d'une âme candide et pure, et elle n'eût jamais voulu faire à Henri l'injure de le croire capable de duplicité; mais Mousseline était jolie, vive, spirituelle, et la jeune vierge avait entendu dire que les hommes aiment les amours faciles.

La pauvre enfant avait repoussé bien loin d'elle toutes ces idées qui l'assaillaient parfois avec une persistance cruelle; elle avait caché avec soin le trouble qu'elles apportaient dans son cœur; mais, malgré ses résistances, il lui en était resté une impression douloureuse, qu'elle ne put qu'à la longue effacer complétement de son esprit.

Un soir qu'elle était seule dans sa chambre et qu'elle rêvait à tous ces événements qui s'étaient accomplis depuis quelque temps, la porte s'ouvrit tout à coup et Jeanne entra.

La pauvre femme était pâle et ses traits étaient bouleversés.

Marthe le remarqua tout de suite.

— Qu'as-tu donc, Jeanne? dit-elle vivement en se levant.

— M. Henri? demanda Jeanne à voix rapide.

— Il me quitte, il n'y a qu'un instant.

— Et vous êtes certaine qu'il n'est pas sorti de l'hôtel?

— Sans doute, puisqu'il doit revenir tout à l'heure... Mais pourquoi cette question?

Jeanne passa sa main sur son front et parut réfléchir quelques secondes.

— Ce n'est rien, répondit-elle presque aussitôt; une épouvante dont je n'ai pas été maîtresse et qui m'a saisie à la porte de l'hôtel.

— Mais que se passe-t-il donc?

— Je ne sais si je dois vous le dire.

— Ah! parle! parle alors!...

— Eh bien, tout à l'heure en passant près de la loge du concierge, je me suis croisée avec un homme, qu'à la lueur du bec de gaz j'ai cru reconnaître.

— Et cet homme?

— Ah! je puis me tromper, mademoiselle Marthe, et Dieu sait que je le désire de toutes les forces de mon âme; mais, au mouvement qu'il a fait en passant près de moi, au soin qu'il a pris de disparaître presque aussitôt, j'ai le pressentiment d'avoir deviné juste.

— Mais quel est cet homme? insista Marthe.

— Jacques! répondit Jeanne avec un frisson.

— Jacques?... répéta la jeune fille en cherchant à se rappeler.

— Oui, mademoiselle Marthe, Jacques, un misérable assassin, un forçat évadé de Brest, l'âme damnée de celui que l'on appelle ici le comte de Kersaint!

— Mon Dieu! trembla Marthe en joignant les mains à ce nom redouté; mais nous sommes perdus! rien ne les arrêtera... Il faut prévenir Henri, c'est à lui qu'ils en veulent surtout.

— Je le crois.

— Ah! que faire?... Va, Jeanne, va le trouver, dis-lui... Si mon père était là, il nous aiderait de son expérience et de ses conseils; il irait trouver le procureur du roi, on redoublerait de surveillance autour de nous.

Pendant que Marthe parlait ainsi, Jeanne avait gagné la porte à la hâte, et elle se disposait à se rendre auprès de Henri; mais la porte s'ouvrit d'elle-même à ce moment, et laissa voir sur le seuil un des garçons de l'hôtel.

Il tenait à la main une lettre qu'il tendit à Marthe.

— Une lettre! pour moi? fit cette dernière avec étonnement.

— On vient de l'apporter à l'instant, répondit le garçon, qui salua et sortit.

Marthe était restée interdite.

Qui pouvait lui écrire? elle ne connaissait personne à Paris; quelle pouvait donc être cette lettre?

Elle l'ouvrit en tremblant, un frisson courut sur ses épaules et elle se sentit pâlir.

— Qu'avez-vous? fit Jeanne vivement.

Marthe passa sa main sur son front et fit le geste de repousser Jeanne, qui venait de se rapprocher.

— Non, je suis folle, ce n'est rien; mais il est évident qu'un malheur menace Henri, c'est lui que l'on veut perdre... ces hommes sont impitoyables... Va, hâte-toi, va le prévenir à l'instant, et que surtout il ne sorte pas de l'hôtel... Ah! je dirai à mon père de quitter Paris dès demain.

Jeanne hésitait... La jeune fille eut la force de sourire.

— Bonne Jeanne, dit-elle encore, te voilà toute tremblante et toute pâle à ton tour... Ne crains donc rien, cette lettre est insignifiante, et tout à l'heure, quand tu reviendras, je te la montrerai...

Jeanne serra avec affection les mains de la pauvre enfant, et, presque rassurée par cette promesse, elle s'éloigna aussitôt à pas rapides.

Marthe se mit à parcourir de nouveau la lettre, dont le contact semblait la brûler.

Il n'y avait que quelques mots, les voici :

« Mademoiselle,

» Vous triomphez!... c'est vous qu'il aime maintenant; je devais m'y attendre, et je ne m'en plaindrai pas, à vous surtout! Je lui ai écrit, il ne m'a pas répondu... Je lui offrais de lui rendre les lettres qu'il m'adressait à une autre époque plus heureuse et qu'il a déjà oubliée... Il ne veut même plus en entendre parler... Soit; mais je ne puis garder cependant ces témoignages d'un amour qu'il renie aujourd'hui, et j'ai pensé que vous seriez peut-être curieuse de savoir quelle différence il y a entre l'amour que vous lui avez inspiré et celui qu'il m'exprimait. Je vous attends à Saint-Roch, et je tiens ces lettres à votre disposition.

» Mousseline. »

Une sueur froide mouillait les tempes de mademoiselle de Ferbach pendant qu'elle lisait ce billet perfide, dont chaque mot semblait être calculé pour blesser et torturer son cœur.

Ainsi, elle, la vierge pure, n'était que la rivale de mademoiselle Mousseline.

Elle sentit sa poitrine se gonfler.

Henri lui avait dit si souvent qu'elle était son premier, son seul amour!... si cette femme mentait...

Et cependant, la lettre était explicite : pourquoi Mousseline lui aurait-elle écrit; il était si facile à Marthe de la confondre, si elle cherchait à lui en imposer... Saint-Roch n'est qu'à quelques pas de l'hôtel de Lille et d'Albion; dix minutes à peine suffisaient pour aller la trouver et la convaincre d'imposture.

Mille idées insensées traversèrent en même temps l'esprit de Marthe; elle aimait trop pour accueillir froidement une pareille proposition, et son parti fut vite pris.

Elle déchira et livra aux flammes la lettre qu'elle venait de recevoir, prit rapidement son chapeau, jeta son manteau sur ses épaules, et se hâta de sortir avant que Jeanne fût rentrée.

Elle ne pouvait rester plus longtemps sous l'impression de cette ardente et folle curiosité; elle voulait voir ces lettres, les lire, les rendre à Henri confondu et lui pardonner, après lui avoir adressé les plus tendres et les plus doux reproches.

La pauvre Marthe souffrait horriblement : passé, présent, avenir, elle donnait tout à Henri; elle n'avait pas une pensée, pas une action qu'elle dût lui cacher; elle l'aimait dans toute la pureté, dans toute la spontanéité de son cœur de seize ans; et, en échange de cet amour, Henri ne lui apportait qu'un cœur qui avait déjà battu pour une autre femme, et cette femme s'appelait Mousseline!

Quand mademoiselle de Ferbach pénétra dans la sainte basilique, elle oublia de faire le signe de la croix.

L'église était plongée dans une obscurité profonde; quelques cierges brûlaient seulement çà et là, jetant de tremblantes et douteuses lueurs sur les dalles, et dans le premier moment elle n'aperçut personne autour des énormes piliers qui soutiennent l'édifice.

Elle eut un commencement d'espoir!

Mousseline avait menti; elle avait voulu se venger, et pour se venger, elle avait inventé une histoire qui n'avait rien de réel. Henri n'était pas coupable, il n'aimait que Marthe, il n'avait jamais aimé qu'elle.

La pauvre enfant respira.

Elle fit deux fois le tour de l'église, et déjà elle se trouvait à la hauteur du passage étroit et sombre qui descend dans la rue Saint-Roch, quand elle s'arrêta.

Il y avait là, près d'elle, un mendiant qui lui tendait son chapeau crasseux au bout de sa main décharnée.

Autour d'eux, personne... Ils étaient seuls, en cet endroit retiré... La jeune fille, heureuse du résultat négatif de sa recherche, se fouilla vivement pour donner quelque pièce de monnaie à ce pauvre, quand elle le vit tout à coup jeter un regard soupçonneux à droite et à gauche et se rapprocher en souriant.

Son sourire avait quelque chose de hideux... Marthe se sentit froid au cœur.

— Pardon, mademoiselle, dit le mendiant à voix basse et humble, mais si je ne me trompe, c'est vous que l'on appelle mademoiselle Marthe de Ferbach?

— Moi-même! répondit-elle en frissonnant.

— Alors, c'est bien cela.

— Que me voulez-vous?

Le mendiant baissa encore la voix.

— Il y a là, dit-il, rue Saint-Roch, dans une voiture de place, une femme qui vous attend.

— Et quelle est cette femme?

— Je ne la connais pas; elle m'a prié seulement de vous dire son nom.

— Et ce nom?

— Mousseline.

— Et elle m'attend, dites-vous? reprit-elle aussitôt avec un sanglot mal étouffé.

— Rue Saint-Roch; et si vous le voulez, je puis vous accompagner.

Marthe hésita encore quelques secondes; mais la curiosité la poussait, elle était dévorée d'anxiété; elle fit un suprême effort sur elle-même, et, redressant le front :

— Soit! dit-elle résolûment, je consens à la voir; marchez, je vous suis.

Le mendiant réprima un mouvement de chat-tigre à cette réponse; et, ayant salué humblement la jeune fille, il prit les devants, à tâtons et en s'aidant de son bâton noueux.

Dans la rue Saint-Roch, mademoiselle de Ferbach aperçut une voiture qui stationnait à quelques pas de la porte de sortie. Le mendiant ouvrit la portière et Marthe aperçut une femme voilée qui occupait la banquette.

Il pleuvait. Le pavé était humide et glacial.

— Vous ne pouvez rester sur la rue par un temps pareil, dit le mendiant; montez, ma petite dame!...

Marthe hésitait. La femme voilée lui tendit la main; elle s'était trop avancée pour reculer. Elle fit baisser le marchepied et monta.

Que se passa-t-il alors? Elle ne put le dire; elle n'avait pas une conscience bien nette de ce qu'elle faisait. Toujours est-il, qu'à peine dans la voiture, elle sentit une main se poser énergiquement sur ses lèvres, et vit le mendiant sauter à sa suite et venir prendre place à ses côtés.

Puis, fermant la portière avec bruit pour étouffer le cri qu'elle aurait pu pousser, il donna un signal au cocher, qui fouetta ses chevaux, et partit au galop.

Cela avait été fait en moins de temps qu'il n'en faut pour le raconter; les rares passants qui purent être témoins de ce drame n'eurent pas le temps de le remarquer, et la voiture partit; sans que nul au monde eût pu soupçonner ce qui venait de se passer!

Cependant, une terreur inouïe s'était emparée de Marthe; elle se tordait violemment sous l'étreinte du mendiant, qui n'était autre que Jacques, et de son compagnon, déguisé en femme pour la circonstance, et cherchait à se dégager pour appeler à son secours.

Mais la voiture roulait bruyamment sur le pavé sonore, et Jacques tenait bon.

Toutefois, quand on eut atteint le faubourg Saint-Jacques et des rues moins fréquentées, il crut pouvoir se relâcher un peu, et permit à Marthe de se relever et de respirer.

— A moi! à l'aide! cria la malheureuse enfant dès qu'elle put proférer un cri.

— La! la! ma belle fille, dit Jacques d'un ton goguenard, il est inutile de s'égosiller ainsi; le coucou fait plus de bruit que vous.

En parlant de la sorte, il avait tiré de sa poche un poignard, dont il faisait luire la lame aux yeux de sa victime.

Celle-ci se rejeta épouvantée au fond de la voiture.

— Mais que voulez-vous donc faire de moi? s'écria-t-elle d'une voix glacée.

— Oh! presque rien, répondit Jacques; c'est un essai que veut tenter Robert, ou le comte de Kersaint, si vous le préférez.

— Encore ce misérable!

Le mendiant se prit à ricaner.

Quelques minutes après la voiture s'arrêtait.

— Nous voici arrivés, dit alors Jacques d'un ton ferme et résolu, nous allons descendre... mais je ne dois pas vous cacher qu'à la moindre tentative de votre part, pour appeler au secours ou pour fuir, il vous arriverait infailliblement malheur.

Marthe descendit, et jeta autour d'elle un rapide regard.

La mort ne lui faisait pas peur, et, si elle avait aperçu quelqu'un, elle eût vaillamment jeté un cri.

Mais la rue dans laquelle elle se trouvait était déserte; le temps était sombre; une petite pluie fine mouillait le pavé.

— Par ici! fit le bandit qui venait d'ouvrir une porte basse.

Elle eut un moment l'idée de résister, de fuir, d'appeler quand même à son aide; mais à peine cette pensée traversa-t-elle son esprit, qu'elle aperçut derrière elle quatre hommes à figure sinistre, qui lui indiquèrent, sans dire un mot, la porte sur le seuil de laquelle Jacques et ses compagnons attendaient.

Elle entra et descendit l'escalier des catacombes, puis enfin elle se trouva dans une vaste salle faiblement éclairée, dans laquelle les compagnons de Robert s'étaient allongés en attendant le maître.

— Qu'on aille prévenir Robert, dit Jacques.

Et il indiqua un banc à Marthe.

— Maintenant vous pouvez vous asseoir, lui dit-il avec courtoisie, Robert va venir, et c'est lui qui vous apprendra ce qu'il attend de vous...

Il salua et sortit.

A quelques pas, dans un couloir, il rencontra Robert.

— Eh bien! lui dit ce dernier.

— Elle est là, répondit Jacques.

— Ah! ma vengeance! ma vengeance!...

Jacques hocha la tête.

— Ta vengeance... c'est très-bien, lui dit-il d'un air pensif, mais veux-tu qu'elle soit réellement complète?

— Parle...

— Marthe est une jolie fille, et Henri l'aime.

— Après.

— Tu veux tuer Henri?

— Certes.

— Et quand tu l'auras tué, que feras-tu de la jeune fille?

— Que m'importe...

Jacques eut un sourire hideux.

— C'est qu'il m'importe beaucoup à moi, répondit-il.

— Hein... fit Robert.

— Elle est jolie.

— Tu l'as remarqué?

— Je remarque toujours les jolies filles.

— C'est flatteur pour elles...

— Je te dis que je la trouve jolie, cette fille; et il me semble qu'avant de tuer ton homme, il ne serait peut-être pas maladroit de lui apprendre que la petite Marthe a été remarquée par Jacques...

Un éclair illumina le regard de Robert, et une expression de joie sauvage plissa ses lèvres.

— Au fait, dit-il, tu as peut-être raison.

— N'est-ce pas...

— Cela ne peut que servir ma vengeance.

— Et tu consens...

— Je te le dirai tout à l'heure; car, auparavant, il faut que je voie la jeune fille.

— Elle t'attend.

Marthe attendait en effet, et depuis que Jacques l'avait quittée, mille terreurs étaient venues l'assiéger. Elle se trouvait seule dans ces souterrains où nul ne pouvait avoir la pensée de venir la chercher, et elle s'y trouvait par le seul fait de son imprudence et de sa folle curiosité.

La pauvre enfant ne prévoyait pas ce que l'on avait à lui demander, mais elle comprenait que les dangers qu'elle courait étaient terribles, et que la mort devait être le moindre de ces dangers.

Sous l'empire de ces sentiments douloureux, elle ne trouva d'autre refuge que dans la prière, et mettant son dernier et suprême espoir en Dieu, elle s'agenouilla sur la terre humide, et joignit les mains.

C'est dans cette attitude que Robert la trouva.

Quoiqu'il fût devenu un grand criminel, cependant, avant de mettre le pied dans cette voie sanglante, qu'il avait parcourue avec tant d'audace, cet homme avait appartenu à un monde dont il n'avait pu complétement dépouiller les allures et les sentiments.

Quand il se vit en présence de la jeune fille, éplorée et agenouillée, il eut un moment d'hésitation, et il la considéra quelques secondes avec une attention mêlée d'intérêt.

Mais ce ne fut qu'un éclair, et la réalité de la situation le reprit bientôt avec une souveraine autorité.

— Mademoiselle, dit-il alors d'un ton où il y avait encore un peu du faux gentilhomme, je regrette d'avoir été contraint de recourir à la violence pour vous amener ici; mais je jure qu'il ne vous sera rien fait de mal, et que vous pourrez retourner libre auprès de votre père, si vous consentez à m'accorder ce que j'ai à vous demander.

Marthe s'était relevée en voyant entrer Robert, et en l'écoutant lui parler sur ce ton, la confiance était presque rentrée dans son cœur.

— Parlez, monsieur, que voulez-vous? balbutia-t-elle, partagée entre l'étonnement et la crainte.

— Oh! une chose fort simple, répondit Robert, et que vous allez me refuser sans doute.

— Expliquez-vous.

— Vous devez avoir déjà compris que ce n'est pas à mademoiselle de Ferbach que je pouvais en vouloir: car vous êtes parfaitement innocente de tout ce qui s'est passé, et l'idée ne m'est pas venue une seconde de vous en demander compte.

— Eh bien, monsieur!

— Mais il est un homme qui a été cause d'un crime, un homme qui s'est trouvé fatalement mêlé au drame le plus douloureux dont j'ai été frappé, et cet homme, j'ai juré de m'en venger.

— C'est d'Henri que vous voulez parler, s'écria Marthe.

— C'est en effet de lui qu'il s'agit.

— Mais il est innocent, lui aussi.

— Qu'importe, mademoiselle!

— Il ne vous connaît pas et ne vous a vu que rarement? quel motif de haine pourait-il vous avoir donné? On vous aura prévenu contre lui... on vous aura trompé... vous reviendrez sur cette impression...

Robert remua la tête.

— Mademoiselle, continua-t-il après un moment de silence et d'une voix lente et grave, il y a quelques mois, je m'échappais du bagne de Brest, après avoir tué un garde-chiourme; j'ai en outre dans mon passé quelques crimes de même nature à me reprocher, si bien que si j'étais repris demain, je serais infailliblement guillotiné... je sais tout cela, et cependant vous le voyez, je n'ai pas quitté la capitale, où mille agents mystérieux me recherchent avec une activité incessante... et je ne la quitterai pas jusqu'à ce que je me sois vengé!...

— Mais c'est horrible!...

— Si je vous parle ainsi, c'est pour vous faire comprendre que rien, à cette heure, ne peut plus m'arrêter, et qu'à tout prix il me faut la vie de cet homme.

— Vous voulez donc assassiner Henri! fit Marthe avec un cri.

— Écoutez... poursuivit Robert, Henri et moi, nous avons un compte à régler; il faut que je le voie, et que je lui parle... Cela est indispensable pour lui comme pour moi... Qui sait! peut-être reviendrai-je sur la résolution que j'ai prise; c'est possible encore... mais pour cela, il faut qu'il vienne, et c'est pour l'amener ici que j'ai compté sur vous: vous allez lui écrire.

— Y songez-vous, monsieur?

— Vous lui direz que votre vie est en danger, que lui seul

peut vous sauver... Il vous aime, je suis certain qu'il viendra...

Marthe avait reculé de quelques pas; elle enveloppa Robert d'un regard où le mépris le disputait à l'étonnement.

— Et vous avez cru que je consentirais à une action aussi lâche? dit-elle bientôt d'une voix énergique et forte.

— Je le crois encore.

— Vous n'obtiendrez cependant rien de moi.

— Peut-être, si j'ajoute...

— Oh! vous pouvez me tuer.

Robert commença un froid sourire.

— Vous avez vu l'homme qui vous a amenée ici, dit-il d'un accent lent et mesuré, eh bien, cet homme vous aime!

— Lui! oh mon Dieu!

— Oh! il vous aime d'un autre amour que Henri.

— Taisez-vous, monsieur.

— Il vous trouve belle, ce pauvre Jacques, et il n'entend pas, lui, que vous sortiez d'ici comme vous y êtes entrée...

Marthe frissonna.

Tout ce qui se passait était tellement en dehors des habitudes calmes de sa vie, que sa tête commençait à se perdre au milieu de ces horribles complications. Sans qu'elle se rendit un compte bien exact du sens réel des paroles de Robert, elle sentait la honte s'emparer de son cœur, et une vive rougeur couvrit ses joues.

Elle passa à plusieurs reprises sa main sur son front moite, et chercha des yeux une issue à cette position.

Mais elle était enfermée dans une salle dont toutes les portes se trouvaient gardées. Les précautions avaient été prises avec soin. Elle était bien perdue sans espoir.

— Ce que vous faites est infâme, dit-elle enfin en se redressant devant Robert, mais il ne sera pas dit que j'aurai reculé devant vos menaces, et tant qu'il restera une goutte de sang dans mes veines, je vous réponds que vous n'obtiendrez rien de moi.

— Prenez garde à la résolution que vous allez prendre. Jacques va revenir, et nul ne sera là pour vous défendre.

Marthe courut éperdue à une panoplie où brillaient quelques

Allons, mes amis, c'est notre dernière affaire, celle-là, mais il ne faut pas qu'elle échoue...

armes, et en arracha violemment un poignard à la lame longue et acérée.

— Eh bien! qu'il vienne donc! s'écria-t-elle avec exaltation, et puisqu'il le faut, Dieu me donnera le courage de défendre ma vie et mon honneur.

Robert haussa les épaules et se dirigea vers la porte qu'il ouvrit.

— Jacques, dit-il, je n'ai rien à refuser à un ami tel que toi, et cette femme t'appartient!

En ce moment un coup de sifflet retentit sous les voûtes des catacombes.

Presque au même instant un homme de la bande accourut.

— Qu'y a-t-il donc et pourquoi ce signal? demanda Robert.

— Un de nos compagnons vient d'annoncer une visite, répondit le bandit.

— Une visite! fit Robert.

— Un homme et une femme.

— Les connaît-on?

— La femme s'appelle Jeanne.

— Et l'homme? l'homme?

— L'homme est déjà venu une fois ici.

— Henri?

— C'est cela même.

— Henri! répéta Robert, il vient de lui-même se livrer à nous; ah! le hasard fait bien les choses... Allons, mes amis, c'est notre dernière affaire, celle-là, mais il ne faut pas qu'elle échoue... que l'on fasse bonne garde; tenez-vous prêts à tout événement... Il ne vient pas seul, peut-être... chargez vos armes avec soin... et que l'on n'agisse que d'après mes ordres... Suivez-moi!

Et ayant ainsi parlé, Robert prit un fusil des mains de l'un de ses hommes, et s'avança suivi de trois des siens à la rencontre des visiteurs que l'on venait d'annoncer.

Le reste de la bande s'était dispersé et avait pris des directions différentes, convenues antérieurement pour les cas d'alerte.

XVI

LE POIGNARD DE LA FOLLE

Ainsi qu'on l'avait annoncé, c'était bien Henri qui venait d'arriver avec Jeanne dans les souterrains des catacombes.

La disparition de Marthe avait été connue à l'hôtel peu d'instants après qu'elle s'était accomplie. Quand, après avoir prévenu le jeune homme, Jeanne était revenue chez M. de Ferbach et qu'elle n'avait plus vu la jeune fille, un soupçon cruel avait aussitôt traversé son esprit, et le souvenir de Jacques s'était tout à coup dressé devant elle.

Quelque nouveau malheur planait évidemment sur la maison, et il fallait se hâter de le conjurer, s'il en était temps encore.

Mais que faire? quelle mesure prendre? voilà ce que la malheureuse femme se demandait.

Henri arriva, et son amour l'éclaira bien vite sur les moyens à employer.

Sans aucun doute, c'était d'un enlèvement qu'il s'agissait; mais il restait à savoir à quel expédient on avait eu recours pour attirer Marthe dans le piége.

— Attendez! fit tout à coup Jeanne en cherchant à fixer ses souvenirs; quand je suis sortie, tout à l'heure, mademoiselle de Ferbach tenait à la main une lettre qu'un domestique de l'hôtel venait d'apporter.

— Et cette lettre! cette lettre! demanda impatiemment le jeune homme.

— J'ignore ce qu'elle contenait.

En ce moment, les regards d'Henri se portèrent sur le foyer où gisaient quelques morceaux de papier que la flamme n'avait pas entièrement consumés.

Il ramassa d'une main fiévreuse les restes de la lettre déchirée par Marthe quelques minutes auparavant.

Puis, il se mit à les parcourir.

Cette lettre ne lui apprit rien; mais ses regards rencontrèrent, après quelque hésitation, le nom de Saint-Roch, et il poussa un cri de joie.

— Qu'y a-t-il? fit Jeanne avec anxiété.

— Viens! viens! répondit le jeune homme; à Saint-Roch, c'est là qu'elle est! et Dieu veuille que nous arrivions avant qu'un crime ait pu être commis.

En parlant ainsi, Henri sortit comme un fou de l'appartement de M. de Ferbach, gagna la rue à pas précipités, et cinq minutes après il entrait dans l'église; mais en ce moment elle était déserte.

— Personne! balbutia-t-il avec désespoir.

Si vous faites un pas de plus, vous êtes mort! dit-il résolûment.

Jeanne se retourna vers lui, l'œil en feu, le visage animé, et le front comme éclairé par une résolution soudaine.

— Marthe court en ce moment les plus grands dangers, poursuivit la pauvre femme, et pour la sauver, il faut aller chercher les bandits jusque dans leur repaire!

— Tu les connais donc?

— Oui, je les connais.

— Et tu sais où ils se cachent?

— Voulez-vous me suivre?

— Ah! Jeanne, tu le demandes; à l'instant même.

— Alors, venez vite.

Henri courut prendre ses pistolets, Jeanne s'arma elle-même d'un revolver; et, après avoir fait prévenir la police de ce qui se passait et de ce qu'ils allaient tenter, ils montèrent dans un remise et se firent conduire rue Neuve-d'Orléans.

Arrivés là, Henri descendit de voiture et se dirigea sur les pas de Jeanne, vers la maison de Jean Reynaut.

Il était à peine dix heures; une faible lueur brillait à l'intérieur; le compagnon de la pauvre femme frappa énergiquement à la porte.

— Qui va là? qui demandez-vous? cria une voix chevrotante et qu'on entendait à peine.

— Ouvrez! répondit Henri.

Et il ajouta, d'un ton plein d'autorité:

— Ouvrez! au nom de la loi!

Le subterfuge produisit son effet; la porte s'ouvrit immédiatement, et laissa voir sur le seuil la silhouette hideuse et décharnée de Jean Reynaut; il était méconnaissable.

Ils entrèrent.

Quand il se vit en face de Jeanne et d'Henri, il prit un air contrit, tandis qu'un éclair, dernier reflet de vigueur, traversait son regard.

— Que me voulez-vous donc? dit-il d'une voix humble et tremblante; vous voyez, je ne suis qu'un pauvre malheureux accablé d'infirmités, et je n'ai jamais rien eu à démêler avec la justice... Quand j'avais quelque aisance, tout mon bien s'en allait en aumônes aux pauvres de ma paroisse; mais, aujourd'hui, on m'a volé, dépouillé, torturé, et je ne demande plus qu'à mourir en honnête homme, comme j'ai toujours essayé de vivre.

Jeanne s'était prise à considérer le misérable avec étonnement, et un commencement de compassion avait ému son cœur.

Elle devinait une partie de la vérité, et elle espérait peut-être tirer parti de cette situation nouvelle.

— On vous a dépouillé, dites-vous, répondit-elle avec intérêt, et quels sont donc les misérables qui ont pu venir ici?

Jean Reynaut adressa à Jeanne un regard oblique, qui tenta de pénétrer au fond de sa pensée.

— Qui, demandez-vous? Je ne les connais pas, répondit-il.

— Et ils vous ont dépouillé?

— Ils ont pris tout ce que j'avais.

— De l'argent?

— Oui.

— Votre fortune?

— Mes pauvres économies.

— Voilà des gens bien criminels, repartit Jeanne, et peut-être est-ce le ciel qui nous envoie pour réparer une partie du dommage qu'ils vous ont causé.

L'œil fauve de Reynaut s'éclaira pour la seconde fois.

— Que dites-vous? balbutia-t-il, avec une émotion qu'il avait peine à contenir.

— Je dis, poursuivit Jeanne, que nous venons ici pour aider à un grand acte de justice... dans un instant la police nous y suivra; mais, si vous consentiez à nous prêter votre concours, la rémunération que nous pourrions vous offrir vous consolerait, je l'espère, de la perte que vous avez éprouvée.

— Mais qui êtes-vous donc? fit Reynaut avec défiance.

— Qu'importe...

— Encore faudrait-il savoir...

— Voulez-vous vous venger?

— Oh! si je le veux.

— Eh bien, vous connaissez le chemin des catacombes, vous êtes familier avec ses détours; conduisez-nous, et nous pouvons vous faire riche.

Reynaut frissonna.

Ce mot de *catacombes* sonnait mal à ses oreilles et réveillait ses plus épouvantables souvenirs. En un instant il revit Jacques, Robert, toute la bande des assassins, et ses yeux se fermèrent devant la lueur sinistre du brasier qui avait brûlé ses chairs.

— Ce que vous me proposez est impossible à accepter, répondit-il enfin.

— Vous refusez?

— Je refuse.

— Mais, je vous répète que nous vous ferons riche, insista Henri en réprimant un mouvement de désespoir.

Jeanne contint le jeune homme du geste et se rapprocha de Reynaut.

Les femmes apportent généralement dans toutes les situations de la vie plus de résolution et surtout plus de présence d'esprit que les hommes, et Jeanne savait, d'ailleurs, à quel sentiment il fallait s'adresser pour obtenir ce qu'elle désirait.

— Si Jean Reynaut refuse, dit-elle, après quelques secondes de silence, c'est qu'il n'a probablement pas compris la position dans laquelle il se trouve et les confidences que nous venons de lui faire.

— Qu'est-ce donc? fit ce dernier.

— J'ai parlé de la police, poursuivit Jeanne.

— Eh bien?

— Eh bien, elle va venir.

— Après?

— Or, la police n'est pas sans ignorer qu'il a autrefois existé un certain recéleur, affilié aux bandits les plus actifs et les plus audacieux de la capitale, et que ce recéleur cherche aujourd'hui à dissimuler son passé sous les dehors d'un honnête dévot.

— Eh quoi! on pourrait croire!... s'écria Reynaut hors de lui.

— Je ne crois que ce dont je suis sûre.

— Qui vous a dit?...

— Un homme qui vous connaît bien.

— C'est une calomnie.

— Cet homme s'appelle Robert.

— Vous le connaissez donc aussi?...

Jean Reynaut n'eut que la force de joindre les mains et de lever les yeux au ciel.

— Oh! toujours lui! toujours! murmura-t-il en s'affaissant sur une chaise.

Mais Jeanne devait être impitoyable. D'ailleurs, le temps était précieux : chaque minute de retard pouvait amener un malheur, il fallait à tout prix se hâter.

Elle marcha donc vivement vers l'ex-recéleur, et le secouant rudement sur sa chaise :

— Jean Reynaut, lui dit-elle d'une voix forte et pleine d'autorité, prends cette lanterne et marche devant nous!

— Mais, c'est ma mort que vous voulez! fit ce dernier.

— Il s'agit de sauver une vie plus précieuse que la nôtre, repartit Jeanne, et il ne faut plus d'hésitation; marche donc, ou je te jure que demain tu seras livré à la justice.

Il se leva.

Le recéleur comprenait enfin qu'il avait affaire à une femme résolue et qui ne le menacerait pas en vain; il prit la lanterne sourde que lui tendait Jeanne, et, saluant humblement Henri, il fit quelques pas en avant, et alla ouvrir la porte qui communiquait aux catacombes.

Mais les hommes de Robert étaient aux aguets de ce côté, et dès que Jeanne et Henri parurent, plusieurs signaux se firent entendre, et toute la bande fut à l'instant prévenue.

— Vous le voyez! s'écria Reynaut, les bandits que vous voulez surprendre sont sur leurs gardes; en continuant notre route, nous nous exposons à une mort certaine.

— Marche! répondit Jeanne.

Et ils avancèrent.

Pendant quelques minutes, aucun incident ne vint troubler le silence qui les enveloppait; mais, quand ils eurent atteint l'endroit où cessait toute route tracée, et où commençait le réseau inextricable des corridors qui se croisaient dans tous les sens, l'air, en devenant moins lourd, leur apporta certains tressaillements, qui indiquaient évidemment qu'ils étaient ou suivis ou observés.

Puis encore, mais de loin en loin, un bruit semblable à un grognement plaintif ou à une psalmodie lugubre, glissa sous les voûtes surbaissées et vint leur jeter un singulier étonnement.

La première fois que ce bruit s'était fait entendre, Henri avait échangé avec Jeanne un regard vif et prompt.

Mais Reynaut avait haussé les épaules et s'était contenté de sourire.

— C'est la folle! dit-il avec un geste insouciant; si les catacombes n'avaient pas d'autres hôtes, elles seraient, à l'heure qu'il est, moins dangereuses à fréquenter.

— La folle! dit Henri à voix basse; il y a une folle qui habite ces lieux avec les bandits?

— Oh! pas avec eux, poursuivit Reynaut. C'est une terrible histoire que la sienne, et le jour viendra peut-être où elle épouvantera le monde; mais à cette heure, nous n'avons pas le temps de nous occuper d'elle, et si vous m'en croyez, nous continuerons notre route.

Henri trouva le conseil excellent, et il se disposait à se remettre en marche, quand Jean Reynaut l'arrêta de nouveau.

— Seulement, ajouta-t-il, nous voici arrivés aux limites que les bandits ne laissent jamais dépasser en vain par les visiteurs trop curieux; je crois qu'il est prudent d'armer vos pistolets et de vous tenir prêt à tout événement.

Le recéleur achevait à peine de parler que, pour donner raison sans doute à ses paroles, un homme se dressa tout à coup de derrière un pilier et fit quelques pas à leur rencontre.

— Qui va là? dit cet homme d'une voix rude et énergique.

— Nous voulons parler à votre chef, répondit Henri.

— Il n'y a point de chef ici.

— Nous voulons le voir, cependant.

— On ne passe pas...

Le compagnon de Jeanne arma un pistolet et parut faire le geste de le diriger contre son interlocuteur.

Ce dernier s'était déjà rejeté derrière le pilier, et, le bras tendu, il menaçait lui-même son adversaire.

— Si vous faites un pas de plus, vous êtes mort! dit-il résolûment.

Mais Henri ne tint aucun compte de l'avis et voulut avancer.

Au même instant un coup de feu partit et vint le frapper à l'épaule.

Il s'appuya, chancelant, contre une des parois.

— Ce n'est rien, dit-il à Jeanne qui s'était précipitée pour le soutenir, ce n'est rien, marchons!

Et, joignant l'action à la parole, il voulut faire quelques pas, mais il trébucha presque aussitôt et tomba à genoux sur le sol.

Jeanne poussa un cri.

— Mon Dieu! s'écria-t-elle les mains jointes, il est perdu; ils vont venir, et l'on ne peut fuir...

Comme ils en étaient là, Jeanne se baissa tout à coup jusqu'à terre, et imposa impérieusement silence à ses deux compagnons.

— Écoutez! dit-elle d'une voix haletante.

On entendit alors le bruit de pas rapides qui semblaient se rapprocher.

— On vient! dit Reynaut.

Et, comme Henri se mettait déjà sur la défensive :

— N'en faites rien, ajouta-t-il, car celle qui vient n'est pas à craindre, c'est une nature rude et sauvage; elle a parfois des instincts singuliers, des éclairs inespérés; peut-être trouvera-t-elle pour nous sauver, et pour sauver celle que vous cherchez, des moyens auxquels nous ne saurions penser.

Jean Reynaut avait à peine fini de parler, qu'à la lueur tremblotante de la lanterne, on vit approcher celle qu'il venait d'annoncer.

Elle était pâle, ses cheveux tombaient en désordre sur ses épaules demi-nues, ses vêtements flottaient en lambeaux le long de son corps décharné; elle portait un poignard à la main.

Quand elle arriva à l'endroit où gisait le malheureux Henri, elle s'arrêta court, prit brusquement la lanterne des mains de Reynaut et s'agenouilla, attentive et absorbée, auprès du blessé qui allait perdre connaissance.

La folle découvrit sa blessure, étancha avec ses haillons le sang qui s'en échappait, et, jetant un regard soupçonneux autour d'elle, elle se pencha avidement vers le jeune homme et promena sur ses épaules, à quelques lignes au-dessus de sa blessure, la pointe acérée de son poignard.

Henri s'était évanoui tout à fait et ne pouvait, en ce moment, opposer aucune résistance à cet acte insensé; mais Jeanne, qui suivait avec une anxiété poignante tous les mouvements de la folle sentit, à cette vue, une épouvante sans nom s'emparer d'elle, et elle se hâta de lui retenir le bras.

— Que faites-vous! s'écria-t-elle, comme si elle eût pu être comprise de la malheureuse femme.

— Silence! fit cette dernière en posant son doigt osseux sur ses lèvres.

— Mais vous voulez donc le tuer?

Un ricanement sec et nerveux répondit à cette question.

— Je veux le sauver! dit Thérésa.

Et, saisissant rudement la main de Jeanne : — Regarde! ajouta-t-elle d'une voix pleine de fièvre.

Et la pauvre femme vit, avec stupeur, la forme d'un poignard qui se dessinait sanglant à quelques lignes au-dessus de la blessure d'Henri.

— Chut! dit encore la folle en recouvrant vivement l'épaule du blessé, il ne faut pas qu'ils sachent... ils le tueraient... Les assassins sont là... ils seront sans pitié... je les connais... je les...

Elle s'arrêta.

Tout en parlant ainsi, elle avait tourné les rayons de la lanterne sourde sur le visage de Jeanne, et elle était restée tout d'un coup muette et immobile.

— Qui es-tu? dit-elle alors, en posant sa main glacée sur le front de celle-ci.

— Qui je suis?... vous ne vous rappelez donc plus... L'autre jour, vous m'avez reconnue, chez Jean Reynaut... Voyez, je suis Jeanne...

— Jeanne!... répéta la folle, comme si elle eût cherché à retenir un souvenir qui lui échappait; c'est impossible!...

— Votre nom? demanda Jeanne, comme poussée par une sorte d'instinct magnétique, qui la ramenait tout à coup vers un passé qui peuplait bien souvent encore ses nuits fiévreuses de fantômes.

— Mon nom, repartit la folle, qui se le rappelle?

— Moi, peut-être.

La folle se pencha à son oreille, et murmura tout bas un nom qui la fit tressaillir.

— Elle! c'est elle! s'écria Jeanne éperdue; mon Dieu! est-ce donc ainsi que je devais la revoir!

Et, saisissant ses mains, elle l'obligea à la regarder en face.

— Thérésa, dit-elle alors d'un accent suppliant, Thérésa, vous ne voulez donc pas me reconnaître? Pourtant, vous m'aimiez autrefois... vous étiez bonne... vous étiez belle... et puis...

— Tais-toi!...

— Vous souvenez-vous?... Dans cette chambre que nous habitions ensemble, il y avait encore un enfant...

Thérésa frissonna.

— Un enfant! répéta-t-elle péniblement et à voix lente. Oui, il était beau, n'est-ce pas?... Un enfant!... je le vois encore... il avait un doux regard... deux bras caressants, dont il me faisait un tendre collier... Pauvre cher petit ange!...

Un nuage passa sur son front, à ce souvenir subitement évoqué, et un cri rauque s'échappa de son sein :

— Mais je n'ai plus de fils... ajouta-t-elle aussitôt; il était maudit... l'assassin l'a tué... mon fils à moi... tiens... c'est celui-ci... regarde! il lui ressemble...

— Comment!... fit Jeanne interdite.

— Ce sont ses traits... poursuivit Thérésa; il est beau comme lui : c'est le portrait de Philippe!

— Philippe! répéta machinalement Jeanne.

Thérésa fit un signe de tête confidentiel.

— Aussi, ajouta-t-elle, je ne veux pas qu'il meure, celui-ci, et je te le jure, il ne mourra pas...

— Mais ils vont venir...

— Je ne les crains plus.

— Et puis il a besoin de soins.

— Oui... viens... je suis forte... je le porterai... suis-moi... et malheur à qui oserait lever sur lui une main sacrilége!...

En disant ces mots, elle souleva avec force le corps inanimé d'Henri, et l'emporta dans ses bras comme elle eût fait d'un enfant.

Jeanne se mit à la suivre, partagée entre la crainte et l'attendrissement.

Le trajet fut long. De grosses gouttes de sueur tombaient du front de la pauvre folle, et plusieurs fois Jeanne voulut la débarrasser de son fardeau.

— Non! non! disait-elle, c'est le fils de mon Philippe bien-aimé... il est à moi... je ne veux plus le quitter... Viens, nous serons deux pour le défendre... car tu l'aimes aussi, toi... je le sais bien, puisque je ne te hais pas... Ah! je le défie bien de le tuer, celui-ci!...

Ils étaient arrivés à un nouveau carrefour. Comme Thérésa allait s'engager dans l'un des corridors, elle se trouva tout à coup en face de Robert.

Ce dernier poussa un cri et marcha vers la folle, qui, instinctivement, avait fait quelques pas en arrière.

Tous deux échangèrent un regard plein de haine et de fiel.

Robert avait compris que, par une sorte de divination dont le secret était entre elle et Dieu, Thérésa avait recouvré la conscience du passé, et qu'elle venait pour ainsi dire de le reconnaître.

Mais il n'était pas homme à se laisser arrêter par des considérations de cette nature, et, dès qu'il eut reconnu Henri dans les bras de la folle, d'un mouvement énergique et prompt, il arracha à cette dernière le fardeau qu'elle portait.

Thérésa était à bout de forces. Il lui eût été impossible de lutter contre un tel adversaire, mais la haine sauvage qui couvait dans son sein lui enseigna la ruse, et elle dissimula.

D'ailleurs, c'est le propre de la folie de se laisser facilement distraire d'une idée par une autre, et la vue même de Robert avait déjà singulièrement ébranlé sa volonté.

La haine avait remplacé, pour quelques instants, la tendresse qu'elle avait témoignée au jeune homme; et quand celui-ci passa de ses bras dans ceux de Robert, elle parut presque avoir oublié les dangers qui pouvaient le menacer.

Mais si la volonté de Thérésa s'était ébranlée, il n'en était pas de même de celle de Jeanne, qui avait toute sa raison.

Aussi quand elle vit que Robert emportait son enfant, et qu'elle comprit que le moment était venu de le défendre, elle poussa un cri de lionne blessée, et, courant sur les pas du terrible forçat, elle arriva en même temps que lui dans la salle où il allait déposer son fardeau.

Dans cette salle, une lampe brûlait sur une mauvaise table; non loin gisaient quelques bottes de paille fraîche. Dans un coin, il y avait plusieurs fusils en assez triste état.

Robert plaça le blessé sur la paille, et le considéra un moment avec attention.

— Les imbéciles, dit-il après avoir interrogé sa pâleur, ils sont capables de l'avoir tué... mais non, son cœur bat... dans quelques minutes le sang va circuler... il va vivre enfin... vivre pour comprendre, pour sentir, et il me verra alors... il m'entendra, il saura que c'est moi qui le tue!... Ah! Georges! Georges! tu seras vengé comme je veux que tu le sois...

Pendant que Robert parlait ainsi, le regard ardemment attaché à sa victime, Jeanne s'était approchée à pas lents, et la main armée de son pistolet, elle venait de s'arrêter à peu de distance, la poitrine émue et le regard sombre et farouche.

Robert l'aperçut en se retournant à demi.

— Jeanne! dit-il en haussant les épaules, je ne t'avais pas reconnue tout à l'heure... je gage que tu viens chercher Marthe...

— J'accompagnais Henri, répondit Jeanne.

— Oh! s'il en est ainsi, poursuivit Robert, tu peux te retirer...

— Non, je reste.

— Que viens-tu donc faire ici?

— Je viens vous tuer...

— Hein!...

Robert se retourna tout à fait.

— Me tuer! ajouta-t-il en prenant garde pour la première fois à l'air résolu de Jeanne, et pourquoi cela?

— Parce que j'aime Henri, et que je veux qu'il vive.

— Eh bien, j'en suis fâché, mais il ne sortira pas vivant d'ici...

— C'est ce que nous verrons...

— Des menaces !...

— Des menaces qui seront suivies d'effet...

— Vraiment ! mais je ne te reconnais plus...

— C'est qu'en effet je ne suis plus la même, depuis que j'ai retrouvé mon fils.

Un sombre voile passa un moment sur le visage de Robert, qui laissa tomber un regard oblique du côté d'Henri.

Puis, machinalement, il se tourna vers le blessé, et, sans se rendre compte du sentiment auquel il obéissait, il lui découvrit lentement l'épaule.

— Oui, dit-il avec une expression de tendresse dont on n'aurait jamais pu le croire capable, oui, ils avaient joué ensemble quand ils étaient enfants tous les deux... ils avaient même âge, presque même visage, et, comme on craignait de les confondre, on avait fait à mon fils à moi, une croix au-dessus de l'épaule.

Aussi, je veux qu'il meure à son tour! qu'il souffre comme Georges a souffert, reprit-il aussitôt avec une expression d'irritation mal contenue. C'est ton fils, dis-tu, Jeanne... et que m'importe à moi... j'ai assassiné le mien...

Jeanne s'était courbée vers lui à cette menace, et sa main serrait énergiquement son revolver armé.

Mais la menace de Robert devait s'arrêter là, car sur les derniers mots qu'il venait de prononcer, et comme il apprêtait déjà son arme, Henri avait fait un mouvement annonçant qu'il allait revenir à la vie, et le regard du forçat avait rencontré tout à coup le poignard gravé sur son épaule.

Il se retourna, l'œil effaré, vers la malheureuse mère.

— Jeanne ! balbutia-t-il d'une voix étranglée, regarde ! regarde !

— On les aura marqués tous deux du même signe, dit Jeanne d'un ton en apparence indifférent.

— Oui... peut-être... dit Robert pensif, tous deux... le même signe... mais... non... cette croix ! ne dirait-on pas qu'on l'a gravée récemment... le sang en est frais encore...

— En effet, dit Jeanne penchée sur Henri et suivant les mouvements du bandit, la main toujours crispée sur le manche de son arme, seulement, la balle qui l'a frappé tout à l'heure, a déchiré ses chairs... le sang a coulé tout autour... Voyez... cette ancienne cicatrice peut s'être rouverte aussi...

Robert prit sa tête dans ses mains.

— Et si c'était le mien, cependant ! s'écria le forçat en se dressant tout à coup avec une sorte de superstitieuse épouvante... et si j'allais le tuer, comme j'ai tué l'autre... Que faire ! que faire !...

Henri venait de rouvrir les yeux, mais il était si faible encore, et la salle dans laquelle il se trouvait était si sombre que son regard ne put d'abord rien distinguer.

— Marthe ! Marthe ! dit-il d'une voix à peine accentuée.

— Marthe ! répéta Robert en frémissant.

— Où est-elle ? qu'en a-t-on fait?... Oh! mon Dieu, donnez-moi la force d'aller à son secours.

Et comme il essayait avec de pénibles efforts de se soulever de son grabat, Jeanne vint s'agenouiller à ses côtés, et soutint sa tête languissante.

— Marthe vit ! dit-elle d'un accent ferme et en tournant son regard vers Robert, elle vous sera rendue, et vous vivrez heureux l'un par l'autre.

Robert écoutait interdit, et, livré à la plus cruelle incertitude, un suprême combat se livrait en lui, et il ne savait à quel parti se résoudre.

Enfin, il secoua vivement le front, et étendant la main vers Henri :

— Oui, dit-il à voix haute et sonore, oui, elle vit, et elle vous sera rendue... Jeanne ne quitte pas cette salle... Marthe est près d'ici, et avant quelques minutes, je vous ramènerai celle que vous êtes venue chercher.

Et, sans attendre une réponse, le forçat, obéissant à quelque mystérieux sentiment, partit sans même jeter un dernier regard sur Henri.

XVII

SOLDATS ET BANDITS

Marthe était restée seule après le départ de Robert, et, toute émue encore par la scène qui venait d'avoir lieu, elle avait demandé à la prière la force et le courage qui étaient bien près de l'abandonner.

Elle s'était donc agenouillée, et, les mains jointes, elle avait prié.

C'est dans cette attitude que Jacques l'avait trouvée.

Il n'était pas entré tout de suite dans la salle, et, du seuil de la porte, il avait un moment contemplé la jeune fille, les cheveux en désordre, les joues baignées de larmes, les yeux levés vers le ciel.

C'était un spectacle nouveau pour un pareil homme, et il en jouissait avec d'autant plus d'intérêt que cette femme lui appartenait, que nul ne pouvait venir la lui disputer, et qu'il n'avait qu'un pas à faire pour la posséder.

Marthe était belle ainsi ! plus belle que Henri ne l'avait jamais vue.

L'émotion, la terreur, l'indignation, mille autres sentiments encore qui venaient de l'agiter, avaient donné à sa physionomie une animation inaccoutumée; ses joues étaient colorées, sa poitrine se soulevait avec effort, son œil brillait d'une sombre extase; elle était belle, d'une beauté étrange qui communiqua à Jacques comme un âpre frisson de volupté.

Dix minutes s'écoulèrent de la sorte.

Marthe priait toujours, et Jacques continuait de la regarder sans songer même à l'heure qui s'écoulait.

Enfin, il s'arracha à cette contemplation, d'où l'admiration n'excluait pas le désir, et, ayant fermé la porte à double tour, il fit quelques pas vers la jeune fille.

Mais cette dernière, brusquement ramenée à la réalité par le bruit qu'elle venait d'entendre, s'était déjà retournée avec vivacité, et, en apercevant Jacques, elle se leva, et à l'expression du regard dont ce dernier l'enveloppait, elle porta la main sur le manche de son poignard.

Jacques vit le mouvement, et un affreux rictus vint dilater ses lèvres sensuelles.

— Voyons, mon enfant, lui dit-il de sa voix la plus caressante et la plus douce, il ne faut pas se monter la tête ainsi, et le mieux est encore d'envisager froidement la position... Vous voilà seule ici avec moi; la porte est bien fermée, et il n'y a qu'un homme qui puisse l'ouvrir... or, cet homme est parti tout à l'heure en vous donnant à moi; de plus, il a en ce moment assez de besogne pour ne pas s'occuper de nous... Vous voyez bien que vous êtes en mon pouvoir, que rien ne peut vous enlever à mon désir que vous avez si vivement éveillé, et ce n'est pas ce petit joujou d'enfant qui pourrait me faire peur.

En prononçant ces mots, et avec une agilité égale à son adresse, Jacques saisit les mains de Marthe, lui enleva son poignard et le rejeta loin de lui.

— Là ! ajouta-t-il gaiement, et maintenant que nous sommes désarmée, j'espère que nous aurons moins de peine à nous entendre.

Marthe était atterrée, sans force, sans voix, en proie à une terreur qui l'avait envahie tout entière. Elle était au pouvoir de cet homme, de ce bandit ! et ce bandit venait de le dire effrontément, elle lui appartenait, et il n'entendait pas qu'on lui ravît ce bien qui lui avait été donné !

Sans trop savoir ce qu'elle faisait, elle se dégagea de l'étreinte de Jacques, et courut vers la porte, qu'elle secoua avec énergie.

Mais la porte était bardée de fer, et elle ne réussit pas même à l'ébranler.

Un suprême désespoir s'empara alors de tout son être, et se tournant vers le bandit, qui la laissait faire, elle l'enveloppa d'un regard plein de mépris.

— Ah ! ce que vous faites est infâme, dit-elle en serrant les mains crispées, mais vous n'atteindrez pas le but que vous vous êtes proposé, dussé-je pour échapper à un pareil outrage me briser le front contre cette muraille.

Et, joignant l'action à la menace, la pauvre enfant allait se précipiter contre les parois anguleuses de la salle, quand elle se sentit tout à coup arrêtée par un bras vigoureux.

En même temps les lèvres du bandit se posèrent sur son épaule.

— Mon Dieu !... balbutia Marthe.

Une terreur inouïe égarait sa raison; elle ne voyait aucune issue à cette position, elle se sentait perdue. Mais à ce moment même où elle désespérait le plus, Jacques venait de s'arrêter, et son regard s'était tourné du côté de la porte où l'écho apportait en ce moment un bruit de pas.

Le misérable fronça le sourcil, et la courageuse enfant avait profité de cet instant de répit pour se baisser rapidement et reprendre à terre le poignard que le bandit lui avait arraché.

Presque aussitôt des coups précipités retentirent à la porte, et une voix haute et ferme appela Jacques avec un accent d'autorité :

— Qui est là ? dit-il avec un sentiment de dépit.

— Ouvre ! répondit la voix.

La porte s'ouvrit, et Robert entra.

— Et Marthe, dit-il en saisissant les mains de Jacques avec une énergie pleine de menaces.

— Ne me l'as-tu pas donnée? objecta son ami.

Robert tourna aussitôt son regard vers la jeune fille, et comprenant à son attitude et à l'arme qui brillait encore dans sa main qu'il venait d'arriver à temps :

— C'est bien! ajouta-t-il avec un sourire de satisfaction et en s'adressant à la jeune fille : maintenant ne perdez pas une seconde... venez... suivez-moi...

— Cependant... voulut dire Jacques.

Robert lui présenta son pistolet.

— Un mot de plus, répondit-il d'une voix terrible, et je te tue comme un chien!... Venez! venez... ajouta-t-il en s'emparant de la main de Marthe.

Celle-ci hésitait.

— Eh bien! dit ce dernier en remarquant son hésitation, vous n'osez me suivre; mais vous ne savez donc pas que je veux vous conduire vers Henri?

— Ah! partons! partons alors... s'écria Marthe, c'est pour lui que j'ai souffert... et, près de lui, je n'aurai plus peur... au moins nous mourrons ensemble.

— Non, non... vous ne mourrez pas, mon enfant, repartit Robert; vous serez libre, vous pourrez partir, sains et saufs, tous deux... Henri a assez souffert, lui aussi, et il est temps que je répare le mal que j'ai fait...

Marthe le suivait sans comprendre le sens étrange de ses paroles; elle croyait rêver.

Malheureusement, elle n'en avait pas encore fini avec les épreuves qui lui étaient réservées.

Elle avait en effet à peine fait quelques pas, depuis la salle où elle venait de laisser Jacques interdit et fort intrigué de cette intervention de Robert, quand plusieurs coups de fusil éclatèrent tout à coup à quelque distance, et que des cris de *sauve qui peut* retentirent dans deux ou trois directions différentes.

Robert s'arrêta.

C'était la police.

Un sombre nuage passa sur son front, et il jeta un regard effaré autour de lui.

Il y avait encore loin de l'endroit où il se trouvait jusqu'à celui où il devait rejoindre Henri, et il craignait en avançant davantage de donner dans quelque embûche, et de se livrer lui-même aux hommes qui étaient venus le chercher.

Il passa la main dans ses cheveux, qu'une sueur glacée collait à ses tempes, et se tourna alors vers Marthe épouvantée.

— Qu'y a-t-il donc, mon Dieu? demanda la jeune fille en remarquant son hésitation.

— Il y a, répondit Robert, que nous sommes perdus.

— Et Henri?

— Oh! lui ne court aucun danger, mais ces coups de feu que nous venons d'entendre m'ordonnent d'agir avec prudence, et je me vois contraint de revenir sur mes pas.

— Mais je puis du moins aller le rejoidre, moi?

— Ce serait dangereux.

— Oh! je n'ai pas peur.

— Ce que je redoute pour vous, c'est que vous vous perdiez...

— Que faire donc?

— Le mieux est encore de retourner d'où nous venons, et d'attendre là que nous venions vous délivrer.

En parlant ainsi, Robert entraîna Marthe, qui se laissa guider dans l'impossibilité où elle était de prendre une autre résolution.

Seulement, quand ils eurent atteint de nouveau la salle qu'ils tenaient de quitter quelques instants auparavant, ils trouvèrent là tous les hommes de la bande réunis, et Jacques, au milieu d'eux, qui pérorait avec animation.

En apercevant Robert et Marthe, ce dernier poussa un cri de joie, et courut à son ami.

— Nous sommes sauvés, dit-il, car, maintenant, nous avons un otage avec lequel il nous sera permis de faire nos conditions.

— Quel otage?

— Mademoiselle de Ferbach.

— Quoi! tu songerais?

Jacques haussa les épaules avec un geste de pitié.

— Tu me fais de la peine, répondit-il dédaigneusement; il faut songer à tout, et puisque le hasard nous offre cette chance de salut, nous serions bien niais de ne pas nous en servir.

Robert se prit à réfléchir. Ce que disait Jacques était sensé après tout, puisqu'ils avaient en Marthe un moyen de salut presque certain.

— Comprends-tu? dit Jacques coupant court vivement aux réflexions intempestives de son ami.

— Je comprends, répondit Robert; mais que comptes-tu faire?

— Une chose fort simple, et qu'un enfant trouverait : je connais loin d'ici, loin surtout des sentiers que la police peut connaître, un endroit écarté, bien caché, où nous pourrons déposer notre otage; une fois ce soin accompli, nous ferons notre possible pour échapper aux griffes de nos ennemis, et si nous sommes pincés, je le répète, mademoiselle sera là pour nous venir en aide... Est-ce clair?

— Parfaitement.

— En marche, alors...

Marthe avait écouté jusque là avec une impassibilité apparente le débat entre Robert et Jacques, et les explications fournies par ce dernier; elle espérait encore que Robert, qui l'avait protégée, la défendrait au moment de s'éloigner; mais quand elle vit que tout était fini et arrêté, que les deux amis étaient d'accord, et qu'elle n'avait plus rien à espérer, une résolution soudaine traversa son esprit, et elle courut vers la porte pour se soustraire par la fuite au sort dont elle était menacée.

Mais Jacques observait tous ses mouvements, et il la prit dans ses bras au moment où elle allait franchir le seuil.

— Oh! oh! s'écria-t-il, le moment des enfantillages est passé, mon enfant; et, à l'heure qu'il est, et devant les dangers qui nous entourent, nous n'avons plus le loisir de plaisanter avec les choses sérieuses... donc vous allez marcher, la belle, et sans hésiter, ou sinon nous emploierons les grands moyens...

— Vous ne m'emmènerez pas, fit Marthe en se débattant, et je crierai, j'appellerai au secours... et les hommes qui vous poursuivent viendront à ma voix et vous serez perdus...

— La! la! assez causé... dit Jacques en posant une main énergique sur les lèvres de la jeune fille; nous allons, si vous le voulez bien, bâillonner cette jolie bouche, et si les jambes refusent le service, eh bien! voici deux gaillards qui ont de solides épaules, et qui se feront un véritable plaisir de porter un si précieux fardeau...

Jacques avait acquis, en quelques instants, par sa décision et la netteté de ses résolutions, une grande autorité sur les hommes qui l'entouraient, et il avait à peine fini de parler que Marthe était bâillonnée de manière à ne pouvoir proférer un cri, et que deux des bandits, l'enlevant de terre comme une plume, la plaçaient sur leurs épaules; et la bande se mit en marche.

Il était temps.

Déjà on entendait les voix des agents de police et le pas des soldats qui les accompagnaient... Seulement, ces derniers n'avançaient qu'avec une extrême précaution et à pas lents, tant dans la crainte de se laisser surprendre, que par ignorance des nombreux détours de ces souterrains.

Au bout d'une demi-heure de marche, les bandits s'arrêtèrent, sur l'ordre de Jacques.

Ils se trouvaient en ce moment à un carrefour auquel trois routes aboutissaient; trois étroites ouvertures donnaient sur ces routes, et il était facile de s'y barricader et de s'y défendre avec un petit nombre d'hommes; Jacques fit remarquer à ses hommes l'avantage de cette position.

— Ces deux ouvertures, dit-il, conduisent l'une vers le nord, l'autre vers le midi... Quant à celle par laquelle nous venons d'entrer, elle mène rue de la Tombe-Issoire, et c'est par là que nos ennemis viendront... Une barricade va donc être élevée de ce côté; deux hommes resteront ici pour la défendre, avec des munitions en quantité suffisante, et, s'ils sont obligés de se replier, ils battront en retraite par la route du nord, au bout de laquelle ils nous trouveront.

— De quel côté penses-tu donc que nous puissions nous échapper? demanda Robert.

— Je n'en sais rien encore, répondit Jacques; il y a trois issues connues aux catacombes, ce n'est pas évidemment celles-là qu'il nous faut chercher; elles sont certainement gardées et nous irions nous y faire pincer; mais j'en connais trois autres vers lesquelles des chemins, par moi découverts, nous conduiront facilement, et de ce côté nous n'aurons, je l'espère, que l'embarras du choix... A l'œuvre donc, les enfants, et n'épargnons pas la peine!

On se mit à l'œuvre, et, en deux minutes, l'ouverture par laquelle ils avaient pénétré dans le carrefour était barricadée jusqu'à la voûte. Seulement, entre les moellons dont la barricade était composée, on avait ménagé des intervalles à travers lesquels on pouvait placer, au besoin, le canon d'un fusil ou d'un pistolet.

Quand tout fut terminé, les deux bandits désignés pour la défense de la barricade s'assirent sur la terre, le fusil appuyé contre la muraille, et leurs compagnons s'éloignèrent dans la direction indiquée par Jacques.

Ils hâtaient le pas, bien qu'ils fussent persuadés que leurs ennemis, retardés pas les hésitations de leur marche, devaient être fort loin encore; cependant il était urgent de ne pas perdre une minute; Jacques, mieux encore que ses compagnons, sentait tout le prix de la célérité, et il avait pris les devants et avançait d'un pas rapide et pressé.

Tout à coup il s'arrêta brusquement, et fit un demi-tour sur lui-même.

Il y avait à peine quelques minutes qu'ils avaient quitté le carrefour, qu'une fusillade bien nourrie éclatait de ce côté.

Jacques alla vivement à Robert.

— Entends-tu? lui dit-il d'une voix ardente.

— Pardieu...

— C'est la fusillade... nos ennemis sont là... Nous avons marché vite, nous devions les avoir laissés fort en arrière, et les voilà sur nos talons.

— Qu'est-ce que cela prouve! fit Robert.

— Cela prouve, répondit-il avec énergie, qu'ils sont conduits et dirigés par un homme qui connaît les catacombes, et qu'il va être bien difficile de s'échapper.

— Que faire, alors?

— Au lieu de marcher vers le nord, il faut nous diriger vers le midi... Ce sont les parages les plus dangereux; les voûtes y sont moins solides, mais les sentiers en sont moins connus et c'est ce qu'il nous faut.

— Allons donc de ce côté.

— Mais nos hommes ne sont pas prévenus.

— Eh bien, envoie vers eux et qu'on se hâte.

Quelques minutes plus tard, les deux défenseurs de la barricade ralliaient le gros de la bande, et ils se remettaient en marche sur les pas de Jacques.

Nul ne soufflait mot; chacun comprenait que le danger était devenu imminent; et à tout instant, on s'attendait à se trouver en face d'adversaires redoutables et déterminés.

Cette partie des catacombes ne ressemblait point à l'autre; les sentiers y étaient moins directs, s'y bifurquaient souvent, et les voûtes n'y étaient point aussi fréquemment soutenues par des maçonneries éprouvées. On rencontrait des infiltrations abondantes, le pied s'appuyait sur un sol plus détrempé, et il y régnait un air méphytique qui pesait lourdement sur les poumons.

— Marchons! marchons! disait Jacques de temps en temps, nous sommes ici dans un pays inconnu à tous ceux du dehors, et il faudrait avoir une bien mauvaise chance, si nous ne les dépistions pas... Au surplus, ajouta-t-il, voici une bifurcation, nous allons nous diviser en deux bandes et nous nous rejoindrons au prochain carrefour... De cette manière, s'ils nous suivent jusqu'ici, ils ne sauront dans quelle direction s'engager, et nous profiterons du temps qu'ils perdront en hésitations.

La séparation se fit aussitôt, et les deux bandes prirent chacune de son côté.

Quand ils se rejoignirent, au bout d'un quart d'heure environ, ils avaient atteint un nouveau carrefour, où deux routes seulement aboutissaient.

Marthe avait été posée à terre, toujours bâillonnée, et Jacques se frottait les mains avec satisfaction.

— Le diable s'en mêlera, dit-il à Robert, s'ils nous viennent relancer jusqu'en cet endroit... Du reste, et pour ne rien négliger, nous allons fermer l'issue par une barricade solide, et celle-ci, nous la défendrons tous ensemble... Derrière nous, est une sortie qu'on n'a pu découvrir et par laquelle il nous sera facile de filer, s'ils poussent l'indiscrétion jusqu'à vouloir nous suivre plus loin. A l'œuvre donc, et ayons confiance!

Pendant que la barricade s'élevait, Robert s'était approché de Marthe, qui s'appuyait, pâle et défaillante, contre la muraille.

— Ne craignez rien, lui dit-il à voix basse, Henri est à cette heure hors de tout danger, et, quant à vous, avant une heure, je vous aurai rendue à la liberté et à ceux qui vous aiment...

Il n'eut pas le temps d'en dire plus long. Il venait d'être interrompu par un juron de Jacques.

— Mille millions de tonnerres! s'était écrié l'ex-notaire en frappant du pied avec fureur, les voici!...

En effet, on entendait distinctement le bruit des pas d'une troupe d'hommes, qui avançait précipitamment par le chemin dont les compagnons de Jacques venaient de fermer l'issue.

Ce dernier serrait les poings.

— Mais qui donc les conduit, disait-il d'un ton de rage concentrée, quel est le misérable qui connaît aussi bien que nous tous les détours de ces souterrains... Oh! celui-là, c'est celui-là surtout que je voudrais tenir.

Et il allait et venait avec des mouvements de bête fauve, et chaque fois qu'il passait devant Marthe, il lui jetait un regard d'où s'échappaient de longs reflets de haine.

Il était ivre de fureur et ne se possédait plus.

— Eh bien, qu'ils viennent, qu'ils viennent! ils trouveront ici à qui parler, et malheur à tous ceux qui les touchent de près ou de loin.

Marthe s'était jetée à genoux et priait, pendant que le forcené passait et repassait devant elle; quant aux bandits, ils s'étaient rapprochés de la barricade, avaient préparé leurs armes, et, dans cette attitude résolue, ils attendaient.

Ce ne fut pas long.

Quelques secondes s'étaient à peine écoulées, quand la lueur de leurs torches passa entre les intervalles de la barricade; au même instant le cri de *halte* se fit entendre, et le bruit sec des bassinets troubla le silence qui régnait de tous côtés.

— Ils sont là!... dit alors une voix qui vint jusqu'aux bandits.

— Et décidés à se défendre... murmura Jacques.

— Attention, vous autres! et visez juste, ajouta-t-il à voix basse.

Cependant, les assaillants s'étaient effacés le long de la muraille pour offrir moins de prise aux balles des bandits, et ils avançaient ainsi, courbés vers le sol, l'arme en arrêt et prêts à faire feu.

Mais, bien que les torches eussent disparu, Jacques avait remarqué le mouvement des soldats, et, sur son commandement, les bandits qui l'entouraient firent feu en même temps et avec tant d'adresse, que tous les coups portèrent.

Sur les six coups, cinq avaient atteint les malheureux soldats.

Il y eut un moment de silence, au milieu duquel on n'entendit que les plaintes des blessés et les imprécations de leurs camarades, qui juraient de les venger.

En un instant ils furent près de la barricade, et une décharge bien nourrie répondit au feu des bandits.

Mais les balles rebondirent, aplaties sur les pierres qui formaient la barricade, et nul des bandits ne fut touché.

Jacques se prit à rire.

— Allons, pas mal! dit-il avec enjouement, si cela continue, nous allons passer quelques moments agréables.

Cependant, une chose singulière s'était produite de leur côté, qui aurait frappé tout esprit moins préoccupé que ne l'était Jacques en ce moment.

A peine, en effet, la décharge avait-elle éclaté, qu'un bruit sourd et prolongé s'était fait entendre dans les profondeurs des souterrains et avait comme ébranlé le carrefour, du sol à la voûte... Une pierre s'était même détachée de la muraille et était venue tomber aux pieds de Robert; mais il n'y avait pas pris garde, et s'était facilement persuadé que cette pierre avait été enlevée par une balle à la barricade de moellons.

Marthe avait entendu ce bruit étrange et sinistre, et seule elle en avait compris d'instinct la terrible signification.

— Mon Dieu! mon Dieu! disait-elle, ayez pitié de nous...

Cependant, la lutte n'était pas finie : les soldats avaient rechargé leurs armes, et quelques coups de feu ayant été tirés par les compagnons de Jacques, ils ripostèrent par une décharge plus terrible encore que la première.

Plusieurs moellons volèrent en éclats et blessèrent quelques bandits, et, cette fois encore, un bruit prolongé éveilla un sinistre écho sous les profondeurs des souterrains.

Jacques, tout animé qu'il était par l'ardeur du combat, démêla un moment cet écho à travers les cris des blessés et les fureurs des combattants, et un pli soucieux se creusa sur son front.

— As-tu entendu? dit-il rapidement à Robert, qui lui-même venait d'être frappé des singulières secousses qui se faisaient sentir.

— Parfaitement! répondit le forçat.

— Ceci est d'un mauvais augure; nous sommes dans une partie des catacombes où aucun travail de soutènement n'a encore été fait, dit Jacques; ces décharges réitérées ébranlent les voûtes sous lesquelles nous nous trouvons, et si cela dure quelque temps ainsi, nous courons risque d'être enterrés tout vivants sous un éboulement...

— Mais alors, il faut fuir?

— Ce serait prudent.

— Hâtons-nous donc... Préviens nos hommes, et laissons nos ennemis s'ensevelir sous ces voûtes.

Jacques était de cet avis et il marcha vivement vers les bandits, qui se disposaient à engager de nouveau le combat.

D'un signe il leur ordonna de cesser le feu, et, prêchant d'exemple, il se disposa à gagner l'issue qu'ils avaient laissée libre et qui conduisait à d'autres souterrains plus compliqués et dont il connaissait moins les détours.

Mais, à peine eut-il fait quelques pas dans cette voie, qu'une nouvelle décharge ennemie vint les arrêter, en déterminant la catastrophe qu'il redoutait.

Un effroyable bruit répondit en effet à cette décharge; quelques pierres se détachèrent de la voûte sous laquelle ils se trouvaient, et presque aussitôt les pans de muraille du carrefour qu'ils venaient de quitter s'écroulèrent devant et derrière eux, avec des grondements de tonnerre.

Les bandits étaient enfermés dans un étroit espace de vingt pieds carrés; l'éboulement avait eu lieu presque sans accident: un de leurs hommes seulement avait eu la jambe prise et broyée entre deux énormes pierres.

— Sauvés! s'écria Jacques avec une joie de chat-tigre.

On n'entendait plus rien. Il y avait désormais entre les assaillants et les bandits un mur impénétrable, et il était peu probable que les soldats revinssent de sitôt à la charge. C'était quelques heures de répit qu'il fallait se hâter de mettre à profit.

Jacques et Robert examinèrent donc avec attention l'espace dans lequel ils se trouvaient enfermés, et, à leur satisfaction, ils remarquèrent que du côté vers lequel ils espéraient trouver la liberté, le déblayement serait facile et prompt.

Le hasard les servait donc à merveille, et l'on eût pu croire que l'éboulement n'avait eu lieu que pour mettre fin à une lutte qui menaçait de leur couper toute retraite.

Dès que l'état des choses fut bien constaté, on se mit en devoir de commencer l'œuvre de délivrance.

— N'importe! murmurait de temps à autre l'ex-notaire, mais si nous sortons d'ici, je saurai quel est le misérable qui a conduit nos ennemis jusqu'à nous.

Au même instant, à travers les intervalles des pierres amoncelées par l'éboulement, il vit se dresser une tête plate et triangulaire comme celle d'un serpent.

Il jeta un cri de surprise, et fit un mouvement en arrière.

— Eh bien! est-ce qu'on ne reconnaît plus les amis? dit la tête en s'allongeant.

— Reynaut!... fit Jacques stupéfait.

— A la bonne heure... repartit l'ancien chasse-gueux.

— Mais que viens-tu faire ici?...

Reynaut avait sauté parmi le groupe des bandits; il se prit à sourire, de ce sourire hideux et froid qui lui était familier.

— J'étais à côté avec les autres, répondit-il, et je suis venu te rendre une petite visite.

— Mais c'est donc toi qui leur as servi de guide! exclama Jacques.

— Tu l'as deviné...

— Non... mais je suis bien aise de l'apprendre.

— Je tenais à te revoir.

— Et moi je suis heureux de te rencontrer.

— Comme ça se trouve!... Eh bien, nous allons causer.

— Soit, causons... mais en attendant, vous autres, dit Jacques à ses compagnons, continuez toujours le déblayement.

— Oh! c'est inutile, dit Jean Reynaut, laissez croire plutôt que vous êtes tous morts; et toi, Jacques, écoute la proposition que j'ai à te faire.

XVIII

PAUVRE MÈRE!

En parlant ainsi, Jean Reynaut s'assit sur un fragment de pierre, et engagea Jacques à en faire autant de l'autre côté du mur.

Ce dernier ne savait que penser de l'audace et de l'ironie de son interlocuteur; il ne l'avait jamais vu dans une semblable disposition d'esprit, et il redoutait vaguement quelque trahison.

Mais l'ex-notaire n'était pas homme à hésiter sur le parti à prendre en pareille circonstance, et il se tenait prêt à brûler la cervelle au chasse-gueux à la moindre apparence de tentative hostile.

— Voyons, mon excellent ami, lui dit-il familièrement, tu as une proposition à me faire, et de ta part, ce ne peut être qu'une bonne affaire... parle donc... mes compagnons et moi nous t'écoutons, et nous serons enchantés d'apprendre quel motif nous procure le plaisir de te voir.

Jean Reynaut leva la tête à ces paroles, et regarda Jacques en face.

— Le motif de ma visite est bien simple, répondit-il sur un ton modeste, et toi, qui connais mon cœur, tu devrais l'avoir déjà deviné.

— Qu'est-ce donc?

— Je viens vous sauver.

— Toi!...

— Tu doutes de mon dévouement, cher ami?

— Je ne doute de rien, repartit Jacques, mais je sais que tu es une franche canaille, et je suis certain que si tu viens nous faire quelque proposition, c'est dans le but de mieux nous trahir.

— Voilà bien les amis, dit Jean Reynaut d'un ton goguenard; mais voici la chose: en ce moment vous êtes ici traqués comme des bêtes fauves par des hommes que votre résistance a irrités, et, avant une heure, il n'est pas douteux que vous ne soyez tous entre les mains de la justice.

— Tu crois! fit Jacques.

— J'en suis sûr.

— Alors que veux-tu faire?

— Je n'ai point oublié la manière amicale dont tu t'es comporté à mon égard, et j'ai pensé que le moment était venu de régler tous nos petits comptes.

— Oh! oh! dit Jacques, tu songes encore à cela... l'argent te tient donc bien au cœur?

— Précisément... j'ai pensé que le trésor que tu m'as volé pouvait ne pas être dissipé, puisque tu as à peine eu le temps de sortir d'ici, et je viens te proposer un échange.

— Voyons... de quoi s'agit-il?

— Il s'agit de me rendre l'or que tu m'as extorqué par violence.

— Et si je refuse, que feras-tu?

— Je laisserai faire.

Jacques commença un geste de pitié.

— Ce que tu as inventé là, répondit-il, ne me paraît pas bien fort, car nous ne sommes point encore réduits au point que tu crois. Il y a trois sorties aux catacombes, connues de la police, et celles-là doivent être gardées.

— Elles le sont, en effet.

— Mais il y en a deux autres, connues de moi seul, et celles-là nous offriront une retraite sûre.

— Malheureusement je connais ces issues comme tu peux les connaître toi-même, et j'ai pris mes précautions à ce sujet.

— Tu les as fait garder?

— Une seule.

— Laquelle?

Jean Reynaut hocha la tête.

— C'est là mon secret, répondit-il, et je le garde.

— Il nous reste une dernière ressource, dit Jacques.

— Laquelle?

— C'est de nous diviser: Robert d'un côté, moi de l'autre; et au petit bonheur.

— Tu repousses donc ma proposition?

— Sans doute... mais comme je veux te tenir compte de l'intention, il est bon qu'avant de nous quitter, nous réglions nos petites affaires; c'est ton désir, c'est aussi le mien, et je n'entends pas te faire tort en quoi que ce soit.

Pendant qu'il parlait de la sorte, Jacques avait armé son pistolet; et au moment où il achevait ces paroles, il allongea vivement le bras à travers l'ouverture par laquelle il conversait avec Jean Reynaut, et fit feu sur son interlocuteur.

Mais le chasse-gueux n'avait perdu aucun de ses mouvements, et il s'était glissé le long des pierres éboulées, et avait gagné un pilier voisin derrière lequel il pouvait défier toutes les balles de son ennemi.

Un éclat de rire répondit donc à la tentative de Jacques, qui se retourna vers ses compagnons.

Mais de ce côté, un mouvement s'était déjà opéré, et Robert, secouant enfin toute préoccupation, venait de sortir de sa torpeur et de son inaction.

— Allons, dit-il avec énergie, une issue nous reste pour la fuite, et c'est cette issue qu'il faut gagner en toute hâte. L'éboulement a élevé une barricade naturelle entre nos ennemis et nous; il s'agit de nous frayer un chemin de l'autre côté... à l'œuvre donc, et songeons que la délivrance est au bout.

Cette fois, la besogne marcha avec une rapidité qui témoignait suffisamment de l'ardent désir que chacun avait d'échapper aux poursuites dont il était l'objet.

En moins de dix minutes, un chemin praticable fut ouvert, et les bandits se précipitèrent à l'envi vers cette voie.

Avant de suivre ses compagnons, Robert s'était retourné vers Marthe, et il avait voulu l'entraîner avec lui.

Mais l'esprit de la pauvre fille avait été bien ébranlé par les scènes violentes au spectacle desquelles elle venait d'assister; une terreur inouïe s'était emparée d'elle, et quand Robert lui saisit les mains et tenta de l'emporter:

— Non, non! s'écria-t-elle avec une sombre résolution, je n'irai pas plus loin. C'est ma mort que vous voulez; eh bien, tuez-moi tout de suite; je souffre trop; je n'ai plus de force... je ne pourrai faire un pas de plus...

— Mais c'est la liberté que nous vous offrons, insista Robert.

— Je veux voir Henri...

— Eh bien, c'est vers lui que nous allons.

— Jamais... vous m'avez trompée... vous me trompez encore... je ne puis plus vous croire...

— Mais vous vous perdez.

— Henri est mort!

— Il vit au contraire.

— Eh bien, ramenez-moi vers lui... s'il meurt, je mourrai à ses côtés... Mon Dieu! j'avais tant souffert déjà.

Jacques intervint.

— Eh bien, dit-il à Robert d'un ton rude et les sourcils concontractés, nous abandonnes-tu?

— Mais elle veut rester...

— Qu'elle reste donc!... mais ton hésitation va nous perdre...

— Allez toujours devant; je vous suis...

— Reste alors... et sauve qui peut!

Jacques s'éloigna.

Cependant les soldats n'étaient pas restés inactifs de l'autre côté de la barricade; déjà quelques moellons avaient volé en éclats, et bientôt ils allaient pouvoir se frayer une route à travers les pierres écartées.

Robert vit le danger, et n'écoutant à cette heure que le soin de sa conservation, il prit Marthe dans ses bras, malgré sa résistance, et courut sur les pas de ses compagnons.

Mais les détours de cette partie des catacombes lui étaient peu familiers, et il n'avait pas fait cinq cents pas qu'il ne marchait déjà plus qu'à l'aventure au milieu d'une nuit des plus profondes.

Il s'arrêta pour respirer.

Le terrain sur lequel il s'appuyait était humide et glissant, les parois des murs suintaient une sorte de liqueur visqueuse et glaciale qui lui pénétrait les os; il sentait tout le corps de Marthe grelotter entre ses bras.

Enveloppé de tous côtés par une ombre épaisse, il ne savait où il se trouvait, et craignait, en avançant davantage, de tomber dans quelque précipice, ou de retourner vers l'endroit d'où il venait.

Il hésita.

Marthe s'était presque évanouie de frayeur, et maintenant il regrettait de ne pas l'avoir abandonnée, ainsi que le lui avait conseillé Jacques.

Mais que faire? il était trop tard, et dans l'éloignement des corridors, il entendait le bruit régulièrement cadencé des soldats.

Ils allaient venir; il était perdu!

Tout à coup il frémit, et son regard sembla s'allumer pour percer l'obscurité.

Au loin, bien loin sans doute, une torche venait d'apparaître!

Ce n'étaient point les soldats, puisqu'il les entendait d'un côté opposé. Ce n'étaient pas non plus Jacques et ses compagnons, puisqu'ils n'avaient qu'une lanterne sourde, dont ils eussent caché soigneusement les rayons.

Quel ennemi nouveau venait donc à lui, et qu'avait-il à redouter?

La lumière n'était plus qu'à quelques centaines de pas.

Évidemment, celui qui portait cette torche arrivait en courant, et Robert sentit sa poitrine se soulever de surprise et d'émotion, quand, après quelques minutes d'attente, il reconnut dans l'homme qui accourait ainsi le fiancé de Marthe que Jeanne avait beaucoup de peine à suivre.

Henri se pencha vivement vers la jeune fille qu'il prit dans ses bras.

— Marthe! lui dit-il d'un accent profondément ému, Marthe! revenez à vous... celui que vous aimez est là... Henri!... voici Henri...

— Qui me parle!... balbutia la pauvre enfant en relevant languissamment le front, qui a parlé d'Henri? Je veux le voir... une dernière fois... et puis mourir...

La scène qui se passa alors est impossible à exprimer... Quelle plume pourrait dire les transports de joie folle, les ardentes ivresses des deux jeunes gens, et toutes les tendresses qu'ils échangèrent dans les premiers moments.

Henri ne se possédait pas, et Marthe avait oublié qu'elle n'était encore que sa fiancée.

Elle lui prenait les mains, l'attirait contre sa poitrine, livrait son front et ses lèvres à ses baisers enivrés... C'était un doux murmure de cris et de sanglots, à travers lequel on ne démêlait rien, sinon que le bonheur qu'ils éprouvaient l'un et l'autre à se retrouver, après s'être crus séparés pour jamais.

— Oh! où sont-ils les misérables qui ont voulu te ravir à mon amour! dit enfin Henri en revenant à lui.

Marthe frissonna et jeta un regard effaré autour d'elle.

Mais ils étaient seuls; Robert avait profité de leurs premiers transports, et il avait disparu. Il n'y avait plus auprès d'eux que Jeanne.

— Oh! ne menacez pas, mon ami, dit Marthe avec douceur; l'un d'eux, celui que nous appelions le comte de Kersaint, n'a cessé de me protéger, et s'il était ici, je le protégerais à mon tour contre votre colère... Ne songeons donc qu'au bonheur que le ciel nous envoie; hâtons-nous de sortir, et surtout d'aller rassurer mon pauvre père, qui doit mourir d'inquiétude.

Henri se rendit facilement à cette invitation. Il était lui-même très-faible, en raison du sang qu'il avait perdu; et, d'ailleurs, il n'avait plus aucune excuse sérieuse de rester dans les catacombes.

— Partons! dit-il à Marthe.

Et il fit quelques pas dans le chemin par lequel il était venu.

Mais, à cet instant seulement, il remarqua que le retour n'était pas aussi facile qu'il l'avait supposé tout d'abord.

En effet, soit que les infiltrations fussent plus abondantes de ce côté, soit que le terrain fût plus humide par le voisinage de quelque cours d'eau souterrain, pour une cause ou pour une autre, ils n'eurent pas fait cent pas qu'ils s'aperçurent que le chemin devenait impraticable, et que l'eau l'envahissait lentement de toutes parts.

Ils voulurent presser leur marche et gagner des lieux moins dangereux, mais plus ils avançaient, plus leurs pas s'enfonçaient dans le sol... Deux fois même, Marthe glissa sur la pente du chemin, et fut obligée de se retenir au bras d'Henri pour ne pas tomber.

Ce dernier échangea un regard effrayé avec Jeanne qui avait pâli, et dont une sueur froide mouillait les tempes.

Jusque-là, Marthe ne s'était pas rendu un compte bien net de la situation; mais, lorsqu'elle remarqua la pâleur livide qui se répandait sur leurs visages, un nouveau sentiment d'effroi s'empara d'elle, et elle promena son regard épouvanté de tous côtés.

— Que se passe-t-il, Henri, dit-elle alors d'une voix suppliante, où sommes-nous?... Quel nouveau malheur nous menace?... Oh! parlez... dites... ne craignez pas de m'effrayer... je veux tout savoir... Voyez, je suis forte... je serai courageuse... Et puis, qu'ai-je à redouter désormais, et quelle mort pourrait m'épouvanter, si elle doit me frapper à côté de vous?

Henri trouva encore la force de sourire à ce moment suprême, et de déposer un long baiser sur les yeux de la jeune fille, et sembla ainsi défier le sort.

— Vous avez raison, Marthe, lui dit-il d'un ton affectueux et tendre, qu'importe la mort, mais le ciel veille sur nous; Dieu m'a guidé dans ces souterrains, et c'est lui qui nous sauvera encore de la position terrible dans laquelle nous nous trouvons.

Le sol était bien détrempé; de grandes mares d'eau, profondes d'un pied, leur barraient le passage; mais enfin ils avançaient, et déjà l'espoir renaissait dans leurs cœurs.

Jeanne surtout, qui les précédait avec courage pour sonder le terrain et leur indiquer les endroits les plus favorables, Jeanne paraissait en proie aux sentiments les plus étranges, et passait alternativement du désespoir le plus profond à la joie la plus expansive.

Henri faisait trêve de temps en temps à ces tristes préoccupations pour l'observer en silence, et chaque fois il se sentait douloureusement impressionné par le touchant intérêt que la malheureuse femme leur témoignait, et le dévouement dont elle faisait preuve.

— Pauvre Jeanne, dit-il à Marthe, elle vous aime comme si vous étiez sa fille...

— Oh! elle vous aime encore plus que moi! répondit Marthe en souriant; la chère femme m'a bien souvent parlé de vous, Henri, et c'est elle qui m'a appris à vous aimer...

— Pourtant, d'où me connaissait-elle?...

— Je l'ignore...

Le jeune homme continua son chemin sans ajouter une parole; mais à la première occasion, il s'approcha de Jeanne, lui serra les mains avec effusion; puis il lui dit d'une voix émue:

— Je n'oublierai jamais ce que vous avez fait aujourd'hui pour Marthe et pour moi.

La malheureuse mère le considéra un moment avec un trouble profond, son cœur se prit à battre violemment, et elle baisa silencieusement les mains du jeune homme; mais elle ne trouva pas un mot à répondre, et à aucun prix elle n'eût voulu dire son secret; mais le mouvement d'Henri l'avait touchée jusqu'aux larmes, et elle mit toute son âme dans son baiser.

Malheureusement, la position était loin de s'améliorer; aucun de nos trois personnages ne connaissait les catacombes, et ils ne pouvaient plus compter que sur leur instinct pour les guider.

Un silence glacial les enveloppait de toutes parts; une fois seulement, ils avaient entendu une décharge gronder sous les voûtes sonores; mais le bruit de cette décharge était fort éloigné, et tout portait à croire qu'une distance considérable les séparait des soldats.

Que faire?...

D'ailleurs, les accidents qu'ils avaient remarqués auparavant commençaient à se reproduire; ils étaient arrivés par une pente insensible à un endroit où les infiltrations avaient formé une espèce de lac d'eau croupie et stagnante; dès les premiers pas que Jeanne y avait faits, elle avait senti le sol fuir sous ses pieds.

Marthe était épuisée; tant d'émotions l'avaient agitée qu'elle n'avait plus de force, et que le courage était bien près de l'abandonner.

C'est en vain que Henri tentait de réveiller son énergie, en lui parlant de son père qui l'attendait.

— Je n'ai plus ni force ni courage! balbutiait Marthe.

— Ces lieux sont maudits! ajoutait Jeanne d'une voix sourde.

— Eh bien, non! s'écria Henri... Jusqu'à présent nous sommes sortis sains et saufs de toutes les épreuves... Moi, je me sens disposé à de nouveaux efforts... Croyez-moi, écoutez-moi, ne restons pas ici une seconde de plus...

En ce moment Jeanne se dressa tout à coup de sa place et poussa un cri.

— Qu'y a-t-il? fit Marthe avec épouvante.

— Là!... là!... regardez... dit Jeanne.

Et son bras tendu indiquait, non loin de l'endroit où ils se trouvaient, une sorte de spectre qui dardait sur eux deux yeux brillants.

— Thérésa!... ajouta Jeanne avec une folle ivresse. Ah! nous sommes sauvés!...

C'était bien, en effet, la folle des catacombes.

Debout contre un pilier de soutènement, elle s'était mise à contempler le groupe que formaient nos trois personnages; et, les bras croisés sur la poitrine, le regard ardent, elle semblait se consulter sur ce qu'elle allait faire.

Enfin, elle secoua vivement le front, laissa échapper une exclamation gutturale et marcha résolûment vers Jeanne, qui lui tendait ses deux bras suppliants.

Chose étrange! on eût dit que toute trace de folie avait disparu de l'esprit de la folle; et, quand elle s'approcha de Jeanne et qu'elle eut serré ses mains dans les siennes, elle lui sourit comme eût pu le faire une personne dont rien n'avait jamais altéré la raison, et lui dit d'une voix douce et émue :

— D'où vient donc que tu te trouves ici?... la mort et la honte y habitent seules, et il faut te hâter d'en sortir...

— Mais nous sommes perdus, fit Jeanne en pleurant, et nous ne savons de quel côté chercher notre salut...

Thérésa ne répondit pas; elle venait d'apercevoir Henri et Marthe; son regard s'était arrêté, troublé et inquiet, sur le jeune homme.

Elle fit alors quelques pas vers ce dernier, qui ne savait que penser ni quelle attitude tenir.

— Henri, ajouta-t-elle, vous vous appelez Henri, n'est-ce pas, et vous êtes bien le fils de Philippe Chartier?

— Qui vous l'a dit?

Le regard de Thérésa se voila.

— Philippe!... murmura-t-elle à voix basse, Philippe... Quel souvenir!...

Elle resta quelques secondes ainsi, morne, sombre, triste; et, quand elle releva le front, on put voir deux larmes couler le long de ses joues hâves et creuses.

Deux larmes!... Les fous ne pleurent pas, cependant... Jeanne se sentit envahie par une mystérieuse épouvante.

— Ah! vous pleurez! s'écria-t-elle en se levant vivement et en courant vers Thérésa.

— Oui, répondit cette dernière, oui, Jeanne, je pleure... Je pleure ce passé funeste et toutes les joies qui étaient promises à ma jeunesse; je pleure sur ma vie misérable, sur mes souffrances, sur le désespoir de ceux que j'ai aimés...

Un sourire amer effleura les lèvres de Thérésa.

— Que s'est-il passé, je n'en sais rien, répondit-elle d'un ton vague et avec un geste heurté et fébrile; mais tout à l'heure, en entendant ces décharges réitérées, en voyant s'écrouler à mes pieds les voûtes de ces souterrains, un déchirement s'est fait en moi, un voile est tombé tout à coup de devant mes yeux, et il m'a semblé que je naissais à une vie nouvelle... L'heure est venue, Jeanne, et j'ai une mission à accomplir...

— Que voulez-vous donc faire?

Thérésa ne répondit pas; elle s'était tournée de nouveau vers le jeune homme et s'était emparée de ses mains.

— Henri, lui dit-elle alors d'un ton ferme et résolu, je vais vous quitter; c'est la première fois que je vous vois, ce sera la dernière... Mais, avant de m'éloigner, je veux vous montrer le chemin qui doit vous conduire hors d'ici... Vous allez retourner sur vos pas, et vous marcherez devant vous jusqu'à ce que vous trouviez un cloaque pareil à celui-ci, et auquel deux sentiers aboutissent, venant de deux directions opposées...

— Et lequel faudra-t-il prendre?

— Celui que vous indiquera un pilier, sur lequel j'ai gravé moi-même la forme d'un poignard... Après, vous irez tout droit, toujours; et si quelque hésitation naissait dans votre esprit, si quelque trouble survenait dans le trajet, des poignards gravés sur les murailles, de distance en distance, vous remettront dans votre chemin, et vous atteindrez ainsi la maison de Jean Reynaut.

— Ah! que ne vous devrai-je pas de reconnaissance! s'écria Henri.

Thérésa fit un signe de tête.

— Vous ne m'en devrez aucune, dit-elle; car, ce que je fais aujourd'hui, c'est moins pour vous que par souvenir pour une autre personne.

— Qui donc?

— Votre père, donc.

— Vous l'avez connu, madame?

— Oui, je l'ai connu... à une autre époque de ma vie... quand j'étais heureuse... quand j'étais riche... quand j'étais belle!...

En prononçant ces mots, et comme si le souvenir de cette beauté qui lui avait été si fatale l'eût ramenée vers un autre ordre d'idées, le front de Thérésa s'assombrit tout à coup, et elle tira son poignard de sa ceinture.

— Allons, dit-elle brusquement, il faut partir... ne perdez pas de temps... éloignez-vous...

— Mais vous! vous! insista Jeanne, avec un douloureux pressentiment qui lui serra le cœur.

— Moi! fit Thérésa, qui donc pense à moi!...

— Ah! vous allez nous suivre... je veux vous arracher à ces lieux, je ne vous quitterai plus... nous parlerons du passé... Qui sait... peut-être y aura-t-il encore un peu de bonheur pour vous en ce monde.

Thérésa repoussa les mains de Jeanne.

— Non! dit-elle, non! il n'y a plus de bonheur!... Je ne dois plus sortir d'ici... les catacombes doivent être mon tombeau; mais auparavant...

Et un éclair fauve sillonna son regard, tout son corps sembla frissonner, comme au contact d'un courant électrique.

— Adieu! dit-elle, en faisant quelques pas vers la mare d'eau croupie.

Puis, elle s'arrêta.

Une idée nouvelle, un sentiment nouveau venait de la toucher, et elle courut vers Jeanne, dont elle prit le front dans ses mains et qu'elle baisa avec un transport presque fou.

— Oh! pauvre chère... pauvre Jeanne, dit-elle en sanglotant et le visage baigné de larmes, je ne veux pas te quitter ainsi... Je t'aime... mon cœur est à toi comme à lui, et je serais ingrate, si je fuyais sans te dire toute mon amitié, dans une dernière parole et un baiser suprême... Ah! tu as souffert, toi aussi, tu as pleuré... et tu as caché tes douleurs et tes larmes... Pauvre Jeanne, pauvre mère!...

Et elle se tourna encore une fois vers les jeunes gens.

— Marthe, Henri, ajouta-t-elle avec une effusion de tendresse dont le cœur le plus dur eût été ému, vous allez être heureux, ne soyez pas égoïstes; tenez, jeune homme, regardez bien cette femme, c'est une mère qui n'a jamais embrassé son enfant... et cet enfant existe pourtant, et il est près d'elle, sans soupçonner l'amour ardent et profond dont il est l'objet... Henri, aimez cette femme, comme son enfant l'aurait aimée... et vous la verrez sourire; en la rendant heureuse, vous ferez une chose qui sera agréable à Dieu!

Il y avait dans le ton dont Thérésa avait prononcé ces paroles un tel accent de vérité, cet appel fait à Henri était si touchant et allait si droit au cœur, que le jeune homme s'en sentit tout troublé, et que, poussé par une puissance plus forte que la volonté même, il quitta le bras de Marthe, alla vers Jeanne, étonnée et surprise, et, s'étant emparé de ses mains, il l'attira sur sa poitrine, pour oublier un instant ses lèvres sur son front.

Jeanne était près de défaillir.

— Jeanne, dit Henri d'un ton pénétré, vous êtes séparée de votre enfant, et moi, je n'ai jamais connu ma mère... Jeanne, voulez-vous que je sois votre fils?...

— Jeanne, ma bonne Jeanne! ajouta Marthe.

Mais la pauvre mère ne put que sangloter... Jamais pareil bonheur n'avait ravi son âme.

Elle ne put que baiser en pleurant les mains de Thérésa.

— Et maintenant, adieu! dit cette dernière.

— Adieu! adieu! dirent en même temps Marthe et Henri.

— Adieu! dit à son tour Jeanne, qui sentit tout son cœur se déchirer... Au moins vous reverrons-nous?...

— Jamais!...

— Mais où allez-vous donc?

— Où la vengeance m'attend!

Et en brandissant son poignard, elle ajouta :

— Robert!... Robert!... à nous deux, maintenant...

XIX

LA VENGEANCE DE LA FOLLE

En quittant Henri et Marthe, Thérésa s'était éloignée d'un pas rapide, et elle avait gagné les profondeurs des catacombes, passant à travers les mille dédales de ses couloirs comme si la topographie lui en eût été familière.

Sa torche d'une main, son poignard de l'autre, les cheveux flottant sur ses épaules nues et les vêtements en désordre, elle allait, sans se préoccuper des bruits insolites qui venaient jusqu'à elle, redoublant de célérité, traversant les mares d'eau, sans crainte, alerte, ardente, la poitrine soulevée par une émotion puissante!

On eût dit que dès ce moment elle avait calculé par quels détours nombreux il lui fallait passer pour atteindre le but vers lequel elle marchait... Une idée fixe la poussait évidemment, et elle ne devait plus s'arrêter que lorsqu'elle l'aurait mise à exécution!

Cette marche ou, pour mieux dire, cette course insensée, dura près d'une heure; elle avait dépassé depuis longtemps déjà l'endroit où les combats précédents avaient eu lieu, et en remarquant, aux empreintes tracées sur le sol humide, la direction que les bandits et les soldats avaient dû prendre, elle avait tout à coup changé d'itinéraire, et s'était remise à courir avec une nouvelle ardeur dans un sens opposé.

Si elle avait pu douter jusqu'alors, maintenant elle était sûre de son fait.

Le plus profond silence régnait en ce moment sous les galeries; mais que lui importait le silence et la solitude; elle savait désormais vers quelle fin elle marchait.

Tout à coup elle s'arrêta.

A deux pas devant elle, il y avait un homme, et cet homme, c'était Robert!

Robert indécis, incertain, cherchant sa route, et craignant, s'il avançait ou reculait, de donner dans l'escouade de soldats lancés à sa poursuite.

Thérésa eut beaucoup de peine à réprimer un cri de joie qui vint mourir sur ses lèvres.

Par un de ces bienfaits inespérés du ciel qui restent inexplicables à l'intelligence humaine, elle avait recouvré en partie sa raison égarée, et, en reconnaissant Robert, elle croisa ses deux bras sur sa poitrine.

— Thérésa!... fit ce dernier en l'apercevant.

— Oui, répondit la malheureuse femme, moi qui viens te soustraire aux poursuites dont tu es l'objet.

— Tu m'as donc reconnu?

— Cela t'étonne?

— La dernière fois que je t'ai vue... il me semblait... j'avais cru remarquer...

Thérésa eut un amer et ironique sourire.

— J'étais folle!... n'est-ce pas? dit-elle d'une voix stridente; oui, je le fus longtemps... j'avais tant souffert, que ma pauvre tête s'était égarée; mais le ciel m'a fait la grâce de me rendre à la raison, et à cette heure, Robert, je te reconnais, et je viens te sauver.

Un éclair brilla à ces paroles dans les yeux du bandit, et il se rapprocha vivement de la malheureuse.

— Dis-tu vrai? s'écria-t-il avec un commencement d'espoir.

— Veux-tu me suivre?

— Mais toutes les issues sont gardées, et il est impossible de sortir de ces souterrains.

— Il est impossible d'en sortir aujourd'hui, repartit Thérésa, cela est vrai; aussi n'est-ce point ainsi que je veux te sauver.

— Que prétends-tu donc?

— As-tu confiance en moi?

— Oui; parle.

— Eh bien, s'il est difficile de fuir, puisque la police te guette en ce moment, du moins est-il possible de te cacher jusqu'au jour où tout danger aura disparu.

— Tu ferais cela?

— Je connais un lieu peu éloigné, où nul n'irait te chercher.

— Et ce lieu, tu peux me l'indiquer?

— Quand tu voudras...

— Ah! viens, viens!... je te suis...

Thérésa fit un signe de tête triomphant, saisit avec autorité la main de Robert, et l'entraîna aussitôt sur ses pas.

Le trajet dura un quart d'heure... ils marchaient à pas pressés et rapides... le terrain allait en inclinant, et une humidité glaciale y pénétrait les os.

— C'est ici! dit Thérésa en indiquant une sorte de rond-point, dont un énorme bloc de pierre défendait l'entrée; cette pierre, soulevée d'un côté par un cric oublié en cet endroit, laissait un passage étroit, par lequel un homme pouvait se glisser en rampant.

— Une fois dans cette retraite, dit Thérésa, tu es sauvé.

Robert n'hésita pas; il se jeta à plat ventre, se mit à ramper, et, quelques secondes après, il se trouvait dans le rond-point.

Quand Thérésa se fut assurée qu'il avait pénétré dans la grotte, elle donna un coup vigoureux au cric, et l'énorme pierre qu'il soutenait vint tomber lourdement et fermer tout à fait l'entrée.

— Que fais-tu là? dit Robert effaré.

— Tu le vois, répondit Thérésa simplement, et bien fin sera celui qui ira te soupçonner en cet endroit.

— Mais si je voulais en sortir?

— Je vais t'en indiquer le moyen.

Et, sans attendre de nouvelles observations, elle s'éloigna en tournant la grotte et suivant toujours la déclivité du terrain.

Robert était resté dans l'obscurité la plus complète; mais, à l'aide des mains, il fit le tour de la grotte, qui était peu spacieuse, et put se rendre compte de la position dans laquelle il se trouvait.

L'espace était étroit, quelques mètres carrés tout au plus; — de toutes parts un mur épais et solide, laissant seulement entre les pierres dont il était composé quelques intervalles larges comme la main. Autant qu'il put en juger, la voûte en était fort élevée.

Certes, c'était là une admirable retraite, et, ainsi que l'avait dit Thérésa, Robert pouvait être assuré que nul ne l'y viendrait découvrir. D'ailleurs, elle avait promis de revenir et il attendit.

Dix minutes s'écoulèrent.

A travers le morne silence qui l'enveloppait, il entendait de temps à autre des pas aller et venir autour de la grotte, et bientôt, à peu de distance, quelques coups de pioche retentirent.

Un frisson passa sur tous ses membres à ce bruit sinistre, et il eut comme un vague pressentiment de la vérité.

Que faisait donc Thérésa, et à quelle œuvre mystérieuse travaillait-elle?

L'attente ne fut pas longue.

Les bruits cessèrent bientôt en effet, et, presque immédiatement, du haut de la voûte tombèrent quelques rayons lumineux qui éclairèrent subitement l'obscurité.

En même temps, Thérésa se laissait tomber à ses côtés.

— Eh bien? lui dit-il d'une voix haletante.

— C'est fini, répondit Thérésa.

— Mais où sommes-nous ici?

— Regarde.

Et, levant le bras, elle lui fit remarquer la grotte.

La voûte avait au moins vingt pieds d'élévation; les murs en étaient nus et sans aspérités; entre les pierres, qui s'élevaient jusqu'au haut, il eût été impossible de passer plus que la main.

Robert frémit.

— Mais le moyen de sortir de cette retraite? demanda-t-il avec un regard plein d'inquiétude.

— Nous n'en sortirons plus! répondit Thérésa d'une voix sombre; tu ne comprends donc pas?

— Mais, c'est insensé!

— Hier, on eût pu le croire, aujourd'hui, regarde-moi bien, Robert, et dis-moi si dans mes yeux il y a la moindre lueur de folie?

— Ah! tu m'as donc joué?

— Je me suis vengée!...

Robert saisit les mains de Thérésa et les serra jusqu'à les broyer.

— Ah! tu as voulu te venger! s'écria-t-il avec une fureur mal contenue, et tu n'as pas pensé qu'à cette heure, et sans espoir, je pourrais te faire payer cher une pareille fantaisie... Thérésa, tu mourras avec moi!

Thérésa répondit par un éclat de rire nerveux.

— Crois-tu donc m'effrayer, dit-elle avec ironie; mais, en venant ici, j'avais fait le sacrifice de ma vie.

— Malheur à toi!

— Qu'ai-je fait en ce monde, et ne vaut-il pas mieux que j'aille rejoindre mon père que tu as rendu fou... et mon fils que tu as assassiné!...

Robert avait arraché la torche des mains de Thérésa, et il examinait avec une fiévreuse attention l'endroit où il se trouvait, pour se bien convaincre que toute issue lui était fermée.

— Oh! tous tes efforts seraient inutiles, poursuivit Thérésa, implacable et moqueuse, la fuite est désormais impossible; et, d'ailleurs, j'ai pris soin de hâter le moment où tu dois aller rendre compte à Dieu de tous tes forfaits.

— Qu'est-ce donc? fit Robert.

— Écoute...

Depuis quelques instants un bruit sourd et persistant s'était fait entendre, et le sol de la grotte semblait devenir d'instant en instant plus humide.

— Qu'est-ce que cela? dit encore Robert.

— L'eau nous gagne, répondit Thérésa.

— Mais, c'est une idée infernale!

— Et digne de toi, n'est-ce pas?

— Thérésa!...

— Tu as peur?

— Cette mort sera horrible!...

L'eau s'infiltrait par toutes les fissures et elle montait lentement; c'était un bruit sinistre, une mort horrible, en effet, et Robert se tordait les mains avec désespoir.

— O mon fils! mon fils! s'écria-t-il presque fou d'épouvante et de fureur.

— Ton fils, répondit Thérésa, il est mort, assassiné par toi!

— C'est faux!... Tout à l'heure je l'ai reconnu... là... cette croix...

— Cette croix, c'est moi qui l'avais faite... Celui que tu as sauvé, c'est Henri, le fils de Jeanne, l'amant de Marthe; celui que tu as assassiné, c'est Georges, le fils de Thérésa Balbi...

— Oh! comment fuir!... comment me soustraire à cette mort qui m'attend?... Thérésa, aie pitié... oublie le passé... et si tu le veux, eh bien, je te le jure, je me repentirai!...

L'eau continuait de monter : elle atteignait maintenant les genoux de Robert; encore quelques minutes et tout espoir était perdu!

Il fit un suprême effort et tenta de prendre les mains de Thérésa; mais celle-ci se rejeta vivement en arrière. Seulement, dans le mouvement que Robert venait d'effectuer, la torche lui échappa des mains et ils se trouvèrent dans l'obscurité la plus sinistre.

Robert poussa un cri de rage et s'élança vers Thérésa avec des menaces terribles.

Mais celle-ci s'était rejetée de côté, et Robert alla donner contre le mur.

— Ah! je te tuerai, Thérésa, s'écria-t-il hors de lui.

— J'y suis préparée, répondit Thérésa avec ironie, puisque je suis venue mourir avec toi.

Robert étendait les bras; il allait et venait à travers cette obscurité aveugle, et finit par saisir les mains de la pauvre femme.

— Enfin, dit-il d'un accent sauvage, je te tiens et tu ne m'échapperas plus.

— Y a-t-il donc une issue possible?

— Oh! n'importe... tu es venue ici avec quelque espoir infernal; il y a un moyen de sortir de cette retraite, et tu le connais. Eh bien, parle, il en est temps encore, nous pouvons nous sauver tous les deux, et si tu fais cela, je jure de te laisser la vie sauve. Mais hâte-toi... parle, ou si tu t'obstines à te taire, je te brise le crâne contre les angles de cette pierre.

Thérésa se prit à ricaner.

— Tu deviens fou, dit-elle, en cherchant à dégager ses mains; ces murailles épaisses ne peuvent nous offrir aucun moyen de salut; l'eau, qui envahit cette grotte, monte incessamment et va bientôt nous engloutir... La mort a déjà une main sur nous et elle ne nous lâchera plus. Robert?... ton heure est venue, et si tu veux te reconcilier avec Dieu, à mon tour je te dirai : hâte-toi.

Robert lui serra le bras à le lui briser; il attira violemment Thérésa dans ses bras et parut un instant vouloir l'étouffer dans une étreinte puissante.

Mais il fut obligé de lâcher prise, car il sentit la pointe acérée et froide d'un poignard pénétrer ses chairs.

— Ah! misérable!... s'écria-t-il en reculant de deux pas, tu étais armée?

— Il y a longtemps que ce poignard ne me quitte plus, répondit Thérésa.

— Oh! me venger! me venger!...

Cependant, sa situation s'aggravait de seconde en seconde au lieu de s'améliorer. L'eau, s'infiltrant toujours à travers les étroits intervalles des assises de pierre, continuait de monter, et maintenant Robert la sentait qui baignait sa poitrine; de toutes parts, d'ailleurs, il s'opérait autour d'eux un mystérieux travail de destruction, et il était à craindre que l'eau, minant le pied des murs de soutènement, peu solides en cet endroit, un nouvel éboulement ne vint les ensevelir.

Robert eut un moment de révolte contre ce danger qui le menaçait sans qu'il entrevît aucun moyen de le conjurer; et, proférant un énergique juron, il tenta, à l'aide des pieds et des mains, de parvenir jusqu'au sommet de la voûte, au haut de laquelle il devait y avoir une ouverture.

Dès que cette idée se fut fait jour dans son esprit, il se mit à tourner autour de la grotte et saisit la première aspérité qu'il rencontra, il s'y cramponna avec un désespoir farouche.

Mais la pierre, rendue friable par l'humidité qui régnait éternellement dans ces souterrains, ne lui offrit qu'un appui incertain, et, à plusieurs reprises, il retomba lourdement dans l'eau. C'était cependant le seul espoir qui lui restât, et vingt fois il dut recommencer l'entreprise.

De ses ongles saignants, de ses genoux déchirés, il cherchait à saisir les angles du mur. Une sueur abondante coulait de son front; sa poitrine haletait, son œil flamboyait dans son orbite démésurément ouverte.

C'était horrible!...

Enfin pourtant la fortune parut lui sourire.

Robert était une nature exceptionnellement robuste, et ici, il s'agissait de sa vie.

Pour la vingtième fois, il venait de recommencer l'ascension.

Soit qu'il s'y fût pris plus adroitement, soit que le hasard lui eût offert des appuis plus solides, toujours est-il qu'il était parvenu jusqu'à cet endroit de la voûte qu'il voulait atteindre.

Ainsi qu'il l'avait deviné, il y avait là une ouverture qui devait donner dans les galeries supérieures; une fois là, il était sauvé.

L'ouverture était étroite; c'est à peine si Thérésa avait pu y passer quelques instants auparavant; mais Robert voulait fuir, et aucun obstacle ne pouvait plus l'arrêter.

Il n'était plus qu'à peu de distance — un mètre au plus —; en étendant la main, il sentait déjà l'orifice; il se crut sauvé et poussa un cri de joie auquel Thérésa répondit par un cri de désappointement épouvanté.

Mais Dieu veillait... car au même instant un craquement épouvantable se fit entendre dans les profondeurs des galeries; la grotte s'ébranla du sommet à la base, et Robert, entraîné par la chute de la muraille, à laquelle il resta cramponné, alla tomber dans l'abîme d'où il ne devait plus remonter.

C'était le dernier acte de ce drame des catacombes. Robert et Thérésa, — la victime et le bourreau, — devaient y rester ensevelis à jamais!...

ÉPILOGUE

UNE VISITE AUX CATACOMBES

Quelques années s'étaient écoulées depuis les événements racontés plus haut, et, depuis longtemps déjà, l'opinion publique, vivement alarmée des scènes qui s'étaient passées dans les catacombes, en avait oublié les principaux acteurs et les redoutables victimes.

Thérésa et Robert étaient morts..., on n'avait plus entendu parler de Jacques qui avait dû périr, sans doute, sous quelque éboulement, et, quant aux autres bandits, ils avaient payé de leur tête la longue suite de crimes auxquels ils avaient pris part.

Depuis cette époque, des travaux importants avaient été entrepris, et, de loin en loin, comme l'usage en est encore établi aujourd'hui, on autorisait un certain nombre de curieux à venir visiter les galeries et l'ossuaire.

Il n'y a là rien de bien précisément extraordinaire ni qui puisse frapper l'imagination, et ce qu'il y a de plus curieux dans ces visites trimestrielles, ce sont sans contredit les visiteurs eux-mêmes.

On descend dans les catacombes par groupe de soixante à quatre-vingts personnes, et le spectacle original est celui que présentent ces visiteurs, dont chacun porte sa bougie à la main, et s'aventure sous ces galeries privées d'air, sans être bien rassuré au fond sur les catastrophes qui peuvent l'y atteindre.

Notez qu'il n'y a pas le moindre danger; mais, dans toutes les foules parisiennes, on trouve toujours quelque loustic d'occasion qui se charge volontiers de raconter les histoires ténébreuses qui peuvent effrayer ceux qui les entourent, et quelque invraisemblables, quelque dépourvues de bon sens que soient ces histoires, elles trouvent toujours un public disposé à y ajouter foi.

Donc, le 25 juillet de l'année 184..., une soixantaine de personnes se trouvaient réunies autour du bâtiment de l'octroi de la barrière d'Enfer, et elles attendaient avec une certaine impatience fébrile, et tout en préparant leurs bougies, que la porte s'ouvrît devant elles et que le cicerone fourni par l'administration pour la circonstance vînt se mettre à leur disposition.

Plusieurs groupes s'étaient formés.

Dans le premier, un homme mis avec une extrême modestie, paletot sac qui montrait la corde, chapeau un peu endommagé par les intempéries de plusieurs années, cravate à peine nouée, linge d'une propreté équivoque, pérorait au milieu de cinq ou six auditeurs, qui paraissaient l'écouter avec une grande attention.

— Ainsi, disait l'un d'eux, vous croyez que ma maison se trouve placée au-dessus des catacombes, et que de ma cave je pourrais y pénétrer facilement.

— Où demeurez-vous donc? fit l'inconnu.

— Rue Neuve-d'Orléans.

— Quel numéro?

— Trente-huit.

— Eh bien, c'est cela même; descendez dans votre cave, sondez les murs, et vous m'en direz des nouvelles.

— Diable! dit le propriétaire du numéro 38; mais savez-vous, monsieur, que c'est peu rassurant, cela?

— Et pourquoi donc?

— Dame! il n'y a pas encore longtemps que les catacombes étaient habitées par un gredin de la pire espèce.

— Vous croyez?

— Les journaux l'ont raconté à l'époque.

— Oh! si vous croyez les journaux, ils vous en diront bien d'autres; les journalistes sont des bavards qui spéculent sur la crédulité des portiers.

— Cependant...

— Et y a-t-il longtemps que vous êtes propriétaire du numéro 38?

— Il y a cinq ans.

— Et avant vous?

— Attendez donc... c'était un honnête vieillard...

— Qui s'appelait Regnault?

— Vous le connaissez?

— Oh! un peu... mais je l'ai perdu de vue depuis longtemps. Savez-vous ce qu'il est devenu?

— Attendez donc... il s'est retiré en province, à Meaux, en Brie. Il fait beaucoup de bien, et s'occupe des pauvres et des orphelins; au surplus, la maison qu'il m'a vendue, et que...

Le naïf propriétaire du numéro 38 de la rue Neuve-d'Orléans aurait continué longtemps sur le même ton si, à ce moment, la porte ne s'était pas ouverte et si la foule ne les avait pas entraînés vers une seconde porte plus étroite, placée au fond d'une vaste cour, et qui ouvre immédiatement sur l'escalier des catacombes.

Ce mouvement avait un peu troublé les dispositions antérieurement prises par chacun, et, par l'effet du *remous*, un nouveau groupe était venu se placer non loin de l'inconnu et de son interlocuteur.

Dans ce groupe, nous retrouverons quelques-uns de nos amis, ceux du moins auxquels nous espérons que le lecteur a bien voulu s'intéresser.

Et d'abord, c'est Henri et Marthe!

Henri et Marthe sont mariés depuis cinq années environ; mais on dirait, à les voir penchés l'un sur l'autre, absorbés dans leur conversation, que leur bonheur ne date que de la veille.

Derrière eux viennent tante Aurore et son frère, M. de Ferbach, puis encore un homme d'une cinquantaine d'année environ, à l'allure un peu roide et emphatique, cravate blanche, habit noir, regard légèrement assombri par deux sourcils éternellement contractés. Ce dernier personnage est M. de Blanquet, procureur du roi au Havre, ami de M. de Ferbach, et soupirant de tante Aurore.

Depuis quatre ans, Henri a pris la maison Blanchard et compagnie du Havre, et, grâce à l'ami Blondelet, qui est resté caissier, il s'est mis peu à peu au courant des affaires, et est devenu un des gros bonnets de la place.

Henri et Marthe ne sont pas venus à Paris depuis quatre années, et, en se retrouvant si heureux après avoir été si rudement éprouvés, ils ont été pris de l'ardent désir de voir ces lieux où ils avaient tant souffert...

Tante Aurore les suit du regard, se parlant bas à l'oreille, se cherchant des yeux, et elle les montre à son frère :

— Pauvres enfants!... dit-elle; ne dirait-on pas qu'ils sont mariés d'hier... leur bonheur leur a coûté bien des larmes.

— Et qu'importe! s'écria M. de Blanquet, le bonheur ne saurait s'acheter trop cher.

— Ah! monsieur, si vous les aviez vus à cette époque, poursuivit tante Aurore; on a bien parlé d'eux, les chers enfants... aujourd'hui on les a oubliés.

— Et qui s'en plaint? objecta M. de Ferbach; un grand moraliste ne l'a-t-il pas dit?... Heureux les peuples qui n'ont pas d'histoire!...

Le colloque finit sur ce mot, car on commençait à descendre.

Nous n'essayerons pas de dépeindre l'émotion que Marthe et Henri éprouvèrent quand, après avoir descendu les soixante-dix-sept marches de l'escalier, ils se trouvèrent tout à coup dans les longues galeries.

C'était tout leur passé qui se dressait devant eux, et avec ce passé toutes leurs souffrances, toutes leurs douleurs, toutes les épreuves qu'ils avaient dû subir.

Ils ne parlaient pas... ils marchaient muets et oppressés; et de temps à autre leurs mains se serraient silencieusement, et des larmes voilaient leurs yeux.

— Dieu soit béni! murmura Marthe à voix basse en levant les yeux au ciel, au moins nous n'avons plus rien à craindre de ces malheureux.

Henri ne répondit pas; depuis quelques secondes il écoutait.

Devant eux, deux hommes marchaient à pas lents et causaient, sans se douter que leur conversation pouvait être recueillie par une oreille intéressée.

— Ainsi, disait le propriétaire du numéro 38, vous avez quitté les affaires?

— Mon Dieu, oui, répondait l'inconnu, et je voudrais, maintenant, trouver une maison honnête où me retirer... Je vis tranquille, je me couche de bonne heure, je n'ai avec moi ni femme, ni chiens, ni enfants.

— C'est comme moi.

— Et pourvu que je trouve, le soir, à faire ma partie de dominos...

— De dominos?...

— Savez-vous y jouer?

— Moi, j'en raffole; et tenez, cela me fait venir une idée...

— Laquelle?

— J'ai, chez moi, un appartement vacant.

— Vraiment!

— Si vous le preniez.

— Au fait... cela pourrait bien se faire... J'irai vous voir.

— Quand cela?

— Demain.

— Demain soit; mais soyez exact, au moins.

— Oh! je suis l'exactitude même... Quand on a été notaire!...

Henri tressaillit et ne fut pas maître d'un premier mouvement; une pâleur mortelle se répandit sur ses traits.

Cet homme qui était là, à deux pas de lui, c'était Jacques! Jacques, échappé par miracle sans doute, et qui revenait visiter le théâtre de ses exploits.

— Qu'avez-vous donc, monsieur Henri? dit M. de Blanquet qui se trouvait derrière lui.

Henri mit un doigt sur ses lèvres.

— Silence! au nom du ciel! dit-il à voix basse; il y va de la vie de Marthe et de la mienne peut-être... Regardez... cet homme... là... là... eh bien, c'est un des assassins de la bande Robert!...

— Dans ce cas, laissez-moi faire.

M. de Blanquet avait vu souvent des criminels en face et il n'en avait pas peur.

Il passa rapidement à côté de Jacques, gagna les premiers rangs de visiteurs, et alla trouver l'ingénieur qui présidait à la visite.

Ce fut l'affaire de quelques secondes; un instant après, et comme on arrivait à l'ossuaire, il alla résolûment à Jacques et lui frappa sur l'épaule.

Ce dernier frissonna à ce contact, et, par une sorte d'intuition naturelle, il devina qu'il était découvert.

A tout hasard il tira son poignard de sa poche et se retourna, en apparence indifférent, pour voir à qui il avait affaire.

En apercevant M. de Blanquet, il ne fut pas longtemps à reconnaître le magistrat, et d'un mouvement brusque il leva le bras et il allait frapper, quand trois des gardiens des catacombes se jetèrent à l'instant même sur lui et le terrassèrent.

Ce fut la dernière tentative de ce misérable.

Lui, plus que tous les autres peut-être, il avait mérité le châtiment, et cette fois, il ne put y échapper.

Il avait été condamné à mort par contumace; il fut exécuté le 25 août suivant.

FIN DES DRAMES DES CATACOMBES

LA MIGNON DE GŒTHE

PAR

LÉON BEAUVALLET

I

C'était à Bade, en 1780. Le cor sonnait joyeusement sous les ombreuses allées du vieux parc, et, de minute en minute, quelque élégant cavalier, quelque gracieuse amazone, venaient grossir la foule qui déjà se trouvait au rendez-vous.

Sous un chêne centenaire, qui les protégeait de son ombre, cinq ou six chasseurs sablaient gaiement le vin du Rhin et le champagne.

— A la santé de vos malades, docteur!... dit l'un des buveurs en choquant son verre contre celui du maître et seigneur de ce somptueux domaine.

— Mes malades!... répondit le docteur, je n'en ai pas, Dieu merci!... A Bade, jamais de ces mines pâles et souffreteuses, jamais de ces infirmités qui affligent le reste de la terre!... Ici, ce sont des fêtes continuelles : chasse le matin, bal le soir, le jeu tout le jour et toute la nuit!... Je suis directeur de cet Eldorado et telle est la règle que j'y ai imposée!... Comment diantre, avec cela, voulez-vous qu'on trouve le temps de souffrir?

— C'est pardieu vrai! répondirent les buveurs en trinquant de nouveau.

— Si quelqu'un ose se plaindre, continua l'étrange docteur, vite une tranche de venaison et deux bouteilles de bordeaux! Voilà ma méthode, vive Dieu! et si tous les médecins étaient comme moi, l'humanité ne s'en porterait que mieux et le reste n'en irait pas plus mal!

— Messieurs, dit en se levant le jeune sir George, je porte un toast au docteur!

— Vous avez raison, mon fils, répondit gravement l'un des autres buveurs. Trinquons au plaisir de la chasse!... à Nemrod, notre maître!

— Allons, bon! s'écria sir George en éclatant de rire, voilà mon père qui joue aux propos interrompus!... C'est déplorable! n'avoir qu'un père... car je n'en ai qu'un, et l'entendre débiter chaque jour tant d'absurdités!... Triste! triste!

— Que voulez-vous, sir George?... ce n'est pas de sa faute!

— Eh! de la mienne, non plus!... interrompit l'enfant terrible. Pourquoi sir William possède-t-il une oreille si rebelle?...

Un soupir profond et sonore interrompit brusquement le jeune Anglais, et fit tourner la tête à tout le monde.

— Qui diantre se permet de soupirer de la sorte? fit le docteur en fronçant le sourcil. Ah! ah! continua-t-il en reconnaissant son homme : C'est le jeune poëte français arrivé d'hier... c'est un fou!...

— Parbleu! je vais le faire causer!... murmura sir George. Monsieur... fit-il en s'inclinant...

Le nouveau venu s'avança lentement vers le jeune homme; puis, d'une voix prétentieuse :

— Que demandez-vous au poëte, fils de la perfide Albion? dit-il en accompagnant chaque mot d'un geste déclamatoire.

— Pourrions-nous savoir, monsieur, poursuivit George avec son flegme britannique, quel est l'heureux vent qui vous a poussé de ce côté?

— C'est un désir, jeune homme, ce n'est pas un vent, répondit l'autre avec emphase.

— Et ce désir?...

— C'est de contempler de près le lever de l'aurore.

— C'est un plaisir que vous eussiez pu, sans peine, vous procurer à Paris.

— Fils d'Albion, vous errez du tout au tout! mon aurore à moi, qui cela peut-il être, sinon le grand, le beau, le vrai, l'immense, l'incomparable, l'inimitable auteur de *Werther*, celui qui a peint avec de si merveilleuses couleurs les souffrances d'un cœur amoureux?

Et le poëte poussa un deuxième soupir qui n'avait rien à envier au premier.

— Gœthe?... c'est de Gœthe que vous parlez?

— C'est toi qui l'as nommé!

— Croyez qu'il sera bien flatté...

— Les grands génies doivent se comprendre... j'ai compris Gœthe... Gœthe me comprendra!

Et là-dessus, un troisième soupir.

— Vous êtes malade, décidément! grommela le docteur.

— Non! je pense à Werther... Comme il a dû souffrir!

— Seriez-vous amoureux?

— Amoureux!... répéta le poëte en gémissant, hélas!... non! reprit-il en changeant de ton; mais je vais le devenir. Hier, en débarquant dans ce temple, une divinité s'est offerte à ma vue... et j'ai senti, là, dans mon cœur, comme le premier chapitre d'un roman, le prologue d'un drame!... J'ai vu le premier quartier de la lune!... j'ai gravi le premier échelon de l'échelle d'amour!

— Qu'est-ce qu'il dit?... qu'est-ce qu'il dit? demanda George au docteur.

Quoique parlant français, il ne comprenait plus un mot au style trop imagé de son interlocuteur.

— Voici un recueil de poésies que je veux soumettre à Gœthe! continua le poëte en tirant un volume de sa poche. Auparavant, je ne serais pas fâché de prendre votre avis...

— Pardon!... pardon!... s'empressa de dire sir George. Nous serions incapables de vous comprendre. Pas vrai, docteur?

— Tout à fait incapables!

— En revanche, poursuivit le jeune homme en étouffant un éclat de rire, voici le baronnet, sir William, mon père, qui raffole de poésie!...

— C'est mon homme! s'écria le poëte.

Et il fit un profond salut à sir William.

— C'est un roman poétique, taillé sur la coupe de *Werther!* dit cet Oronte de nouvelle espèce.

— Ah! ah! répondit le sourd, c'est là le gibier que vous préférez, jeune homme!... Très-bien! très-bien!

— Mon titre, le voici : *les Catacombes de l'Ame*.

— Il faut de bons chiens pour en venir à bout, interrompit le vieil Anglais.

— Des chiens! fit le poëte surpris. Ah! bon! c'est une métaphore!... mes chiens, à moi, sont mon talent et mon inspiration.

Et il se disposa à commencer :

— Pour cela, c'est la nuit qu'il faut choisir, interrompit le baronnet.

— Je ne travaille jamais que la nuit, répliqua le poëte.

Et il lut :

> Ce soir-là, j'étais seul... seul avec mon génie...
> J'étais donc seul...

— Quel âge avez-vous? questionna le sourd.

— Vingt-cinq ans, répondit l'autre.

Il recommença :

> Ce soir-là, j'étais seul... seul avec mon génie...
> J'étais donc seul! Soudain, en contemplant l'azur
> Du ciel...

— Ah! ah! tout cela est imprimé?... fit l'Anglais, qui n'avait pas entendu un mot.

— Je ne recule devant aucune dépense!

> . . . . . . Soudain, en contemplant l'azur
> Du ciel, je crus ouïr une molle harmonie,
> Et j'aperçus...

Qu'aperçut-il? — Voilà ce que l'on ne put savoir; car un violent éclat de rire vint interrompre brusquement sa lecture.

II

Le poëte se retourna furieux, et se trouva face à face avec un vieux bonhomme d'une physionomie singulière, et presque en haillons.

Le vieillard, après avoir poussé son éclat de rire frénétique, redevint soudain morne et silencieux... Il regarda le poëte d'un air surpris... Puis son œil hagard se baissa vers le sol, et le vieillard alla s'accroupir dans un coin.

— Par l'orteil d'Apollo! s'écria enfin le poëte exaspéré, voici un drôle d'une rare impudence.

— Modérez ce courroux, grand poëte, dit George, cet homme rit sans intention mauvaise : il est idiot!

— Un idiot! il devrait le dire! un idiot, reprit le poëte plus doucement. Oui, en effet, cet air hébété... ce sourire indécis... cet œil terne... Bah! pourquoi m'apitoyer sur son sort... un être insensible à la poésie!...

— Je vous assure, s'empressa de dire le docteur, que ce pauvre diable est, plus que tout autre, digne de commisération!... Il ne se plaint pas... il ne fait de mal à personne...

— Il a ri de mes vers, pourtant...

— Depuis deux mois seulement il est à Bade, n'est-ce pas docteur?... demanda sir George.

— Depuis deux mois, répondit le docteur.

— D'où vient-il? poursuivit le jeune homme.

— Nul ne le sait! Un jour, il est entré au château, mourant de faim, de froid et de fatigue. Il s'est assis à la table des valets, et tous se sont écartés pour lui faire place. Depuis, sur mon ordre, il est resté parmi eux. Nous n'avons pu tirer de lui aucune parole; seulement, il est probable que c'est à la suite d'un incendie qu'il a perdu la raison; car, il y a quinze jours, lors d'un feu terrible qui éclata dans une ferme voisine, son délire fut poussé au comble, et, rentré au château, il a tenté deux fois de l'incendier.

— Diable! fit le poëte... vilaine folie! Et vous ne l'enfermez pas?

— Non! un peu de surveillance suffit; une réclusion serait inutile.

— S'il allait me brûler mes *Catacombes!* pensa le Français.

Mais il ne songea bientôt plus à l'idiot, en apercevant dans l'allée voisine une jeune et charmante amazone, qui se dirigeait vers le rendez-vous de chasse.

— Enfin, c'est vous, madame la baronne! dit le docteur en s'inclinant devant la nouvelle venue.

— Excusez-moi, messieurs, de m'être ainsi fait attendre!... mais vous le savez, nous autres femmes, nous avons mille petits détails de coquetterie fort ennuyeux, j'en conviens, mais indispensables... Vous ne m'en voulez pas?...

Le docteur ne répondit qu'en s'inclinant de nouveau.

— C'est une étoile dans la brume de ma vie!... soupira le poëte. Madame, dit-il en s'avançant vers la baronne, permettez à la Poésie de s'incliner devant la Beauté!

— Vous êtes poëte, monsieur?...

— Je l'étais en naissant... A l'âge où les autres enfants ne font encore que leurs dents, je faisais des vers, moi!... ma nourrice a bien voulu me l'affirmer... Je la séduirai, ajouta-t-il mentalement, ou je me brûlerai la cervelle... Elle est Allemande, elle doit être sentimentale!

— Et vous venez, à ce que m'apprend le docteur, pour être présenté à notre grand poëte, à Gœthe!

— Je suis venu exprès de France pour lui offrir l'édition complète de mes poésies. Madame la baronne me permettra-t-elle de lui faire le don de cet exemplaire?

Et, sans attendre la réponse de la baronne, il lui glissa son petit volume entre les doigts.

La baronne jeta les yeux sur le titre :

Les Catacombes de l'Ame, roman poétique, par Philomèle Béland.

Tout le monde se regarda en souriant.

— Philomèle! c'est mon petit nom, dit le poëte en passant la main dans ses cheveux; Béland, c'est le nom de mes ancêtres.

— Ah! dans votre famille... vous êtes...

— Nous sommes tous Béland!...

— Vous avez là, monsieur, un fort joli nom! riposta sir George. Et le titre de votre roman est un bien joli titre!

— Oui! répondit M. Philomèle en se rengorgeant, *les Catacombes de l'Ame*, c'est profond.

— Ah çà! mais Gœthe ne vient pas! dit la baronne en tournant brusquement le dos au jeune Français. N'est-il pas des nôtres aujourd'hui?

— Pardonnez-moi, belle dame, répondit le docteur. Il m'a fait la promesse d'ouvrir la chasse avec nous!

— C'est étrange qu'il ne soit pas encore ici! murmura la baronne avec impatience.

— Eh! eh! pensa sir George en considérant la jeune femme, comme la petite baronne semble agitée!... Est-ce que par hasard?...

— Ah! le voici!... s'écria la baronne, qui put à peine maîtriser son émotion, c'est lui.

En effet, c'était Gœthe, c'était l'auteur de *Faust* et de *Werther*.

III

Gœthe, né en 1749, avait alors une trentaine d'années.

C'était un jeune et charmant gentilhomme, et sa réputation comme écrivain, comme poëte, était déjà européenne.

Malgré cela, d'une simplicité extrême et d'une modestie à toute épreuve. Il ressemblait peu, comme l'on voit, à nos petits grands hommes d'à-présent.

Tout enfant, Gœthe avait senti se révéler en lui l'instinct du drame, la passion de la poésie, et cela, disait-il naïvement, grâce à un théâtre de marionnettes.

Il se plaisait à se rappeler son anxiété, son émotion singulière, lorsque sa mère, après lui avoir octroyé les étrennes d'usage, le fit asseoir devant le fameux théâtre. Il était là, muet, ébahi... Bientôt un signal se fit entendre et la toile se leva. Le spectacle commença. Le sujet de la pièce était l'antique légende de Widmann : *l'Histoire véridique des horribles péchés du docteur Jean Faust*, si populaire en Allemagne.

Lorsque Gœthe vit entrer en grimaçant le terrible Méphistophélès, il éprouva une sensation étrange, et lorsque Faust fut entraîné par le diable dans les gouffres de l'enfer, l'enfant demeura, pendant quelques minutes, muet, frémissant, croyant à la réalité de cette scène. Enfin, rappelant ses esprits, il se mit à battre des mains en s'écriant : « C'est beau! c'est bien beau! »

Le rideau tombé, tous les jeunes spectateurs, à moitié endormis, s'étaient dirigés, en bâillant, vers leurs lits. Mais à peine Gœthe eut-il cédé au sommeil qu'il vit se mouvoir toutes les petites marionnettes.

Chose bizarre, les acteurs de bois, prenant soudain des proportions gigantesques, se mirent à représenter sur une scène fantastique l'œuvre prodigieuse que Gœthe reproduisit plus tard. Oui, Faust, Marguerite, Méphistophélès, cohorte mystique, se précipitaient sur les monts du Broken, où les sorcières, en hurlant, célébraient la nuit de Walpurgis! Les tombes s'entr'ouvraient d'elles-mêmes et vomissaient d'innombrables squelettes. A la clarté de la lune, tout cela chantait, blasphémait, grimaçait et se contorsionnait. Peu après, ce fut une ronde étrange, une sarabande diabolique, une valse vertigineuse dans les tourbillons de laquelle Gœthe se sentit entraîner malgré lui... Mais bientôt le chant du coq se fit entendre, la lune s'éteignit, les hôtes de la mort rentrèrent dans leurs tombeaux, les êtres gigantesques redevinrent marionnettes et disparurent à leur tour en lui disant : « Au revoir, Gœthe, au revoir! »

Le soleil nouveau ne retrouva pas en lui l'enfant de la veille. Cette nuit l'avait fait homme, ce songe l'avait fait poëte.

— Messieurs, dit Gœthe en saluant; bonjour, docteur!... Madame la baronne!... ajouta-t-il en s'inclinant devant la jeune femme.

— Comme vous venez tard!... murmura la baronne. Mais qu'avez-vous donc, monsieur?... reprit-elle à voix haute. Vous semblez tout ému.

— Vous dites vrai, madame! répondit Gœthe en ouvrant un journal qu'il tenait à la main. Je viens de lire dans cette feuille un fait des plus touchants, et qui m'impressionne au suprême degré. Écoutez et jugez!

Et Gœthe lut :

Depuis quelque temps, en Allemagne, on voit errer de ville en ville, de village en village, une jeune fille pâle, à la physionomie douce et intéressante. Ses grands yeux noirs sont constamment remplis de larmes silencieuses. Elle est toujours accompagnée d'un mendiant à l'aspect farouche et misérable, dont une longue barbe fauve couvre le visage. — Est-ce une enfant volée? — On ne sait. — Cet homme est-il son père? — On l'ignore. Tous deux vivent des aumônes que leur jette la charité publique... Aumônes qui ne leur manquent jamais, au reste, car cette jeune fille est si douce et si gracieuse, elle semble si triste et si honteuse de son sort, que l'on ne peut s'empêcher de la plaindre et de s'intéresser à elle.

— Une enfant volée!... murmura le vieil idiot, qui, pendant la lecture de Gœthe, s'était graduellement rapproché. Une enfant volée! répéta-t-il.

— Et voilà le sujet de votre émotion, mon cher poëte, fit la baronne en souriant.

— Oh! raillez-moi, madame!... riez de mon enthousiasme... Mais que voulez-vous!... à ces simples lignes, j'ai senti vibrer une voix secrète en mon cœur... Oui, tout, en cette enfant, me charme et m'attire malgré moi, cette étrangeté, cette pâleur, tout, jusqu'à ces stances plaintives qu'elle chante partout sur son passage.

— Des stances! dit le docteur... lisez! lisez!

Gœthe allait commencer; mais en ce moment une voix douce, mélancolique et cependant sonore, retentit non loin du rendez-vous de chasse.

— La voix chantait :

Connais-tu le pays où les citronniers fleurissent?
Où, dans le sombre feuillage, rougissent les pommes d'or des orangers?
Où, d'un ciel toujours bleu, descend légèrement le tiède zéphyr?
Là, croissent discrètement le myrte consacré à Vénus
Et le laurier superbe, symbole de la victoire!...
Connais-tu ce pays?... Le connais-tu bien?

Chacun écouta, silencieux, le chant de la jeune bohémienne. — Car c'était elle. — C'était cette enfant dont Gœthe venait de lire le portrait, avec laquelle il sympathisait déjà sans l'avoir jamais vue, et dont la voix faisait battre son cœur avec une violence singulière.

La baronne avait l'œil fixé sur le poëte, et, dans son regard, se lisait une sorte de dépit, presque de jalousie.

Pendant son chant, la bohémienne avait lentement gravi le large escalier de pierre qui conduisait à la terrasse où avait été fixé le rendez-vous de chasse.

Elle s'arrêta sur la dernière marche, tremblante et n'osant avancer.

IV

La pauvre jeune fille était bien telle que Gœthe venait de la dépeindre : pâle, mélancolique. Dans ses grands yeux noirs, des larmes brillaient; ses membres amaigris tremblaient la fièvre; sa tête était nue et ses longs cheveux tombaient épars sur ses épaules. Pour tout costume, une jupe de laine grossière. Et malgré cela, la bohémienne était belle, bien belle.

Le mendiant, désigné par l'article du journal, accompagnait, en effet, la mystérieuse enfant. Là, comme partout, le hasard avait cherché les contrastes. La lumière et l'ombre. La plus douce créature près de l'être le plus repoussant. Cependant, en observant cet homme, on eût pu penser que ce n'était pas un mendiant ordinaire. Ses yeux, dont il essayait en vain d'éteindre le feu, cette souplesse hypocrite qui laissait percer des éclairs d'arrogance, une certaine aisance de manières et de langage, tout cela n'était pas d'un homme né dans la fange. C'était la dégradation après la fortune.

— Qu'elle est belle! murmura Gœthe en contemplant la poétique apparition.

— Oh! oui, belle!... bien belle!... répondit une voix émue.

C'était celle du vieil idiot, qui fixait un œil ardent sur la petite bohémienne.

— Il me semble, continua Gœthe, il me semble voir passer sous mes yeux la sœur de *Marguerite!*

La baronne sourit amèrement.

— La sœur de *Marguerite!...* dit-elle. Le misérable qui l'accompagne possède, en effet, toute la hideur de votre *Méphistophélès.*

Ce dernier s'avança de quelques pas.

— Pitié!... pitié! fit-il, d'une voix doucereuse et suppliante. Pitié pour deux malheureux, mes bons seigneurs!... c'est pour cette douce créature que je vous implore!... Permettez que nous nous reposions ici... Voyez!... elle ne peut plus se soutenir... Elle a faim!... ma pauvre enfant!... ma pauvre chère enfant!... reprit le drôle à barbe rouge avec des larmes dans la voix et en baisant au front la jeune fille, qui se recula instinctivement. — Allons, va mendier! reprit-il durement à voix basse.

— Non! non! répondit l'enfant, je n'ose pas!

Le mendiant étouffa un formidable juron, et serra avec colère le gros bâton noueux qu'il tenait à la main.

— Asseyez-vous ici, mon enfant! dit Gœthe, en amenant la jeune fille près d'un banc de pierre.

— Qu'on prépare le repas de ces pauvres gens! ordonna le docteur à l'un des valets.

Pendant ce temps, M. Philomèle Béland était le poëte le plus infortuné du monde. Il avait essayé maintes fois de glisser à Gœthe ses éternelles *Catacombes*, et il n'avait encore pu y parvenir.

— Au diable les mendiants! grommelait-il en arpentant la terrasse. Juste au moment de ma présentation!...

— Quel est votre nom? demanda Gœthe à l'enfant, quand elle se fut assise sur le banc.

— On m'appelle Mignon! répondit-elle.

— Quel âge avez-vous?

— Personne n'a compté mes années.

— Et quel est votre père?

— Dieu!

En ce moment, les fanfares de la chasse résonnèrent. C'était le signal du départ. Gœthe offrit son bras à la baronne, non sans jeter un dernier coup d'œil à cette étrange jeune fille que le hasard venait de mettre face à face avec lui.

— Gœthe!... soupira la baronne, j'ai fait un rêve affreux cette nuit : vous ne m'aimiez plus!...

Et elle disparut avec lui. Tous les autres chasseurs s'éloignèrent à leur suite. Sir William Sampson et M. Philomèle étaient restés seuls avec les deux mendiants.

— Eh bien!... s'écria le vieux baronnet en regardant autour de lui. Plus personne!... Pourquoi donc n'a-t-on pas sonné le départ?

Le digne sourd n'avait rien entendu.

— Parbleu! dit Philomèle en saisissant le bras de l'Anglais, je vous tiens, baronnet, je ne vous lâche plus! Je veux, à toute force, vous terminer mes *Catacombes.*

Et il se mit à déclamer

Ce soir-là, j'étais seul...

Il ne put continuer. L'idiot venait de se placer devant lui, et son rire strident l'interrompit au premier hémistiche.

— Ah çà! mais c'est une brute que cet idiot! hurla Philomèle furieux, et il s'enfuit dans le parc avec le baronnet, poursuivi par l'idiot, qui riait toujours.

V

— Où diantre ai-je déjà vu cette belle dame-là?... se demandait le mendiant, en suivant la baronne d'un regard attentif et scrutateur.

— Qu'il a l'air noble et bon! disait Mignon en pensant à Gœthe.

— A nous deux, maintenant, ma charmante!... fit brusquement le mendiant en se retournant vers Mignon.

L'enfant fit quelques pas en arrière.

— Allons, pas de grimaces! continua l'autre en levant son bâton sur la tête de la jeune fille.

— Que vous ai-je donc fait?... demanda-t-elle. Et ses yeux se remplirent de larmes.

— Comment! ce que tu m'as fait?... En l'honneur de quel saint n'as-tu pas demandé l'aumône, comme je te l'ordonne sans cesse? Ah! morbleu!

— Oh! mon Dieu! mon Dieu! gémit la pauvre enfant. Je vous jure, Nathanaël, — le mendiant à barbe rouge s'appelait Nathanaël, — je vous jure que plutôt de subir cette honte, j'aimerais mieux mourir!

— Mourir!... folle!

— Folle! répéta Mignon en levant ses yeux vers le ciel. Folle! ah! je le sens au froid glacial qui parcourt mes veines; ma mort est proche, et le bonheur, que je n'ai jamais connu sur cette terre, le bonheur va bientôt commencer pour moi!

— Ingratitude humaine! s'écria Nathanaël. N'ai-je pas pour toi, depuis ton enfance, les plus paternelles attentions?...

— En effet, répondit Mignon. — Et sur ses lèvres errait un amer sourire. — En effet, et mes plaintes sont injustes. Depuis douze ans je suis votre esclave, votre victime!... le morceau de pain que vous me jetez, c'est à force de honte et de douleur que je le gagne!... Et lorsque ma fierté se révolte comme aujourd'hui, au moment de tendre la main à des étrangers, alors vous me battez pour me punir de mon orgueil coupable... Ah! vous disiez vrai, Nathanaël, mes plaintes sont injustes, et je suis bien heureuse.

— Allons, voyons! interrompit le mendiant avec colère, plus un mot, vile engeance, ou je t'apprendrai...

— Frappez!... je ne demanderai plus grâce!... frappez! je suis lasse de vivre ainsi, et je vous remercierai d'avancer le terme de mes souffrances!

— Je t'ai déjà dit que tu étais folle!... riposta Nathanaël. Mais je ne veux pas que tu meures, entends-tu? Diantre! je serais bien loti, sans toi!... On me laisserait parfaitement crever de faim comme un chien galeux!... on me chasserait à grandissimes coups de gaule!... Non, non, ma belle!... pas de mort, s'il vous plaît!

— Vivre!... vivre!... s'écria l'enfant, vivre sous un autre ciel que celui sous lequel je suis née!... vivre sur un sol étranger lorsque j'ai joué, enfant, dans les splendides campagnes d'Italie, lorsque j'ai passé les premières années de ma jeunesse à gravir les monts sublimes, à voguer sur les lacs azurés!... Oh! l'Italie! l'Italie!... cher et noble pays! pourquoi m'a-t-on arrachée de ton sein! pourquoi ne puis-je me réchauffer encore à ton ardent soleil!

— Assez, mille tonnerres! rugit le mendiant. Si tu as encore l'impudence de me reparler de ton Italie maudite et de tes souvenirs, je te forcerai bien à te taire et à oublier!

— Au delà même du tombeau, répondit la jeune fille dans une pieuse exaltation, il est deux amours qui survivent : la patrie et la Divinité!

— Quelles brutes que ces Italiens! grommela Nathanaël en haussant les épaules. La patrie!... Est-ce que je sais seulement ce que c'est!.., je suis Allemand. Eh bien! le diable m'emporte si j'ai regretté l'Allemagne quand je l'ai quittée! La Divinité!... mais le Grand-Turc me donnerait vingt sequins que je me ferais mahométan. Mais pour une poignée d'or! ajouta-t-il en s'échauffant, je servirais de laquais à Lucifer! Oh! l'or!... l'or!... continua-t-il avec une chaleur croissante. Je te l'ai dit, Mignon!... jadis, j'ai été riche!... Tiens, regarde ce palais splendide... j'y suis venu autrefois avec Hermann, mon pauvre frère!...

Au souvenir de son frère, Nathanaël, ce bandit sans foi ni loi, sans croyance et sans pudeur, Nathanaël sentit une larme au bord de sa paupière. Ah! c'est que ce frère dont il venait de prononcer le nom, ce frère était né le même jour que lui : c'était comme une autre partie de lui-même, c'était le seul être qui l'eût jamais aimé. Lorsque chacun se faisait un jeu de torturer l'enfance de Nathanaël, Hermann le défendait. Toujours il était là prêt à donner sa vie pour lui. Et lui, Nathanaël, n'avait pu le sauver. Hermann était mort. Une misérable femme, après avoir aimé le malheureux jeune homme, l'avait tué sans pitié par son mépris et son lâche abandon.

A compter de ce fatal moment, la nature de Nathanaël, qui, après tout, n'était ni pire ni meilleure qu'une autre, changea subitement et devint hideuse. Le désespoir et la misère, car la ruine d'Hermann avait ruiné Nathanaël par contre-coup; le désespoir et la misère, disons-nous, firent naître aussitôt en lui de monstrueux instincts de haine et de vengeance. Toute pitié s'éteignit en son cœur, toute bonne pensée en fut bannie à jamais. Il se jeta à corps perdu dans les métiers les plus vils, les plus honteux.

Corsaire, pirate ou espion, peu lui importait à lui. Aujourd'hui mendiant, demain voleur! Rien ne le rebute! rien ne l'épouvante.

Voleur!... cette pensée lui vint machinalement à l'esprit, en entendant au loin, dans le salon des jeux, le bruit métallique de l'or que remuait sur le tapis vert le râteau du banquier.

— Tiens! tiens! dit-il en saisissant la main de Mignon et en l'attirant du côté du jeu. Entends-tu?... entends-tu les paris qui s'engagent?...

Mignon frémit involontairement.

— Venez, venez! dit-elle. Venez, Nathanaël, arrachez-vous d'ici!... Vous me faites trembler!...

— Oui, tu trembles, n'est-ce pas, que je ne puisse résister à la tentation! Dans toutes les autres villes où ce spectacle a frappé mes yeux, j'ai frémi de bonheur et de rage!... que veux-tu! cette vue me rend fou, me donne le vertige! Le jeu, vois-tu bien, c'est ma patrie à moi... l'or, c'est ma divinité!

Et le mendiant s'approcha davantage du salon des jeux.

VI

Pendant ce temps, la baronne se promenait au bras de Gœthe dans une allée voisine. Tous deux avaient quitté la chasse.

Gœthe semblait pensif.

— Gœthe! dit la baronne, je parierais que vous songez à cette misérable aventurière!...

Elle avait deviné.

— Seriez-vous jalouse aussi de cette enfant, baronne? questionna Gœthe souriant.

— N'est-elle pas femme?... répondit la baronne. Oh! je le sais, je dois vous paraître bien folle, bien ridicule, même...

— Vous ne le pensez pas!...

— Que voulez-vous!... l'amour est ainsi... Mais pourquoi vous parler d'amour? pouvez-vous me comprendre? Non, dans ces pages brûlantes que vous écrivez, vous osez parler de ce sentiment divin, et vous ne l'éprouvez pas!

— Vous vous trompez, madame, je vous aime!... J'aime en vous la femme noble et sincère, dont le nom est pur, dont la vie est sans tache; une femme à laquelle je puis, avec honneur, donner mon nom, le nom de mon père, nom vénéré en Allemagne; et le plus heureux jour de ma vie sera celui où votre main m'appartiendra.

En entendant les paroles de Gœthe, la baronne eut un léger frémissement, et son front se colora d'une rougeur subite. Mais elle se remit promptement, et Gœthe eut à peine le temps de remarquer ce trouble involontaire.

— Baronne, dit-il en pressant la main de la jeune femme, quel jour fixez-vous pour notre mariage?

— Plus tard!.., plus tard!... nous y songerons! répondit la baronne en essayant de sourire.

— Plus tard!... toujours ce mot!... Pourquoi? Toutes vos hésitations me surprennent et m'affligent... Depuis longtemps déjà, vous m'avez donné votre promesse, et cependant vous vous taisez toujours lorsque ma voix vous prie de décider enfin le moment de mon bonheur!

Christiane gardait le silence... On voyait aisément dans ses yeux qu'un combat violent se livrait en son âme. Gœthe allait insister, lorsqu'une voix murmura doucement derrière lui :

— Bonne... bonne et belle, Mignon! bien belle.

Gœthe se retourna, et il aperçut le vieil idiot accroupi au pied d'un arbre.

— Ah! te voici, pauvre diable! dit le poëte en souriant au malheureux vieillard. Approche.

— Oh non! fit l'idiot avec crainte.

— Qu'as-tu donc? as-tu peur?

— Peur!... oh oui!... oui!... bien peur!

— Est-ce de moi?... continua Gœthe.

— Oh non!... reprit le vieillard, en désignant du doigt la baronne. Pauvre vieux!... il n'est pas méchant, lui, et la belle dame le bat toujours... toujours!...

— Allons, silence!... dit vivement la baronne, et éloigne-toi! ajouta-t-elle durement.

Gœthe lui prit de nouveau la main.

— Pourquoi n'êtes-vous donc pas aussi bonne que belle? dit-il avec un soupir.

— Que voulez-vous, Gœthe!... répondit-elle, j'ai horreur des infirmes et des pauvres!... cela m'irrite, me prend sur les nerfs, comme la vue d'un reptile, d'un insecte venimeux. Ah! continua-t-elle avec humeur en apercevant Mignon qui pénétrait à ce moment même dans l'allée où elle se trouvait avec Gœthe. A cette fille, maintenant!

Mignon était fort agitée. La plus vive inquiétude se peignait sur son visage.

Nathanaël l'avait quittée brusquement, et elle ignorait pourquoi.

Elle l'avait cherché vainement dans le parc.

— Où est-il? pensait-elle, où est-il... et quel est le motif de sa disparition?... — Ah! pardon! dit l'enfant en se trouvant face à face avec Gœthe et la baronne; pardon, j'ignorais...

— Quand partez-vous? dit doucement le poëte à la bohémienne.

— Demain matin, au lever du soleil, mon bon seigneur! répondit la tremblante jeune fille.

— Vous ne quitterez pas ce palais sans m'avoir parlé! continua Gœthe. Je veux vous remettre quelque don pour votre voyage.

— Gœthe! dit vivement la baronne, je vous en prie, ne vous abaissez pas ainsi à parler à cette misérable fille!

— L'orgueil vous égare, madame! répliqua Gœthe à voix basse.

— L'orgueil!... répondit de même la jeune femme; oui, vous avez raison!... Je crains, en restant ici, de m'emporter et de me trahir!... Je vous attends, Gœthe.

Et elle s'éloigna, pâle de dépit et de colère.

— Elle me méprise!... dit la bohémienne, avec un mélancolique sourire.

Et deux grosses larmes brillèrent dans ses yeux.

— Des larmes! s'écria Gœthe en courant à la frêle jeune fille. Oubliez les paroles amères que vous venez d'entendre!

— Les oublier!... répondit l'enfant. Hélas! seigneur, ne sont-ce pas celles qui, comme une malédiction, résonnent partout sur mon passage! Est-ce donc ma faute, à moi, si je suis une misérable mendiante?... Et cependant chacun me regarde avec mépris, me chasse avec colère ou ne me tolère que par pitié... Vous seul, seigneur, m'avez parlé avec douceur, avec bonté... vous seul avez fait briller à mes yeux le premier rayon de bonheur qui m'ait jamais fait tressaillir!

Gœthe écoutait parler l'enfant avec une émotion croissante.

— Chère et douce petite!... disait-il, ce langage... cette innocence... cette pureté!... je ne sais, mais tout cela m'émeut et m'intéresse malgré moi!

Pendant ce temps, le vieil idiot s'était graduellement rapproché de Mignon.

— Mignon ne bat pas le pauvre vieux!... murmurait le malheureux, en baisant les mains de la jeune fille. Bonne... Mignon... oh oui!... oui! bien bonne!

— Votre sort est bien cruel, Mignon, disait Gœthe en fixant sur la bohémienne un triste regard.

— Bien cruel, répéta l'enfant, oui, seigneur!... Mais Dieu a placé auprès de chaque être souffrant un être plus malheureux encore, pour lui enseigner la résignation et le courage. Moi, j'ai ma raison! ajouta-t-elle en montrant l'idiot.

— Lui ne comprend pas son malheur! répondit Gœthe. Il est moins à plaindre que vous!... Mais parlez, racontez-moi vos premières années... Apprenez-moi comment il se fait que vous vous trouviez aujourd'hui en Allemagne!... Car vous n'êtes pas originaire de ces contrées!

— Non! non!... murmura la jeune fille en levant ses grands yeux vers le ciel, c'est l'Italie qui m'a vu naître!

— L'Italie! reprit Gœthe avec enthousiasme.

— L'Italie! dit aussi l'idiot en portant la main à son front, l'Italie!

— Tu connais ce pays? questionna Gœthe.

— Oui!... oui!... répondit l'idiot.

Et un éclair de raison sembla briller dans ses yeux; mais il reprit bien vite son sourire hébété, et il dit :

— Qu'est-ce donc que l'Italie?

Gœthe reporta ses regards sur la bohémienne. C'était maintenant l'Italie qu'il contemplait en elle. Oui! ce seul mot venait d'évoquer à ses yeux tout un monde de souvenirs splendides et grandioses.

Comme tous les poëtes, comme tous les artistes, Gœthe professait pour la patrie de Dante et de Michel-Ange une adoration qui tenait du fanatisme. L'Italie était son rêve à lui, sa terre promise. Il aimait ce pays, noble de tout son passé, beau de toutes ses merveilles... où surgit à chaque pas quelque ruine gigantesque : le Vatican, le Colysée, la colonne Trajane, le Capitole, mille autres monuments!... Panorama sublime qui se déroule aux yeux, les éblouit, les fascine... Il savait, le poëte du Nord, que c'était là-bas seulement, sous ce ciel si beau et si pur, au sein de cette nature luxuriante, que l'art se révélait dans toute sa force, dans toute sa beauté... — L'art et l'Italie! — deux grands et nobles mots, qu'une seule et même pensée réunit, qu'un seul et même amour confond toujours ensemble; car il est impossible d'être artiste sans désirer voir l'Italie, et l'on ne peut voir l'Italie sans devenir artiste.

— Poursuivez!... poursuivez!... dit le poëte après un silence. Quels sont vos parents?... quel est cet homme qui vous accompagne?...

Mignon allait parler, mais l'arrivée précipitée de Nathanaël l'en empêcha.

VII

— Allons, dit le mendiant d'une voix brève, allons, Mignon, hors d'ici, et en route!

— Partir!... fit la jeune fille avec une certaine inquiétude.

— Et pourquoi? demanda Gœthe en s'avançant.

— Ah! c'est vous, mon bon seigneur!... balbutia Nathanaël, je ne vous avais pas aperçu! — Au diable l'importun! ajouta-t-il mentalement.

— Nous remettre en route... déjà! poursuivit la bohémienne.

— Chère petite fille, reprit le mendiant avec sa voix doucereuse et pateline, il faut me suivre!... Je viens d'apprendre que c'est ce soir fête à Rastadt... Viens, mon enfant, c'est une bonne aubaine pour nous! Si tu ne viens pas!... poursuivit-il avec menace à l'oreille de Mignon.

Et le bâton noueux s'agita dans la main du bandit.

L'enfant frissonna.

— Me voici!... me voici!... dit-elle.

— Je suis sauvé! murmura Nathanaël.

Saisissant Mignon par la main, il se dirigea vivement vers le grand escalier de la terrasse; mais, en ce moment, le docteur parut, escorté de tous les laquais de la maison.

— Pardon, mes bons amis, dit le docteur, en se plaçant devant les deux mendiants, mais on ne passe pas!...

Nathanaël fit quelques pas en arrière.

— Diantre! grommela-t-il, ça se gâte!

— Que signifie, docteur? demanda Gœthe.

— Cela signifie, mon cher poëte, répondit le docteur, que l'on a forcé ma caisse et que l'on vient d'y soustraire mille ducats!...

— Un vol! s'écria Gœthe.

— Et les voleurs ne peuvent être que ces deux vagabonds! continua le maître et seigneur du palais de Bade.

Mignon, si pâle d'ordinaire, sentit la rougeur lui monter au front.

— Me soupçonner! balbutia-t-elle d'une voix tremblante.

— Hélas! gémit Nathanaël, c'est tout simple... nous sommes malheureux, couverts de haillons, et l'homme fortuné soupçonne toujours l'improbité chez le pauvre.

— Allons, assez de phrases, l'homme de bien! interrompit le docteur.

— Oh! je n'ai peur de rien, moi, poursuivit le drôle en élevant la voix avec impudence, et si vous ne l'exigiez vous-même, mon digne seigneur, j'exigerais que ma chère fille et moi, nous fussions fouillés avant notre départ; car je ne veux pas que personne puisse soupçonner notre honnêteté!... nous n'avons que ça et nous y tenons! — De l'audace!... pensa-t-il, cela m'a toujours réussi!

Et, par un mouvement plein d'adresse qui prouvait que le coquin n'en était pas à son coup d'essai, il glissa, — sans être remarqué, — dans la besace de Mignon un sac d'or qu'il venait d'enlever de la sienne. Mignon seule avait pu s'apercevoir de ce qu'il venait de faire.

— Grand Dieu! que faites-vous? dit-elle d'une voix étouffée.

— Pas un mot!... répondit le misérable, avec un coup d'œil terrible.

Et s'avançant vers les valets, il jeta sa besace à leurs pieds.

— Rien! dirent-ils, après avoir fouillé.

— A la petite, maintenant! dirent les valets.

Mignon frissonna. Un regard de Nathanaël lui imposa silence.

Au moment où les laquais allaient porter la main sur la jeune fille, Gœthe se plaça devant elle :

— Un instant! s'écria-t-il. Le soupçon seul flétrirait cette pauvre enfant!... Je réponds d'elle! arrêtez, vous dis-je!

Nathanaël respira.

— Nous sommes sauvés!... pensa-t-il. — Et maintenant, ajouta-t-il tout haut, que Dieu vous garde, mes bons seigneurs!

Et les mendiants firent quelques pas vers la terrasse; mais le regard du vieil idiot n'avait pas quitté Mignon depuis son arrivée. Seul avec elle, il avait vu Nathanaël glisser l'or volé dans les bagages de la bohémienne. A l'instant où celle-ci allait disparaître avec son guide, il lui saisit la main en riant de son éternel rire, et la ramena de force au milieu de la foule des laquais et des chasseurs qui accouraient par toutes les allées à la fois.

Mignon tremblait comme la feuille agitée par le vent. Elle était redevenue pâle, plus pâle qu'en entrant au château.

L'idiot, toujours riant, plongea sa main dans la besace de la bohémienne, et il en retira aussitôt l'or volé par Nathanaël.

— Eh! eh! eh! s'écria le vieillard. L'idiot voit tout!...

Et il éparpilla autour de lui les ducats qui roulèrent dans le sable.

Mignon, épouvantée, était tombée à genoux et cachait sa tête entre ses mains.

— C'était elle! s'écrièrent tous les assistants..

— Elle était coupable! murmura Gœthe, sans oser cependant croire à ce qu'il avait vu.

— Je vous félicite des gens dont vous répondez, monsieur!... dit à ses côtés une voix railleuse.

C'était la baronne, qui avait assisté à la fin de cette scène et dont le visage rayonnait de joie.

— Malheureuse enfant! s'écria enfin Nathanaël en jouant l'indignation, est-ce donc là l'exemple que je te donne!

Les mots d'arrestation et de prison résonnèrent aux oreilles de Mignon.

— La prison! la prison! balbutia-t-elle avec épouvante.

— Docteur, dit Gœthe, docteur, je vous en prie, c'est une enfant!...

— Une voleuse, mon cher, voulez-vous dire... répondit le docteur.

— Voyons!... défendez-vous, Mignon! reprit l'auteur de *Faust*, en se rapprochant de la petite bohémienne, toujours agenouillée. Essayez au moins de vous justifier : qui vous a poussée à commettre cette action?

— Seigneur!... gémit l'enfant.

— Mais parlez, parlez donc!... continua Gœthe avec fièvre.

— Seigneur!... continua la jeune fille d'une voix entrecoupée par les sanglots, seigneur, je ne puis vous répondre!

— Ah! je saurai la vérité! pensa Gœthe. Docteur, madame, et vous aussi, messieurs, laissez-moi seul avec cette malheureuse je vous en conjure! Il est un instinct secret qui me dit qu'elle n'est pas coupable!

La baronne tressaillit.

— C'est de la folie!... dit-elle avec colère.

— Je n'ai rien à vous refuser, mon cher Gœthe, dit enfin le docteur; mais vous comprenez que si vous ne nous donnez des preuves de son innocence...

— Si elle est coupable, répondit Gœthe, je vous l'abandonne!... et elle sera punie, je vous le jure!... c'est moi qui l'exigerai!... Mais éloignez-vous, encore une fois, je vous en supplie.

— Prends garde! dit bas Nathanaël à sa victime, avant de suivre les autres personnages.

— Sortez! fit brusquement le poëte.

— Mais, mon bon seigneur!

— Sortez, vous dis-je! reprit Gœthe.

Nathanaël obéit; mais, avant de disparaître tout à fait, il fit à Mignon un geste de menace.

VIII

Un instant après, Gœthe était seul avec la bohémienne.

— Eh bien, Mignon, dit-il, après quelques instants de silence, n'avez-vous donc rien à me dire?

Mignon hésita, puis, avec effort :

— Rien! dit-elle.

— Voyons, mon enfant, poursuivit Gœthe en allant vers la jeune fille et en lui prenant les mains entre les siennes; voyons, venez près de moi, là, sur ce banc, et parlez-moi...

Mignon se laissa conduire par lui; mais elle garda le silence... ses regards seuls parlaient pour elle.

— Me regarderait-elle ainsi, pensa Gœthe, si elle était coupable!... Vous vous taisez!... Allons!... il faut tout m'avouer... Est-ce la misère... la nécessité?... sont-ce de perfides conseils qui vous ont poussée?

Un torrent de larmes s'échappa des yeux de la bohémienne.

— Et lui aussi! s'écria-t-elle.

— Cette émotion... dit Gœthe, ces accents partis du cœur... Voyons!... répondez-moi... dites-moi la vérité.

— Je ne puis!... je ne puis! sanglota Mignon.

— Je vous l'ordonne! continua Gœthe en la regardant en face.

— Jamais!

— Mignon, reprit le poëte doucement, bien doucement, Mignon, je vous en prie.

A ce mot, la jeune fille n'eut pas la force de résister plus longtemps.

— Eh bien!... eh bien! oui... je parlerai! dit-elle. Ah! c'est trop souffrir que de rougir devant vous!... devant vous qui, le premier, avez eu de douces paroles pour la pauvre Mignon!

— Ah! je le savais bien qu'elle était innocente! s'écria Gœthe avec une joie bien franche et bien sincère; mais alors, c'est cet homme, ce...

— Plus bas! oh! plus bas!... S'il vous entendait!... fit la bohémienne avec terreur.

— Ne crains rien, chère petite! je te défendrai contre lui!... C'est cet homme, n'est-ce pas, l'auteur de ce vol?...

— C'est lui... répondit l'enfant d'une voix si basse qu'à peine Gœthe put-il l'entendre lui-même. Il a glissé en entrant cet or dans mes bagages!... la terreur m'a forcée au silence!

— Cet homme n'est donc pas ton père?

— Mon père!... Est-ce qu'un père bat son enfant?

— Mais comment se fait-il que tu sois sous la dépendance de ce misérable?

— Voilà douze ans... douze années de tortures et de misères! J'avais quatre ans!... L'Italie était ravagée par la guerre!... Un jour, notre village fut envahi par l'ennemi... notre chaumière incendiée... mon père, mon unique appui, disparut dans les flammes... Épouvantée, je tombai sans connaissance... et quand je revins à moi, j'étais dans les bras d'un inconnu, d'un pillard de l'armée!...

— Ce mendiant...

— Lui-même!... Depuis lors, il m'a forcée de le suivre, il m'a forcée de manger le pain de l'aumône; et lorsque mon cœur s'est révolté contre tant d'humiliation, il m'a maltraitée, battue sans pitié!... Tenez... continua la pauvre petite en montrant à Gœthe ses bras amaigris, tenez, voyez la trace de ses coups!... regardez ces bras meurtris!... Oh! j'ai bien souffert, je vous le jure!... j'ai versé bien des larmes!... Eh bien, ces larmes, ces souffrances, ces tortures de chaque jour ne sont rien, près de celles que j'ai subies tout à l'heure, lorsque devant vous j'ai pu paraître coupable!

— Et l'on a osé t'accuser, chère enfant, s'écria Gœthe.

— Ainsi, vous ne me chassez pas?... questionna la tremblante jeune fille.

— Te chasser, pauvre fille!... je saurai te défendre, te protéger contre tous! Venez, venez, messieurs! continua-t-il à haute voix, en courant vers l'allée voisine.

Les chasseurs, la baronne et le docteur parurent aussitôt, suivis des laquais qui gardaient toujours à vue Nathanaël.

— Ne dites rien devant lui! dit Mignon à Gœthe, à l'aspect du mendiant. Il me tuerait.

— Eh bien, monsieur, fit la baronne d'une voix railleuse, votre protégée?...

— Elle est innocente! répondit Gœthe d'une voix ferme et haute; et cet homme seul est coupable! ajouta-t-il, en désignant Nathanaël.

Ce dernier bondit comme un tigre furieux.

— Tu m'as trahi, fille du diable! hurla-t-il en s'élançant sur la petite bohémienne; malheur à toi!...

Et il leva son bâton noueux sur la tête de l'enfant... mais Gœthe avait suivi le mouvement du bandit, et, en une seconde, il lui eut arraché son arme terrible.

— Misérable lâche! s'écria Gœthe en menaçant le bandit de ce même bâton qu'il venait de lui arracher; je ne sais qui me retient de te fendre le crâne comme celui d'un chien enragé!

Nathanaël rugissait de fureur.

— Je me vengerai de toi!... murmura-t-il.

Supplié par Mignon, Gœthe finit par lâcher Nathanaël.

— Je consens à te faire grâce, dit-il, par égard pour elle, pour Mignon!... mais, à partir de ce jour, c'est près de moi qu'elle restera!... quant à toi, nous voulons bien ne pas te faire arrêter, comme nous en avons le droit; mais sur-le-champ tu quitteras le territoire de Bade, et si jamais tu oses y remettre les pieds, la prison nous répondra de toi!... L'on va te faire accompagner jusqu'aux frontières.

— Quoi, sans elle! demanda le bandit en désignant la petite bohémienne.

Un regard de Gœthe répondit seul à son impudente interrogation.

— Oh! je reviendrai!... pensa Nathanaël, pâle de fureur, je reviendrai, et malheur à toi, poëte maudit!... malheur à tous les deux!

Le docteur fit signe aux valets de jeter le drôle hors du palais de Bade, et de l'accompagner jusqu'aux portes de la ville.

En s'éloignant, rugissant comme un tigre pris au piége, le mendiant passa près de la baronne qui, elle aussi, jetait un étrange regard à Mignon et à Gœthe.

Nathanaël resta quelques secondes en contemplation devant la noble dame.

— Je veux être roué vif, dit-il, si je n'ai déjà vu cette baronne-là quelque part. Mais où donc?... où donc?... Oh! je le saurai! Je suis à vous, drôles! continua-t-il d'un ton hautain en se retournant vers les valets. Au revoir, messeigneurs!... poursuivit-il avec impudence.

Et il disparut, escorté d'une demi-douzaine de laquais qui ne le perdaient pas de vue.

Après le départ du coquin, tous les yeux se portèrent naturellement sur la petite bohémienne.

Le vieil idiot était agenouillé près d'elle.

Il lui présentait une fleurette bleue qu'il venait de cueillir.

— Pour toi, Mignon, pour toi!... disait en souriant le vieillard.

Mignon prit la fleur machinalement et sans même regarder celui qui la lui offrait.

Elle ne voyait, elle ne regardait que Gœthe, que celui qui avait pris sa défense, que celui qui l'avait sauvée...

Et en elle-même, elle remerciait Dieu, elle le remerciait du fond du cœur, du fond de l'âme.

Elle pleurait!...

Mais, pour la première fois de sa vie, les larmes qu'elle répandait étaient des larmes de bonheur.

IX

Deux mois après, il y avait bal au palais de Bade.

Partout des fleurs et des parures, des harmonies enivrantes et des illuminations féeriques.

— Ah! qu'il est doux, au bras de celui qu'on aime, de respirer ainsi l'air embaumé de ces splendides jardins!

Ainsi parlait la baronne à Gœthe.

— Le bruit de la fête me fatiguait! continua-t-elle en s'appuyant plus amoureusement au bras du poëte. J'avais hâte de me trouver seule à seul avec vous!

— Ces moments de bonheur sont bien rares, madame!... répondit Gœthe. Ah! sur mon âme, cette contrainte perpétuelle m'est odieuse! A chaque instant, je me vois près de trahir le secret de mon amour et...

— Gœthe!... Gœthe! murmura non loin du poëte une autre voix que celle de la baronne.

Tous deux se retournèrent, et ils purent apercevoir la petite bohémienne, doucement étendue sur un banc de verdure.

La jeune fille rêvait.

— Toujours cette fille! ne put s'empêcher de dire la baronne.

— Rassurez-vous!... elle rêve... reprit Gœthe. Elle s'est endormie en m'attendant : la fatigue l'aura emporté!

La baronne fit un mouvement vers elle.

— Mignon! cria-t-elle brusquement.

— Oh! ne l'éveillez pas, madame, dit Gœthe en la retenant vivement. Ne l'éveillez pas, je vous en prie. Peut-être, en ce moment, la fée des songes dorés caresse sa douce imagination et lui révèle le bonheur!... Oh! dors, chère petite, dors encore!... car le bonheur n'est qu'un rêve!... En t'éveillant, tu retrouverais l'affreuse réalité, le souvenir de la patrie absente, de ton père qui n'est plus!... Oh! dors!... pauvre enfant!... Qui sait si, à cette heure, ce mystère qui s'appelle un songe ne te ramène pas au milieu de tes douces campagnes, sous ton ciel d'azur, et ne te rend pas les baisers de ta mère?... Oh! dors, Mignon! dors toujours!...

— Oh! cette fille!... cette fille!... murmura en elle-même la baronne. Je ne sais quel instinct secret m'ordonne de la haïr. Vous me permettrez de vous dire, poursuivit-elle en s'adressant à Gœthe, qu'il est au moins étrange que vous ne puissiez contempler cette infime créature sans que l'émotion se peigne sur tous vos traits.

— Que voulez-vous, madame! répondit Gœthe, cette pauvre petite m'intéresse au suprême degré. Je dirai plus : sa présence me comble l'âme d'une joie douce et sereine; lorsque l'hirondelle a posé son nid au toit de quelque chaumière, nos paysans regardent cela comme une bénédiction du ciel!... Si l'hirondelle s'éloigne, c'est un signe de deuil!... C'est une sainte superstition de nos pays, madame!... laissez-la-moi!... car je crois que si cette enfant me quittait, tout mon bonheur s'enfuirait avec elle.

— Oh! elle partira, pourtant... elle partira! répondit mentalement la baronne. Car je le sens aux battements de mon cœur, aux frémissements de jalousie qui me parcourent les veines, cette fille doit être ma rivale!... J'ai cru lire son amour dans son regard!... et qui sait si Gœthe... Oh! mais non!... non! cela ne sera pas!... et puisqu'il le faut, ce mariage, que j'ai retardé jusqu'à ce jour, ce mariage... se fera!... oui! Qu'ai-je à craindre après tout?... Mes hésitations étaient insensées, mes terreurs puériles!... J'étais folle... mais la vue de cette fille me rend à la raison, je redeviens moi-même!... et dès demain, Gœthe de Wolfgand, je porterai ton nom!

— Merci de mon bonheur, murmura de nouveau l'enfant endormie.

— Encore! fit la baronne qui ne put réprimer un mouvement de dépit.

— Elle me remercie de l'avoir arrachée des mains de ce bandit! répondit Gœthe. Pauvre fille! j'avais songé un instant à la laisser entrer dans ce bal! Elle eût été charmante avec une riche toilette.

— Vous êtes fou! interrompit sèchement la baronne. Est-ce que ces filles-là sont faites pour les plaisirs du monde!

— Et quoi! madame, ne parviendrai-je donc jamais à vous faire renoncer à cette fierté qui m'attriste malgré moi!

— Jamais! je vous l'ai déjà dit, Gœthe, et vous, vous, l'aviez remarqué, j'en suis sûre, avant même que je l'eusse fait, c'est avec un profond sentiment de dépit, de chagrin même, que je vous ai vu vous déclarer le champion de cette vagabonde!

— Vous changerez d'idée!

— Jamais, vous dis-je!... Allons, rentrons dans le bal!... J'entends les premières mesures de la valse!... Venez! chevalier servant, don Quichotte de toutes les aventurières du globe!

— Baronne, je vous jure que de semblables paroles dans votre bouche me font un mal horrible!... Soyez bonne, je vous en prie, soyez bonne!

— Mais, venez donc, monsieur, vous savez bien que j'adore la valse!

Et tous deux disparurent sous les massifs parfumés.

X

Mignon sommeillait toujours. Et le nom de Gœthe sortit plus d'une fois encore de ses lèvres.

Mais la musique du bal devint plus éclatante et l'enfant se réveilla brusquement.

— Je m'étais endormie, dit-elle en portant la main à son front. Cher bienfaiteur, je rêvais de toi!... que fais-tu loin de moi?... continua-t-elle en se levant et en plongeant de loin un œil avide dans les salons inondés de lumière. Ah! tu es entraîné dans les tourbillons de la valse!... quelle est donc sa valseuse?... poursuivit-elle avec un accent étrange. La baronne!... elle... toujours elle!... oh! mon Dieu! cela me remet dans l'idée le rêve que cette valse vient d'interrompre!

Et l'enfant retomba émue sur le banc de verdure qu'elle venait de quitter.

— Il me semblait... murmura-t-elle ensuite d'une voix triste, il me semblait entendre prononcer par Gœthe de douces, de bien douces paroles! Ces paroles s'adressaient à la baronne, et, chaque fois qu'elles s'échappaient des lèvres de mon bienfaiteur, il s'échappait de mon cœur une gouttelette de sang!...

La petite bohémienne, à ce souvenir, eut un léger frissonnement et resta quelques secondes muette et l'œil fixé vers la terre.

— Allons! allons! reprit-elle en relevant la tête, oublions ce vilain rêve et soyons toute à ma joie, à mon bonheur!... En si peu de temps, quel changement dans ma destinée!... hier, misérable mendiante, j'ai aujourd'hui un asile... orpheline, j'ai maintenant un frère!... Cher Gœthe!... il est seul à m'aimer, ici!... mais que m'importe à moi l'affection des autres? que me font les mépris de ce monde, les sarcasmes de ces femmes orgueilleuses!... Je le vois, lui, je lui parle!... c'est moi qui, la première, entends ses chefs-d'œuvres, qu'ai-je à souhaiter de plus? Rien! je suis fière de son génie, heureuse de ses succès!... allez, mes nobles seigneurs, gardez pour d'autres que pour Mignon, vos doucereuses paroles, gardez votre pitié et vos désirs... Gœthe, voilà mon seul monde, à moi, et je n'en désire pas d'autre.

Pendant que Mignon se livrait ainsi à ses pensées, une forme humaine s'était glissée, avait rampé plutôt à travers les arbres et s'approchait graduellement des salons, comme attirée par la musique du bal.

C'était l'idiot.

— Ah! j'étais injuste en disant que Gœthe était seul à m'aimer! dit Mignon en apercevant le vieillard. Malgré sa folie, ce pauvre malheureux me prouve chaque jour son affection...

— Mignon, fit le vieillard en s'élançant vers elle, tiens!... tiens! pour toi!... ajouta-t-il en lui tendant un petit chapelet; l'idiot l'a trouvé dans le sable, et il te l'apporte!

Mignon prit le chapelet.

— Un chapelet!... une croix bénite! dit-elle, merci, c'est devant elle que je prierai Dieu de te rendre la raison et le bonheur!

— Le bonheur!... le bonheur! répéta le vieillard, oh! oui! oui! je suis heureux, maintenant!... petite Mignon soigne le pauvre idiot!... Pourquoi donc es-tu bonne pour lui, toi?

Mignon regardait le vieillard avec surprise.

— C'est étrange, dit-elle, par moments, sa raison semble prête à revenir!... Un miracle, mon Dieu, un miracle et je vous bénirai!

Le mot « raison » avait frappé le vieux bonhomme.

— La raison!... dit-il, la raison! Oh! oui! oui!... j'ai toute ma raison, n'est-ce pas?

Mignon le prit par la main.

— Viens là!... près de moi!... fit-elle, et elle l'attira vers le banc de gazon.

— Me voici!... répondit le vieillard.

— Dis-moi ton nom!

— Mon nom!... Ah! oui, c'est vrai!... j'ai... j'ai un nom!

— Et c'est?...

— C'est... Tu ne le diras à personne!...

— Je te le jure!

— Eh bien! mon nom, c'est... Attends donc, je le sais!... Ah! oui... c'est... mais c'est l'idiot!... je n'en ai pas d'autre!

— Toujours! dit Mignon avec douleur. Et ton pays... continua-t-elle, ton pays, ne te le rappelles-tu pas?

— Mon pays!... mon pays!... répondit l'idiot avec une exaltation singulière. Mon pays... c'est un pays de flammes... de feu, de sang!... Les hommes y marchent sur des bûchers ardents.

— Mais ce pays?... ce pays?...

— Ce pays... poursuivit le vieillard avec une fièvre croissante, ce pays... Oh! c'est loin! bien loin!... on descend les rochers... les montagnes... et c'est l'enfer qu'on trouve!... L'enfer!... les démons!... C'est beau!... c'est gai!... je suis heureux de les voir!... Je... je... Oh! non!... non!... tais-toi, Mignon!... ne parle plus de cela!... mais tais-toi donc, te dis-je. J'ai peur!... j'ai peur!...

Et le vieillard épouvanté tomba aux pieds de Mignon et cacha sa tête entre les bras de la jeune fille.

— Pauvre infortuné! dit-elle en déposant un baiser sur les cheveux blancs du malheureux. En veillant sur toi, je m'acquitterai envers Dieu!

L'idiot tressaillit sous les baisers de l'enfant. Il leva les yeux sur elle; mais en apercevant dans l'allée, à quelques pas de lui, la baronne qui venait de quitter les salons, il se leva vivement et s'enfuit à l'autre bout du parc, effaré et tremblant.

— La baronne! dit Mignon. Ah! je la plains, cette femme qui fait redouter sa présence au lieu de la faire aimer.

Et l'enfant disparut à son tour.

XI

M. Philomèle Béland avait suivi la reine du bal.

— C'est vous, monsieur!... dit la baronne en le voyant surgir devant elle.

— Oui, belle dame, moi-même!... reprit le Français avec le ton déclamatoire que nous lui connaissons. Mon cœur a vu soudain s'éclipser son étoile, il s'est élancé hors de ces salons, mon pauvre cœur, pour vous saisir au vol, oiseau céleste, et tomber à vos pieds!

— Maudit soit l'importun! pensa la jeune femme.

Et elle essaya de s'éloigner.

M. Philomèle se rapprocha.

— Ma déclaration a fait de l'effet, murmura-t-il avec une certaine fatuité. Elle y viendra, cette belle baronne, ou elle dira pourquoi. Sublime merveille de ces contrées, reprit-il tout haut, en saisissant la main de la baronne, il faut que je me mette à nu devant vous.

Et après un grand temps et un long regard langoureux :

— Depuis deux mois, soupira-t-il, je ne clos plus ma triste paupière!... Je me relève toutes les nuits!... Je me promène de long en large dans ma chambre solitaire!... Mes voisins s'insurgent contre ces va-et-vient nocturnes!... Rendez le calme à mes voisins et à mon cœur!... et acceptez ce dernier, orné de ma dextre et de mon nom...

— Moi, monsieur...

— Vous-même! Vous vous appellerez madame Philomèle Béland!... C'est un bien joli nom, allez, croyez-moi!... Vous êtes veuve, je suis garçon! Vous être libre, je ne suis point lié!... Vous êtes belle, je suis beau!... Vous êtes Allemande, je suis Français, nous nous convenons sous tous les rapports!... Je vous donne mon cœur, donnez-moi votre main et nous serons quittes.

— Monsieur...

— Oh! pas d'hésitation... Dites oui, rayonnement mystique! animation d'une soirée de printemps! Dites oui! et je tombe fou de bonheur à vos jolis pieds! Dites oui! et je cavalcade dans l'impossible!

— Croyez, monsieur, répondit la baronne avec un sourire railleur, croyez que je serais très-flattée de porter ce nom que vous voulez bien m'offrir; mais...

— Mais ?...

— Mais j'ai le regret de vous apprendre que ce mariage est impossible!

— Impossible! Grand ciel! Impossible! avez-vous dit. Et pourquoi?

— Vous allez le savoir.

La musique du bal avait cessé.

Les salons s'étaient dégarnis peu à peu, et les danseurs s'étaient décidés à venir respirer un peu dans le parc.

Gœthe était parmi eux.

— Je vous cherchais, madame! dit ce dernier en courant vers la baronne.

— Gœthe! répondit la jeune femme en lui prenant le bras, je vous permets d'apprendre à tous le secret que je vous ai confié tout à l'heure, pendant la valse.

Gœthe eut un instant d'hésitation.

— Eh bien ?... continua la baronne.

— J'obéis, reprit Gœthe, j'obéis : Messieurs, poursuivit-il d'une voix ferme en s'avançant vers les nobles hôtes du palais de Bade, j'ai l'honneur de vous annoncer mon prochain mariage avec madame la baronne de Stolberg!

Philomèle Béland poussa un interminable soupir.

— Plus d'espoir! dit-il. Cette femme-là ne m'a pas compris... Son mariage!...

— Son mariage!... répéta une voix émue et tremblante.

C'était Mignon. Elle avait tout entendu.

Et la pâleur de la mort était sur son front.

Ses yeux brillaient d'un éclat inaccoutumé.

La pauvre enfant ne semblait déjà plus appartenir à la terre.

— Son mariage!... dit-elle encore une fois en frissonnant. Ah! Gœthe!... Gœthe!... Je meurs!

Et elle tomba sans connaissance aux pieds de Gœthe éperdu.

La baronne, en la considérant d'un œil froid et mauvais :

— J'avais lu dans son cœur! dit-elle avec une joie cruelle. Elle l'aimait!...

On emporta bien vite, sur l'ordre du docteur, l'enfant évanouie dans un pavillon voisin.

Gœthe et le docteur restèrent seuls auprès d'elle.

Et peu après, la musique du bal vint leur apprendre que la foule indifférente ne songeait déjà plus à cette pauvre enfant qui se mourait.

La baronne fut la dernière à rentrer dans les salons.

Quand elle eut disparu à son tour, un homme sortit mystérieusement d'un massif.

— La baronne de Stolberg! dit cet étrange personnage. Je le disais bien que j'avais vu cette femme-là quelque part.

Cet homme, c'était le voleur chassé de Bade deux mois auparavant, c'était le mendiant Nathanaël.

XII

Lorsque le jour parut et que le soleil vint illuminer de ses premières lueurs la cime des chênes centenaires, la musique du bal arrivait encore par bouffées jusqu'au pavillon isolé, où se mourait la pauvre enfant que l'annonce seule du mariage de Gœthe avec la baronne avait frappée, quelques heures auparavant, comme d'un coup de foudre.

Le docteur, malgré sa haine des malades et des maladies, n'avait pas voulu abandonner le chevet de la mourante, que veillaient encore avec lui deux femmes de service.

Gœthe, lui, n'avait pas eu la force de rester dans la chambre même où Mignon avait été transportée.

Lui, si fort d'ordinaire, s'était senti étreindre le cœur par une émotion étrange, inconnue.

Il s'était mis à pleurer comme un enfant, et, pour cacher sa douleur à la pauvre fille, le poëte s'était enfui dans la chambre voisine.

Et, machinalement, involontairement, sans y songer presque, sa main avait jeté sur ses tablettes quelques-uns de ces pensers, de ces vers, de ces riens charmants « dont on dirait, pour parler comme Beethowen, que des esprits ont ordonné la sublime architecture et qui portent en eux le secret des harmonies... » et qui, dans ses *lieds*, dans ses odes, dans ses sonnets, dans ses ballades, étincellent aussi nombreux que les étoiles au firmament, que les insectes de feu dans les nuits du tropique, que les dorades capricieuses dans les flots de l'Atlantique.

— N'est-ce pas elle qui se plaint? dit vivement le poëte en se levant et en jetant loin de lui la plume qui venait d'éparpiller sur le vélin tant de perles poétiques.

Et il courut à la chambre de Mignon.

Anxieux, il colla son oreille contre la porte.

— Rien! dit-il après un temps. J'avais cru entendre!... je me trompais!... Pauvre Mignon!... Quel sentiment mystérieux l'a donc jetée ainsi subitement sur ce lit de douleurs?... Ah! je n'ose approfondir ce mystère, je n'ose... non, je n'ose lire dans mon cœur!... Ah! c'est un horrible tourment, une épouvantable torture de se trouver près d'un pauvre être qui souffre, de se dire qu'on ne peut rien pour faire cesser ses souffrances et de penser que la mort seule peut les terminer!...

Et deux grosses larmes brillèrent dans les yeux du poëte.

— Chère et douce créature, poursuivit-il en se tournant vers la chambre de la jeune fille, tu arrives dans le monde et tu pars!... Oh! mais non! non! continua Gœthe avec agitation. Non! ce n'est pas possible!... Mignon ne peut mourir!... Cette voix chérie ne va pas s'éteindre! ce cœur chaste et pur ne saurait se glacer!... Le docteur veille sur elle!... Il la sauvera!... Oh! mon Dieu, faites qu'il la sauve!... Mais depuis longtemps, je n'entends rien!...

Et de nouveau il écouta à la porte de la mourante.

— Rien! Elle dort!... Oui, c'est... c'est le sommeil!... mais si c'était... Ah! voilà mes tortures de cette affreuse nuit!... Elle parle, et chacune de ses paroles me déchire!... et lorsqu'elle se tait, ce silence... c'est la mort!

En ce moment, la porte s'entr'ouvrit doucement, et le docteur parut sur le seuil.

— Ah! docteur! s'écria Gœthe en courant vers lui, docteur, parlez... rassurez-moi... Mignon?

Le docteur ne répondit pas.

— Serait-elle plus mal? continua Gœthe avec effroi. La science serait-elle impuissante?

— Eh! mon ami, que peut la science contre une douleur muette, contre un secret qui mine lentement la malade, éveille l'insomnie et tue les forces du corps?

— Un secret! répéta Gœthe. Un secret! Ah! je tremble de le deviner!... Et conservez-vous si peu d'espérance? reprit-il avec hésitation en serrant la main du docteur, qui garda le silence une seconde fois. Oh! parlez!... votre réponse ne peut aller plus loin que mes craintes.

— Un miracle seul pourrait la sauver!

— Mourir si jeune! oh! non, la mort ne peut la frapper ainsi!... Elle qui n'a bu aux sources de la vie que dans le calice des douleurs!... Ce serait à douter de la Divinité! Et Dieu est bon!... Il a conduit cette enfant auprès de moi comme il place auprès de chaque homme un de ses anges qui le puisse soutenir et consoler!

— Voyons, mon ami, du courage!...

Gœthe poussa un cri étouffé :

— Du courage!... dites-vous?... Ah! tout est donc fini?...

— Je vous le répète, Gœthe, répondit le docteur à voix basse. Un sentiment unique, mais trop vif, semble miner l'existence de cette enfant!... Et les efforts qu'elle fait pour le cacher irritent tellement son cœur que, parfois, il cesse de battre, et reprend son action ordinaire avec tant de violence que la malade souffre plus encore de ces retours à la vie que de la suspension totale du jeu de ses organes.

— Pauvre Mignon! soupira le poëte.

— Il n'y a cependant pas encore de lésion mortelle!... mais la nuit a été on ne peut plus mal! Depuis l'instant où je vous ai fait quitter cette chambre, une sorte de sommeil fiévreux et léthargique s'est emparé d'elle. Tout à l'heure seulement, à son réveil, le délire a diminué et a fait place à un recueillement calme et grave, à une résignation sublime!... Ce matin, elle a manifesté le désir de se lever et de marcher un peu... Les femmes de service sont là qui l'habillent... Elle a exigé qu'on la revêtît d'une longue tunique blanche, et semble ainsi un ange prêt à s'envoler au ciel, sa patrie!

Mignon parut sur le seuil de la porte... Elle était bien telle que le digne docteur venait de la dépeindre. Son visage était d'une étrange pâleur... Elle pouvait à peine marcher, et s'appuyait sur le vieil idiot, qui accompagnait la pauvre petite d'un air profondément attristé.

XIII

Gœthe s'élança au-devant de Mignon.

— Gœthe!... Gœthe!... dit Mignon d'une voix affaiblie. Gœthe! mon ami!... mon frère!...

— Quelle pâleur! se dit Gœthe en se détournant pour cacher ses larmes.

— Vous pleurez!... continua la mourante, qu'avez-vous donc?... Voyez, je suis mieux maintenant!... je marche... je suis forte...

A ces mots, elle s'affaiblit et tomba en chancelant sur un divan.

— Forte!... reprit-elle en essayant de sourire. Oh! non!... je me trompe!... mais... cela est naturel!... Voyons... Gœthe... pourquoi tremblez-vous? Et toi, poursuivit-elle en s'adressant à l'idiot, et toi, pauvre vieillard... des larmes aussi!... Mais je ne souffre plus... vous dis-je!... N'est-ce pas, bon docteur, que je suis sauvée?...

— Oui! oui! chère enfant!... s'empressa de répondre le docteur.

— Comme vous êtes bons pour moi, tous, dans ce palais!... dit la malade avec un accent de profonde gratitude. Combien je suis touchée de ces soins que je mérite si peu!...

La fatigue la força de garder le silence pendant quelques instants.

Enfin, elle fit un violent effort sur elle-même:

— Vous avez encore veillé cette nuit, Gœthe!... dit-elle avec un petit ton de reproche.

— Veillé!... non!... tu te trompes, Mignon. Ton état n'était pas assez alarmant pour cela!... j'ai reposé, je te le jure!

— Ah! ne jurez pas!... continua la jeune fille avec un léger sourire, ne jurez pas... Cette bougie à moitié consumée... ces lignes écrites de votre main ne me prouvent-elles pas le contraire?

— Eh bien! eh bien!... oui, en effet... j'ai travaillé... oh! bien peu!... Quelques vers que j'ai jetés sur mes tablettes... que je n'ai seulement pas pris la peine de relire et dont je ne me souviens même pas!...

— Puis-je lire?

— Non! non!... dit vivement Gœthe en essayant de reprendre ses tablettes.

— Oh! je les tiens!.., continua l'enfant, et je les garde!... Écoutez, Gœthe. Je le veux. Je vous en prie!

Et elle lut: — L'AMOUR.

Ce mot sembla la frapper au cœur. Une rougeur fugitive vint colorer subitement la pâleur marmoréenne de son visage.

— L'amour! répéta-t-elle d'une voix fiévreuse.

Et ses deux grands yeux s'allumèrent d'un singulier éclat.

— Mignon!... Mignon!... ne lis pas cela! s'écria Gœthe.

— Pourquoi? demanda l'enfant.

Gœthe ne répondit pas.

Après un court silence, Mignon reporta ses regards sur les tablettes, et elle lut d'une voix émue, haletante, ces vers que Gœthe y avait disséminés sans ordre et sans règle:

« L'AMOUR.

» Une vague ardeur attire vers les lointains azurés des montagnes... La nuit... la magnificence de ces myriades d'étoiles brillent sur la tête... Le vallon, la colline sortent d'un voile de brouillard... L'éther, chargé de vapeurs, lutte avec le jour lumineux, et le soleil de pourpre inonde l'horizon d'un flot d'or.

» Alors, s'élève une musique aux ailes d'ange où les sons infinis s'entrelacent aux sons, pour pénétrer le cœur et l'inonder du sentiment de l'éternelle beauté... L'œil se mouille et l'extase est suprême... Les mots se perdent dans les mots, les baisers chassent les baisers... Les chansons se réveillent... les paroles se rassérènent... Tout s'émeut et tout tressaille.

» Les calices des fleurs s'entr'ouvrent... Le lit de gazon croît plus touffu, les clochettes s'y balancent blanches comme la neige... Le safran déploie son feu puissant... Les primevères se pavanent fièrement. L'émeraude germe... La pourpre fleurit.

» Dans le labyrinthe du cœur, *le joyeux enfant*, il s'élance tournoie, furète, rit, chante et grince.

» Toujours, à travers l'étendue, au delà des pays, vers la mer, il flotte çà et là...

» Sans cet enfant, que seraient les fêtes?... que serait la danse?

» Allez, chante-t-il gaîment, pauvres fous, le monde vous est ouvert... La terre est vaste... le ciel large et sublime. Contemplez, creusez, analysez, bégayez le secret de la nature... mais sans moi, Rome cesserait d'être Rome, le monde cesserait d'être le monde!... Entré-je dans le jardin, je suis la rose des roses, le lis des lis!... Quand je me mêle à la danse, les étoiles mènent leur ronde avec moi... autour de moi! Les fleurs, les arbres et les ondes me saluent... Je suis le soleil, le créateur des jours splendides; je suis la vie, je suis l'éternité, je suis l'amour. »

XIV

Mignon acheva ces vers en serrant la main de Gœthe avec une force surhumaine.

— Oh! oui, oui! s'écria-t-elle comme en délire; oui! l'amour, c'est la vie, c'est l'éternité!

Et elle se jeta éperdue dans les bras de Gœthe, qui la pressa sur son cœur et couvrit de baisers son front brûlant.

— Mignon!... Mignon!... s'écria Gœthe, reviens à toi...

— Gœthe... mon frère... sous ce climat de glace, je ne sais ce que j'éprouve, mais on dirait que ma vie s'éteint peu à peu!... Gœthe!... si je vous demandais d'avoir pitié de celle que vous avez déjà sauvée une fois!... Gœthe!... si je vous suppliais de me ramener dans ma patrie, sous ce soleil de feu qui seul pourrait me ranimer!... Ici... ici... je souffre trop... continua Mignon avec une émotion croissante. L'air manque à ma poitrine!... Je ne puis vivre ainsi!... L'exil, c'est la mort!... Et là-bas... c'est la santé!... c'est le bonheur!...

A ces mots, elle tomba frémissante aux genoux de Gœthe. Elle étreignit les mains du poëte entre les siennes, et d'une voix ardente, passionnée, elle chanta ces stances de son pays:

Connais-tu le pays où les citronniers fleurissent?
Où, dans le sombre feuillage, rougissent les pommes d'or des orangers?
Là, d'un ciel toujours bleu, descend légèrement le tiède zéphyr;
Le myrte, consacré à Vénus, y croît discrètement,
Et le laurier superbe, symbole de la victoire...
Connais-tu ce pays? Le connais-tu bien?
Là-bas! là-bas! Je voudrais aller, ô mon soutien, avec toi!

Connais-tu la maison dont le toit repose sur des colonnes de marbre?
La grande salle est resplendissante de lumières...
Les chambres aussi étincellent...
Et de leurs grands yeux blancs, les statues me regardent
En me disant: « Pauvre petite! que t'a-t-on fait? »
Connais-tu cette maison? La connais-tu bien?
Là-bas! là-bas! Je voudrais aller, ô mon soutien, avec toi!

Connais-tu la montagne au front de neige et son sentier qui se perd dans la nue?
Dans les brouillards, le mulet se fraye un chemin...
Le dragon, — race antique, — veille dans la grotte mystérieuse.
Là, le rocher s'anime, bondit et croule,
Et disparaît sous les eaux mugissantes du torrent impétueux.
Connais-tu cette montagne? La connais-tu bien?
Là-bas! là-bas! va notre chemin! O père, allons, partons!

Gœthe avait écouté l'enfant sans prononcer un mot.

La voix mélodieuse, les sympathiques accents de Mignon avaient transporté Gœthe dans un monde idéal.

— Mignon!... s'écria-t-il, plus de larmes... pauvre fille!...

— Que dites-vous?

— Je dis, continua Gœthe avec entraînement, je dis que nous partirons... tous les deux!...

— Tous les deux! répéta l'enfant radieuse.

— Oui!... je fuis cette terre d'exil qui n'est pas ta patrie!... poursuivit le poëte. Allons! Naples!... Florence!... ouvrez-moi vos palais de marbre!... livrez-moi vos bois de citronniers! Venise!... à moi tes souvenirs grandioses!... Je veux entendre, sur tes lagunes, les stances de Dante!... Et toi! Rome, Jérusalem nouvelle, morte au passé, mais qui n'attends qu'une étincelle pour t'éveiller à l'avenir, Rome, d'ici, je t'aperçois... Voici venir Rhéa Sylvia, la royale jeune fille!... Elle puise de l'eau dans le Tibre... un Dieu s'empare d'elle... une louve allaite les jumeaux, et Rome s'appelle la reine du monde!... Parlez, pierres!... Répondez, palais sublimes! N'est-ce pas que tu te meus, ô génie! dans les murailles saintes de la Rome éternelle!

Muette, en extase, Mignon écoutait le poëte.

— Écoute, écoute, enfant, poursuivit Gœthe, dont l'exaltation était au comble. Entends-tu ces cris joyeux le long de la voie Flaminienne? Ce sont les moissonneurs qui retournent à la ville... Ils ont fauché la moisson des patriciens!... Ils ont tressé la couronne de Cérès!... Regarde, vois ce rouge soleil qui luit là-bas!... Il s'attarde à contempler la ville aux sept collines... Tu ne luiras jamais, ô Phœbus, sur plus noble contrée! Ton prêtre Horace l'a dit!... Colore ces façades, ces coupoles, ces obélisques, et plonge-toi dans la mer pour revoir demain, — spectacle auguste que les siècles te donnent! — ces rivages si longtemps couverts de roseaux où tout soudain surgit un peuple de héros!

— Ah! Gœthe!... à ces accents, j'ai revu ma patrie!

— Viens!... viens!... Mignon!... L'Italie nous appelle!... viens! Tu l'as dit, là c'est le bonheur, c'est la vie... l'immortalité peut-être!...

Cette émotion avait été trop violente pour Mignon.

Elle pâlit tout à coup et tomba sans connaissance aux pieds de Gœthe.

— Mignon!... Mignon! s'écria-t-il, mon enfant chérie!...

Il s'arrêta brusquement.

Une autre femme venait d'apparaître à quelques pas de lui. — C'était la baronne de Stolberg.

— La baronne!... dit Gœthe. Ah! j'avais tout oublié.

XV

Elle aussi était pâle, bien pâle, mais de jalousie et de colère; ses yeux lançaient des éclairs :

— Ah! c'est infâme!... c'est infâme! s'écria-t-elle enfin d'une voix retentissante.

Gœthe plaça vivement sur le divan l'enfant inanimée, à laquelle le docteur s'empressa de continuer ses soins, qu'il savait, hélas! trop inutiles.

— Madame, dit Gœthe à la baronne; madame, au nom du ciel...

— Eh quoi! interrompit vivement cette furieuse rivale, n'était-ce pas assez d'avoir recueilli cette misérable mendiante... cette fille perdue?...

Mignon tressaillit.

— Oh! taisez-vous, madame!... s'écria Gœthe.

— Oui, monsieur, continua la baronne avec force, cette fille perdue qui a été accusée de vol! Faut-il donc encore que vous la laissiez près de vous, lorsque cette malheureuse vous aime, lorsque vous le savez... lorsque vous l'aimez aussi, peut-être!...

— Vous vous trompez, madame, répondit Gœthe avec effort, je n'ai... je ne puis avoir d'amour pour Mignon.

La jeune fille, quoique toujours évanouie, sembla entendre ces paroles de Gœthe, car un nouveau tremblement convulsif vint l'agiter sur sa couche.

— La pitié seule m'a guidé... continua Gœthe en baissant la voix. Mais cette enfant se meurt... Je veux avoir soin de ses derniers moments, et j'achèverai jusqu'au bout la tâche que je me suis imposée, si Dieu ne la rappelle bientôt à lui, comme je le crois, comme le pense le docteur.

— Gœthe, interrompit la baronne, la présence de cette enfant chez vous est pour moi un supplice de toutes les heures, un dépit de tous les instants!... Gœthe, je vous en conjure... aujourd'hui... aujourd'hui même, éloignez cette mendiante... Je vous en prie... Gœthe... et, au besoin, je l'exige!...

— Éloigner Mignon!... Vous êtes cruelle, madame!...

— Je l'exige!... répéta la baronne d'une voix impérieuse.

— Et moi, madame, je refuse! dit Gœthe avec fermeté. Je ne veux pas, pour un caprice, abréger les quelques heures qui lui restent à vivre.

— Vous refusez!... Oh mais! il faut que cette fille parte, pourtant! il le faut!

— Vous n'attendrez pas longtemps, madame! dit Mignon en se levant avec peine et en s'avançant lentement vers la baronne.

La mourante était sortie de son évanouissement, et les dernières paroles de madame de Stolberg étaient parvenues jusqu'à elle.

— Pourquoi ne pas me laisser mourir auprès de lui, madame? continua Mignon en tournant les yeux vers Gœthe. C'est la seule faveur que je vous demande. Pourquoi me la refuser?

— Pourquoi? Ne le savez-vous pas?

— Mon Dieu, madame, mon amour est un crime à vos yeux; mais ai-je été maîtresse de mes sentiments? N'ai-je pas dû être frappée d'admiration pour cet homme si bon et si noble!... Battue... martyrisée par tous, foulée aux pieds, pouvais-je ne pas aimer celui qui m'a défendue et relevée? Savais-je ce que c'était que l'amour, moi, jusqu'au moment où le bonheur d'une autre, le vôtre, madame, m'a fait connaître que je n'avais été sur cette terre que pour souffrir et pleurer!

Elle retomba inerte sur le divan.

— Mignon... Mignon!... s'écria Gœthe en courant vers l'enfant. Ah! vous êtes sans pitié, madame!... Ne voyez-vous pas que vous la tuez!...

— Eh! monsieur...

— Chère petite... comme ton cœur bat!...

— Laissez-le se briser!... Il y a déjà trop longtemps qu'il bat ainsi!... mieux vaut la mort!...

— Pauvre ange!...

— Un ange!... reprit Mignon. Oui, je le serai bientôt! Bientôt, j'aurai déployé mes ailes vers les cieux!... Voyez-vous cette blanche tunique, mon âme est blanche comme elle!... Cette terre si belle, je la quitte à grands pas... Je vais descendre dans la demeure ténébreuse que vous connaissez tous et que vous redoutez!... Là, du moins, je trouverai le repos!... Après un court sommeil, mes yeux s'ouvriront à la lumière nouvelle, et je laisserai dans la demeure sombre ma blanche tunique. Les corps épurés des ressuscités ne se voilent pas de longs vêtements, de draperies flottantes... Les soucis et le travail ne pèsent point sur ma vie, et pourtant je sens une douleur poignante, profonde!... Elle m'a mûrie trop tôt!... Hâtez-vous!... il en est temps... Mon Dieu, rajeunissez-moi pour toujours!... La mort, c'est la résurrection dans un monde de bonheur!

Mignon continua d'une voix qui s'affaiblissait graduellement :

— Je n'ai plus que peu d'instants à vivre... Oh! je le sens! ajouta-t-elle avec un indéfinissable sourire. Je veux consacrer ces courts moments à un souvenir sacré de mon enfance!... Gœthe, au nom de votre... affection pour moi, jurez-moi de... de... remplir mes volontés dernières.

— Je le jure!... je le jure! répondit Gœthe.

Mignon poursuivit :

— Vous irez en Italie!...

Le vieil idiot, qui était resté accroupi dans un coin du pavillon, sans parler, mais sans quitter cependant des yeux l'enfant qui se mourait, l'idiot sembla tressaillir à ce mot : « Italie. »

— L'Italie! répéta-t-il.

— Vous vous arrêterez à Venise! reprit la mourante.

— Venise! répéta l'idiot.

— Venise! murmura à son tour la baronne de Stolberg.

— Vous vous ferez conduire au village de Lugano!

— Au village de Lugano! dit l'idiot en se rapprochant.

— Au village de Lugano! dit aussi la baronne.

— Là, reprit lentement la jeune fille, vous irez visiter la petite chapelle dédiée à la vierge des affligés!... Dans le cimetière situé au bout de l'église, vous verrez un tombeau, celui de ma mère... de Sperata Luizzi.

— Sperata Luizzi! s'écria l'idiot en portant la main à son front.

— Sperata Luizzi! répéta la baronne de Stolberg.

La mourante s'adressa de nouveau à Gœthe :

— Vous déposerez ce médaillon sur sa tombe! dit-elle.

Et elle remit à Gœthe un petit médaillon qu'elle portait sur son cœur.

— Ce portrait, c'est le sien... continua Mignon en désignant la figure principale du médaillon. Près d'elle, c'est l'image de mon père... et... là... là... cette belle jeune fille que vous voyez, c'était ma sœur!... car j'avais une sœur... moi... j'avais une famille!... Maintenant, ils sont tous morts... tous!... Mais je vais les revoir!... là-haut... là-haut!...

Elle donna un pieux baiser au médaillon et le tendit à Gœthe.

Par un mouvement brusque, l'idiot s'en saisit. Il le regarda quelques secondes sans parler; puis enfin il s'écria en pleurant :

— Ce médaillon!... ce... médaillon!... Ah! ma fille!... Mignon!... ma fille!... c'est toi... toi... que j'ai tant pleurée!... Oh! tu me crois fou encore, n'est-ce pas?... Non!... non!... regarde... regarde mes yeux pleins de larmes!... Mets ta main sur mon cœur... écoute ses battements ! .. Non! je ne suis plus fou; je suis heureux, je suis ton père!...

La baronne se tenait, frémissante, éloignée de cette scène.

Elle regardait Mignon et le vieillard d'un œil hagard, presque épouvanté.

Un instant, elle sembla prête à s'élancer vers eux.

— Non! se dit-elle, non! il faut que ma destinée s'accomplisse.

— Seigneur!... Seigneur! murmura Mignon, vous êtes grand et miséricordieux!... Maintenant je puis rejoindre ma mère et ma sœur : vous serez deux pour garder mon souvenir!

Ce disant, la mourante mit la main de Gœthe dans celle du vieillard.

Elle retomba épuisée.

— Mon Dieu!... mon Dieu!... est-ce donc déjà la mort qui m'effleure de son aile? dit Mignon en se soulevant avec effort. La mort!... Oh! ne tremblez pas... je ne tremble pas, moi!... Ce ciel qui s'entr'ouvre devant moi, j'y aspire de toutes les forces de mon âme!... Tenez! tenez!... voyez-vous... ces anges qui voltigent autour de moi?... entendez-vous ces musiques célestes?... Mon Dieu, tu m'appelles... je vais à toi!... Gœthe... mon père... je vous aime... baronne de Stolberg... je vous pardonne.

Mignon poussa un cri. Elle était morte.

Gœthe et le vieillard tombèrent en sanglotant près du cadavre.

— Morte! dit la baronne. Oh! maintenant, Gœthe m'appartient.

— Vous mentez, baronne de Stolberg! dit une voix à son oreille.

Elle se retourna et se trouva face à face avec le mendiant Nathanaël.

— Vous mentez, reprit le nouveau venu d'une voix retentissante, car le noble Gœthe de Wolfgand ne donnera pas le nom de son père à Lucrezia Luizzi, la courtisane!

— Lucrezia Luizzi! s'écria le vieillard avec un accent terrible.

Dans cette femme, il venait de retrouver sa deuxième fille.

— Mais quel est donc cet homme? balbutia la baronne.

— Qui je suis? je suis le frère d'Hermann que tu as ruiné, Lucrezia, comme tu en as ruiné tant d'autres! d'Hermann que tu as tué par ton abandon, lâche cœur!... comme tu en as tué tant d'autres!... J'ai voulu me venger de toi, vile créature; mais au village de Lugano, je ne pus te retrouver, tu avais déjà fui la demeure paternelle!... Ne pouvant me venger sur toi, je me vengeais sur les tiens : j'incendiai la maison de ton père, de ce vieillard qui pleure en ce moment, moins de la mort de Mignon que de ta vie!... Non content de cela, je lui volai sa fille et je la martyrisai à cause de toi!... Cette nuit, j'étais revenu ici pour en finir avec elle; mais ce nom que tu as volé à ton premier amant, à mon frère, ce nom, en résonnant à mon oreille, m'a appris que ma vengeance allait bientôt être satisfaite! Me suis-je trompé, Lucrezia! qu'en dis-tu?

Lucrezia ne répondit pas.

Elle fixa tour à tour un regard hagard sur Nathanaël, sur son père et sur Gœthe.

Puis, courant au cadavre de Mignon, elle prit ses mains glacées entre ses mains fiévreuses, elle poussa ensuite un éclat de rire terrible, effrayant...

Elle était folle!

FIN.

PARIS. — IMPRIMERIE ÉDOUARD BLOT, RUE SAINT-LOUIS, 46.

6404. PARIS. — IMPRIMERIE ÉDOUARD BLOT, 46, RUE SAINT-LOUIS.

www.ingramcontent.com/pod-product-compliance
Ingram Content Group UK Ltd.
Pitfield, Milton Keynes, MK11 3LW, UK
UKHW020405230726
13925UKWH00003B/1261

9 782013 698948